LE CHÂTEAU
DES OLIVIERS

DU MÊME AUTEUR

Chez FLAMMARION :

Un mari c'est un mari, *roman.*
La vie reprendra au printemps, *roman.*
La Chambre de Goethe (Prix Roland Dorgelès, 1981).
Un visage, *roman.*
Le Mois de septembre, *roman.*
La Citoyenne.
Le Harem, *roman* (Grand Prix du Roman de l'Académie française, 1987).
Le Mari de l'ambassadeur, *roman.*
Félix, fils de Pauline, *roman.*

Chez JULLIARD :

L'Ile sans serpent, *récit.*
Je vous aime.
Babouillet ou la Terre promise.

Chez J'AI LU :

La Petite Fille modèle, *récit.*
La Demoiselle d'Avignon, *roman* (en collaboration avec Louis Velle).

FRÉDÉRIQUE HÉBRARD

LE CHÂTEAU
DES OLIVIERS

FLAMMARION

© Flammarion, 1993
ISBN 2-08-066872-2

à mon fils François, fraternellement

Cette histoire se déroule en grande partie à Châteauneuf-du-Pape pour célébrer la beauté de ce pays, et la gloire de ses vignes.

Mais l'anecdote est de pure imagination et toute ressemblance entre les personnages du *Château des Oliviers* et des gens vivants ou ayant vécu ne saurait être que l'effet du hasard.

I

Le Rhône soudain...

Elle avait oublié qu'il serait là, serré entre ses quais de pierre, non point prisonnier mais seulement de passage. Comme elle.

Elle a quitté Paris au matin menée par des pensées cruelles et la peur de la décision à prendre...

Changer sa vie. Rompre. Recommencer.

Et voilà qu'à la sortie des tunnels, en plein cœur de Lyon, elle retrouve le Fleuve-Roi en même temps que la lumière et la mémoire. Évadée des ténèbres elle tend la main vers les eaux comme une suppliante mais déjà un sourire éclaire son visage, elle n'est plus seule. Le Rhône va la conduire jusqu'à ses racines. Elle va le longer, le frôler, le traverser, le perdre, l'espérer, le rejoindre... Ils vont s'accompagner sur un chemin tracé depuis l'aube des temps. Même invisible il fera route avec elle. Même muet il sera son confident. Il roule, elle roule, chargés l'un et l'autre de peines anciennes, de chagrins récents. Et d'espérances.

Dans un regard elle lui a tout dit. Il a déjà répondu. Elle sait maintenant ce qu'elle doit faire.

Il roule, elle roule...

À Valence, là où la route côtoie le fleuve, la vue des premières tuiles romaines les fait pénétrer ensemble dans la terre promise.

Vignes, fruitiers, haies de cyprès, petits mas encadrés par les boules rondes de la lavande, le paysage change... alors Estelle guette la silhouette de l'éclaireur.

Un très vieil arbre tordu par les vents comme par des rhumatismes, un solitaire qui s'est aventuré aussi loin que possible de la Méditerranée. « Pas plus de vingt lieues », disait Mistral... Le vieil arbre a passé les bornes et s'est arrêté dans un champ de pierres où poussent des herbes enivrantes.

Estelle le voit de loin, ralentit, salue l'ancêtre et découvre qu'un compagnon l'a rejoint. Un petitou au feuillage grêle et pâle. Quel vent marin a soufflé assez fort sur cette graine afin de venir la semer aux pieds du patriarche?

Petit arbre qui me souhaite la bienvenue, d'où viens-tu? De chez moi, peut-être? Peu importe, petit arbre, garde ton secret, toi qui es « l'âme éternellement renaissante » de cette terre. Toi qui es la Provence. Toi qui es l'Olivier.

Le Rhône poursuit sa course, Estelle poursuit la sienne. Elle a quitté l'autoroute à Orange. Elle a salué le Mur, laissé la ville romaine et le képi des légionnaires derrière elle et a roulé à travers une garrigue aux odeurs grecques avant d'arriver au milieu des vignes. La mer se retira du paysage il y a seulement cinquante millions d'années mais il fallut attendre la fin du pliocène pour que le Rhône, premier vigneron, roule les ronds galets morainiques, les marie aux ceps et que, de cette union, naisse un vin unique au monde.

> ### Ici commence le célèbre vignoble de
> # CHÂTEAUNEUF-DU-PAPE

Enfant, elle s'étonnait de ce partage d'une terre qui lui semblait être la même de chaque côté du panneau. Un jour elle demanda à son père de lui dire qui avait établi cette carte. Il lui répondit gravement que l'Esprit Fantastique, les follets et les farfadets en avaient tracé la frontière invisible une nuit d'été. L'idée de ce cadastre magique enchanta si fort la petite fille que, des années plus tard, elle fit le même récit à ses enfants.

« Tu crois aux fées? » s'était écriée Philippine avec consternation.

« Tu crois aux fées? » s'était esclaffé Antoine.

« Tu crois aux fées! » s'était émerveillé Luc.

– C'est formidable une famille! pense-t-elle tout haut.

Mais sa famille est-elle une vraie famille? A-t-elle su transmettre aux siens ce qu'elle a reçu en héritage? A-t-elle su être la mémoire? Brusquement elle a envie de pleurer, comme ce matin en quittant Jérôme. Jérôme avec qui elle a rompu tout à l'heure, depuis une cabine de l'autoroute, très exactement à 15 h 23. Jérôme à qui elle avait dit : « Je pars pour réfléchir », alors qu'elle partait pour partir. Pour s'éloigner définitivement de lui, pour mettre de l'espace entre leurs deux existences, leurs deux corps. Jérôme qui a compté pour elle pendant des années de sa vie et qu'elle ne quitte pas pour « quelqu'un » comme il le croit, mais pour se retrouver, elle.

Il va falloir annoncer tout ça à la famille, ce soir, pendant le pique-nique qui les rassemble tous les ans autour de la fontaine pour le début de juillet. Elle les entend déjà : « Où il est, Jérôme ? Il arrive quand, Jérôme ? Qu'est-ce que tu as fait de Jérôme ? »

Elle a bien le droit, à son âge, de faire ce qu'elle veut ! Non ? Depuis leur divorce, Rémy ne s'est pas gêné, lui, pour aller de fiancées en fiancées ! Combien déjà ? Cinq ? Six ? Autant que de sociétés... Mais comment en vouloir à Rémy ? Si leur mariage n'a pas été un succès leur divorce est un chef-d'œuvre, tout le monde le reconnaît. Et s'il n'avait pas été là, il y a trois ans, quand elle a eu le pépin avec les impôts fonciers, s'il n'avait pas racheté un tiers des terres, que serait-elle devenue ?

Les ruines du château qui fut celui des papes d'Avignon apparaissent sur le haut plateau de pierre... Estelle va vers elles. C'est un petit détour mais elle veut prendre congé de son compagnon de voyage qui, lui, va poursuivre sa route jusqu'à la mer. Elle veut le remercier. Il brille, le Rhône, les bras étalés dans la vallée, sous un soleil qui lui donne des reflets d'étain, de plomb et d'or. De loin il semble immobile, figé dans l'éternité, mais rien ne lui échappe, ni le vol du martinet, ni l'agitation du castor, ni le baiser qu'Estelle envoie du haut de son rocher avant d'aller chez Romain, *Aux Primeurs des Papes*, chercher le papeton d'aubergines, le crespeou et les allumettes d'anchois pour le pique-nique de ce soir.

— J'ai cru qu'il t'était arrivé quelque chose ! a dit Amélie en voyant la voiture s'arrêter devant la porte de sa petite maison. Je me suis fait un sang d'encre !

Paroles rituelles que la vieille femme répète tous les ans quelle que soit l'heure où Estelle vient la chercher pour l'emmener aux Oliviers.

La valise à ses pieds, le chapeau quillé sur son chignon, Dieu sait depuis combien de temps elle attend, tricotant dans sa tête tous les cas de figure d'une catastrophe probable. Rassurée, elle prononce les autres paroles rituelles :

— Tu as encore maigri! On te voit les os! Puis elle ajoute, comme si elle jetait un sort : Je vais te rem-plumer, ma petite!
et Estelle éclate de rire, heureuse d'être encore, à son âge, la petite de quelqu'un.

— Et en quel honneur es-tu si en retard? demande Amélie qui tient à la sévérité du rituel.

— J'ai voulu faire un détour pour embrasser le Rhône.

— Ah bon! dit Amélie, pleinement rassurée par l'explication.

Soudain, comme elles sortent de Châteauneuf, elle s'inquiète de l'absence de Jérôme. Estelle déteste mentir. Elle ment d'ailleurs assez mal. Et puis mentir à Amélie est au-dessus de ses forces, elle ouvre la bouche pour avouer la vérité; mais l'aveu ne sera pas nécessaire, Amélie vient de pousser un cri pathé-tique :

— Le pain!

— Je l'ai pris chez Romain, dit Estelle.

Elle ralentit, baisse sa vitre et s'engage à travers le premier cercle magique qui protège son domaine : la forêt antique. Au milieu des chênes verts, chênes blancs, chênes nains, lauriers de toutes feuilles, dala-ders et acacias, elle roule le plus doucement possible, un doigt sur la bouche pour qu'Amélie ne trouble pas les voix de la nature. Portées par la brise, des bouf-fées de thym, de romarin, de lavande et de fenouil se glissent dans la voiture, purificatrices. Dans les arbres, les cigales craquettent comme si récompense avait été offerte à la plus bruyante. L'ordre païen est retrouvé.

Quand les premières vignes apparaissent, Estelle ralentit encore.

— La vendange sera belle! s'exclame Amélie qui ajoute, plus bas : Quel malheur...

Estelle ne répond pas à ce propos d'initiée et le silence retombe sur la voiture qui roule au bord des vignes avant de s'engager dans la forêt sacrée où règne maintenant une seule essence : l'olivier.

Déjà Amélie sort la clef de son sac. Une énorme clef. De celles qui ouvrent les églises et les tombeaux. Elle la regarde tristement avant de dire :

— La semaine dernière, Samuel m'a conduite ici en voiture, pour aérer un peu... la maison sentait le renfermé comme si on avait oublié de l'ouvrir pendant cent ans! J'ai eu honte...

— Honte?

— Honte. Des fois je me dis : Amélie, tu devrais passer l'hiver aux Oliviers! Mais que veux-tu, je suis peureuse!

— Tu ne crois pas que c'est moi, plutôt, qui devrais avoir honte?

Amélie n'en revient pas :

— Tu te vois, l'hiver, vivre seule dans cette grande maison? Même avec Blaïd dans les communs?

Estelle sourit.

— Qui sait?...

tandis que là-bas sur la terrasse, gardé par les trois platanes, le catalpa et l'arbre de Judée comme par des hommes-liges, fermé, clos, aveugle, apparaît enfin le Château des Oliviers.

La maison fermée vit ses derniers instants de solitude et se prépare à sortir de la nuit, à accueillir les siens.

Craquements des parquets, soupirs du vent attardé depuis la fin de l'hiver dans de crissants rideaux fendus par le temps... Sans qu'une main vivante ne se soit posée sur elle, une porte s'ouvre lentement dans le noir...

Le noir est la couleur des maisons fermées et, dans la galerie aux portraits, les ancêtres sont nyctalopes et rien n'échappe à leurs regards perçants. Ni le mulot qui se croit chez lui et va devoir déloger, ni les oiseaux qui, par la blessure d'un volet, passent de la lumière aux ténèbres, amenant bruit et agitation dans le silence, ni le loir dodu que rien ne dérange et qui squatte le grenier à longueur d'année, dormant comme un bienheureux sur un coussin éventré.

Sagesse, la couleuvre, a déjà pris ses dispositions. À la première vibration de la clef dans la porte, elle partira en vacances, souplement, par le trou qui lui sert de chatière sous la pierre de l'évier. Elle passera l'été dans les éboulis de la source. Tranquille.

Les ancêtres, eux, ne sont pas tranquilles. Ils ont

senti le danger comme la faune sent venir la tempête ou couver l'incendie dans la forêt.

Une fois de plus, la menace est sur les Oliviers. Une menace de mort. La destruction est programmée. Ils savent par qui. Ils savent pour quoi. Chacun voudrait crier, sonner le tocsin, prévenir Estelle. Mais ils n'ont pas plus de pouvoir que les dieux du foyer quand ils sentirent le feu du ciel menacer le laraire de la villa des Mystères. Les ancêtres ne sont que de simples portraits. Des tableaux. Même pas de la très bonne pcinture. Estelle les présente comme « des œuvres attachantes ». C'est tout dire. Elle les aime pourtant. Elle les adore. Elle les soigne, fait la guerre aux capricornes et autres prédateurs du bois, extermine le pou des poussières, redore à la feuille les cadres ternis. Elle leur parle. Mais elle ne peut entendre leurs messages muets.

Alors autour de Donna Bianca, la lointaine aïeule qui vint de Rome au XIVᵉ siècle pour épouser Gabriéu Laborie dis Óulivié, Seigneur de Sauveterre, la belle aïeule de quinze ans dont le cadre archaïque porte l'écu et la devise de la maison : *Semper Vigilans*, autour de Donna Bianca en sa robe immaculée, les ancêtres immobiles tremblent de peur.

La clef géante tourne dans la serrure...

Sagesse est déjà partie vers la source.

L'été entre dans la maison.

Son père disait qu'ils étaient là depuis toujours. Et qu'ils avaient toujours fait du vin et de l'huile.

– Papa, c'est quand « toujours »? demandait la petite fille.

– « Toujours » c'est près de mille ans avant notre ère.

– Alors pourquoi les gens de « toujours » ils ont pas leur portrait comme Donna Bianca, Papa?

Il riait.

– C'est déjà beau d'avoir un portrait de famille qui date du XIVe siècle! Et qui te dit qu'il n'y a pas sous la terre du domaine des ancêtres de pierre qui attendent qu'on les ramène à la lumière?

– Et *Semper Vigilans*, ça veut dire quoi, Papa?

– Intraduisible!

– Papa!...

– En tout cas, ça veut dire qu'il faut être sage! concluait-il en la faisant sauter dans ses bras.

« Près de mille ans avant notre ère. »

Sans doute avait-il raison. Sans doute étaient-ils là depuis toujours, installés entre la vigne et l'olivier, serviteurs de cette terre avant d'en devenir les seigneurs. De qui avaient-ils reçu armes et privilèges? De l'empereur du Saint-Empire? Des papes d'Avignon? Du prince d'Orange? Du dernier roi de Provence? Certainement pas du roi de France puisque Châteauneuf-Calcernier, dit du-Pape, ne devint français qu'avec la Révolution. Mais, la vague et la vigne ayant toujours fait bon ménage, la situation particulière du Comtat n'empêcha point les mâles de la famille de servir la fleur de lys sur la mer. Il y a beaucoup de marins sur les murs et le plus beau, dans son uniforme d'enseigne de vaisseau, c'est Juste Laborie de Sauveterre. Compagnon du bailli de Suffren, il l'accompagna jusqu'aux Amériques pendant la guerre d'Indépendance et, quand il revint en 1783, les idées républicaines du Nouveau Monde l'avaient tellement séduit qu'il cessa de porter son titre, ne garda que le nom de Laborie, fit même partie de la Convention et finit guillotiné pour avoir refusé de voter la mort du roi. « Celui-là, dit Antoine, il a vraiment fait un parcours sans faute! » Au milieu des marins et des vignerons, quelques visages de femmes. Eulalie, si pâle, beauté romantique. Elle porte à ses oreilles les arlésiennes de grenat en forme de grappes qu'Estelle sort pour les grandes occasions. L'œil farouche, Valentine, la féministe qui s'en alla seule en Angleterre pour soutenir Emmeline Pankhurst et connut les prisons de Sa Gracieuse Majesté. Son frère, Brutus, un colosse, qui fut médecin aux colonies et mourut des fièvres au Tonkin.

Après eux, un seul portrait. Alfonse. C'est lui qui fit du vin du domaine un des premiers crus de Châteauneuf. Mais Alfonse n'était pas seulement un vigneron de génie, il était poète et lettré. Il entreprit même de traduire *Mirèio* en latin puis y renonça à la satisfaction générale pour consacrer le reste de sa vie à la vigne, à la langue provençale et à quelques fouilles sauvages et stériles.

Dans un coin de la toile, on a peint la sainte Estelle * comme un blason d'or. C'est en souvenir de ce grand-père, mort bien avant sa naissance, qu'Estelle porte le prénom cher aux Félibres. L'étoile aux sept rayons l'a marquée comme un sceau. Pour toujours.

Après Alfonse, plus de tableaux. Personne n'a peint sa veuve, Roseline. Et personne n'a peint les parents d'Estelle. Quand un drame bouleverse une famille, qui songe à planter son chevalet?

Sur le mur vide l'histoire des Laborie semble s'être arrêtée.

– Maman?

À la voix de ses fils, Estelle abandonne la compagnie des ancêtres pour courir jusqu'à la porte.

---

* Sainte Estelle, vierge, fille du gouverneur romain de la ville de Saintes, convertie par saint Eutrope et martyrisée en Saintonge le 21 mai 98. Sainte Estelle a été choisie pour patronne par les Félibres, à cause de son nom symbolique et de la date de sa fête qui rappelle l'anniversaire de la fondation du Félibrige, le 21 mai 1854, à Font-Ségugne. Une étoile à sept rayons, l'*estello di sèt rai*, est devenue par suite l'emblème du Félibrige, et la réunion solennelle de cette association a lieu annuellement le jour de la Sainte-Estelle.

Trésor du Félibrige, Frédéric Mistral.

Luc et Antoine, à peine descendus de la deux-chevaux, ont déjà pris Amélie en main. Le premier lui tient le menton, le second lui pince la taille, ils l'embrassent dans le cou, la chatouillent... Elle répète : « Mais qu'ils sont bêtes ! ... Qu'ils sont bêtes ! » avec ravissement. Elle se débat pour la forme, prête à se laisser torturer par les garçons à qui elle donna biberons, fessées, bonbons quand ils étaient petits. La maison est à peine ouverte et déjà la maison est envahie, la maison déborde, quel bonheur ! Des paquets, des valises, des raquettes, des sacs informes sortent de la deux-chevaux, rejoignant le désordre raffiné d'Estelle devant les vases d'Anduze où fleurissent les lauriers-roses. Amélie profite de l'arrivée de leur mère pour échapper aux garçons et réclamer l'offrande de chacun. L'offrande rituelle que, depuis des années, tous apportent pour pique-niquer le soir des retrouvailles sur les degrés de la vieille fontaine de pierre qui, elle aussi, est frappée de la devise comme la bague que porte Estelle.

Semper Vigilans. Intraduisible.

Les offrandes sont maintenant posées sur la table de la cuisine.

– Vous vous souvenez, dit Amélie, joyeuse, de l'année où on a eu cinq saucissons et pas de pain ! Cette année ne sera pas comme ça !

– Pourquoi, demande Antoine, on a cinq pains et pas de saucisson ?

– Qu'ils sont bêtes ! répète Amélie en s'essuyant les yeux tandis que la sonnerie du téléphone retentit pour la première fois de la saison.

C'est Rémy. Il appelle de sa voiture pour annoncer qu'il arrive.

– Information destinée à nous faire dérouler le tapis rouge devant Carla ! dit Antoine en raccrochant.

21

– Carla? s'étonne Estelle.
– La nouvelle fiancée de papa...
– Mais... Fabienne?
– Elle n'a pas passé l'hiver, explique Luc avec philosophie.

Estelle et Amélie se regardent, inquiètes, au-dessus des victuailles.

– Et vous la connaissez, Carla?

Pas du tout. Ils savent seulement qu'elle est italienne et qu'elle « fait l'actrice ».

– Pourvu qu'elle nous aime! dit Estelle en touchant du bois.

– Jusqu'ici, elles nous ont toutes aimés, maman! dit Luc, rassurant, en la prenant par le cou pour l'embrasser. Pourquoi veux-tu que ça change?

– On va quand même un peu ranger avant qu'ils n'arrivent, histoire de faire bonne impression...

Trop tard. La voix de 300 chevaux DIN tournant à plein régime fait s'envoler tous les oiseaux du domaine. Rémy a dû téléphoner au moment où il entrait dans la forêt antique. Ils ont à peine le temps de sortir en courant que, déjà, la Ferrari débouche de l'allée et vient se ranger, écarlate et somptueuse, devant le déballage un peu pouilleux des garçons.

– Estelle!
– Rémy!

En les voyant si heureux de se retrouver, comment imaginer qu'ils ont divorcé il y a plus de huit ans.

Ah! Rémy... Ses cachemires, son hâle, ses must... mais aujourd'hui, son must c'est la longue jeune femme souriante qui s'extrait de la Ferrari. Non seulement elle est ravissante, non seulement elle a vingt-neuf ans, mais ses yeux débordent de charme et de chaleur. Elle saisit les mains d'Estelle qui vient au-devant d'elle.

– C'est tellement gentille que tu m'accueilles chez toi!

Puis elle reprend :

– Peut-être que je dis Vous ?

– Non, non ! proteste Estelle. Tu, tout de suite, c'est très bien. Je te souhaite la bienvenue *nella mia casa*, Carla !

« Ça y est, pense Antoine, les voilà amies d'enfance ! Il a quand même du bol, Papa ! Enfin, s'il y a une justice, j'espère que sa Traviata est aussi conne que belle ! »

Mais il n'en est pas sûr. La jeune femme regarde la maison en silence comme si elle retrouvait un être cher. Ses yeux vont de la façade décrépie, qu'un trait de sulfate zèbre de bleu là où s'accrocha jadis une vigne, passent par les volets disjoints avec leur fente en forme de cœur, montent jusqu'au toit de tuiles pâlies, reviennent sur la terrasse envahie de mauvaises herbes...

– Le Château des Oliviers... murmure-t-elle.

– Côté confort, dit Estelle, inquiète, j'espère que Rémy t'a prévenue que c'est plutôt...

– *Non importa...* ce que je vois c'est que, quand tu arrives ici, tu arrives *autrefois...* comme si tu avais traversé le temps.

Estelle regarde Rémy avec autant de gratitude que s'il venait de lui faire un cadeau. Parce que, d'accord, les autres fiancées les ont peut-être aimés, mais jusqu'ici aucune n'a vraiment compris pourquoi il était si attaché à la vieille baraque de sa femme. Tandis que Carla, à peine arrivée...

– Tu es ce que vous appelez une antiquaire ?

– Oui.

– J'adore ! J'adore tout ce qui est vieux !

– Merci ! dit Rémy avec bonne humeur, mais elles ne l'entendent pas, déjà complices, elles disparaissent dans la maison.

Antoine s'approche de son père :

– Dis donc, celle-là, tu l'as vraiment choisie pour faire plaisir à Maman !

– Je mentirais en prétendant que cet objectif a été mon seul critère mais j'étais sûr que ça marcherait entre elles.

Luc semble chaviré. À son tour, il lève les yeux sur la façade encore aveugle qui va bientôt ouvrir ses fenêtres.

– C'est si joli ce qu'elle a dit sur la traversée du temps... C'est vrai qu'ici c'est *autrefois*.

– Et combien de temps as-tu mis pour venir de Marseille à *autrefois*? demande Antoine à son père.

– Une petite heure, dit Rémy, modeste comme s'il était venu à pied.

Amélie regarde Carla qui vide son troisième verre de Châteauneuf. Ça lui plaît de voir manger et boire une fille si jolie et si mince. Les autres fiancées étaient au régime et demandaient toujours s'il y avait de l'ail dans les plats. Comme si on pouvait faire de la cuisine sans ail! Elles finissaient par se nourrir de poudres « goût fraise » ou « goût chocolat » délayées dans du lait écrémé. Celle-là, au moins, elle tient sa place à table. À table, c'est beaucoup dire. Pour le pique-nique, on s'assied autour de la fontaine ou dans l'herbe, ni cuisine ni service, serviettes en papier, torchons à carreaux, assiettes en carton...

– Je crois que j'ai trop bu, dit Carla à Rémy qui remplit son verre une fois de plus.

– Fais-moi confiance, ce n'est pas fini!

– Tant mieux, dit Carla, parce qu'il est bon! Qu'est-ce que vous devez en vendre!

– Non, dit Estelle. On n'a plus le droit.

– Plus le droit de vendre cette merveille?

« Mon Dieu, pense Amélie, Rémy aurait dû la mettre au courant... »

– C'est une longue histoire, dit Estelle. Et pas très amusante, ajoute-t-elle avec un sourire.

Carla n'insiste pas. Le bruit du petit filet d'eau qui coule de la gueule du lion de pierre devient très présent dans le silence. Il fait encore jour sous le feuillage argenté des oliviers. Un vent léger apporte de la forêt antique une bouffée sucrée, et si les cigales se sont tues, les grillons se préparent à prendre le relai... À la lumière du soir, le Château prend des allures nobles qu'il n'a pas sous le soleil.

— Et ton affaire de *pin's*? demande Estelle à Rémy. Ça marche?

— Fini! Je l'ai vendue en mars. Très bien, d'ailleurs! Maintenant je m'occupe de l'Image Politique.

— De... quoi?

— L'Image Politique. J'aide les hommes politiques à améliorer leur image et leur communication avec les citoyens.

Antoine éclate de rire.

— Vaste programme!

— Plus encore que tu ne l'imagines, dit Rémy. Je me doutais que c'était porteur comme créneau, mais pas à ce point-là. Ce qui m'amuse c'est que je travaille « toutes sensibilités confondues » comme ils disent. C'est ça qui fait la force de mon...

Il s'interrompt car le bruit fracassant d'un hélicoptère à basse altitude fait lever toutes les têtes autour de la fontaine. L'appareil semble jaillir de la forêt, passe au-dessus de la maison, accomplit une boucle et plonge derrière les communs.

— Il s'est posé chez nous!

Antoine est scandalisé. Tout le monde est debout. C'est la révolte. Quant à Amélie, si elle avait un fusil, elle tirerait sans sommation.

— Tu attends quelqu'un? disent en même temps Estelle et Rémy.

Mais non, personne n'attend personne. D'ailleurs, très vite, l'hélicoptère monte en altitude, refait un tour sur les Oliviers, s'éloigne vers le nord et disparaît...

– Bon débarras, grogne Amélie avant de crier, extasiée : Philippine ! Ma petite !

Émergeant de derrière les communs, un jeune couple se dirige vers eux. Estelle, Rémy et Luc courent à leur rencontre. Amélie se précipite à la cuisine et Antoine reste auprès de Carla.

– Tu vas avoir la chance de faire la connaissance de l'élément distingué de la famille ! La polytechnicienne et le baron son époux forment un jeune couple brillant, promis à un avenir exceptionnel... ENA ! X ! Majors ! Dans la botte ! Corpsards ! Cracs ! Cadors ! É-pa-tants !...

– J'ai rien compris, dit Carla. Ça doit être le vin...

Mais quand elle les voit de près, impeccables et lustrés, assis sur les marches au milieu de la famille, elle comprend. Ces deux-là ne sont pas des bohémiens comme les autres. Rémy, malgré son goût de l'*establishment*, du standing, de l'« image », est un marginal. De luxe, d'accord, mais d'abord un fou. Et c'est pour ça qu'elle l'aime. L'offrande du jeune couple, aussi élégante que lui, est un panier de chez *Prune et Parfait*. Somptueux. Mais au milieu des papetons en cartons d'alu et du gros pain de campagne posé sur un torchon, c'est lui qui fait tarte.

– Alors, maintenant la République vous héliporte ? demande Antoine à son beau-frère.

– Non, c'est juste un ami qui nous a déposés en passant.

– Tu fréquentes pas n'importe qui !

– Si vous saviez ce que la vue est belle de là-haut ! dit Philippine. Il faut absolument que tu voies ça, un jour, Maman !

Les deux femmes se ressemblent. Avec, chez la fille, quelque chose de strict, de militaire. Elle doit être superbe en uniforme.

– Tu défiles toujours le 14 juillet ? s'inquiète sa mère.

– Bien sûr!

Elle est venue en coup de vent parce que Jean-Edmond a un dîner important demain soir, justement chez l'ami qui vient de les déposer, mais pour rien au monde elle ne manquerait la descente des Champs-Élysées. C'est un tel honneur...

– É-pa-tant! dit Antoine.

Sa sœur le prend tendrement par le cou :

– Tu sais qu'il faut t'aimer pour te supporter!

– Et tu m'aimes?

– Devine!... Comment va la B.D.?

– Mal!

– Et toi?

– Pire! dit-il avec jubilation.

Philippine se souvient alors que Sophie l'a appelée le matin même et l'a chargée de dire à la famille qu'elle serait là pour les quatre-vingts ans de Samuel.

Brusquement concerné Antoine veut savoir si elle a dit quelque chose d'autre.

– Elle vous embrasse tous!

Il se rembrunit et trouve odieuse la conversation entre son père et Jean-Edmond. Il s'en fout pas mal que son beau-frère vienne d'être élu au Conseil général! Il s'en fout encore plus qu'il soit question de le nommer président de la Commission des Travaux publics et des Routes! Et qu'est-ce que ça peut lui faire qu'il se présente aux prochaines législatives? Hein?

Il est venu pour Sophie. Sophie qu'il aime.

Sophie qui les embrasse *tous*!

Il se verse rageusement un verre de vin, le vide d'un trait et déteste provisoirement tout le monde, Sophie surtout. Allons bon, qu'est-ce qui se passe encore? Jean-Edmond retient Estelle qui s'est levée en disant qu'elle allait préparer leur chambre :

– C'est inutile, ma mère!

« Ma mère »! Faut être taré pour s'exprimer comme ça à sept ans de l'an 2000!

– Nous rentrons ce soir à la Nerthe, poursuit Jean-Edmond en regardant sa montre. D'ailleurs le chauffeur devrait déjà être là...

C'est vrai, ça! Qu'est-ce qu'il fait le chauffeur? À quoi pense-t-il, le chauffeur?

Estelle est restée debout. Elle a l'air bizarre soudain... Elle va pas pleurer parce que le baron veut rentrer chez lui, quand même? Pourquoi les regarde-t-elle tous en silence avant de demander d'une voix timide :

– Je peux profiter de ce que nous sommes réunis pour vous annoncer une nouvelle?

Elle respire à fond puis se jette à l'eau :

– Jérôme et moi, c'est fini.

Personne ne bouge. Un scoop.

– J'ai rompu, précise-t-elle.

Elle est toujours debout devant eux et chacun devine ce que cet aveu lui coûte.

Rémy qui avait commencé à ouvrir une bouteille sursaute en entendant le bruit indécent du bouchon. Carla lui lance un regard noir. Antoine, qui se sent brusquement mieux, demande :

– Et comment il l'a pris?

– Très mal. Il a dit que ça ne se passerait pas comme ça... qu'il allait tout... mettre en l'air...

Jean-Edmond est au supplice. Ma mère, est-il convenable de tenir de tels propos? Voyons!... Et devant une étrangère, pour tout arranger!

– Mais il y a autre chose...

Les trois enfants la regardent en silence. Ce qui les bouleverse ce n'est pas l'idée de ne plus voir Jérôme, ça ils s'en passeront très bien, mais c'est l'air soudain fragile, adolescent, de leur mère.

– L'autre chose, c'est moi, dit-elle. Je veux changer d'existence.

On dirait une petite fille qui fait part de ses projets d'avenir à ses parents.

– Je voudrais... Oh! c'est difficile! mais, vous

28

voyez, mon stand aux Puces, mon travail avec Jérôme... c'est vrai qu'il m'a appris mon métier et, ça, je ne l'oublierai jamais. C'était très... bien. Mais c'est fini. Maintenant j'ai besoin de faire quelque chose de plus... généreux que de vendre des aiguières à de grosses veuves américaines. Je m'explique mal...

— Mais non! Mais non! disent-ils d'une seule voix qui la rassure et lui permet de dire le plus douloureux.

— Chaque fois que je reviens ici, je regrette que Papa n'ait pas eu un fils... Je pense à la vigne... (Elle se mord les lèvres pour ne pas pleurer.) C'est tellement triste ce qui nous est arrivé... Tu vois, Carla, tu as dit tout à l'heure quelque chose qui m'a aidée à y voir clair. Tu as dit : « Ici, c'est *autrefois*. » Cet *autrefois*, je veux le retrouver, le servir... Je ne sais pas encore comment... peut-être un musée?... Je dis n'importe quoi!

Philippine a saisi la main de sa mère et y dépose un baiser. Maintenant tout à fait lucide, Antoine pose une question :

— Et ça date de quand ta rupture avec Jérôme?

Amélie qui revenait avec des fromages s'en assied de saisissement.

— Ça date de cet après-midi, il était 15 heures 23.

Un silence plein de méditation tombe sur la famille, silence heureusement interrompu par des aboiements joyeux. Un gros chien, Nour, bâtard indéchiffrable, de ceux qui ont plein de poils sur les yeux et dans le cœur l'amour du genre humain, déboule sur eux, libérant soulagement et enthousiasme. Présenté à Carla comme « le plus beau chien du Vaucluse, y compris l'enclave de Valréas », il la démaquille d'un seul coup de langue, pleure de joie, se couche sur le dos, donne la patte, accepte héroïquement un fruit et court au-devant de son maître qui arrive, portant un plateau chargé des verres et de la bouilloire du thé à la menthe.

— Blaïd!

— C'est qui, Blaïd? demande Carla à voix basse.

Blaïd c'est l'Algérien qui s'occupe de la vigne. Il ne connaît pas le goût du vin, il n'en boira jamais, mais il a le don. Il y a trente ans qu'il s'est enraciné dans cette terre et qu'il la sert. Il baise la main d'Estelle avant de l'embrasser quatre fois sur les joues.

— Je ne t'ai pas accueillie dans ta maison parce qu'on avait besoin de moi chez Fourcade, Madame Estelle. Je pouvais pas les laisser, une cuve fuyait...

— Tu as bien fait, Blaïd! Tu vas bien? Ton fils va bien?

— Grâce à Dieu, Madame Estelle, je te remercie! Et toi, tu vas bien?

Le balancement des phrases, autre rituel de l'arrivée, rappelle les salutations en langue arabe. Après les personnes on passe à la terre. La vigne est magnifique, les oliviers aussi. Les gens qui sont venus ont dit qu'ils étaient très beaux...

— Les gens? Qui? demande Estelle.

— Les gens qui sont venus mesurer pour la mairie.

— Pour la mairie?... Mais mesurer quoi?

— Je n'ai pas très bien compris... Ils parlaient du niveau de l'eau.

— Du niveau de l'eau!... Mais quelle eau?

— C'est ça que je n'ai pas compris, dit Blaïd en riant, mais toi, ils te le diront!

Estelle y compte bien.

— É-pa-tant!

Une longue voiture noire, style Monsieur le Ministre, arrive doucement par l'allée. Philippine vide son verre de thé, embrasse sa mère.

— Pense à moi pour le défilé, Maman!

— Promis!

Jean-Edmond baise la main d'Estelle.

— Ma mère, je compte sur vous le 14 au matin, à la Nerthe. J'aurai quelques amis, nous applaudirons Philippine ensemble.

– Avec joie!

Elle les regarde s'éloigner, accompagnés par Rémy et Luc.

– Mais pourquoi s'entête-t-il à m'appeler « ma mère »? murmure-t-elle.

– *Guide des Bonnes Manières,* édition de 1909, chapitre VII, paragraphe 3, ligne 22 : « Des rapports avec les beaux-parents », récite Antoine sur le même ton.

La voiture disparaît dans l'ombre.

Autour de la fontaine, on range les reliefs du pique-nique. Le chien aide avec appétit au nettoyage par le vide. On entend rire Carla et Amélie. Rémy et Antoine vont les rejoindre et Luc s'arrête auprès de sa mère qui semble pensive.

– Ça va, Maman?
– Ça va.
– Tu sais, je voulais te dire... Ton idée de retrouver *autrefois,* je trouve ça formidable! Et puis, ajoute-t-il timidement, toi aussi je te trouve formidable!

Ils reviennent vers la maison, bras dessus, bras dessous dans l'air léger.

Estelle ne trouve pas le sommeil et ne le cherche pas.

Elle est dans sa maison. Sa grosse vieille maison sans style, sa grosse vieille maison pleine de grâces.

La lumière de la lune se glisse par la fenêtre ouverte... Demain, si elle en a le temps, elle accrochera les rideaux de mousseline brodée. Ils devraient tenir encore une saison ou deux si elle fait bien attention en les repassant.

Elle lève la tête vers les indiennes du ciel de lit qui, elles, les pauvres, sont bien près de rendre l'âme... Normal, c'est l'arrière-grand-oncle Brutus qui les rapporta de Pondichéry avec du thé et des épices.

Elle regarde les photos sur sa table de chevet. Elle les devine plus qu'elle ne les voit. Elle les sait par cœur. Philippine en uniforme, Philippine en mariée. Les garçons tout petits, tout nus dans le bassin avec ce chien si brave qui s'appelait – va savoir pourquoi – Clemenceau. Papa et Maman, très beaux, se tenant par la main devant les vignes...

Elle a rompu avec Jérôme.

Cet acte prend effet à l'instant même dans cette chambre où elle a dormi avec lui, cette chambre où elle est maintenant seule comme une jeune fille.

Elle va quitter Paris, Saint-Ouen, son stand aux Puces, la vie qui fut la sienne pendant cinq ans, elle va revenir aux Oliviers et y installer boutique... Ce ne sera qu'un premier pas vers son rêve. Le Musée. Elle avait peur, tout à l'heure, quand elle leur a tout déballé. S'ils avaient ri, elle aurait eu très mal. Ils n'ont pas ri. Merci! Je vous aime tant... Quelle joie quand Philippine et Jean-Edmond sont tombés du ciel! Le jour où il cessera de l'appeler « ma mère », le bonheur sera parfait. Pauvre Jean-Edmond! Estelle rit en revoyant son air consterné quand elle a parlé. Il a eu droit à tout, ce soir! La rupture avec Jérôme, la nouvelle fiancée de Rémy!

Elle n'a pas assez dit à Rémy à quel point elle trouvait Carla charmante. Non, mieux que ça. Attachante.

L'été s'annonce bien malgré les larmes d'hier matin... C'est qu'il en a coulé de l'eau sous les ponts depuis qu'elle a rencontré le Fleuve-Roi... À propos d'eau qu'est-ce que c'est que ces gens qui sont venus prendre des mesures? Il faudra qu'elle se renseigne à la mairie.

Le cri désespéré d'un nocturne la fait tressaillir. Cet appel sauvage rappelle que la nature entoure la vieille maison comme la mer entoure un phare. Pendant que les humains dorment, une vie obscure grouille autour des Oliviers avec ses frémissements, ses soupirs et ses lois.

Estelle se lève, va se pencher à son balcon... Tout semble calme. Mais une créature indéchiffrable traverse la terrasse en rampant, un tumulte soudain tourmente l'arbre de Judée qui

33

perd une pluie de feuilles... une grenouille donne son avis sans se gêner, d'une voix profonde, avant de plonger dans la pièce d'eau.

Et puis tout fait silence, tout se tait pour que, dans la pureté de la nuit, s'élève le chant du rossignol.

Ils furent bien inspirés, les papes d'Avignon, quand ils bâtirent sur le roc leur castel Gandolfo!

Châteauneuf est une fête.

Caves, caveaux, tonneaux, tonnelets, bouteilles à emporter, terrasses fraîches où s'attabler, la rue est une profession de foi. La vigne enserre le village et des flèches mènent les touristes vers les châteaux où, sous des voûtes obscures, on leur fera goûter le vin marqué de la tiare. Rentrés chez eux, à Paris, Brest, Strasbourg, Bruxelles ou Tōkyō, ils l'ouvriront pour célébrer fêtes et anniversaires. Ils l'offriront à ceux qui leur sont chers. Et dans un an, deux ans, dix ans... plus tard parfois, ils reviendront, fidèles au vin qu'aimait Mistral, au vin des félibres, au seul vin qui mérite d'être bu quand on va chanter la *Coupo Santo* *.

Estelle respire avec délices. L'odeur du Midi flotte dans l'air malgré la fraîcheur du matin.

Des jeunes qui ont grandi pétaradent devant la fontaine, des vieux qui se sont tassés somnolent dans des flaques de soleil; écarlates et monumentales, deux Danoises en short prennent des photos.

---

* Chant composé par Frédéric Mistral, qui devint une sorte d'hymne provençal.

– Bonjour, Estelle Laborie!

C'est Jujube, l'innocent. Assis sur une borne il lui tend la main et sourit quand elle la serre.

– Salut, Jujube! Tu as passé un bon hiver?

– J'aime mieux l'été, répond-il. Je te vois!

Il est brave, Jujube, tout le monde l'aime. On dit même qu'il porte bonheur. Elle le connaît depuis toujours et se demande quel âge il peut avoir...

– Je savais que tu venais, Estelle Laborie. Et il ajoute en baissant la voix : Monsieur le Curé me l'a dit!

C'est vrai que Jules le laisse parfois balayer l'église et cirer les bancs pour lui faire gagner quelques sous. Malheureusement, Jujube a tendance à communier davantage avec le vin qu'avec le pain.

– Je l'ai vu ce matin, poursuit-il, il attendait le docteur pour faire sa partie de Bible!

Sa partie de Bible! Seul un cœur pur comme celui de Jujube peut trouver une définition aussi juste! Elle rit encore en montant la rue en pente rapide qui mène au presbytère, mais Romain, qui sert des anchois au sel à une vieillette ratatinée, la voit passer et l'appelle :

– Oh! Estelle! Viens un peu ici que je te montre un miracle!

Aux Primeurs des Papes, on voit les plus belles devantures de la région. Romain, le teint fleuri comme le verbe, est un esthète du légume, un virtuose de la graine et du fruit. On vient de loin en automne pour admirer ses compositions de cèpes, mousses et châtaignes. Ses pyramides de poivrons, jaunes, rouges ou vertes, ses buissons de cardes, bettes, tétragones et céleris, ses citrouilles de conte de fée soulèvent l'admiration générale. D'ailleurs les Danoises gigantesques sont en train de mitrailler les guirlandes d'oignons violets et les tresses d'ail qui pendent du plafond comme les décorations d'un bal.

36

Le miracle annoncé par Romain est un cageot de tomates qu'on vient de lui livrer des bords du Rhône.

– Des non traitées ! précise-t-il. Fermes comme la poitrine de Vénus ! Tu risques rien, c'est pas des ravageuses d'entrailles comme il s'en vend dans des commerces sans moralité, c'est pour ça que je me suis permis de t'interpeller !

Estelle en prend trois kilos, vérifie que Romain n'a rien oublié de la commande qu'elle lui a faite hier ; ni la tarte à la courge, ni la brandade, ni les banons dans leur feuille, ni le pèbre d'ase poilu. Et surtout pas les melons ! Elle prendra le tout un peu plus tard avant de ramasser au car de midi les petits d'Amélie qui débarquent de Cassis pour les vacances.

– Mais c'est Estelle !

Une très jolie femme vient d'entrer dans la boutique. Mireille Bouvier. Madame le Maire de Châteauneuf. Elle regarde Estelle d'un œil à la fois acide et mielleux. Elle l'inspecte comme si elle cherchait l'erreur. La mèche rebelle, la maille qui file, l'étoile de sauce sur la robe blanche, l'accroc au corsage, le bouton qui manque à la veste... et, plus raffiné encore, le bouton sur le nez.

Alors, pour le plaisir, Romain la prend à témoin :

– Tu trouves pas qu'elle est de plus en plus belle, notre Estelle ?

– Tu es venue retrouver tes Oliviers ? demande Mireille qui semble n'avoir rien entendu.

– Mes Oliviers et mes racines !

– Ah ! C'est joli ! Tu as toujours eu le sens des formules !

Ce comportement a cessé d'agacer Estelle depuis longtemps. Quand elles se sont connues, à la maternelle, Mireille était déjà comme ça. Toujours l'air d'en savoir plus que les autres, d'avoir une longueur d'avance dans le secret des dieux. Estelle lui tourne le dos et cueille un bouquet de coriandre dans le présentoir de la caisse.

– Bon, dit Mireille, les affaires de la commune m'appellent, je vous laisse... À propos, Romain, on ne t'a pas vu, hier, à la réunion extraordinaire... Dommage, on y a dit des choses intéressantes. Je compte sur toi pour le prochain conseil.

Avec un dernier regard plein de sous-entendus sur Estelle, elle s'en va vers la mairie, entre dans la tour et disparaît.

Romain la suit de l'œil.

– Les réunions extraordinaires, si elle croit que j'ai que ça à faire ! En pleine saison !...

Puis, de bonne humeur, il revient à Estelle :

– Vous êtes pas copines, Madame le Maire et toi, hein ?

Comme elle sourit sans répondre, il insiste :

– Même petitoune elle t'aimait pas ! Et je vais te dire : Mireille, toute « je sais tout » qu'elle est, si elle était pas veuve, elle serait pas maire... Je veux dire veuve du sénateur Bouvier !

– T'es pas macho, toi ! dit Estelle en lui tendant le bouquet de coriandre.

Puis elle s'en va et monte vite, heureuse, la rue en pente rapide pour aller voir la partie de Bible de Jules et Samuel.

On entend leurs voix depuis la rue. Naturellement ils s'engueulent. La *disputatio* bat son plein. À pas de loup, elle se glisse dans le jardinet du presbytère et s'approche de la fenêtre ouverte pour les observer.

Jules Campredon et Élie Samuel, ses oncles à la mode du Comtat, ne remarquent même pas sa présence. Ils sont trop occupés.

Sur la grande table de bois une Bible en grec est ouverte devant Jules, une Bible en hébreu est ouverte devant Samuel. Depuis plus de quarante ans qu'ils se livrent à cet exercice œcuménique, ils savent par cœur chaque psaume de David, peuvent dire de mémoire chaque verset du Livre et réciter la postérité de Sem qui engendra Arpacsad, deux ans après le déluge, Arpacsad qui engendra Scébah, qui lui-même... etc. Mais où serait le plaisir de leurs parties de Bible sans le sel de l'exégèse? Sans le piment de la controverse? Après l'éclat qu'elle a entendu depuis la rue, Samuel poursuit sa traduction d'une voix contenue :

– *Tout l'or qui fut employé pour le sanctuaire était de l'or d'offrande, il fut de vingt-neuf talens...*

– Vingt-sept, dit Jules.

– Quoi vingt-sept?

– Vingt-sept talens.

– *... de vingt-neuf talens et sept cent trente sicles,* poursuit Samuel en haussant les épaules.

– Sept cent trente-deux.

Samuel explose.

– D'où tu la sors cette Bible? Tous les chiffres sont faux!

– C'est une Sainte Bible! s'indigne Jules en la brandissant comme les Tables de la Loi.

– Elle est peut-être sainte mais elle est fâchée avec les chiffres!

Estelle éclate de rire et apparaît à la fenêtre.

– Allez! Je vous fais un prix... on transige à vingt-huit talens et sept cent trente et un sicles! Il vous va, mon jugement de Salomon?

En la voyant, leur colère est tombée. Ils abandonnent même l'Exode (Ex. xxxviii, 24-25) pour aller au-devant d'elle et l'accueillir sur le seuil. Ils l'embrassent, la font asseoir, la trouvent maigrie, un peu pâle. Jules lui propose un doigt de carthagène, Samuel s'inquiète de savoir si elle mange assez et, s'il osait, le docteur, il lui prendrait le pouls et lui demanderait de tirer la langue. Tous deux sont désolés quand elle dit qu'elle ne reste pas. Elle ne fait que passer pour les embrasser et s'assurer qu'ils n'ont pas oublié que ce soir, il y a fête aux Oliviers.

Oublié! Ils lèvent les yeux au ciel.

— C'est comme si tu demandais au curé s'il n'a pas oublié la date de Noël! dit Samuel.

Elle aussi les regarde, craignant de découvrir chez ses deux vieux amis la marque des petites misères de l'âge, la trace de la griffe du temps accentuée par un hiver de plus... Mais non, ils sont superbes. Elle se lève, les embrasse encore et, sur le seuil, se retourne :

— Dernière heure, j'oubliais! Rémy a une nouvelle fiancée, et moi c'est fini avec Jérôme! Bisou!

Ils la regardent sortir, interloqués. Puis ils vont se rasseoir en silence et Samuel reprend sa lecture :

— *L'airain de l'offrande fut de soixante et dix talens, et de deux mille quatre cents sicles...* Dis! Eh! Oh!... Jules, où es-tu?

Jules est visiblement ailleurs, il referme la Bible grecque, croise les bras sur la table et demande :

— Ce Jérôme, tu le regrettes?

— Pas plus que toi.

— Pour une fois on est d'accord!

— On est toujours d'accord pour Estelle.

Samuel ferme le Livre à son tour. La partie de Bible est finie pour aujourd'hui. Depuis sa naissance, Estelle est dans leur vie et dans leur cœur. Elle est l'enfant qu'ils n'ont pas eu, elle est la fille de Paul, elle est l'héritière de leurs souvenirs...

— Tu crois qu'un jour elle sera heureuse, Samuel?

— Toi qui es un intime du Seigneur, demande-le lui! répond le docteur sur un ton bourru.

Mais quand Jules dit :

— Je le lui demande tous les jours,

il avoue, avec la même innocence :

— Eh bé, tu vois, moi aussi!

40

Carla a l'impression d'être la petite chèvre de Monsieur Seguin! Amélie l'a emmenée cueillir du thym en bordure de la vigne et de la forêt, et rit de voir la jeune femme qui s'est mise à genoux sur la terre pour respirer les touffes parfumées.

– C'est la fête des lapins, cette farigoule! Dans la garrigue comme dans la casserole! J'en ramasse pour ma daube et mes aubergines, mais aussi pour l'infusion. C'est le régal de Sophie!

– Sophie?

Sophie est la fille de la meilleure amie d'Estelle. Sa mère est morte quand elle avait six ans, peuchère. Un cancer... Son père s'est remarié et, comme il ne s'occupait guère de la petite, Estelle a pris le relais et on peut dire qu'elle l'a élevée. Comme les siens.

– Elle est avocate, dit Amélie avec fierté. D'ailleurs, on va la voir ce soir pour la fête. Vous comprenez, ici, elle est chez elle, c'est comme sa famille.

– Et vous, Amélie, vous êtes aussi de la famille?

Amélie rit. Elle n'est pas de la famille, mais ça revient au même. C'est comme Sophie, comme les « oncles » d'Estelle, comme Blaïd et son fils.

– On est de la famille des Oliviers, dit-elle.

Carla casse une branchette couverte de fleurs et demande le nom français de cette plante.

– Romarin.

– *Rosmarino.*

– En provençal, on dit : « *Roumanin* ». Et c'est une fleur généreuse qui vient quatre fois l'an!

Tout en parlant, cueillant, marchant, elles ont fait plus de chemin qu'elles ne le pensaient et sont arrivées dans une clairière dénudée où s'élève une maison abandonnée. Elle est encore debout mais un amandier étale ses branches là où fut le toit, la porte n'est plus qu'un trou et la mandragore pousse entre les pierres.

– Oh! la maison toute cassée! Je vais voir! dit Carla.

41

Mais Amélie la retient d'une main rude.

– Non !

Carla la regarde, surprise par cette violence soudaine. Amélie semble désemparée. Elle hésite à parler... puis, brusquement, prend sa décision.

– Allez, je vais tout vous dire !

Elles ont posé les paniers et se sont assises sur le tronc d'un grand pin abattu par la foudre au cours d'un orage d'été. Tant pis pour la cuisine, le fourneau attendra !

– Je suis arrivée chez les Laborie en 57, avec mon mari qui entrait comme régisseur du domaine. C'était juste après le drame...

– Le drame?

– Hier, Estelle vous a dit qu'on n'avait plus le droit de vendre du vin. Quelqu'un l'avait trafiqué. Au début, on accusa son père, Monsieur Laborie. Mais c'était pas possible qu'un homme comme lui ait mis du sucre dans son propre vin ! Des gens qui avaient la religion du Châteauneuf depuis qu'il existe ! C'était se tuer soi-même ! Ils ont fait l'enquête, et l'enquête prouva que c'était Dupastre, son régisseur d'alors, qui était le coupable. Pourquoi avait-il fait ça? Ils étaient de grands amis, ils s'étaient connus au maquis. Et, après la guerre, comme il ne trouvait pas de travail, Paul Laborie l'avait engagé. Enfin, de fil en aiguille, il fallut bien reconnaître que c'était Dupastre. Ça l'a rendu fou d'être découvert ! Le jour où les gendarmes sont venus pour l'arrêter, il a pris le fusil, il a tué sa femme, sa fillette... et il s'est donné la mort.

Carla regarde la maison abandonnée avec effroi. Trois morts pour du sucre dans du vin?...

– Dupastre avait un fils. Un garçon à peine plus âgé qu'Estelle. Les enfants avaient grandi ensemble, les deux doigts de la main... Le jour du meurtre on a cru que son père l'avait tué aussi. Il baignait dans son

42

sang. Mais il vivait encore. Il paraît qu'on l'a sauvé...
Je n'étais pas là, je ne me souviens que de ce qu'on
m'a dit. Mais, le petit, on ne l'a jamais revu.

– Comment ça?

– Il a été « placé ». Mais où? Je me souviens
d'Estelle quand je suis arrivée. C'était la petite fille
la plus triste que j'aie jamais vue... Elle semblait toujours attendre quelqu'un qui ne venait pas. Il faut
dire que la vie aux Oliviers n'était pas gaie. Les
affaires marchaient mal, l'interdiction de vente qui
aurait dû être levée depuis longtemps était toujours
maintenue. Ça, c'est ce sénateur Bouvier, un homme
qui faisait la loi. Sa fortune est venue pendant la
guerre, avec le marché noir. On aurait dit qu'il en
voulait à ceux du maquis d'avoir fait leur devoir pendant qu'il faisait ses choux gras! Sa veuve est maire
de Châteauneuf maintenant. Ce ne sont pas des amis.
Puis Monsieur Laborie a dû s'aliter... Il avait été
déporté et avait ramené la tuberculose des camps.

Amélie se tait et se souvient. Elle avait souvent
croisé Paul Laborie dans Châteauneuf avant de venir
vivre aux Oliviers. Il était beau. Il était gai. Et puis
c'était un héros. Le bonheur l'avait guéri, le malheur
réveilla la maladie endormie. On le vit s'écrouler de
chagrin. Il mourut à la veille des dix-sept ans
d'Estelle, laissant derrière lui un honneur contesté,
un vin frappé d'interdiction et plus de dettes que
d'espérances.

– Mais il y a peut-être pire que toutes ces morts,
tu vois...

Sans s'en rendre compte, maintenant qu'elle lui a
tout dit, Amélie s'est mise à tutoyer Carla.

– Le pire c'est ce qui est arrivé à Estelle. Une
malédiction était tombée sur elle. Et sur le domaine.
Parce que ce petit garçon, elle ne l'a jamais oublié!
C'est comme si on lui avait coupé un morceau du
cœur... Tiens, l'été dernier, en rangeant le grenier,

43

j'ai retrouvé par hasard des vieux films de son enfance. Sans malice je les ai donnés à Antoine et à Luc pour qu'ils lui fassent la surprise. En fait de surprise, j'ai gagné le gros lot! Si tu avais vu sa tête quand elle a reconnu le garçon sur l'écran! Je m'en serais mordu les mains! Après, elle m'a dit : « Range ces films, Amélie, et que personne ne les trouve plus jamais! »

Carla regarde une abeille qui se ravitaille sur le romarin. *Roumanin, rosmarino...* Quelque chose lui échappe. Pourquoi le vin n'a-t-il jamais été réhabilité au bout de tant d'années?

– La méchanceté des hommes et la faiblesse des femmes! dit Amélie, catégorique.

Un klaxon retentit et elle se lève, joyeuse.

– Ça, c'est Estelle qui ramène les petits! Tu vas voir comme ils sont beaux, mon Marius et ma Magali!

Déjà elle court sur le chemin puis se retourne brusquement.

– Surtout, tu ne dis rien de ce que je t'ai raconté à Estelle? Ça lui ferait peine!

Carla n'a aucune envie de faire peine à Estelle, elle jette un dernier regard à la maison abandonnée et voudrait soudoyer une sorcière pour conjurer le maléfice. Elle rattrape Amélie qui court comme une gamine et lui demande :

– Il s'appelait comment, le garçon?

Amélie s'arrête, troublée, comme si elle allait prononcer un nom interdit et murmure, dans un souffle :

– Marceau.

Malgré la chaleur, malgré le refrain berceur des cigales, ils ont passé l'après-midi à préparer l'anniversaire de Samuel. Avec enthousiasme.

Même Rémy qui range pieusement la cave. Même les enfants. Même le chien.

Amélie s'est enfermée dans la cuisine. Estelle et Carla ont entrepris la toilette des ancêtres dans la galerie.

– Pourquoi « Donna » Bianca? demande Carla en retirant un lambeau de toiles d'araignée du blason des Sauveterre.

Elle est ravie d'apprendre que Donna Bianca était romaine comme elle. Assise sur un escabeau bancal, le chiffon à poussière à la main, elle écoute la légende qu'on se transmet depuis des siècles dans la famille.

Gabriéu était très jaloux parce que Donna Bianca, son épouse, était amoureuse d'un autre.

– De qui?

– Du Rhône, dit Estelle comme si elle parlait d'un voisin.

Cet amour d'une mortelle pour un dieu est loin de surprendre Carla et elle comprend parfaitement qu'un jour le fleuve soit venu chercher son amante

45

pour la soustraire au jaloux et l'installer comme une reine au fond des eaux.

– On dit qu'elle y est encore et qu'ils s'aiment toujours, conclut Estelle en essuyant délicatement les moustaches de Brutus.

– Bien sûr!

Carla a repris son travail. Elle époussette maintenant l'enseigne de vaisseau aux idées révolutionnaires et demande à Estelle de lui parler des « oncles » qui viennent ce soir.

Ce ne sont pas des oncles de sang mais des oncles de cœur.

– Pendant la guerre, ils étaient avec mon père au maquis du Ventoux. Le premier m'a baptisée, le second m'a vaccinée... Jules est curé de Châteauneuf, Samuel, le docteur, descend tout droit des juifs du Pape...

– Maman! s'écrie Antoine qui passe avec Luc en portant d'énormes candélabres trouvés au grenier. Maman! comment veux-tu qu'elle s'y retrouve? Tu vas pas expliquer les papes d'Avignon à une actrice catholique, apostolique et romaine!

– Hé! Ho! s'indigne la jeune femme. Clément V, Benoît XII, Clément VI! C'est pas parce que je fais l'actrice que je suis analphabée!

Estelle éclate de rire en voyant la tête de ses fils.

– K.O. debout! dit Luc en s'inclinant.

Antoine ne dit rien. Une fois de plus il pense que son père a beaucoup de chance et qu'il aimerait bien tenir de lui...

Estelle a toujours le fou-rire.

– Rendre Antoine muet, Carla, ça c'est un tour de force!

– Muet, peut-être, réplique Antoine, mais : *Semper Vigilans*!

Les garçons s'en vont, candélabres à bout de bras comme à Versailles. Carla les suit des yeux.

– Et qu'est-ce qu'ils font... pour gagner la vie?
– Antoine est auteur de bandes dessinées.
– Ça marche?
– Pas du tout, hélas!...
– Et le petit?
– Il entre en deuxième année à l'Université. Il veut être archéologue.
– C'est bien le fils de sa mère!

Cet enthousiasme frappe de plein fouet Rémy qui émerge de la cave aussi poussiéreux que les bouteilles qu'il ramène.

– Estelle, demande-t-il, la tête à ras du sol, explique-lui que je suis le père!

– Mais je sais, mon chéri, dit Carla en se penchant avec grâce pour l'embrasser. Je sais!

Puis elle les regarde tous les deux avec émotion et murmure :

– Vous êtes le plus magnifique divorce qu'on puisse rêver!

Plus tard, on a dressé sur la terrasse la longue table avec toutes ses rallonges. On a jeté sur elle une grande nappe blanche damassée et ses douze gigantesques serviettes, chacune brodée d'un « L » en son milieu. Du côté des assiettes – casse oblige – le Pichon d'Uzès alterne avec le vieux Moustiers et il ne reste que trois fables de La Fontaine pour le dessert. Aucune importance puisqu'on a les rébus et les devinettes. Tout le monde connaît les réponses par cœur depuis trois générations, mais tout le monde fait semblant de les chercher et de les découvrir chaque fois qu'on les sort. On a posé les verres à l'envers et recouvert la table d'une vieille moustiquaire. À cause des oiseaux...

– Ils sont pas toujours convenables, a expliqué Magali.

47

– Et même jamais! a ajouté Marius.

Magali et Marius.

Dernière touche au tableau. Sans la présence d'un enfant, il manquerait quelque chose aux Oliviers. Depuis leur naissance, les jumeaux sont « les petits ». Un jour, ils passeront le témoin aux enfants de Philippine, d'Antoine, de Luc. Leur père, fils d'Amélie, puis Salah, fils de Blaïd, ont été les « petits » en leur temps. Estelle regarde les jumeaux et pense douloureusement à deux enfants que la vie sépara... Des rires la ramènent de force ici et maintenant : Carla a demandé leur âge aux petits.

– Vingt-deux ans! répondent-ils d'une seule voix avant de préciser : onze chacun!

Nour remue la queue, l'air amusé comme s'il avait compris l'astuce. Lui aussi fait partie des pièces maîtresses du tableau. Comme le chat. Le chat qui est mort l'hiver dernier. Mais la maison en demande un autre. Et la maison l'aura. Ce matin, Estelle a surpris un éclair tigré, apeuré, qui disparaissait derrière les communs... Patience, le chat, lui aussi, va bientôt rejoindre le tableau.

Tout est prêt pour la fête.

Les personnages aussi qui stagnent sur la terrasse comme les héros d'une pièce avant le lever du rideau et, brusquement, se précipitent vers la voiture de Samuel amenant les deux « oncles ».

Jules a fait un superbe cadeau à Samuel. Il lui a donné une Bible. Une Bible qu'il n'avait pas, et ça, c'est un tour de force! Parce que depuis qu'ils traquent de concert les livres saints, ils ont laissé échapper peu de gibier valable, qu'il s'agisse des différentes éditions de la Vulgate, du Talmud de Babylone, de la *Desputoison du juyf et du crestien* ou des œuvres complètes de ce pauvre Abélard.

C'est la première fois que les jumeaux voient une Bible en hébreu.

— C'est joli, dit Magali, un doigt sur les caractères hébraïques, on dirait la vigne en hiver. Qu'est-ce que ça veut dire, ça? demande-t-elle en suivant une ligne de gauche à droite.

Samuel lui explique que ça se lit de droite à gauche.

— Comme le Coran, ajoute Blaïd plein de respect.

— Qu'est-ce que ça veut dire, insiste la petite fille.

Samuel traduit dans le silence :

— *Tu aimeras l'Éternel ton Dieu de tout ton cœur et de toute ton âme.*

Cette réponse à la question de l'enfant est si belle que Jules se demande si Samuel n'a pas un peu triché... Méfiant, il se penche sur le texte. Mais non! Le doigt est posé sur le Deutéronome vi, 5! Jules et Samuel échangent un regard.

— Il fallait que tu vérifies, homme de peu de foi! Si tu crois que je ne t'ai pas vu!

— L'homme de peu de foi bat sa coulpe! J'aurais dû me souvenir que l'innocence va toujours à l'essentiel!

Carla, qui vient de découvrir le muscat de Beaumes-de-Venise et contemple son verre avec gratitude, interrompt leur dialogue.

— Je voudrais partir jamais! dit-elle à Jules avec une chaleur inversement proportionnelle à la longueur de sa jupe.

Elle les a d'abord pris l'un pour l'autre. Elle a dit : « Bonjour, Monsieur le Curé! » au docteur et ça les a tous fait rire. « Je suis la nouvelle », a-t-elle ajouté pour s'excuser. Quelle aventure! Dire que si elle n'avait pas tourné trois jours au château d'If l'année dernière, si elle n'avait pas accepté de présenter le film à Marseille quand il est sorti, si elle n'avait pas été assise à côté de Rémy au cours du dîner de gala...

49

si, si, si... elle ne serait pas là ce soir, au milieu de cette famille si chaleureuse et si peu conformiste, auprès de cette maison qui les regarde maintenant de ses fenêtres grandes ouvertes, sur cette terrasse romantique... avec Rémy, en plein bonheur.

Un qui n'est pas en plein bonheur, c'est Antoine. Il semble nerveux, inquiet. Il n'arrête pas de regarder sa montre, de se tourner vers la forêt, guettant le bruit d'une voiture. Que fait Sophie? Il va être neuf heures, et elle n'arrive toujours pas. Il a beau savoir qu'elle plaidait à Aix aujourd'hui, qu'on est en plein mois de juillet, qu'il y a du monde sur les routes, il s'affole. Et si elle avait eu un accident? Et si elle avait décidé de ne pas venir? Il compte si peu pour elle! Sa mère qui le surveille du coin de l'œil vient glisser son bras sous le sien et le regard qu'il lui lance lui serre le cœur. C'est celui d'un tout petit garçon qui souffre et qui appelle au secours. Heureusement, une série de coups de klaxon annonce l'arrivée de la retardataire, tout le monde respire et se réjouit à l'idée de passer à table.

Sophie est une brune délicate, assez pâle, charmante. Elle semble fatiguée par le voyage.

– Je suis en retard, mais mon client est acquitté! dit-elle en embrassant tout le monde à la ronde.

Antoine la retient contre lui mais elle s'échappe en poussant un cri et court à sa voiture où elle a oublié le cadeau destiné à Samuel.

– Un parfum de gigolo, dit-elle, je savais que les autres s'inquiéteraient des nourritures spirituelles, alors j'ai fait fort dans le temporel!

Samuel remercie, défait le paquet, en sort un flacon, l'ouvre, le respire, met un peu de parfum derrière ses oreilles et en offre généreusement quelques gouttes à Jules.

– Ça va faire jaser tes paroissiennes quand tu les entendras en confession! dit Luc.

– Si ça pouvait les faire venir à l'église, je m'oindrais de nard des pieds à la tête!

Les jumeaux éclatent de rire, ils sont déjà assis, la
grande serviette autour du cou.

– Je m'oindrais de nard! répète Marius, ravi.

Rémy pousse Carla devant lui, embarrassé. Il ne
sait sous quelle rubrique la présenter à Sophie mais il
a tort de s'inquiéter, la jeune avocate a tout de suite
compris : c'est la nouvelle. Sacré Rémy!...

Amélie regarde la table pour s'assurer que rien ne
manque, ni le pain, ni le vin, ni les marguerites
d'anchois, ni les beignets d'épinards et de brandade,
ni le pâté de grives du Ventoux... ni les olives!

– À Samuel! dit Estelle, et chacun lève son verre
de châteauneuf interdit et superbe, même les enfants
à qui l'on a donné un doigt de vin. Et Blaïd lève son
verre de Fruité orange, et remercie avec gratitude car
tout le monde lui dit que son 89 est magnifique.

الله أكبر *

Le gâteau d'anniversaire est accueilli par des
acclamations. Les quatre-vingts bougies perfection-
nées donnent quelques soucis aux organisateurs, car
si elles résistent au souffle du vent, elles résistent également au souffle de Samuel. Enfin, grâce aux efforts
de toute l'assemblée, on en vient à bout et le docteur,
selon une vieille habitude, coupe le gâteau comme il
a toujours coupé les rôtis, volailles et gigots dans les
repas des Oliviers.

C'est alors qu'Estelle demande le silence, parce
que :

– Il y a un dernier cadeau...

Le dernier cadeau, c'est celui de Marius et Magali

* Que Dieu est grand!

qui se lèvent, blancs de peur, et annoncent qu'ils vont réciter une poésie.

— Ah! Ça, c'est brave! dit Samuel. Et quelle poésie?

— *Amo de moun païs...*

— Du Mistral! Vous avez bien choisi!

Le silence se fait autour de la table. Cette invocation à l'Âme de la Provence du premier chant de Calendal, ils la savent tous par cœur et pourraient tous la dire en même temps. Mais c'est si beau d'entendre, sous la lune et les étoiles, ces deux petites voix fraîches et mal assurées :

Amo de longo renadivo
Amo jouiouso e fièro e vivo,
Qu'endibes dins lou brut dou Rose e dou Rousau!
Amo de séuvo armouniouso
E di calanco souleiouso,
De la patrio amo piouso,
T'apello! Encarno-te dins mi vers prouvençau *!

Certains n'ont pu résister jusqu'au bout et disent les deux derniers vers en même temps que les enfants. Antoine profite de l'émotion générale pour prendre la main de Sophie, mais elle lui échappe pour applaudir la fin du poème tandis que Samuel embrasse les enfants et les félicite.

— C'est notre maîtresse, à Cassis, elle est très forte! dit Marius.

— Grosse? demande Luc.

— Non, mince! Mais forte!

---

* Âme éternellement renaissante
Âme joyeuse et fière et vive,
Qui hennit dans le bruit du Rhône et de son vent!
Âme des bois pleins d'harmonie
Et des calanques pleines de soleil,
De la patrie âme pieuse,
Je t'appelle! Incarne-toi dans mes vers provençaux.

– ...en poésie, explique Magali avant de crier : Les étoiles filantes!

Aussitôt les têtes se renversent pour contempler le ciel. Estelle se lève et suit les jeunes sous la trouée des arbres. Elle voudrait tant, ce soir, accrocher un vœu à une étoile...

Tout le monde en voit, sauf elle...

Dans l'ombre, Antoine entoure Sophie de ses bras. Elle est légère contre lui.

– Tu as fait un vœu? demande-t-il.

– Oui.

– On peut savoir?

– Non.

– Tu veux savoir quel vœu j'ai fait, moi?

Elle se dégage en plaisantant.

– Les vœux c'est secret, c'est comme le vote des citoyens!

– Il faut que je te parle, Sophie...

– Tout à l'heure, dit-elle gentiment. Je vais tenir compagnie à Samuel, regarde, il est tout seul!

Elle est déjà partie et va s'asseoir à la table auprès du héros de la fête, tandis que Magali demande, les mains en porte-voix :

– Mesdames les étoiles, faites que je sois majorette l'année prochaine!

Antoine allume une cigarette et la petite flamme danse sous les arbres.

Carla retient Rémy qui se lève pour aller chercher du vin. Elle lui dit à voix basse, grave :

– Il est amoureux, ton fils.

– Je sais, répond-il sur le même ton avant de se pencher pour lui dire à l'oreille : Son père aussi!

«Mais de quoi peuvent-ils bien parler?» se demande Antoine qui regarde de loin Sophie et Samuel. Leurs visages seuls apparaissent dans le clair-obscur d'un halo de lumière. Ils semblent partager quelque chose d'essentiel. Il se sent exclu, rejeté.

Il va auprès de Carla, à l'autre bout de la table, se verse un verre de vin, le boit d'un trait. S'en verse un autre.

Que ferait-il s'il savait ce que sait Samuel? De tous ceux qui sont là et qui aiment Sophie, un seul connaît son secret. Samuel. C'est même lui qui, l'année dernière, l'a envoyée à son ami le professeur Dupré.

— Tu as eu tes résultats? demande-t-il à mi-voix à la jeune femme.

Non. Elle devait les recevoir aujourd'hui mais le labo a voulu refaire une analyse.

— Comment te sens-tu?

— Fatiguée, dit-elle avec un sourire. Le traitement est rude.

— Je sais.

Le vieux docteur pose une main sur la main délicate de Sophie et pense à Colette, sa mère, qu'il a soignée jusqu'au bout.

Les étoiles continuent de pleuvoir...

— Dire que, de ma vie, je n'ai jamais réussi à en voir une! se désole Estelle qui est restée avec les petits.

Marius vient à son aide.

— Ça ne fait rien, moi j'en vois plein! Qu'est-ce que tu lui demanderais si tu en voyais une?

Estelle regarde autour d'elle la nuit parfumée; elle entend les bruits de la nature et, bonheur visible, làbas, autour de la grande table, sous les lampes, il y a ceux qu'elle aime...

Marius insiste:

— Alors, qu'est-ce qu'on lui demande, à l'étoile?

— De veiller sur les Oliviers.

Surprendre le monde avant le lever du soleil à l'heure où l'air est bon à boire. Frais comme une source.

Estelle quitte la maison qui dort encore. Elle jette un regard à la table sur laquelle on a laissé les photophores et les candélabres. Une brise légère soulève la longue nappe blanche comme un jupon. Les oliviers frémissent doucement. Il va faire une chaleur torride et le petit filet d'eau ne coule plus que par intermittence de la gueule du lion de pierre.

Ce matin, Estelle fait son métier. Avec passion. Elle est antiquaire comme on est marin ou cosmonaute. Jusqu'au bout.

Elle va à l'Isle-sur-la-Sorgue à la pêche aux merveilles. Il faut arriver très tôt, sinon plus de merveilles! Elle s'est couchée tard mais peu importe, elle aime les matins neufs! Au moment où elle monte dans sa voiture, les cigales entament d'une seule voix l'ouverture de la journée.

Glaces baissées, elle roule en regardant le paysage comme si elle ne l'avait jamais vu.

Tiens, le Ventoux est là, ce matin! Depuis son arrivée, il se cachait. Quand ça le prend, il peut disparaître plusieurs jours, entraînant parfois avec lui les dentelles de Montmirail et puis, soudain, le voilà de retour! Plus volcan japonais que jamais, sa tête blanche s'inscrit ce matin dans un ciel outrageusement bleu. Il se tient très droit. Comme s'il voulait atteindre les quatre-vingt-huit mètres qui lui manquent pour en avoir deux mille.

Il y a peu de monde sur la route. Les touristes sont dans leurs lits, les agriculteurs sont dans leurs champs. Et Estelle l'antiquaire s'en va chez Fernand le brocanteur. Fernand, mine inépuisable pour ceux qui savent que les objets inanimés ont une âme qui s'attache à notre âme et la force d'aimer.

Petite Venise de la brocante, l'Isle-sur-la-Sorgue s'éveille à peine quand elle arrive. Elle constate que beaucoup de volets sont encore baissés, que beaucoup de boutiques sont encore closes. Tant mieux, la chasse risque d'être fructueuse.

Fernand, pour l'apprécier, il faut le connaître. Sa boutique est une caverne encombrée où le balai est interdit de séjour, et sa recherche n'a rien de sélectif. Il ramasse, amasse, compile et rassemble. Le meilleur comme le pire. À vous de trier.

Au moment même où elle s'arrête devant chez lui, il remonte son rideau de fer.

Elle est la première et s'en réjouit.

Après les effusions de saison, elle le suit dans son antre. Il faut s'habituer à la demi-obscurité qui surprend après la lumière du matin. Fernand allume une ampoule au bout d'un fil et cet éclairage hideux permet de découvrir les dernières trouvailles du chineur. Tout de suite elle repère deux chauffeuses au petit point.

— Vous avez vu mes girandoles? demande Fernand. Elles sont belles à crier au secours!

— Au secours parce qu'elles sont trop chères! dit gentiment Estelle qui ne veut pas lui faire de la peine et n'ose lui dire qu'effectivement elle les a vues, et qu'elle ne les prendrait pour rien au monde.

– Pour le moment, je retiens le meuble galant, les deux chauffeuses et le pouf abîmé... Vous êtes gentil pour le pouf parce que, vraiment, il rend l'âme!

– Le pouf, je vous le donne, dit Fernand, grand seigneur.

Elle le remercie, continue sa visite et sourit en l'entendant essayer de placer ses girandoles à un couple qui vient d'arriver.

Elle passe dans une autre pièce où de petits objets disparates sont posés n'importe comment sur une table poussiéreuse. Et là, le coup de cœur. Elle reste en arrêt devant une barbotine exquise représentant une bohémienne qui danse.

Au moment où elle s'approche pour la saisir, une main d'homme enlève la bohémienne.

Surprise, elle lève les yeux sur celui qui l'a devancée.

Elle ne l'a jamais vu.

Si elle l'avait vu, elle se souviendrait de lui. Il est de ces êtres que l'on n'oublie pas.

Il tient la bohémienne contre lui d'un geste possessif, pour bien montrer qu'elle est sienne. C'est de bonne guerre, Estelle est trop professionnelle pour s'en offusquer. Elle regrette, c'est tout. Mais soudain, avec un sourire, il lui tend galamment la barbotine. Surprise, elle refuse de la prendre.

– Non! Non! Vous l'aviez vue avant moi!

– Je vous en prie, madame! La beauté appartient à la beauté!

Le propos la sidère. On entend rarement ce genre de madrigal entre chine et brocante. Elle en perd ses défenses et ne peut qu'accepter la bohémienne qu'il dépose entre ses mains. Geste de pure courtoisie, d'accord, mais geste qui lui fait battre le cœur. Le regard de cet homme l'impressionne. Qui est-il?

Antiquaire? Amateur? Voyageur que le hasard a poussé chez Fernand? Elle est soudain gênée par la façon dont il la dévore des yeux et ne se rend pas compte qu'elle aussi le dévisage sans aucune retenue.

– Oh! Madame Laborie, venez voir! Vous cherchiez pas des embrasses Second Empire, l'an dernier? J'en ai un plein carton...

Elle tourne la tête vers la pièce voisine d'où vient la voix.

– Tout de suite, Fernand, j'arrive! dit-elle.

Mais, sur le point de le rejoindre, elle se ravise. Elle a envie de rester avec l'homme mystérieux et de savoir ce qui l'a conduit dans la caverne des objets inanimés. Elle revient à lui et sourit... mais il n'est plus là. Il a disparu. Sans bruit. Sans laisser de traces. Elle le cherche des yeux. Personne. A-t-elle rêvé? Non, la barbotine est toujours entre ses mains et c'est bien lui qui l'y a déposée.

– Je prends aussi la bohémienne, dit-elle à Fernand qui revient, des embrasses plein les bras.

Il fait maintenant très chaud.

À la terrasse d'un café au bord de la Sorgue, Estelle s'évente avec la carte plastifiée des boissons et des coupes maison. Le bruit de la rivière rafraîchit à peine l'atmosphère.

De quelle couleur étaient les yeux de l'homme?

Noirs. Mais des yeux clairs peuvent devenir noirs sous le coup d'une très vive émotion. Et cet homme éprouvait une très vive émotion...

Elle boit une gorgée de Perrier et, brusquement, repose son verre. Sa barbotine, devenue vivante, traverse la terrasse et vient vers elle... Décidément c'est le matin des hallucinations! Mais la gitane superbe, pieds nus, jambes sombres, qui avance avec grâce en balançant les volants de ses jupons, est une femme bien réelle. Une femme qui a chaud comme Estelle,

58

une femme qui a soif. Apercevant un verre d'eau qu'un client a laissé sur un guéridon, elle le soulève d'un geste plein de distinction, et le boit jusqu'à la dernière goutte avec un plaisir évident.

Les représailles ne se font pas attendre. Le garçon l'a vue et fonce sur elle.

— Hé! la caraque! Dégage! On te veut pas ici!

La gitane le regarde, majestueuse, puis elle prend tout son temps pour reposer le verre vide avec délicatesse sur le guéridon avant de demander :

— Et si j'ai soif?

— Tu te tires!

Estelle a crié :

— Garçon! puis, d'une voix très douce, elle a ajouté : Voulez-vous m'avancer une chaise? Madame est avec moi.

Ahuri, le garçon reste bouche ouverte devant l'étrange couple formé par la blonde et la brune. Toutes deux le regardent avec la même expression gracieuse. Elles se paient sa tête, oui! Et ça lui est très désagréable. Il pose une chaise un peu brusquement à côté d'Estelle qui, d'un geste amical, invite la gitane à s'asseoir.

« Qu'est-ce qu'il ne faut pas voir! » pense-t-il en prenant la commande.

Un diabolo-menthe.

Il s'éloigne, écœuré, et les deux femmes se sourient en silence.

Estelle admire le port de tête, la finesse de la taille, l'oreille délicate, l'œillet rouge sang dans la chevelure lustrée... La caraque la regarde aussi. Avec gravité.

— Ton nom? demande-t-elle.

— Estelle.

— Étoile? Ça te va bien! Moi, c'est Zita... et comme le garçon revient, l'air crucifié, avec le diabolo-menthe, elle ajoute, sur le même ton que lui :

— ... la caraque!

59

Elle boit sans quitter Estelle des yeux. Quelque chose se noue entre les deux femmes. Deux univers, celui de la terre, celui du vent, se découvrent et s'acceptent...

Zita repose son verre.

— Donne-moi ta main, l'Étoile... je veux te dire merci!

Estelle a tendu sa main qui paraît encore plus claire dans la main brune de Zita. Zita dont la stupéfaction est visible, Zita qui n'en revient pas de voir ce qu'elle voit, Zita qui tourne et retourne la main d'Estelle dans la sienne avant de relever la tête et de dire, incrédule :

— Toi et moi, un jour, on vivra sous le même toit!

— Pourquoi pas?

— C'est pas possible! dit Zita. Mais je l'ai vu... là. Comme j'ai vu que tu allais recevoir des nouvelles de ton frère.

— J'ai pas de frère!

— Alors, j'ai pas de chance!

Elles éclatent de rire toutes les deux.

Mais une ombre passe sur le front de Zita qui n'a pas lâché la main d'Estelle.

— Pourtant..., dit-elle.

Elle a froid, tout à coup, malgré la chaleur. Elle referme la main claire et la serre très fort sur les secrets, pour les empêcher de s'échapper. Elle dit seulement :

— Prends bien garde à toi!

Il avait garé sa voiture devant l'église à l'ombre des platanes.

Il ouvre la portière, monte, s'assied, il met le contact... mais il ne démarre pas.

Il ne peut pas.

Les mains posées sur le volant, les mâchoires serrées, le cœur battant comme après une course folle, il n'arrive pas à reprendre son calme.

Il l'a revue.

L'autre jour, depuis la fenêtre de la mairie, sans que personne ne la lui désigne, il l'a reconnue. À cause de sa chevelure. Ces cheveux merveilleux qu'elle avait déjà dans l'enfance. Des cheveux de fée.

Il n'imaginait pas à quel point il aurait mal.

Estelle était morte pour lui au moment où la vie les avait arrachés l'un à l'autre.

C'était simple.

Et puis il l'a vue rire, l'autre jour, devant cette boutique où l'on vend des fruits. Il l'a vue manger quelque chose que lui tendait le marchand. Elle a dit des mots qu'il ne pouvait entendre et il s'est senti volé de tout ce qu'elle n'avait pas partagé avec lui.

Il faut qu'il la rencontre à nouveau. Il faut qu'il touche sa peau pour s'assurer qu'elle est bien réelle. Il faut qu'il perçoive le battement du sang qui court sous le réseau bleuté et tiède à chaque mouvement du cœur.

Occupé à construire un empire, il a oublié l'essentiel.

Estelle.

Pendant qu'il tissait sa toile, elle devenait une femme, aimait, mettait des enfants au monde, secouait sa chevelure...

Il a tout programmé. Il a glissé toutes les données dans l'ordinateur. Sauf une. La chevelure de fée. Il n'a pas prévu qu'il suffirait d'un fil d'or, d'un fil de soie, pour que le processus se trouve enrayé.

Il serre le volant de toutes ses forces.

Il ne veut pas faiblir.

Mais le souvenir du bonheur parfait de l'enfance déferle sur lui. Cruel retour qui le ramène au temps de la découverte de la beauté, de la bonté du monde. Au temps de la cueillette des olives dans le froid de l'hiver, au temps des longues marches sur de petites jambes à travers la forêt antique.

Au temps de la révélation du nom des arbres.

Et ce jour où elle avait disparu dans les vignes... il criait son nom mais elle se cachait. Un jeu. C'est sa chevelure qui l'avait trahie, fleur dorée dansant parmi les feuilles d'un cep surchargé. Aucune ivresse ne peut se comparer à cette ivresse d'innocence.

Pas même l'ivresse de la vengeance.

Se serait-il trompé sur tout?

Il a voulu posséder le passé pour mieux le détruire. Mais il ne s'agit plus seulement de remporter la victoire sur des pierres et de la terre. Il s'agit d'Estelle. La posséder? La détruire? Il ne sait plus.

Pendant des années il a lutté, construit, préparé le châtiment et, maintenant qu'il approche du but, il n'a plus qu'une idée. Toucher cette peau.

Il faut qu'il se reprenne, qu'il se retrouve.

Cette nuit, après le départ de ses invités, il a cherché en vain le sommeil.

Le lieutenant Philippine de la Craye l'a profondément troublé. Elle est très belle bien qu'elle n'ait pas la chevelure de sa mère. Il est difficile d'avoir une chevelure de fée quand on est soldat.

Et Philippine est un soldat. Ses scrupules et sa rigueur le prouvent. Tout le long de la soirée, il avait envie de lui dire... de lui dire quoi? Qu'il aurait voulu être son père? Il n'est pas son père mais il va régner sur sa vie. Il règne déjà sur celle de Jean-Edmond. Sur celle de Mireille, active, intelligente, brillante même. Mais c'est une perdante. Il a horreur des perdants. La preuve : depuis qu'il a tout perdu, il n'a cessé de gagner.

Pourtant, cette nuit, il n'a pas dormi.

Avant l'aube il avait quitté Rochegude pour aller revoir la maison du drame. Il voulait rouler jusqu'aux ruines de son enfance. Parce que la blessure qu'il croyait fermée s'était rouverte. Après trente-cinq ans. Toute une existence.

Il n'est pas allé jusqu'à la maison sanglante. Comme il approchait des Oliviers, il a vu une voiture qui sortait de la forêt. Une femme au volant. Elle. Il a suivi la chevelure...

– Vous partez?

Il tressaille, comme pris en flagrant délit.

– Vous partez? répète la femme au visage rond qui se penche vers lui par la vitre baissée. On tourne depuis plus d'une heure avec mon mari et on n'arrive pas à trouver une place...

Elle transpire, l'air implorant, et le regarde comme si sa vie dépendait de la réponse. Il fait signe qu'il part et elle bat des mains.

– Ça marche, Albert! crie-t-elle d'une voix commune en lui tournant le dos.

Puis, pendant qu'il fait sa marche arrière, elle revient le gratifier d'un sourire reconnaissant.

Ce sourire le rend à lui-même. À sa mission. Parce que les dents de la femme ne sont pas seulement laides, irrégulières, mal plantées, elles sont surtout la preuve de la cruauté de la vie.

Estelle avait laissé sa voiture à l'ombre, elle la retrouve en plein soleil. Elle a l'impression d'entrer dans un four et peut à peine poser ses mains sur le volant brûlant.

Il n'est pas encore dix heures, ça promet!

Elle a hâte d'être chez elle, sous le feuillage protecteur de ses arbres, de prendre une douche froide, de déballer ses trouvailles... les chauffeuses (un mot à ne pas prononcer par une chaleur pareille!) ont besoin de quelques points et le meuble galant n'a pas dû être ciré depuis la mort du Régent, quant au pouf, il est entièrement à retapisser. Il n'y a que la barbotine qui soit intacte...

« La beauté appartient à la beauté. »

63

Elle sent encore le regard de l'homme posé sur elle... Quand elle leur racontera ça, tout à l'heure, ils vont... mais a-t-elle envie de raconter sa rencontre? Raconter quoi, au fait? Un monsieur est venu chez Fernand, il a posé une statuette entre mes mains parce qu'il me trouvait belle... puis il a disparu comme dans une féerie d'Opéra.

Est-ce qu'on raconte une histoire inachevée? Une scène aussi obscure que les prédictions de Zita? « Prends bien garde à toi. » Ça non plus, la rencontre avec Zita, elle ne la racontera pas! Elle n'a aucune envie de voir commenter ce qu'elle n'arrive pas à déchiffrer. Elle reste sur sa faim, elle voudrait savoir...

Il n'est certainement pas du métier. Il n'aurait pas laissé échapper cette merveille. Surtout à ce prix-là! Fernand ne vend jamais les objets en fonction de leur valeur intrinsèque. Pour une raison bien simple : il ne la connaît pas. Il vend les objets en fonction de ce qu'ils lui ont coûté. D'où le prix exorbitant des girandoles qu'il pense dignes d'avoir éclairé des petits soupers galants alors qu'elles n'ont dû briller que sur les orgies capitonnées d'un bordel de la IIIe République.

Elle roule derrière trois énormes camions. Impossible de doubler. Elle soupire. On lui a volé sa radio la semaine dernière, en même pas cinq minutes, juste devant son stand. Bien fait! Ça t'apprendra!

– Ça t'apprendra quoi? demande-t-elle à voix haute.

L'enthousiasme de la petite aube a fait place à un sentiment d'inquiétude.

La vie qui l'attend n'a rien à voir avec le monde des apparitions, disparitions, prédictions... Elle a pris la décision de changer d'existence, elle a bien fait. Mais il va falloir la vivre, cette décision. Il va falloir vraiment quitter Jérôme. Dans les affaires comme dans la vie. Revenir ici. Maîtriser tout ce qui cloche dans la maison... Avec quel argent?

Elle a quarante-cinq ans et elle est seule.

Seule, voilà une réalité.

Le Syrien passionné de bleu de Sèvres qui lui a acheté les deux vases invendables la semaine dernière a promis d'envoyer rapidement un chèque. Elle ne doute pas de son honnêteté, c'est un client fidèle. Elle a seulement peur du calendrier. Si le chèque n'arrive pas dans un jour ou deux, elle va encore être à découvert à la banque. Ou devoir payer dix pour cent de dépassement aux impôts fonciers. Elle ne demandera rien à Rémy. Malgré la Ferrari et les apparences, il a aussi ses problèmes. À commencer par les enfants.

On n'a pas de souci à se faire pour Philippine mais Luc est loin d'avoir fini ses études. Quant à Antoine...

Depuis son divorce, Estelle se sent coupable de tout ce qui ne tourne pas rond chez ses enfants. Elle sait que chacun porte sur lui la marque de la séparation. La force de Philippine sort de là. Son apparente indifférence est une parade à la souffrance. Comme le besoin de tendresse de Luc, son attachement à la vieille maison... Antoine, lui, n'a pas trouvé la parade. Il est malheureux, c'est visible. Qu'est-ce qui se passe avec Sophie? Estelle aurait juré qu'ils étaient amoureux l'un de l'autre il n'y a pas si longtemps. Il était devenu plus gai, moins agressif, sobre! Il travaillait avec enthousiasme. Et puis, brusquement, Sophie s'est mise à l'éviter. La différence d'âge, elle a près de cinq ans de plus que lui, n'est pas une raison suffisante. Il y a quelque chose d'autre. Ou quelqu'un. Délicat de poser des questions malgré la tendresse qu'elles éprouvent l'une pour l'autre. Ce serait plus facile si elle n'était pas la mère du garçon.

« Petits enfants, petits chagrins, grands enfants, grands chagrins », dit Amélie qui a un faible pour les lieux communs. Mais seraient-ils communs, les lieux, s'ils n'étaient le point de rencontre du bon sens populaire?

– J'y arriverai! dit Estelle et ce cri du cœur peut s'appliquer aussi bien à la réhabilitation des Oliviers et au désir de donner du bonheur aux siens qu'à la tentative de doubler les trois camions qui lui gâchent la vie, la vue, l'ouïe et l'odorat depuis des kilomètres. Elle dégage, remonte la colonne le pied au plancher au grand scandale du conducteur de tête, vexé de se voir battu par des cheveux blonds. Il accélère et l'invective au moment où elle le dépasse enfin :

– Tu te sens plus, mémé?

– Que Dieu t'entende, pauvre con! dit-elle avec ferveur.

14 juillet.

La musique de la Flotte, l'École polytechnique et la Légion étrangère marquent le pas en attendant le coup d'envoi sur les Champs-Élysées.

Le chef de l'État a déjà pris place sur la tribune officielle.

L'armée est prête, les yeux tournés vers l'obélisque, le ciel est clair, la foule impatiente...

Et soudain, c'est le départ.

D'abord celui de la musique qu'on applaudit au passage. Puis Polytechnique démarre à sa suite.

Philippine est à la droite du porte-drapeau. Si elle n'avait pas précisé à quelle place elle serait, personne ne pourrait la reconnaître. Même pas sa propre mère.

Pas un seul de ses cheveux, impitoyablement tirés, ne dépasse du tricorne. Soldat impassible, sans expression, image du maintien, elle n'obéit qu'au rythme et à la discipline. Comme tous ceux qui avancent avec elle du même pas.

Tête droite.

Mais quel tumulte dans cette tête!

Philippine défile dans le fracas des marches militaires, les cris et les encouragements de la foule et nul ne peut imaginer le trouble qui est le sien. Elle revoit le dîner où Jean-Edmond l'a emmenée, l'autre soir, à Rochegude.

L'effroi. À cause de la demeure, terrifiante et pleine d'ombres. À cause de cet homme brillant et empressé dont le regard la mettait mal à l'aise.

De quelle couleur sont ses yeux? Noirs? Pierre Séverin. L'inaccessible Pierre Séverin qui est venu à eux. Pas seulement parce qu'il a besoin de Jean-Edmond pour ses projets mais parce qu'il a des vues sur elle. Il veut racheter sa pantoufle *. La sortir du service public, lui confier des responsabilités dans ses affaires. Elle a parlé de son âge, des études qu'elle voulait poursuivre après sa sortie de l'École. Il a éclaté de rire et cité Napoléon :

Si vous voyez un jeune lieutenant qui a l'étoffe d'un général, ne faites pas l'erreur de le nommer colonel.

– Bravo, les filles! Super! crient des gamines excitées, perchées sur les barrières qui contiennent la foule.

Pas un sourire. Pas une réaction. Le maintien. Philippine défile.

« Vos scrupules à l'idée de quitter le service de l'État vous honorent, madame, mais soyez rassurée, en travaillant pour moi vous comprendrez très vite qu'une entreprise privée peut mener le même combat que nos institutions, a-t-il dit avant d'ajouter : Nous avons parlé de tout cela avec vos maîtres. »

Elle a eu peur, mais ce n'est pas tout...

Les polytechniciens approchent des chevaux de Marly, les applaudissements qui les accompagnent depuis le départ prennent de l'ampleur. Ce doit être beau d'aller ainsi sur les Champs-Élysées comme si on partait pour traverser la France et la vie quand on a le cœur léger. Mais Philippine a le cœur lourd. À

---

* Payer une somme à l'État pour s'assurer dans le privé des services d'un élève sortant d'une grande école.

cause d'une image qu'elle ne peut chasser. Une maquette. Un projet gigantesque... Elle pense à sa mère, aux Oliviers, à cet homme brillant et empressé qui lui a demandé de l'accompagner à la garden-party de l'Élysée, tout à l'heure. Il tient à la présenter au président.

Jean-Edmond a dit que Pierre Séverin allait sauver la région, amener la fortune dans le pays. Mais, pour cela, il faudra d'abord...

Le jeune lieutenant est bouleversée. Mais nul ne peut s'en douter. Impassible, sans expression, elle défile. Une seule chose compte. Le maintien.

Dans le grand salon aux rocailles de la Nerthe les
« quelques » amis de Jean-Edmond (à peine quarante) sont réunis pour assister au défilé. La famille
Laborie-Fabrègue est au garde-à-vous devant le petit
écran. Gigantesque, le petit écran ! La voiture du
chef de l'État a déjà descendu les Champs-Élysées au
milieu des conversations et de l'indifférence générale
urbi et orbi; les invités ont jeté un œil sur le président, d'accord, mais ce qu'ils guettent c'est le passage de Philippine.

Estelle est terriblement émue à l'idée de voir apparaître le petit soldat qu'elle a mis au monde. Elle se
répète ce que lui a dit sa fille : « Je serai à la droite
du drapeau, donc à la gauche pour vous. »

Carla se fait expliquer la Légion étrangère, Coët-
quidan, Saint-Cyr et le règlement de l'X par un vieux
général en civil qu'on a placé au premier rang car il
est assez dur d'oreille. À la façon dont il regarde la
jeune femme on sent que c'est un homme qui aime
l'Italie...

La voix du présentateur se fait soudain plus présente et les conversations s'interrompent.

– La musique de la Flotte vient d'exécuter bril-
lamment *La Marche des fusiliers marins* et, comme

la tradition le veut, c'est l'École polytechnique qui ouvre le défilé!

Tout le monde retient son souffle... et pousse des hurlements en voyant apparaître le porte-drapeau et les deux filles qui l'encadrent.

Celle de droite? Oui! Non! Celle de gauche! Peu importe, elle est là! Philippine! Hourra!

Le salon aux rocailles retentit des applaudissements et des acclamations de l'assistance. Hélas, le passage de la première Castelpapale admise à Polytechnique est bref sur l'écran. L'École sort du champ à droite, non, à gauche, devant la tribune présidentielle et Estelle en est toute bouleversée.

Les conversations reprennent de plus belle. Le vieux général n'a pas très bien compris pourquoi on applaudissait si fort le passage des polytechniciens mais cette recrudescence de militarisme chez les civils l'enchante. Antoine se tourne vers Jean-Edmond.

— Dis donc, toi qui connais tout le monde, tu pouvais pas lui négocier un gros plan? C'est court comme rôle...

— Mais c'est beau! dit Carla qui semble chavirée par les refrains guerriers.

Devant l'écran, le vieux général chante avec conviction, d'une voix fêlée, en tapant de sa canne le parquet à la française.

Les spectateurs se lèvent et abandonnent le défilé pour aller se rafraîchir sous les ombrages du parc. Certains n'ont qu'une hâte : se mettre en maillot et piquer une tête dans la piscine.

Le vieux général ne bouge pas et restera fidèle au poste jusqu'à et même au-delà de « *Tiens voilà du boudin!* »

Carla a suivi la famille. Elle garde un œil sur Rémy que le sénateur Combaroux a entraîné sous un séquoia pour lui demander s'il pourrait améliorer son image politique.

« Un travail de Romain ! » pense Rémy avec consternation avant de se déclarer enchanté par la proposition.

Des domestiques en veste blanche passent parmi les invités avec des rafraîchissements sur des plateaux d'argent.

Il y a du beau monde sur les pelouses. « Toutes sensibilités confondues » comme ils disent, on trinque sans parler de ce qui fâche. On parle chiffons. La Gauche et la Droite ont visiblement les mêmes fournisseurs et se refilent loyalement les bonnes adresses.

— Chanel, Hermès, Vuitton, Cartier, Guerlain, partenaires officiels des réceptions de mon beau-frère, dit Antoine qui attrape un verre de whisky au passage, le vide en un temps record et en reprend un autre. Mais attention, poursuit-il, même déguisées les opinions n'échappent point à un œil exercé ! L'absence de cravate dénonce l'homme de droite et le petit doigt en l'air désigne la femme de gauche !

— Je ne sais pas si Jean-Edmond est de droite ou de gauche, dit Carla...

— Lui non plus, rassure-toi !

— – ... mais qu'est-ce que c'est beau chez lui !

Oui, la Nerthe est belle. Depuis toujours. Ses pelouses piquées de fleurs, sa piscine aux allures antiques, ses arbres immenses, son calme. Et puis cette situation qui la met au cœur de l'essentiel. Au sud, le palais des Papes sur le rocher des Doms, au nord, sur un autre rocher, le château des Papes. Et, baignant ces deux rivages, la mer des vignes.

Rémy arrive enfin à se débarrasser du sénateur en lui fixant un rendez-vous dans la semaine et vient les rejoindre sur la pelouse.

— Tu te souviens de la décrépitude de la Nerthe du temps d'Apolline ? demande-t-il à Estelle.

— Mais elle est toujours là, Apolline ! Tu en parles comme si elle était morte !

72

– Elle est toujours là mais c'est quand même Jean-Edmond qui a repris les rênes!

Il explique à Carla.

– Apolline a quatre-vingt-seize ans, c'est la grand-tante de mon gendre et elle est complètement folle!

Estelle réagit avec force.

– Elle n'est pas folle! Elle a des peines de cœur!

– À quatre-vingt-seize ans! Bravo! dit Carla.

Elle voudrait bien en savoir davantage mais déjà Luc l'entraîne vers la piscine où s'ébattent quelques invités.

– Pas question de me mettre à l'eau, leur crie Antoine de loin, je reste au whisky!

Rémy s'apprête à les suivre mais le sénateur Combaroux, son agenda à la main, le bloque à nouveau.

– Dites donc, Fabrègue, on ne pourrait pas avancer notre rendez-vous?

Estelle aperçoit de loin Mireille qui fait une arrivée fracassante. Elle débarque de la cérémonie au Monument aux Morts. C'est tout juste si elle n'a pas encore l'écharpe tricolore!... Seul son devoir de maire pouvait lui faire manquer le passage de Philippine à la télé, vous pensez! Alors, comment était-elle notre petite merveille? Magnifique? J'en étais sûre!

Estelle en a brusquement assez des fanfares, des mondanités de Madame le Maire, et des sensibilités confondues. Elle se dirige vers le château, pousse la porte de la tour d'Apolline et la referme sur elle au moment où Rémy réussit à se débarrasser du sénateur en le branchant sur Mireille. Coup double. Il va enfin pouvoir aller se baigner! Mais une main se pose sur son bras et le retient. Son gendre, l'air mystérieux, l'entraîne à l'écart.

– J'ai besoin de vous parler...

Pour que Jean-Edmond abandonne ses invités en pleine réception, il doit y avoir urgence.

Rémy le suit derrière les communs, à l'abri des regards et attend.

– Vous vous souvenez de notre arrivée spectaculaire de l'autre soir?

– L'hélicoptère? Oui.

– Vous vous souvenez peut-être que nous avions un dîner important, votre fille et moi, le lendemain?

– Oui.

– Eh bien, dit Jean-Edmond en prenant son temps, eh bien je crois que nous allons bientôt pouvoir sortir ma belle-mère de tous ses ennuis d'argent.

– Comment ça? demande Rémy, sidéré.

– Asseyez-vous, dit Jean-Edmond, je vais tout vous raconter.

Estelle s'est arrêtée dans le vestibule de marbre blanc qui mène aux appartements d'Apolline. Une odeur de lavande et de violette, une odeur douce, se mêle à l'odeur froide de la pierre. Dans son enfance, quand elle venait voir Apolline, sa marraine, elle respirait avec délices ce parfum composé de végétal et de minéral. Toute petite, on lui avait appris à lire les vers de Mistral gravés au bas de l'escalier:

Dieu immortel, bénis
La porte qui est toujours ouverte
Aux Félibres! Aime la maison
Où ils ont le couvert et la table,
Le vin argenté de Cassis
Ou le vin doré de la Nerthe!

Depuis combien d'années Apolline n'est-elle pas sortie de sa chambre? Estelle ne se souvient pas bien. Elle ne sait plus si elle était encore une enfant ou déjà une adolescente. Elle a des images d'Apolline aux Oliviers. Avec sa grand-mère. Amies depuis le couvent, elles étaient restées inséparables. Noël. Des fêtes. Des anniversaires, des cadeaux... et le goûter des vendangeurs avec ces Provençaux qui dansaient sur la terrasse et tiraient des coups de fusil vers le ciel en faisant claquer leurs drapeaux...

Un jour, mais quand?, on a cessé de voir la longue Delage noire sur les routes autour de Châteauneuf. Apolline n'a plus quitté la Nerthe et n'a plus reçu dans sa chambre qu'Estelle, Jules, Samuel et quelques rares élus comme le vieux Lascourbe parce qu'il avait fait Verdun avec son gardian.

Son gardian. Les peines de cœur de la vieille demoiselle sont bien réelles. Elle a perdu la mémoire, des pans entiers du passé se sont effrités, dissous comme des buttes de sable sous l'assaut d'une vague, mais, depuis près de quatre-vingts ans, elle a su garder son amour intact, sa blessure neuve. Éternelle fiancée d'un disparu, elle attend la mort qui les unira. Mais la mort ne veut pas d'elle. Apolline se survit, recluse volontaire dans la plus haute chambre de sa tour, mangeant moins qu'une libellule, tenue pour folle par ceux qui ne la connaissent pas, servie comme une reine par Stéphanette qui ne l'a pas quittée depuis un demi-siècle. Stéphanette ne l'importune jamais de questions indiscrètes, ne la fatigue jamais par son bavardage. Stéphanette est muette de naissance. Elle ne parle pas mais elle sait par cœur l'histoire des amours d'Apolline et de Fortuné qui, avec un nom pareil, méritait un tout autre destin que le sien.

1911. Apolline a quinze ans. Son père l'a menée en Arles, chez des cousins qui donnent un bal.

Son premier bal.

Mistral, le grand Mistral, remarque la jeune beauté et, paraphrasant un vers de *Mirèio*, écrit sur son éventail : *Dins si quinge an ero Apollino* *. Mistral est accompagné d'un jeune homme qu'il présente

---

* « Dans ses quinze ans était Mireille... » Chant 1ᵉʳ de *Mirèio*.

à l'assistance, Fortuné Maurin. Un simple gardian, intimidé au milieu du salon des Montaut-Manse, mais un poète. C'est pour ça que le maître l'a pris sous sa protection et qu'il lit à voix haute les vers provençaux du garçon. Tout le monde applaudit. Sauf Apolline qui vient de tomber amoureuse pour l'éternité. Le lendemain on va trier * sur le pâturage. Le baron de la Craye n'est pas peu fier de montrer aux Camarguais quelle cavalière est sa fille. La délicate danseuse de satin blanc et de dentelle monte comme un homme. Cet acte révolutionnaire, cette entorse aux convenances, loin de choquer les manadiers, les enchante. Pendant son séjour à la manade dans le Delta, Apolline est de toutes les chevauchées. On la baptise « gardianou ** », bientôt elle a droit au trident et Montaut-Manse lui fait cadeau de sa jument Blé de Lune. Tous ses chevaux porteront ce nom en souvenir des petits matins au bord des roubines et des étangs. « *Dau! Dau! bèu jouvènt ***!* », disait le baile et le gardianou bondissait sur sa bête blanche et piaffante pour galoper à travers les saladelles et les myrtes vers les taureaux noirs, éperon à éperon avec Fortuné. Fortuné qui avait à peine osé lever les yeux sur elle le soir du bal et qui était devenu son compagnon de bouvine.

Ses poèmes avaient de plus en plus de succès. Jusqu'au jour où le baron de la Craye lut, pendant un séjour d'Apolline chez ses cousins, le seul poème qu'il n'aurait jamais dû lire : « *Flour de Castèu-Nòu ***** » et comprit que les enfants s'aimaient.

Il s'offrit une colère de père noble à l'antique, et ramena sa fille à la Nerthe comme si elle avait fauté.

« Nous aurions dû... » soupire parfois Apolline avec mélancolie. Hélas, ils ne l'avaient point fait et elle

* Choisir les taureaux de combat.
** Petit gardian.
*** En selle, beaux garçons!
**** « Fleur de Châteauneuf. »

76

rentra aussi blanche qu'elle était partie, mais avec un brasier dans le cœur.

Trois ans passèrent. Apolline refusa tous les partis. Mistral mourut. La Grande Guerre éclata. Apolline n'avait pas d'autres nouvelles du gardian que les poèmes qui paraissaient de-ci, de-là, dans les revues et almanachs provençaux. Elle apprit sa mobilisation par un sonnet et chercha vainement ensuite la signature de Fortuné Maurin. Et puis, un des premiers jours de 1917, Fortuné se présenta à la Nerthe. Portant blessures et médailles comme des titres de noblesse, le poète demanda la main de sa fille au baron. Un éclat de rire lui répondit avant qu'il ne se fasse jeter à la porte. Par le baron lui-même. Aucun des serviteurs n'aurait osé lever la main sur ce soldat meurtri et glorieux. Qui partit se noyer dans le Rhône...

Un bruit léger sur le palier au-dessus d'Estelle. Stéphanette lui fait signe de monter.

C'est une vraie chambre de jeune fille.

Mais la créature fragile posée comme une poupée dans le grand fauteuil à oreilles a presque cent ans.

Avant même d'entrer, Estelle a compris dans les yeux tristes de Stéphanette, qu'elle arrivait un mauvais jour.

Accotée à des coussins de faille et de taffetas, les jambes couvertes d'une fourrure malgré la chaleur, vêtue de deuil et de soies crissantes, Apolline chantonne d'une voix à peine audible :

...ne sait quand reviendra...
Ne sait quand reviendra...

Le fracas des musiques militaires a dû réveiller des souvenirs douloureux.

Elle lève les yeux sur sa filleule, ne la reconnaît pas mais ne semble pas fâchée par cette intrusion. Elle la fait asseoir auprès d'elle, lui prend les mains et lui confie d'une voix précise :

— Il est revenu de Verdun avec ses médailles, ses belles médailles de sang versé... et mon père a dit non.

Elle s'aperçoit qu'Estelle ne porte pas d'alliance et demande :

— Vous êtes seule aussi, madame? Votre père, comme le mien, vous a brisé le cœur?

— Je suis Estelle...

La mémoire revient au galop et Apolline s'illumine d'un sourire délicieux :

— La petite-fille de Roseline! Tu as ses yeux... Dis donc à ta grand-mère de venir me voir de temps en temps. Elle me néglige. Tu vois, moi, je ne sors plus mais j'apprécie les visites... Attends, laisse-moi réfléchir... Je dois te dire quelque chose de très important! (Elle baisse la voix comme si on les espionnait.) C'est à cause du Rhône! Le Rhône est un serpent! Il nous a tous maudits!... Mais pourquoi t'a-t-il maudite, toi?

Estelle connaît ce délire, cette obsession qui revient dans les propos de la vieille demoiselle. La noyade du gardian, la cruauté du père, la malédiction... elle la laisse parler sans jamais l'interrompre, elle approuve de la tête, pour lui faire plaisir. Elle ne cherche pas à comprendre, à trouver un sens aux propos incohérents qu'elle entend depuis si longtemps. Elle sait que, pour Apolline, la réalité tourne autour d'un tourbillon du Rhône où disparut Fortuné. Elle sait que, parfois, Apolline oublie l'existence de Jean-Edmond et de Philippine, qu'elle prend la mère et la fille l'une pour l'autre, et souvent pour Roseline. Estelle n'aime pas entendre le mot « malédiction »... mais elle aime Apolline.

— Tu m'as fait perdre le fil... C'était très important... pour toi surtout! Mais j'ai oublié le nom... le nom du garçon.

78

Elle pousse un soupir et s'endort brusquement, la tête sur la poitrine.

Estelle la regarde, échange un coup d'œil avec Stéphanette, dépose un baiser léger sur la vieille main ridée et s'en va.

Depuis la révélation de Jean-Edmond, Rémy est au supplice.

C'est lui qui est chargé de mettre Estelle au courant.

« Ma chère Estelle, tes ennuis d'argent n'existent plus ! »

Ça, c'est le premier volet de la révélation. C'est le bon volet. Facile à dire. Agréable. Ne pose aucun problème...

Mais c'est après que les choses se gâtent. Quand il aura tout lâché, il est sûr de son compte : elle va le désintégrer !

Il regarde Carla qui dort près de lui; si belle, si jeune, et ce spectacle lui donne envie de vivre encore un peu...

Il regarde la fenêtre par laquelle entre le jour naissant. Le jour naissant est déjà entré trois fois par la fenêtre depuis qu'il a été chargé par son gendre de cette mission-suicide et il n'a pas eu le courage de parler.

Pourtant les occasions n'ont pas manqué. Une petite rafale de mistral de rien du tout a fait dégringoler un paquet de tuiles du toit au point qu'il a fallu appeler Poulverel, le couvreur. Poulverel étudie un devis. On peut lui faire confiance, il ne fera pas cadeau d'un seul rivet.

Et puis il y a eu cette histoire d'eau. Des coupures trois fois par jour à cause de la sécheresse et parce que les Oliviers sont en zone 5. Première nouvelle. De mémoire castelpapale nul n'a jamais entendu parler de zones dans le secteur.

Décision de la mairie.

Plus exactement décision de Mireille.

Mireille qui n'a jamais pardonné à Estelle d'avoir été la préférée de Rémy.

Vieille histoire dont il n'est ni vraiment fier ni vraiment coupable.

Été 1965, Rémy découvre Châteauneuf à l'occasion d'un rallye automobile. Il n'a pas encore de Ferrari mais il court déjà. Dans tous les sens du terme. Il vient d'ouvrir sa première agence à Marseille : Promotion et Avenir. Il est beau, bronzé, gai, il a des chandails superbes. Il est libre et heureux de l'être. Mireille s'enflamme comme une forêt au mois d'août.

Rémy va avoir trente ans. À cet âge-là on a déjà suffisamment vécu pour être prudent avec les jeunes filles. Il décide que Mireille ne sera qu'un petit flirt sans conséquences, une amourette entre tennis et piscine. C'était compter sans le tempérament et l'ambition de Mireille. Elle se voit déjà Madame Fabrègue quand, un beau jour, une jeune fille vêtue de blanc passe en bicyclette et sourit. Rémy en tombe éperdument amoureux et l'épouse en un temps record.

La jeune fille, c'était Estelle.

Rémy s'est bien gardé de lui raconter en détail jusqu'où les choses étaient allées entre Mireille et lui. Mais Mireille, elle, se souvient et poursuit Estelle d'une haine tenace. Une haine qui survit au divorce des Fabrègue. Le fait qu'Estelle et Rémy soient restés amis lui semble une offense personnelle. Rémy s'est même souvent demandé si elle n'avait pas épousé le sénateur Bouvier pour avoir accès au pouvoir. Le pouvoir de faire souffrir Estelle ou, tout au moins, le pouvoir de lui compliquer la vie. Parce que, sans son hostilité et son action à la tête de la municipalité, le vin des Laborie aurait été réhabilité depuis longtemps.

Il paraît qu'elle marche à fond dans l'affaire dont lui a parlé Jean-Edmond. D'abord parce que, avec tous ses défauts, Mireille est un bon maire et qu'elle pense que ce projet sert les intérêts de la commune. Et puis aussi, et là on arrive au deuxième volet de la révélation, parce que la fin des ennuis d'argent d'Estelle sera aussi la fin des Oliviers.

« Les Oliviers sont foutus », murmure-t-il avec désespoir et Carla se retourne dans son sommeil, découvrant un sein digne du pinceau de Botticelli.

Jean-Edmond a dit que la Nerthe était immense, qu'ils pourraient tous venir pour les vacances. C'est vrai. Mais ce ne sera pas la même chose. Ils ne seront là-bas que des invités. Et, pour Estelle, quel choc!

Peu importe, il doit lui parler. Aujourd'hui.

Ce soir, il y a une séance extraordinaire à l'Échansonnerie. Mireille les a invités à sa table pour assister à l'intronisation d'un ministre japonais et d'un ambassadeur africain. Il faut qu'il parle à Estelle. Avant. Si elle apprenait la nouvelle en plein dîner, elle serait capable de faire un scandale!

Courage, Rémy!

Il se lève sans faire de bruit. Il est encore très tôt, il va pouvoir prendre une douche. Il regarde sa montre... Merde! Trop tard! L'eau est coupée depuis dix minutes!

Estelle lit son courrier. Elle a reçu le devis de « Poulverel et Fils, couvreurs, plombiers, fumistes » (Ça, c'est vrai!) et le regarde avec consternation. Par contre, le chèque du Syrien se faisant attendre, elle est maintenant à découvert à la banque.

Elle soupire et dit à Rémy :

— Tu vois, si on n'était pas dans la zone 5 et si on avait de l'eau, je m'ouvrirais bien les veines dans ma baignoire...

— Je te comprends, dit Rémy qui se lance en pensant que jamais une aussi belle occasion ne se présentera. J'ai une bonne nouvelle pour toi.

— Je suis preneur.

Plutôt encourageant comme début...

— J'ai un acquéreur pour les Oliviers.

Ça fait rire Estelle qui croit qu'il s'agit du bois d'oliviers, la seule source de revenus qui lui reste dans la propriété. Rémy précise :

— Il ne s'agit pas des oliviers, mais des Oliviers.

Ça y est, c'est parti ! Elle le regarde en silence puis demande d'une voix changée :

— Les Oliviers ?... Tu veux dire la maison ?

— Oui... et le domaine...

— Quelqu'un veut acheter le domaine ?

— Oh ! ce n'est pas « quelqu'un ». C'est une société. Une affaire colossale, un complexe de loisirs et de sports...

Le silence d'Estelle, son calme apparent donnent à Rémy la force d'aller plus avant. Une sorte d'ivresse le prend. Il parle d'autant plus facilement qu'elle lui a tourné le dos et qu'il ne voit pas son visage.

— C'est le très, très grand standing. Il y a beaucoup d'argent. Ils en proposent beaucoup, d'ailleurs. C'est la fin de tes ennuis, tu vas pouvoir souffler... Tu ne l'auras pas volé ! C'est le grand... le très grand...

Elle le laisse s'empêtrer puis demande :

— C'est quoi ce projet ?

— Tu ne vas pas me croire...

— Mais si !

— Il est question de faire le plus gigantesque parc de loisirs et de sports d'Europe aux portes de Châteauneuf. Quarante-cinq courts de tennis, des

83

piscines, un golf! Huit cents logements de standing! Mais le plus beau, c'est le lac artificiel alimenté par le Rhône! Ça c'est « l'idée »! Un plan d'eau exceptionnel pour la voile, le windsurf, le ski nautique...

Estelle voit le chat tigré, déjà moins farouche, qui traverse la terrasse sur ses pattes de velours et cette image domestique la ravage.

— Et puis, poursuit Rémy qui s'enhardit, ça peut être très rapide... Mireille a donné son accord...

Estelle réagit comme si une guêpe venait de la piquer. Mireille a donné son accord... Tu m'en diras tant!

— Plus que son accord, elle soutient le projet. Jean-Edmond aussi, du reste. C'est lui qui... Oh, tu sais comme ça s'appellera? Cigal-Land! C'est joli, hein?

— Très joli, dit Estelle, écœurée. Et que deviendra la maison au milieu de... Cigal-Land?

Aïe! Nous y voilà! Rémy prend une profonde respiration avant d'expliquer :

— Eh bien, c'est un complexe de loisirs et de sports...

— Je sais, tu me l'as déjà dit. Mais la maison?

— La maison ce sera fini... à cause du lac...

Elle a fermé les yeux pour retenir ses larmes. Ne pas pleurer! Ne pas pleurer! Se battre! D'une voix très douce, elle dit :

— Et là où nous sommes en ce moment, ce sera le fond du lac?

On entend à peine le oui de Rémy mais elle se retourne vers lui comme une furie.

— Tu étais là, l'autre soir, devant la fontaine, quand j'ai dit que je voulais retrouver mes racines, et tout ce que tu me proposes c'est de les couper!

Il tente de la calmer, de la raisonner. Enfin! La maison ne tient plus debout! C'est un gouffre sans fond!

Parole malheureuse. Estelle le fusille du regard.

84

Il appelle au secours tous les témoins à charge. Le toit à refaire, les taxes à payer, les coupures d'eau...

— Les coupures d'eau?

Encore une parole malheureuse. Cette fois elle est déchaînée.

— Les coupures d'eau! Une idée de Mireille pour me pousser à bout! Pour me faire casser! Et je comprends maintenant pourquoi la mairie a envoyé des gens mesurer «le niveau d'eau»! Quelle trahison!

— Une trahison? Tu es complètement folle, ma pauvre Estelle! C'est une occasion inespérée. Qui voudrait acheter une ruine pareille?

— Quoi?...

— Jean-Edmond a fait faire une estimation des Oliviers, eh bien le promoteur nous propose plus du double!

— *Nous* propose!

— Enfin, te propose...

— Jean-Edmond! Mireille! Mais alors tout le monde est au courant sauf moi?

— Estelle! Ne prends pas les choses comme ça!

— Jamais! Tu entends? Jamais on ne touchera aux Oliviers!

Cette fois elle sanglote, la tête appuyée contre la vitre d'une porte-fenêtre.

— J'ai un grave problème...

Carla est entrée, l'air préoccupé, tenant deux robes à bout de bras, une longue, une courte.

— ... c'est pour ce soir. Je mets la longue ou la courte?

— La courte!

— La longue!

répondent-ils en même temps sans jeter un regard vers les pièces à conviction.

— D'accord! dit Carla en prenant prudemment le large.

Plusieurs fois par an, dans la grande salle taillée à même le roc, sous ce qui reste du château des Papes, les échansons en robe pourpre se réunissent pour célébrer le vin.

Les « connaisseurs » viennent parfois du bout du monde pour se faire introniser et plus leur route a été longue, plus vive est leur joie. Des pages les accueillent au son des trompettes, des torches illuminent les tables fleuries où des troubadours viennent s'agenouiller aux pieds des dames, et le vin coule des amphores en pavois.

Mireille préside la table d'honneur avec majesté. Élue emblématique portant brocard émeraude et torsades d'or dans sa chevelure sombre, elle veille jalousement à ce que son image soit la seule image que ses hôtes emporteront en partant. Et, ce soir, elle est en train de se demander si l'idée d'inviter les Laborie-Fabrègue à sa table n'était pas une erreur. Estelle semble radieuse... Qu'est-ce que ça veut dire? Est-elle au courant pour Cigal-Land? Serait-elle d'accord, contre toute attente? Est-ce par hasard qu'elle a glissé un minuscule rameau d'olivier dans ses cheveux blonds? Signe de paix? Déclaration de guerre? Quant à la petite actrice, l'Italienne, alors, là! Il a suffi d'un seul coup d'œil pour que Mireille déteste la « fiancée ». La robe courte pour laquelle elle a finalement opté est vraiment courte. Aussi bien en haut qu'en bas, et l'envoyé de S.M. l'empereur Akihito, M. Oda Kawakami, regarde les épaules de la jeune femme avec bonheur sans écouter un seul mot de ce que lui dit Madame le Maire. Estelle sourit à son voisin africain qui, à en juger par ce qu'il a déjà bu, n'est certainement pas musulman. Rémy se sent mieux. Après la scène pénible de ce matin, Estelle a paru réfléchir. Ce soir, elle est rayonnante... Peut-être finira-t-elle par comprendre et devenir raisonnable? Quand ils sont arrivés, tout à l'heure, Jean-Edmond a interrogé son beau-père du regard.

« C'est fait », a dit Rémy.

Sans commentaire.

M. Oda Kawakami se lève pour dire quelques mots. On réclame le silence. Les conversations s'interrompent. On se tourne vers leur table.

Oda Kawakami se penche vers Mireille.

– Je croyais connaître la France, mais je sais maintenant qu'on ne connaît vraiment la France que quand on connaît Châteauneuf-du-Pape!

Mireille est aux anges et la salle est en plein délire. Le ministre poursuit en levant son verre :

– Ce vin est bon... Je dirai même qu'il est aussi beau que les femmes de ce pays!

La joie de Mireille serait complète s'il ne terminait son compliment en regardant Estelle et s'il n'ajoutait, sans la quitter des yeux :

– Comment faites-vous, à la veille de l'an 2000, pour garder la flamme si vive?

– C'est parce que cette flamme nous éclaire depuis la nuit des temps et qu'elle n'a jamais cessé de briller à travers les siècles, monsieur le ministre, répond gracieusement Estelle qui énumère les noms des grands hommes liés à l'histoire du village :

Les papes, le félibre Anselme Mathieu, le commandant Ducos, vainqueur du phylloxéra!... Et, plus près de nous, le baron Le Roy de Boiseaumarié qui inventa l'A.O.C., l'appellation d'origine contrôlée, ainsi que le docteur Philippe Dufays, fondateur de l'Échansonnerie.

Mireille commence à s'énerver et va reprendre la parole quand l'Africain s'écrie avec enthousiasme :

– C'est... tribal!

Tribal? Il a sans doute voulu dire autre chose? Mais non. Il s'explique.

– Votre rituel! Les robes pourpres! Les libations! Les trompettes! La cérémonie! La magie! Tribal! Je lève à mon tour mon verre, Madame le Maire, à cette éminemment séculaire tradition que vous maintenez!

– C'est vrai que maintenir est difficile, monsieur l'ambassadeur... Mais avec du courage, de l'enthousiasme et du dévouement on arrive à préserver l'essentiel!

Brusquement, sans que rien n'ait laissé prévoir que l'orage menaçait, Estelle, exaspérée par le ton à la fois mondain et électoral du discours, éclate.

– Préserver l'essentiel! Tu ne crois pas que tu y vas un peu fort? Tu ne crois pas que tu passes les bornes?

Stupeur autour de la table d'honneur. Jean-Edmond et Rémy échangent des regards consternés. Les autres convives qui n'ont pas eu accès au dossier se contentent de suivre le match, comme à Roland-Garros. Mireille maudit l'idée qu'elle a eue d'inviter Estelle, qui crie maintenant.

– Réponds-moi!

– Ma mère! supplie Jean-Edmond.

– Ah! vous, ça suffit!

La douleur qui est la sienne depuis la révélation de Rémy est un moteur puissant et l'idée de perdre les Oliviers lui donne tous les courages. Estelle est lancée, rien ne l'arrêtera.

88

— Maintenir! Tu n'as pas honte de prononcer ce mot alors que tu te prépares à défigurer la région! Préserver l'essentiel! Tu oses dire ça devant moi? Alors que tu veux rayer de la carte des paysages qui sont l'âme même de ce pays!

Mireille a tenté, au début, de sauver les apparences mais la violence d'Estelle lui fait oublier le lieu et les convenances. Elle se lève à son tour.

— Mais tu te prends pour qui? C'est toi, la région? C'est toi, le pays? Essaie de penser aux autres! À l'avenir!

— À l'avenir?

Rémy se demande si elles ne vont pas en venir aux mains devant tout le monde.

— L'avenir! Mais je ne pense qu'à ça! reprend-elle. Et au désastre que des gens comme toi préparent pour leurs contemporains et les générations futures!

— Tais-toi! dit Mireille.

— Tais-toi! dit Estelle. Tu veux noyer des vignes et des oliviers, et tu parles de l'avenir? Tu veux faire de la nature un parc d'attractions et...

Brusquement, les deux femmes cessent de s'invectiver comme si une décharge électrique venait de les rappeler à l'ordre. Les échansons ont entonné:

Provençaux voici la coupe
Qui nous vient des Catalans...

et, debout avec toute la salle, Estelle et Mireille, les yeux brillants et la rage au cœur, chantent la *Coupo Santo* d'une voix vibrante sans cesser pour autant de s'envoyer des regards meurtriers.

Coupo Santo!
E versanto!...

— Trrribal! dit l'ambassadeur en vidant avec bonne humeur son verre de 90.

Le retour aux Oliviers a été terrible. Un silence de mort dans la Ferrari. L'horreur! Et après avoir dit bonsoir à Estelle devant la porte de sa chambre, Rémy a dû remettre le couvert et tout expliquer à Carla. Qui s'est mise à pleurer en apprenant la menace qui pesait sur les Oliviers. La menace! Le salut, oui! Elles sont folles ou quoi?

Et, ce matin, ça repart de plus belle. Les garçons sont maintenant au courant. Antoine ne dit rien mais Luc semble effondré et quand Amélie saura il faut s'attendre à d'autres larmes...

– Je peux vous voir tous les trois un moment?

Estelle descend de sa chambre, nette, impeccable, tirée à quatre épingles. La Justice poursuivant le Crime...

Sans un mot, ils traversent la galerie des ancêtres, entrent dans le bureau, s'installent autour de la table comme les membres d'un conseil d'administration.

– Je voudrais, dit Estelle debout, la voix ferme, que nous parlions de la proposition insensée qui m'a été transmise par votre père... Laisse-moi parler, Rémy, s'il te plaît! Je tiens d'abord à te dire que je ne t'en veux pas. Tu n'as été que le messager malheureux de Jean-Edmond, de Mireille et de ces gens qui ont mis sur pied ce projet ridicule, Cigachose...

– Ridicule? On n'est pas près de retrouver une occas...

– Laisse-moi parler!

Soudain, elle s'assied, des larmes plein les yeux, fragile, blessée. Elle dit :

– Les Oliviers...

Et ses fils ont envie de la serrer dans leurs bras. Mais elle se reprend et poursuit son discours.

– ... vous savez ce que ça représente pour moi. Quand j'étais petite, je suivais Papa à travers les vignes... Il m'apprenait les saisons de la terre... L'hiver, il me faisait écouter la voix du vin au fond de la cave... C'était avant le drame, avant le déclin du domaine. Après sa mort, j'aurais dû... mais je n'ai rien fait. Bien sûr, j'ai toujours rêvé qu'un jour la vigne serait réhabilitée... Maintenant, je ne rêve plus. Je veux agir.

« Comment? Mais comment, ma pauvre Estelle? se demande Rémy. C'est là que tu rêves! »

– Papa me disait: « Estelle Laborie, n'oublie jamais qu'une partie de notre nom est invisible, Sauveterre. N'oublie jamais tes racines. » Il m'a donné cette bague marquée de notre devise. Et vous voudriez que je dise oui à un projet qui veut noyer notre maison, nos oliviers, notre forêt, et ce qui reste de nos vignes? Que j'applaudisse à l'idée de voir passer des pédalos et des planches à voile là où les nôtres ont vécu depuis toujours?

Le téléphone sonne. Personne ne répond.

– Et que je fasse ça pour de l'argent?

Le téléphone sonne toujours, exaspérant.

– C'est que tu en as besoin, de cet argent, dit Rémy avec un certain héroïsme.

– C'est vrai. Je connais ma situation financière mieux que personne... Luc, tu peux répondre, s'il te plaît?

Il se lève et va décrocher.

– Elle n'est pas brillante, elle est même catastrophique. Mais j'ai besoin de me battre! Je veux sauver les Oliviers! Si seulement Papa avait eu un fils...

– Maman!

Luc a crié. Tout le monde le regarde. Le téléphone à la main, il semble affolé.

– C'est Nicole... Elle demande si c'est normal qu'on déménage ton stock?

– Quoi?

Elle a bondi sur l'appareil et écoute le récit de

Nicole, sa voisine des Puces. En voyant charger des meubles dans un camion, Nicole a cru qu'Estelle était rentrée du Midi et elle est venue pour lui dire bonjour. Le chauffeur du camion lui a montré un papier. Tout déménager au garde-meubles. Ça lui a paru bizarre. Alors elle a préféré prévenir Estelle.

– Tu as bien fait. Je te remercie.

Elle raccroche. Sous le choc. Il ne manquait plus que ça. Le papier était signé par Jérôme, bien sûr... Il l'avait prévenue : « Ça ne se passera pas comme ça ! Je vais tout foutre en l'air ! »

Il ne lui a pas fallu longtemps pour réagir. Neuf jours... Non, huit ! Huit ou neuf ? Ces calculs inutiles ne l'occupent que quelques secondes, le temps de se reprendre et d'annoncer sa décision :

– Je remonte à Paris !

La discussion est finie.

Une catastrophe à la fois, s'il vous plaît ! Elle va vers la porte d'un pas vif. Sur le seuil, elle se retourne pour demander qu'on prévienne Sophie, elle va sans doute avoir besoin d'elle.

Jérôme.

Elle ne l'aurait jamais cru capable de ça.

Elle recouvre son lit de la courtepointe de piqué blanc en espérant revenir le plus vite possible. Puis elle jette un peu de linge, un polo et des affaires de toilette dans un sac de voyage. Au moment de quitter la pièce, les photos, la pendule, les indiennes expirantes et les rideaux qu'elle a accrochés deux jours plus tôt, elle regarde intensément autour d'elle en murmurant :

– À très bientôt !

Avant de redescendre les escaliers en courant et de se précipiter sur la terrasse où Luc vient d'amener sa voiture.

Il est encore au volant et regarde sa mère en souriant.

– Monte!

Devant l'air étonné d'Estelle, il explique :

– Tu pensais quand même pas que j'allais te laisser partir au front toute seule? Allez, embarque! On conduira à tour de rôle pour aller plus vite!

– Luc!

Alors, comme ça le gêne de la voir émue, il s'excuse presque.

– J'adore conduire, tu sais...

Estelle regarde Rémy qui lui prend les mains.

– Je suis avec toi!

– Je sais, dit-elle en se mordant les lèvres.

Pendant qu'elle s'installe, Rémy lui confirme qu'Antoine a Sophie au bout du fil, qu'il lui explique tout.

– ... et puis ne t'inquiète pas... On garde la maison!

L'ambiguïté de la phrase la fait osciller entre le rire et les larmes.

« On garde la maison. »

Luc a déjà démarré. Nour qui dormait d'un œil près de la fontaine court joyeusement derrière la voiture... Puis il s'arrête au moment où ils s'enfoncent dans la forêt antique.

Les cigales ont la voix triste.

– On aura beau temps pour la route! dit Luc.

Estelle approuve, se retourne...

Les Oliviers ont disparu.

Luc a bien fait de venir.

Il est gai. Il est drôle.

Il parle sans arrêt de tout, de rien, en évitant d'évoquer les Oliviers ou de prononcer le nom de Jérôme.

Il a faim. En prenant de l'essence elle achète deux

gros sandwichs qu'ils mangeront en roulant. Elle touche à peine au sien et le regarde qui dévore avec appétit. Dix-neuf ans... À dix-neuf ans elle était mariée, pleine d'espérances et d'illusions. Et déjà blessée pour la vie.

Luc n'a pas eu le temps de se raser ce matin et sa légère barbe a quelque chose d'émouvant.
– Tu manges pas ton sandwich?
– Pas faim. Tu le veux?
– Affirmatif! dit-il comme quand il était petit.
Mais c'est un homme. Qui lui ressemble, qui ressemble aussi à Rémy.
– C'est gentil de m'avoir accompagnée...
– Tu rigoles?
– Pas tellement, dit-elle, et ils éclatent de rire.

Juste avant Valence elle a repris le volant et il s'est endormi aussitôt. Au moment même où le Rhône faisait sa réapparition. Comme si, par délicatesse, il voulait laisser sa mère en tête-à-tête avec le Fleuve-Roi. Qui doit être bien étonné de la voir revenir si vite vers le Nord. Elle n'aime pas le rencontrer à rebrousse-flots. Lui non plus n'a pas l'air heureux de la voir. Il roule, maussade, absorbé par la descise, entraînant des eaux grises et boueuses. Il a dû pleuvoir en amont. D'ailleurs le ciel se couvre, la lumière est laide, pas un souffle d'air malgré les vitres entrouvertes.

Luc dort. Avec autant de conviction que tout à l'heure quand il mangeait. Ah! jeunesse! Il dort encore au péage de Vienne, la double traversée du Rhône ne le dérange pas, ni la circulation très dense qui annonce Lyon, ni le bouchon avant Fourvière, ni le tunnel, ni la lumière retrouvée...

– Salaud!

Il se réveille brusquement, ne sait plus où il est, regarde autour de lui, se souvient et explique à sa mère :

– Je m'engueulais avec Jérôme! Parce que ce qu'il t'a fait, c'est... excuse-moi, Maman...

– T'excuser? De quoi? De me soutenir le moral?

– T'inquiète pas! De toute façon, il va l'avoir dans le baba! Faire virer le stand de quelqu'un! Faut être cinglé!

La situation est malheureusement un peu plus compliquée et c'est bien ce qui inquiète Estelle. En réalité, ils n'ont jamais signé de contrat. Jérôme prétendait ne pas aimer les paperasses. Leur arrangement était purement amical.

– T'es quand même sa locataire?

– Pas vraiment... De temps en temps, surtout après une grosse vente, je lui versais quelque chose. Le plus souvent de la main à la main... Il disait que c'était plus simple.

« Tu parles! » pense Luc, atterré.

– Mais le stock est à moi!

– T'as les factures?

– Bien sûr! Enfin... pour la plupart.

Le silence a changé de couleur comme le ciel. Luc n'a jamais vraiment accepté Jérôme, n'a jamais vraiment compris ce que sa mère lui trouvait. Du genre viril, sûr de lui, tranchant, infaillible et sans attendrissement. Mais de là à imaginer qu'il était malhonnête...

– Tu l'as connu comment, Jérôme?

– Par Nicole, justement! Tu sais qu'elle a été très chic quand nous avons divorcé, ton père et moi...

« J'avais onze ans et demi, Maman. À cet âge-là bien des choses nous échappent. Excepté le chagrin. »

– Elle m'a dépannée, poursuit Estelle. J'ai travaillé avec elle. Je gardais le magasin, je faisais quelques ventes. C'était la première fois que je gagnais ma vie... et c'est là que j'ai rencontré Jérôme.

Jérôme. Sa canadienne, ses bottes, sa brutalité en affaires, tempérée d'un sourire quand il la regardait.

— Il passait souvent... Il était sympa...

« Au secours ! »

— Si je suis devenue antiquaire c'est grâce à lui. Il m'a appris mon métier et puis... c'est dur d'être seule.

Elle rit pour masquer son émotion et sa gêne et ajoute :

— Du temps de ma Maman, on ne racontait pas ses peines de cœurs à ses enfants.

— Passe-moi le volant, dit Luc, tu conduis trop vite, on va se crasher !

Nicole abandonne une cliente qui hésite entre une opaline et une paire de chenêts pour courir au-devant d'eux. Elle n'en revient pas de les voir arriver si vite et s'excuse d'avoir affolé Estelle avec son coup de fil, mais...

— Ne t'excuse pas, Nicole. Tu as bien fait.

Le stand est vide, dévasté. Un grand lustre brisé, ses pendeloques de cristal répandues sur le sol autour de lui, est le seul indice qui reste de ce qui fut un magasin bourré de meubles et d'objets. Estelle fait l'appel des absents. La commode Régence qu'elle a réussi, tant elle l'aimait, à ne pas vendre depuis deux ans, la glace Louis XVI avec sa couronne d'épis de blé, le petit bureau où elle rangeait ses livres de comptes... Et les autres, tous les autres compagnons, modestes ou signés, qu'elle avait découverts, sauvés ! Elle avait toujours un pincement de cœur au moment de les voir partir. Eh bien, là, ils sont tous partis ! Plus rien. Le vide et la désolation. Un lustre éclaté sur le sol sale et piétiné, un lustre blessé sur lequel elle se penche en se demandant s'il est récupérable. À travers son chagrin, sa colère, elle entend la voix de Nicole qui raconte... Une chance qu'elle se soit trouvée là! Que dit-elle?

– Le chauffeur du camion était sympa, il est venu deux fois. Je lui ai offert un café...

« C'est toi qui es sympa », pensent la mère et le fils d'un même élan.

– ... on a parlé, bref : j'ai le nom et l'adresse du garde-meubles!

Elle sort un papier de sa poche, le tend à Estelle qui le regarde et sourit.

– Je connais, dit-elle. Merci, Nicole! Je ne sais pas comment...

Mais Nicole est déjà repartie vers son stand où la cliente a fait son choix. Une boîte à musique.

Une dernière fois, Estelle regarde autour d'elle.

– On y va? demande Luc qui a envie d'en découdre.

– Tu m'attends ici!

Luc dit :

– Mais!...

Elle lui donne la carte du garde-meubles :

– Téléphone là-bas, essaie d'en savoir plus!

Luc a beau insister, lui dire qu'il va l'accompagner chez Jérôme, elle ne veut rien entendre.

– Je dois le voir seule!

Elle court vers sa voiture et il n'ose pas la retenir, la rattraper, la contraindre à l'écouter. Il voudrait le faire. Mais c'est sa mère. Il est très jeune. Il n'a pas encore perdu l'habitude de lui obéir. Il la voit démarrer en trombe. Il aurait dû...

Un énorme camion roule dans la rue des Rosiers.

Estelle coupe sa route sans le voir. Le conducteur freine à mort mais il ne peut éviter le choc et la voiture est projetée contre un mur.

– Maman!

Luc court vers la voiture disloquée, se penche sur la silhouette qui semble endormie au volant.

– Maman! répète-t-il doucement.

Mais Estelle ne répond pas.

II

Estelle traverse une forêt.

Tout est sombre autour d'elle, des feuillages opaques et serrés interdisent à la lumière du jour d'entrer sous les branches.

Mais elle n'a pas peur, elle avance sans crainte puisque Marceau tient sa main. Il a dit : « Je suis là ! » de sa voix d'enfant mais elle sait que maintenant Marceau est un homme. Il la protégera. Toujours. Il l'a dit.

Elle voudrait bien voir son visage mais elle ne peut pas tourner la tête.

Mal. Très mal.

Un rayon de soleil tente de percer la nuit... La douleur est si forte qu'Estelle retombe dans un néant sans formes, sans limites.

Le temps se déroule à son insu.

La vie continue sans elle.

Les siens se penchent sur son visage intact, serein. Ses yeux clos. Depuis deux jours qu'elle est dans le coma, ils guettent un signe annonciateur du réveil... Rien.

Le docteur les affole. Elle ne se réveillera peut-être pas. Il va falloir décider pour elle, la protéger. Vivre à sa place.

Elle n'existe plus.

« Alors... tout est gagné d'avance... » pense Marceau avec chagrin.

Cette évidence le prive du plaisir attendu.

Affronter Estelle était une fête cruelle et craquante. La savoir anéantie, hors-jeu, inconsciente, ôte toute saveur à la partie.

Il aurait dû lui dire qui il était le jour de l'Isle-sur-la-Sorgue...

Lui faire peur.

« C'est moi, Estelle. Tu te souviens? Le petit garçon qui a survécu? Voyons, tu n'as pas oublié? Mon père, ma mère et Sandrine? Tu l'aimais bien, Sandrinette? Morte à deux ans dans un bain de sang. Veux-tu que je te montre la ligne blanche sous mon cœur? La cicatrice. Tous les matins je la regarde. Impossible d'oublier que j'aurais dû mourir, moi aussi. On m'a sauvé. "Un miracle", paraît-il. J'aurais préféré ne jamais me réveiller mais puisque " miracle " il y a eu, autant en profiter pour se souvenir. J'ai bien travaillé, Estelle. Et comme j'étais seul au monde, j'ai voulu être le premier. Le premier de la classe, le premier reçu, le premier nommé, le premier arrivé, le premier, en tout.

« Ton père nous disait : " Il faut travailler, les enfants ! " Après le drame, j'ai continué à lui obéir. Avec haine. Car c'est à cause de lui que je me suis trouvé seul au monde. C'est à cause de lui que tous les miens sont morts. Il aurait dû défendre son ami. Son camarade. Même devant l'évidence. Même devant les preuves. Il ne l'a pas fait. Il les a tous laissés mourir. Il a laissé couler le sang. Mais moi je ne suis pas mort. Et je reviens pour les venger. Papa, Maman, Sandrine.

« Personne n'a jamais deviné à quoi pensait le bon élève si gentil et si doux que j'étais. Même pas mes parents adoptifs. Parce que j'ai retrouvé une famille. Les Séverin. Des gens modestes, de ceux qu'on appelle de petites gens... Ils ont eu pitié de moi. Moi, que vous, les Laborie, vous aviez abandonné sans un regard. Ils ont réussi à m'adopter. J'ai réappris à dire Papa, Maman. J'ai eu un frère... Je n'ai même pas eu à me chercher un nom, juste un prénom. Je m'appelle Pierre Séverin. Je suis riche, très riche... »

Riche? Il hausse les épaules. Il parle comme un gamin qui dit : « J'ai des sous! » Riche, qu'est-ce que ça veut dire? Qu'il a le pouvoir d'afficher cinq milliards de dettes... ça c'est le signe le plus éclatant de la richesse! Carmeau-Développement est une des plus performantes sociétés immobilières de France. Pardon, d'Europe.

Il regarde autour de lui avec désespoir.

Il y a deux mois à peine qu'il a acheté Rochegude. Un château aussi sombre que ses pensées. Autrefois, dans la salle d'audience, on disait qu'à gauche du trône du seigneur était le Dauphiné, à droite la Provence. Certaines pièces ne sont éclairées que par des meurtrières comme si la lumière du jour hésitait à y pénétrer. Le château semble avoir une conscience qui le tourmente. Parfois, la nuit, quand Marceau est seul, comme ce soir, il dialogue avec les ombres sans parvenir à les apaiser. Au contraire, elles ajoutent à son trouble comme si elles savaient quelque chose d'essentiel qui le concerne et qui lui échappe.

Mais il aime cette forteresse, ses tours, ses cours, ses portes cuirassées de fer et son chemin de ronde d'où l'on ne voit, comme ma sœur Anne, que la route qui poudroie et que l'herbe qui verdoie.

Il aime être seul dans le château. Surtout depuis qu'il a rencontré Estelle dans cette boutique miteuse de l'Isle-sur-la-Sorgue. Il pense à elle dans sa soli-

101

tude. La présence de Mireille à Rochegude lui est de plus en plus pesante. Mais il a encore besoin d'elle. Jusqu'à Cigal-Land. Après, on verra.

Madame le Maire de Châteauneuf, un mètre soixante et onze, cheveux bruns, yeux noisette, signes particuliers : déteste Estelle Laborie.

C'est pour ça qu'il lui a révélé sa véritable identité. Il a reconnu la petite Mireille d'autrefois au moment où, penchée sur les plans de Cigal-Land, Mme Bouvier a souri en découvrant que le lac recouvrirait les Oliviers.

Elle se croit aimée de lui parce qu'elle est la seule à connaître son secret. Elle est à la fois efficace et maladroite. Elle en fait trop. Couper l'eau en prétextant une zone 5 ! Grotesque ! Tout juste bon à faire passer Estelle pour une martyre aux yeux de la population. Il lui a interdit ce genre de mesquineries dès qu'il a su. Elle était furieuse, mais elle a obéi. Elle obéit toujours. Surtout s'il le lui demande tendrement. Elle fond alors et pense qu'elle compte pour lui. Oui, elle compte. Autant qu'un instrument. Un bel instrument aux jambes longues et à la sensualité avide. Agréable et docile. Grisée par le romanesque d'une situation dont elle se croit l'héroïne. Il n'imaginait pas, en retournant à Châteauneuf, qu'il aurait une telle alliée. Plus acharnée encore que lui contre le nom des Laborie. L'autre nuit, après l'Échansonnerie, elle a débarqué à Rochegude comme une furie. Des plaques rouges sur son décolleté superbe, bégayant de rage, elle a raconté qu'Estelle était au courant pour Cigal-Land, que, naturellement, elle ne voulait pas vendre, qu'elle l'avait agressée en public, accusée de trahir le pays !...

« Si tu avais été là !... »

Il aurait adoré. Mais il était encore trop tôt pour affronter Estelle à visage découvert. Dommage ! C'eût été amusant ! « Amusant ? »... Mireille ne voyait pas ce qu'il y avait d'amusant dans son récit de la bagarre, et pourquoi il se frottait les mains en riant.

Elle n'a pas compris, non plus, son émotion en apprenant qu'Estelle avait eu un accident et qu'elle ne s'était pas réveillée. La partie venait à peine de commencer et l'adversaire était déjà hors-jeu. Elle n'a aucune idée, Mireille, de la tristesse du chat devant la souris morte.

« C'est gagné ! » disait-elle alors qu'il restait muet, atteint.

Il a même téléphoné au professeur Marie Boyer pour lui recommander chaleureusement sa malade. Le professeur en était tout émue au bout du fil. « Cher ami, quelle joie de vous entendre ! » Ils ont dîné en ville ensemble une ou deux fois. Ça crée des liens. « Madame Laborie ? Une amie à vous ? Un cas délicat ! Comme tous les comas ! Saurons-nous jamais ce qui se passe dans un cerveau ? »

Après ce coup de fil, on peut être tranquille, elle ne lâchera pas Estelle de sitôt. Même si elle se réveillait, ce qui est loin d'être sûr, elle en a pour des semaines, voire des mois à rester sous surveillance. « Sous surveillance »... la formule qu'on emploie quand on s'apprête légalement à voler la liberté de quelqu'un. De toute façon, c'est gagné. Le petit baron et sa surdouée sont à sa merci. Il paraît qu'elle a été très touchée par sa démarche, Philippine. Dans quelques jours elle entrera à Carmeau-Développement, tous scrupules envolés, pleine de gratitude et de dévouement. Ensuite il s'occupera de l'ex-mari et, éventuellement, des autres membres de la famille... Il va se faire adorer avant d'ouvrir les vannes pour les grandes eaux.

« Il a été si merveilleux, Maman, après ton accident ! Si tu savais... Il faut vraiment que tu vendes ! Jamais tu ne retrouveras... »

Mais Estelle se réveillera-t-elle un jour ?

103

– De toute façon, c'est gagné! répète-t-il, maussade, en s'adressant au saint de pierre qui veille, l'air pas catholique, dans un coin obscur de son immense bureau.

Puis il soupire.

Le chat est triste. La souris ne bouge plus.

Estelle émerge doucement de la sombre forêt. Elle sent la lumière avant même d'ouvrir les yeux. La douleur est partie. Elle se réveille et c'est un réveil heureux. À cause du visage penché sur le sien, à la fois inquiet et tendre. Le visage de sa mère. Sa mère est là, tout va bien, elle se sent protégée.

– Maman... dit-elle à Philippine atterrée.

Puis elle se rendort paisiblement, laissant ceux qui l'entourent dans une angoisse plus profonde, plus épaisse.

– Je vous avais prévenus, dit le professeur Boyer. Elle est loin d'être tirée d'affaire. Mes pauvres petits, il faut regarder la réalité avec lucidité et courage. Votre mère est redevenue une enfant sans défense.

L'enfant sans défense se réveilla quelques heures plus tard, appela Philippine par son prénom, réclama du thé et du pain beurré, se souvint de l'accident, demanda quelle avait été la réaction de Jérôme, apprit qu'il était parti soigner son chagrin d'amour au Mexique et qu'il lui réclamait cinq ans d'arriéré de loyer, que sa voiture était bonne pour la ferraille, qu'elle était dans son tort, refus de priorité, qu'elle

105

était restée deux jours neuf heures trente-sept minutes dans le coma... que, du reste, elle n'aurait jamais dû se réveiller aussi vite, et qu'il allait falloir la garder en observation le temps nécessaire.

— Nécessaire à quoi?

— À te reposer.

— Je n'ai jamais dormi si longtemps! Je me sens très reposée! dit-elle avec un humour qui ne fit rire qu'elle.

Une belle femme venait d'entrer dans sa chambre sans frapper. Sa blouse blanche laissait apercevoir un chemisier de soie délicate.

— Alors, nous voilà réveillée? fit-elle, sur le ton qu'on emploie ordinairement quand on s'adresse à la doyenne édentée d'un asile de vieillardes.

— «Nous»? répéta Estelle, en faisant mine de chercher une tierce personne autour de son lit.

Quelques secondes avaient suffi pour qu'une antipathie définitive naisse entre les deux femmes. Soudain Estelle porta la main à son front et ferma un instant les yeux. Elle tentait de rassembler des images furtives et éparses. Le professeur la regardait, guettant avec gourmandise les signes de la dégradation mentale qu'elle jugeait inévitable...

— Ça y est! J'ai trouvé! Je vous ai vue à la télé! Estelle, radieuse, libérée, souriait.

— C'est bien possible... Donnez-moi votre pouls...

— À *La Marche du siècle*!

— Entre autres, fit modestement le professeur. Tirez-moi la langue.

— Avec plaisir, dit Estelle. Je sors quand?

— Nous verrons ça plus tard, il faut d'abord vous soigner...

— Me soigner? Mais je vais très bien! Rien de cassé! Regardez, je peux bouger mes doigts! Mes doigts de pied aussi! Regardez!

106

— Il faut la laisser se reposer, dit Marie Boyer en faisant signe à Philippine et à ses frères de quitter la pièce.

Sans s'adresser à Estelle, elle ajouta à mi-voix :

— Je reviendrai la voir quand elle sera plus calme.

Au fond, c'est à cause de cette réflexion anodine qu'Estelle décida de quitter l'hôpital.

Comme son aïeul Juste, elle avait le respect des droits de l'homme. Comme son arrière-grand-tante Valentine, elle avait celui des droits de la femme. Et elle avait hérité du courage de Brutus. Alors?...

Ne pas rester en couveuse sous l'œil électronique de la Faculté. Sortir. Récupérer ses meubles. Les conduire aux Oliviers. Recommencer là-bas la vie dont elle rêvait. Pour ça, il fallait que quelqu'un l'aide.

Mais qui? Rémy? Certainement pas. Il avait encore parlé de la proposition d'achat des Oliviers : « Ça te sortirait une fois pour toutes de tes problèmes! »

Rémy! Tu me balances ça sans anesthésie, au bord de mon petit lit d'hôpital, une corbeille de fruits dans les bras. Merci Rémy, tu es gentil... mais là, tu es vraiment à côté de la plaque! Et Philippine qui insiste : « Papa a raison, Maman! Surtout après ce qui vient de t'arriver! »

Pourquoi la regardent-ils comme ça? Pourquoi la font-ils « examiner »?

Dépêché par Marie Boyer un expert à la mine patibulaire était venu parler avec elle pour voir si elle était saine d'esprit.

« Et vous? Ça va? » avait-elle demandé.

Il n'avait pas eu l'air d'apprécier. Si elle restait, elle était sûre de devenir vraiment folle. En admettant qu'elle survive à la cuisine fade, aqueuse et

107

tiède, une cuisine de purgatoire qui venait, sur roulettes caoutchoutées, rappeler leurs péchés aux malheureux égarés dans le service de neurochir du professeur aimé des médias.

Partir!

Elle ne pouvait pas impliquer Sophie dans son évasion. C'est le genre d'affaires dont un jeune avocat a du mal à se blanchir au début d'une carrière. Antoine était trop fragile pour qu'elle puisse compter sur lui...

C'était simple. Il n'en restait qu'un. Luc.

Le professeur Marie Boyer n'en revient pas.

Mme Laborie s'est sauvée!

Sans un mot, sans une explication, sans même signer une décharge!

Le professeur Marie Boyer n'en revient pas.

– Elle est folle! Folle! répète-t-elle avec consternation.

Aussi décide-t-elle de poursuivre l'enquête, de commettre un autre expert, de ne pas se laisser déposséder de l'affaire. Elle veut, elle doit, prouver qu'elle a raison! Que cette femme n'a plus toute sa tête. C'est une question d'honneur! D'ailleurs elle doit bien ça à Pierre Séverin qui semble s'intéresser à Estelle Laborie. Quel homme charmant, un homme de premier plan, une valeur... On se demande bien pourquoi il s'intéresse à cette folle! Il paraît qu'il ne la connaît même pas, c'est pour les enfants... « Il a trop de cœur, voilà l'explication. »

Et le professeur compose le numéro de Pierre Séverin, son numéro personnel qu'il a eu la délicatesse de lui confier, heureuse d'avoir un motif de téléphoner à cet homme charmant, cet homme de premier plan, fût-ce pour lui annoncer une mauvaise nouvelle.

C'est la première fois qu'elle arrive chez elle comme Hannibal. À hauteur d'éléphant.

Dans l'habitacle du gros camion de Roger, on rit aux éclats. Le voyage n'a pas été triste.

Au garde-meubles, aucun problème pour récupérer son bien. On l'avait si souvent vue venir avec Jérôme ou de sa part que personne ne s'est posé de questions.

« On va vous donner Roger pour la route, c'est le meilleur ! »

C'est justement lui le chauffeur à qui Nicole avait servi le café. Du genre chaleureux, Roger.

« Alors maintenant vous vous installez dans le Midi, Mme Laborie ? Vous avez bien raison ! »

Pas plus compliqué que ça.

Pas plus compliqué qu'à l'hôpital où elle est sortie par la grande porte sans attirer l'attention.

Évasion réussie. Enlèvement en douceur. Elle a su que les dieux étaient de la partie quand Roger a ouvert le tiroir du bureau où il avait glissé, enveloppé dans du papier journal, le petit vase qu'elle aimait tant.

Un petit vase qui dit : *Je porte bonheur*, en belle anglaise enchevêtrée dans une guirlande de volubilis.

Dans un Restoroute grouillant du flux et du reflux

des vacanciers, debout devant une table de Formica entre Luc et Roger, Estelle a mangé douze escargots de Bourgogne arrosés d'un petit rouge local. Fini le purgatoire! Puis elle a prévenu Amélie :

— Je suis sur l'autoroute avec mon stock! J'arrive!

— Mon Dieu! Ils t'ont relâchée? a crié Amélie comme si elle lui téléphonait d'une cabine de Fleury-Mérogis.

Ensuite, par honnêteté, Estelle a appelé Rémy.

— Mais tu es folle! ne cessait-il de répéter avec consternation.

— Faut se mettre à sa place, pauvre Papa, a dit Luc. C'est parce qu'il s'inquiète pour toi! Tu sais, il y a de quoi! Avant-hier, tu ne retrouvais pas le nom de ta maison...

— Ma maison?

— Oui, tu ne savais plus que c'était le Château des Oliviers!

— Non?

— Si! Tu te rends compte? On était tous atterrés! Et puis, quand tu t'es réveillée, tu as dit : « Maman! » à Philippine...

— Pas possible? Maman?

— Oui, Maman!

— Quoi encore? Je m'amuse follement!

— Justement, dit Luc.

— Raconte?

— Des trucs avec l'expert, il paraît que ça s'est plutôt mal passé...

— Très mal! J'ai promis de répondre à ses questions s'il mangeait ma purée!

— Il a trouvé ça inquiétant.

— La purée était beaucoup plus inquiétante!

Roger rit de bon cœur, il trouve cette dame et son fils un peu allumés mais très sympathiques.

— Ah! le voilà! crie-t-elle soudain.

— Qui ça? demande Luc.

– Le Rhône! et elle lui envoie des baisers.

Roger passe ses vitesses, pensif, et se demande si la dame n'aurait pas dû rester quelques jours de plus en observation.

À l'entrée de la forêt antique, le chien couché à leurs pieds, les jumeaux étaient assis sur un muret de pierres sèches, guettant l'arrivée des voyageurs.

– Hourra! Hourra! hurlent-ils en voyant approcher le mastodonte.

Ils courent, lutins joyeux, ouvrant la route à travers le cercle magique, le chien sautant et aboyant autour d'eux tandis que les plus hautes branches griffent le toit du camion et que des oiseaux surpris s'envolent à son passage, d'une aile courroucée.

Roger roule doucement.

– Vous avez de belles vignes! fait-il, impressionné en regardant l'alignement des ceps somptueux.

– Très belles, répond Estelle brusquement émue. Je vous donnerai du vin à emporter et vous le boirez à ma santé et à celle de ma maison. Nous en avons besoin toutes les deux!

« Pauvre femme, pense Roger en abordant la forêt d'oliviers, enfin, elle n'a pas l'air dangereuse, c'est déjà ça! »

Je porte bonheur, disait le petit vase et elle était tentée de le croire.

Depuis cinq jours qu'elle était revenue aux Oliviers, tout se déroulait dans la joie.

La liberté retrouvée, l'arrivée providentielle du chèque du Syrien, l'installation du stock... pouvait-on rêver plus belle convalescence? Mais le cadeau le plus précieux du retour, c'était ce qu'elle avait lu au fond des yeux de Samuel :

« Dis-moi la vérité, est-ce que je suis folle ? »

« Pas plus que d'habitude ! » avait répondu le vieux docteur.

C'était bon de les sentir à ses côtés, Amélie, Samuel, Jules, Blaïd, attentifs comme ils l'avaient toujours été pendant les périodes aiguës de sa vie.

Bien sûr, les problèmes restaient les problèmes. Ce Cigal-Land dont tout le monde commençait à parler maintenant à Châteauneuf était une sérieuse menace pour les Oliviers. Mireille avait évoqué l'affaire en conseil municipal. Avec un avis favorable. L'idée d'un grand parc bétonné et géométrique fabriqué par des ordinateurs mis à la place de l'œuvre du Créateur ne séduisait pas tout le monde sauf, évidemment, ceux qui étaient concernés par le projet. Samuel avait dit qu'à part elle, tous les propriétaires des terres convoitées semblaient d'accord pour vendre. Trop contents de trouver acquéreur pour des landes arides, des forêts rabougries et de la garrigue caillouteuse. Rien d'exploitable.

Sauf les Oliviers où l'on devrait sacrifier vignes, oliviers et bâtiments avant d'inonder le terrain pour créer le lac artificiel.

Le plus grave, l'argument qui risquait de peser lourd dans la balance, c'était la création d'emplois.

Estelle avait consulté Sophie par téléphone.

– Ils ne peuvent pas m'obliger à vendre ?

– Bien sûr que non ! Sauf si...

– Si ?

– Si le projet était déclaré d'utilité publique. Mais ça m'étonnerait.

Utilité publique ? En quoi le massacre d'un paysage naturel peut-il être utile au public ?

Sophie n'avait pas répondu. Elle était inquiète. Pour la famille, pour Antoine, pour Estelle. Elle aurait voulu lui dire ce qu'elle pensait de son départ de l'hôpital. Elle n'avait pas osé. Elle avait raccroché sans en parler, triste. Légalement, Estelle avait le droit de faire ce qu'elle voulait mais la façon irresponsable dont elle s'était sauvée avait jeté le trouble chez les siens. Au point qu'ils avaient accepté la proposition du professeur Boyer. Un autre expert allait descendre aux Oliviers. Si ses conclusions rejoignaient celles du professeur et du médecin à qui Estelle avait voulu faire manger sa purée, on pouvait s'attendre à des ennuis. D'ailleurs les ennuis étaient déjà là. Depuis la proposition d'achat des Oliviers, à part Luc, devenu suspect par sa complicité dans l'évasion de sa mère, ils voulaient tous qu'elle vende. Sophie s'était disputée avec Philippine pour la première fois de sa vie. Tout ce qui ressemblait à de la fantaisie était suspect aux yeux du lieutenant de la Craye. Elle était prête, si les experts le demandaient, à faire mettre sa mère sous tutelle. Pour son bien. Évidemment. Rémy ayant dit qu'il trouvait l'attitude de sa fille très raisonnable, Carla avait fait sa valise :

« Je sais maintenant ce qui m'attend si je reste avec toi : *il manicomio* *! Ciao!* »

Elle était repartie en Italie en claquant la porte.

Pauvre Rémy! Et pauvre Antoine... Consulté par sa sœur, il avait dit qu'il se foutait des histoires des autres comme on se foutait des siennes.

« C'est à cause de moi, pense Sophie, ce qui m'arrive fausse tout. »

Elle aurait voulu descendre voir Estelle, lui parler, l'aider, mais tous les jours elle devait subir un traitement de rayons. Discrètement, sans en parler à personne, sans se plaindre, elle luttait contre la maladie. Désespérée et souriante, elle n'avait pas le courage d'avouer le pire à Antoine :

« Je vais peut-être mourir comme Maman. »

Mais elle se demandait si, le pire, pour Antoine, c'était la menace de mort qui pesait sur elle ou la crainte de n'être pas aimé?

---

* La maison de fous.

113

Pour signaler l'existence du magasin en pleine campagne, Estelle avait fait exécuter des panneaux par Luc et Blaïd :

LES OLIVIERS
ANTIQUITÉS-OBJETS D'ART
DÉGUSTATION DE VIN

Ils les avaient plantés au bord de la route, à toutes les entrées de la propriété.

Luc serait bien resté mais il avait dû remonter à Paris. Il avait promis de remplacer un copain à la FNAC, du 15 août au 15 septembre. Désolé, ayant l'impression d'abandonner sa mère en pleine tourmente, il lui avait laissé sa deux-chevaux pour qu'elle puisse bouger. Avant de partir, il l'avait accablée de recommandations : « Ne conduis pas trop vite ! Fais attention aux camions ! Repose-toi ! Ne te couche pas trop tard ! Ne te lève pas trop tôt ! Ne soulève pas de meubles trop lourds ! »

Elle avait ri, avait promis, et l'avait embrassé très fort. Elle sentait bon la cire d'abeille et le vernis frais.

– Merci de m'avoir aidée à revenir aux Oliviers, Luc !

– Tu sais, j'ai confiance, Maman. Je suis sûr que tu arriveras à rejoindre *autrefois*.

Elle aussi en est sûre. La présence de ses meubles, la nécessité de les soigner la rendent à elle-même. Béni soit le métier qui occupe les mains !

Elle décape, ponce, astique, recolle la feuille d'or d'une glace romantique malmenée par le voyage, restaure un guéridon de marqueterie qui a perdu une incrustation d'amarante...

— Tu as des doigts de fée! s'émerveille Amélie. Tout ce que tu touches devient neuf!

Neuf? Estelle éclate de rire. Neuf! Quelle horreur! Elle qui n'aime que ce qui est blessé par les ans, par le partage de la vie avec les humains!

— Au fond, ce ne sont pas les objets, ce sont les gens que j'aime, dit-elle en enlevant les gants de latex très fins avec lesquels elle opère. Regarde-les, mes vieilleries... Elles en savent des choses, elles en ont vu des joies et des peines. Tu sais, parfois, même quand j'ai besoin d'argent...

— Tout le temps, alors, dit Amélie.

— Tout le temps, d'accord, eh bien, il m'arrive de refuser de vendre... Je raconte des blagues aux clients : « Oh! je suis désolée, mais on me l'a retenu hier... » Parce que je ne veux pas que la petite chaise, le miroir ou la commode soient malheureux dans leur nouvelle famille. Aux Puces, pendant la semaine, quand tout était fermé, désert, je venais au stand et je restais des heures, enfermée, à écouter le silence des choses... Si on réfléchit, le métier d'antiquaire est un métier très triste. On ne recueille que ce qui est orphelin, abandonné, répudié... Ce qui a cessé de plaire, d'être aimé. Tu vois cette travailleuse? On m'a dit qu'elle avait été celle de George Sand...

Amélie est ébahie.

— Pas possible?

— Non, pas possible, rassure-toi. Mais je ne l'en aime pas moins. Tiens, je vais la monter dans ma chambre! Qu'est-ce qu'il y a, Amélie, ça ne va pas?

— Oh! si, ça va. Ça va bien! dit Amélie. Je pense seulement qu'on va passer l'hiver ensemble et que ce sera la première fois, depuis ton mariage et la mort de mon pauvre Étienne, qu'on ne fermera pas la maison après les vendanges.

Les vendanges...

Quand donc vont-elles retrouver, avec leur splendeur d'autrefois, les honneurs de la tiare et des clefs d'or?

L'émotion des deux femmes ne résiste pas à l'arrivée des jumeaux. Rouges, à bout de souffle, en nage, ils annoncent les premiers clients :

— C'est des étrangers! « NL », ça veut dire Nederland! Ils arrivent!

Pas le temps de faire toilette, Estelle va les recevoir en salopette, gants de latex à la main comme pour une demande en mariage. Amélie a juste le temps de se précipiter à la cuisine pour préparer un plateau. Elle crie aux enfants :

— Et vous, ne restez pas dans les jambes!

Mais Marius et Magali ne s'écartent pas du sillage d'Estelle, fascinés par le couple de Hollandais qui descend d'une voiture tout-terrain. Des géants. Superbes. Le soleil a coloré leur peau, décoloré leur chevelure. Ils sourient, dents éclatantes, yeux bleus, incapables de faire une phrase en français. Mais ils tendent la main à Estelle, caressent la joue des enfants, grattouillent le crâne de Nour, regardent tout ce qui est encore entassé dans le salon et, souriant de plus belle, disent :

— Joli!

Ceux-là, elle veut bien leur vendre ses vieilleries! Elle imagine déjà la maison où ils habitent, une maison à grandes baies donnant sur une pelouse plate et verte, une maison entre La Haye et Amsterdam où quelques meubles anciens témoignent de la fusion du passé et de l'avenir...

Amélie revient avec une bouteille de 88. Du blanc. Elle a même fait, vite! vite!, quelques tartines de tapenade parce que, boire à jeun, ça tourne le cœur.

— Vous êtes pas d'ici, constate-t-elle en servant les Hollandais.

Pour Amélie, au-delà de Valence, on tombe au milieu des barbares du Nord et des descendants

116

d'Attila. Alors, des Hollandais, pensez! Autant dire des extraterrestres! Mais bien gentils. Et puis le 88 délie les langues. Un anglais approximatif permet à Estelle de comprendre ses clients.

Ses premiers clients aux Oliviers.

Qui la suivent jusqu'aux communs, enfants et chien sur les talons. Qui regardent, admirent, évaluent, comparent... et se décident pour la pendulette Louis XVI, le guéridon Charles X et la paire de vases d'opaline vert d'eau.

Le jour de gloire est arrivé!

Les blonds géants sortent des billets, les comptent soigneusement comme on le fait toujours quand on se sert d'une monnaie étrangère. Le mari les donne à Estelle en disant :

— Bientôt, l'écu!

Et cette phrase amusante et ambiguë fait éclater de rire les enfants.

Les Hollandais rient avec eux sans comprendre, puis ils aident à emballer les objets et remercient avec confusion quand Amélie glisse un carton de vin dans leur coffre.

— *You are my first customers*, explique Estelle. *For me it is a good day and I suppose you give me good luck *!*

Ils s'inclinent et lui serrent la main, quand, soudain, la voiture de Mireille vient se ranger sur la terrasse. Elle en descend, le visage sévère, tandis que l'estafette de la gendarmerie se gare à son tour un peu plus loin sous les arbres.

Tout de suite Estelle a compris. Les Hollandais aussi. Le débarquement des forces de l'ordre a la même signification dans tous les pays.

— Je suis désolée, Estelle, dit Mireille, mais j'ai besoin de voir ta patente...

---

* — Vous êtes mes premiers clients, explique Estelle. Pour moi, c'est un grand jour et je pense que vous me portez chance!

En quelques heures la nouvelle fait le tour de Châteauneuf.

Mireille a été chez Estelle avec les gendarmes pour lui interdire de vendre ses antiquités.

On en parle à la poste, à la perception, au café, on en parle *Aux Primeurs des Papes* chez Romain, dans la rue, partout.

Comment a-t-on su ce qui s'était passé? Eh bé, par les gendarmes, justement! C'est qu'ils n'ont pas aimé la séance aux Oliviers, les gendarmes. Ils ont obéi, d'accord, c'était le service. Mais pour ce qui est de l'obligation de réserve, il faut pas demander l'impossible, ils sont des hommes, pas des machines.

« Si vous l'aviez vue, la pauvre, quand Madame le Maire lui a fait reprendre ce qu'elle venait de vendre! Quand elle a dû rendre l'argent aux Hollandais! Parce que c'était des Hollandais, en plus! Elle commence bien l'Europe! Pourtant elle va l'avoir sa patente, Mme Laborie. D'un jour à l'autre. Elle a même fait voir ses papiers de Paris et la demande qu'elle a expédiée en arrivant ici. Mais non, ça ne suffisait pas, il paraît. Nous, on avait honte! »

« Mais pourquoi tu as pas tiré, gendarme? crie

118

Jujube. Moi j'aurais tiré pour défendre Estelle Laborie! »

Il n'a pas tout compris, Jujube. Il sait seulement qu'on a fait du mal à Estelle Laborie et que ce n'est pas juste.

– Non, ce n'est pas juste!

Dès qu'il a su, Antonin Fourcade s'est rendu au presbytère où il a trouvé Samuel auprès de Jules. Eux aussi savaient.

– D'abord on l'empêche de vendre son vin, et maintenant, en plus, on veut l'empêcher de vendre ses anquestres *!

Antonin Fourcade est révolté. C'est lui qui « fait » le vin d'Estelle depuis la mort de Paul Laborie. Il le connaît bien, ce vin. Il sait que c'est une honte qu'on ne l'ait pas réhabilité.

– Il est encore meilleur que le mien, c'est tout dire! Il a la noblesse d'un Rayas! D'ailleurs quand je le sers aux noces et aux anniversaires dans des bouteilles sans marque ni étiquette, comme du simple « râpé ** », tout le monde dit que c'est un vin de roi! Estelle devrait être riche comme la mer si justice existait!

Tout ce que dit Antonin est vrai.

Sans lui, sans Blaïd, la mauvaise herbe aurait étouffé depuis longtemps le peu de vignes qui restent aux Oliviers. Jeune voisin des Laborie, Antonin a tout appris de Paul en venant s'asseoir auprès de son lit de malade et il a empêché le vin de mourir avec lui.

Ça s'est fait tout simplement. Sans signer de papiers, sans établir de contrat. À l'ancienne. En voisins. Comme au *temps des vieux, d'antique bonhomie où les maisons n'avaient point besoin de*

---

* Antiquités, vieilleries.
** Vin de consommation familiale, non destiné à la vente.

serrure *. Quand on ne laissait jamais quelqu'un dans la peine. Au temps où l'on venait donner la main. Après un deuil, une maladie ou un sinistre tombé du ciel comme la foudre ou la grêle. Ce que l'on avait donné un jour, on savait que Dieu vous le rendrait à son heure.

— Pourquoi elle lui a fait ça, Mireille?

— Pour la forcer à vendre les Oliviers à son Cigal-Land de malheur, dit Samuel.

— Qu'est-ce que c'est au juste, ce Cigal-Land dont tout le monde parle? demande le curé.

— Un parc à l'américaine, répond Samuel. Je ne sais pas combien d'hectares... des jeux, des loisirs, de la couillonnade...

— C'est que ça marche, la couillonnade, dit Jules préoccupé.

— C'est même ce qui rapporte le plus aujourd'hui, poursuit Antonin. Pourtant, si le château revenait dans les premiers crus, la destruction du domaine ne pourrait pas avoir lieu!

— Fais confiance à Mireille pour veiller au pire, dit Samuel. Mais fais-moi confiance aussi pour dire ce que je pense au prochain conseil. Qu'on ne compte pas sur moi pour être le muet du sérail!

— C'est Estelle qui vous a prévenus? demande Antonin en se levant pour partir.

Non. Ils ont su ce qui s'était passé comme tout le monde. Par la généreuse indiscrétion des gendarmes. Amélie elle-même n'a pas donné signe de vie. Ils n'ont pas de détails et ils n'osent pas aller aux nouvelles. Ils se taisent en espérant que le téléphone va sonner et leur donner accès aux confidences.

Mais le téléphone ne sonnera pas ce soir.

Quand les Hollandais, les gendarmes et le maire furent tous partis, Estelle est restée un moment sur la terrasse. Immobile et muette, elle revivait les

---

* *Le Poème du Rhône*, Frédéric Mistral.

120

moments affreux où il avait fallu annuler la vente. Humiliation. Oui. Pire que cela. Chagrin. Les Hollandais avaient voulu rendre le carton de vin. Elle avait tenu bon. Intraitable. Ils avaient cédé. Malheureux.

Mireille avait demandé :

— Tu vends du vin? Tu sais que ça t'est interdit!

— Je ne vends pas de vin, j'en donne!

— Qui me dit que...

— Moi, je te le dis! Et je te dis autre chose, Mireille. Va-t'en. Vite. Tu as ce que tu veux. Va-t'en!

Déjà les gendarmes remontaient en voiture, les Hollandais démarraient. Elles étaient restées face à face, l'une devant l'autre, et Estelle avait éprouvé une impression étrange. Comme si, des deux, c'était Mireille qui était en danger.

Estelle avait murmuré :

— Fais attention...

et Mireille avait ri en haussant les épaules avant de partir.

Amélie avait entraîné les enfants. Merci, Amélie, j'ai besoin d'être seule. J'ai besoin d'avoir mal en silence.

Un par un, elle avait pris la pendule, le guéridon et les vases, pour les porter dans le salon. Elle n'avait pas défait leurs emballages. Demain. Puis elle était allée s'asseoir sur une chaise en tapisserie que les Hollandais avaient failli acheter. « Failli acheter », elle avait eu un petit rire et son regard était tombé sur le vase présomptueux. *Je porte bonheur.* Tu parles! Elle eut envie de le tourner contre le mur comme un élève au piquet. Mais elle ne le fit pas. Il semblait si penaud qu'elle eut pitié de lui et décida de lui garder sa confiance.

121

Au lieu de se désoler, elle travaille.

Elle a laissé les panneaux sur la route. Personne n'est revenu depuis la visite de Mireille. Si un client se présente, elle lui expliquera la situation. Elle ne peut pas encore vendre, mais elle peut faire visiter son installation. Elle en est assez fière. Blaïd l'a aidée et les grosses pièces sont entreposées dans les communs. Les petits meubles et les objets de valeur ont trouvé place dans le salon. Un peu chargé, le salon. Un peu cabinet de l'amateur, mais plein de charme. Et puis c'est amusant cette promiscuité entre un bonheur-du-jour Régence, un crapaud Napoléon III, et un compotier en Veuve Perrin, non?

— Tu devrais mettre l'argenterie sous clef, lui a conseillé Amélie.

Sans doute. Mais elle n'aime que ce qui est en liberté. On verra bien. Laissons gambader les théières anglaises!

— Du monde, dit Amélie en voyant un 4 x 4 s'arrêter sur la terrasse. Je vais chercher à boire. C'est pas parce qu'on n'a pas le droit de vendre qu'on doit oublier les manières!

Estelle sort pour aller au-devant des visiteurs. Qui ne sont qu'un. Un homme qui semble fasciné par la fontaine. Un homme qu'elle reconnaît dès qu'il se retourne.

C'est lui qu'elle a rencontré et perdu dans l'antre de Fernand.

Elle reste muette, immobile sur le seuil tandis qu'il approche en souriant, la main tendue.

— J'étais sûr qu'on se reverrait! Je ne savais pas comment... mais je fais toujours confiance au hasard... Je roulais dans la campagne, un panneau au bord d'une vigne m'a mené jusqu'à vous! Quelle surprise!

— Quelle surprise! répète-t-elle sans se rendre

compte qu'il a gardé sa main dans la sienne un peu plus longtemps qu'il n'était nécessaire.

Ils se regardent en silence. Puis il dit, sans la quitter des yeux :

– « Les Oliviers... Antiquités... Objets d'art... Dégustation de vin... » Ça m'a plu.

– Il faut que je vous prévienne, je suis désolée, mais je n'ai pas le droit de vendre.

– Comment ça ?

– Tracasseries administratives ! J'attends un papier – je vais le recevoir d'un jour à l'autre, il n'y a aucun problème – mais, tant que je ne l'ai pas reçu, interdit de vendre ! Le maire est venue elle-même pour me le signifier.

Il s'étonne.

– « Elle-même » ?

Elle rit.

– Oui, le maire de Châteauneuf est une femme. Elle a débarqué ici avec les gendarmes... Mais ne parlons plus de ça, venez avec moi, vous allez retrouver quelqu'un que vous connaissez !

Il la suit dans la maison avec la légère angoisse de celui qui se demande s'il ne s'aventure pas dans un piège. Mais, au milieu du salon surchargé, la vieille connaissance que lui désigne Estelle n'est autre que le barbotine.

– La bohémienne !

Il est soulagé. Il rit et répète :

– La bohémienne ! Je la vois mieux aujourd'hui !

Estelle l'interroge du regard et il lui dit :

– Chez le brocanteur je n'ai vu que vous.

Noirs. Noirs, les yeux. Et brillants.

Elle a peur de rougir. Et lui se demande s'il ne va pas la prendre dans ses bras et lui dire :

« Estelle, c'est moi. »

Inutile d'ajouter un prénom. C'est elle qui le dira...

Mais une femme aux cheveux gris entre avec un

plateau. Le moment fragile où l'aveu était possible est passé.

Estelle est près de lui mais sa voix lui arrive de très loin. Elle explique que Mme Boucoiran est une amie qui l'aide à tenir la boutique, puis ajoute en riant :

– « La boutique », c'est beaucoup dire ! Ce qui sera « la boutique » quand nous aurons le droit de vendre !

La femme aux cheveux gris est repartie aussi discrètement qu'elle était entrée.

– C'est un peu fouillis, explique Estelle. Je suis à peine installée et tout est mélangé, mes propres meubles et les autres.

Il reste silencieux devant la longue table où ils faisaient leurs devoirs côte à côte sous la même lampe...

Elle surprend son regard et l'interprète en toute ignorance.

– La table, par exemple, je ne m'en séparerais pour rien au monde ! Trop de souvenirs...

« Alors pourquoi ne me reconnais-tu pas ? » pense-t-il.

– Par contre, le bonheur-du-jour est à vendre. Enfin, quand j'aurai le droit de vendre ! Mais je serais très étonnée d'arriver à le placer.

– Pourquoi ?

– Parce qu'il est hors de prix !

Il sourit en regardant l'étiquette qu'elle a collée sur une ferrure.

– Mon Dieu ! dit-elle brusquement, j'oubliais !

Elle va vers le plateau qu'Amélie a laissé sur un guéridon, remplit un verre, le lui tend :

– Notre vin !

Il reste immobile, glacé d'horreur. Décontenancée, le verre à la main, un très beau verre castelpapal – on lit l'or de la tiare posé sur la pourpre du vin –, elle demande :

– Vous auriez préféré du blanc ?

Préféré du blanc ? Non, Estelle, ce rouge sang me va très bien.

Il le boit lentement, retrouvant le goût qu'il croyait avoir oublié. On leur donnait toujours « un doigt de vin » pour les préparer à l'aimer.

— Magnifique! dit-il, une saveur de mort sur les lèvres.

Maintenant il doit s'en aller. Tout de suite.

— Attendez! dit Estelle en voyant qu'il s'apprête à prendre congé. Il faut que vous veniez saluer mes ancêtres! Ils sont très pointilleux sur les convenances et ne me pardonneraient pas de vous laisser partir sans vous avoir présenté à eux! Venez! Ça leur fera plaisir!

Elle l'entraîne dans la galerie où les Laborie de Sauveterre le regardent, tribunal immobile, juges sans pitié. Il les reconnaît. Tous. Et reconnaît chaque détail, chaque blason.

Et la devise.

Semper Vigilans.

— Intraduisible! dit Estelle en secouant sa chevelure de fée. Regardez cette étoile à sept rayons dans le coin de ce portrait, c'est à cause d'elle que je m'appelle Estelle. C'est une longue histoire, la prochaine fois, si vous avez le temps, je vous la raconterai...

— Avec plaisir! dit-il tandis qu'elle le raccompagne jusqu'à sa voiture.

En quittant la galerie, elle a éteint la lumière et les ancêtres que l'obscurité rend à eux-mêmes frémissent dans le noir.

En voyant le 4 × 4 disparaître, elle a eu envie de tourner le dos à la maison, de s'en aller respirer en pleine nature. De marcher. Ni dans les vignes qui l'attristent, ni dans la forêt qui l'étouffe.

Alors elle est partie droit devant elle par la draille des troupeaux. Elle avait besoin d'air, d'espace, d'horizon. Elle allait à travers les mousses sèches, les herbes folles, les genêts, les cailloux et les affleurements de roche. Elle tourna la tête pour vérifier que le Ventoux était bien là. Oui, il surveillait sa promenade comme il avait surveillé les pas des voyageurs depuis toujours, ce « toujours » dont parlait Paul Laborie et qu'il situait près de mille ans avant notre ère. Quand Estelle atteignit les quelques mètres grossièrement pavés qui faisaient penser qu'on était sur le tracé de la Via Agrippa, elle s'arrêta et respira profondément. Un insecte velu l'effleura de son vol avec un bourdonnement disproportionné. Un nuage tira gracieusement sa révérence dans le ciel bleu. Très loin, dans une dépression de terrain, Estelle apercevait Blaïd au travail dans les vignes. Cet hiver, il y aurait trente ans qu'il était arrivé aux Oliviers. Il était venu après la guerre d'Algérie parce que là-bas il avait connu un adjudant né à Châteauneuf-du-

Pape. Il n'osait pas se présenter au domaine à cause du petit qu'il portait contre son cœur dans le saqueton. Et c'est justement à cause du petit qu'on l'avait gardé. « Il s'est élevé avec le mien », dit Amélie qui oublie qu'elle les a élevés tous les deux.

Salah, fils de harki, Salah que sa mère eut l'idée, et l'amour, de cacher dans le four éteint avant que n'arrivent ceux qui l'égorgèrent. Salah, dernier descendant d'une longue lignée de soldats tués et mutilés pour la France. Décorés et oubliés. Séduits et trahis. Salah, comptable au Quai-d'Orsay. Salah de Châteauneuf-du-Pape, Salah qui voyage maintenant avec passeport diplomatique, Salah qui, lui aussi, apprit la vie dans le grand livre des Oliviers.

Blaïd, absorbé par son travail, n'a pas vu Estelle.

Que deviendra-t-il si Cigal-Land détruit leur royaume? Il est trop vieux pour retrouver une place, trop fragile pour supporter un nouvel exil. Estelle le loge dans les communs où il s'est fait un univers à lui. Tapis, plateaux de cuivre, coussins de cuir, bouilloire qui chante sur un fond de musique arabe...

Ils sont en pleine illégalité. La loi ne supporte pas qu'on s'aime au point de partager ce qu'on possède. Délit de cœur. Vous n'avez pas calculé la T.V.A. de vos sentiments! C'est interdit!

Une bouffée sucrée, une de ces vapeurs de miel qui donnent envie d'être abeille, vient chasser les pensées mélancoliques d'Estelle. Toujours immobile sur les restes de la Via Agrippa, elle se sentait devenir élément du paysage comme un rocher ou un buisson de myrte.

Intégrée, acceptée, voulue.

C'est alors qu'elle la vit.

À quelques mètres d'elle, lovée sur une pierre tiède, Sagesse la regardait.

La belle couleuvre sombre, soyeuse et brillante, avait redressé sa tête aux neufs écailles frontales et sortait sa langue fourchue et noire. Mouvement rapide. Langage invisible et muet.

Mais ni la femme, ni le serpent n'éprouvaient de peur. Cette rencontre était un rendez-vous. Les mots partaient de la pensée d'Estelle, évoquant le jour ancien où, en promenade avec son père, elle avait vu sa première couleuvre.

« Il ne faut pas avoir peur des serpents, disait-il. Il ne faut pas leur vouloir de mal. Eux aussi font partie de la Création. Eux aussi ont droit à leur place sur la Terre. Ne bouge pas, ne crie pas. Tu es une enfant du jour, mais Sagesse est la reine de la nuit. »

Sagesse.

Estelle était sûre que son récit avait été entendu par le serpent. Mais elle n'arrivait pas à comprendre le message que la langue noire cherchait à lui délivrer.

Quelque chose d'essentiel.

Un jour, elle saurait...

Sagesse partit la première et disparut dans les herbes, ne laissant derrière elle qu'un sillage aérien bientôt dissous, invisible.

« C'est bien, avait dit Papa, tu n'as pas bougé, pas crié, je suis content de toi, Estelle. Tu deviens presque aussi raisonnable que Marceau. »

Il roulait vers Rochegude. Très vite. Trop vite. Et, soudain, à un carrefour, il avait changé de direction et, plus vite encore, était retourné vers Châteauneuf.

— Marceau! Quelle joie! avait dit Mireille en le voyant entrer sans frapper dans son bureau.

Mais la joie fut de courte durée.

Il était hors de lui.

— Pourquoi as-tu fait cela, Mireille? Qu'est-ce que c'est que cette nouvelle brimade? Je t'avais dit de laisser Estelle tranquille! La coupure d'eau, c'était déjà trop et, maintenant, il faut que tu l'empêches de vendre quelques meubles!

Mireille avait défendu vigoureusement sa politique. Si le commerce d'antiquités d'Estelle se mettait à marcher, elle aurait peut-être les moyens suffisants pour refuser l'offre d'achat des Oliviers!

Il avait haussé les épaules. La question n'était pas là. Si on n'arrivait pas à la convaincre de vendre, il faudrait l'y obliger.

– Comment ça?

– En faisant déclarer le projet d'utilité publique.

– Simplement?

– Simplement. En tout cas, d'ici là, c'est moi désormais qui vais m'occuper d'elle.

– Mais si elle te reconnaît?

– Elle ne m'a pas reconnu, dit-il en souriant.

Mireille resta muette, incrédule.

– Tu l'as vue?

– Oui. Aujourd'hui. Et c'est même comme ça que j'ai appris ce que tu avais fait. Les gendarmes! Mais tu perds la tête? Tu veux fédérer la population autour d'elle?

– Je veux t'aider, dit-elle, l'air buté.

– Tu veux m'aider? Alors fais-moi plaisir : cesse de prendre des initiatives. Je me charge d'Estelle. D'accord?

Mireille ne répond pas. Elle ne comprend plus. Quand il est arrivé, il avait la ferme intention de détruire les Oliviers. De détruire jusqu'au nom des Laborie. Et maintenant il veut « s'occuper » d'Estelle. Qu'est-ce que ça veut dire?

– Tu es toujours amoureux d'elle...

Il rit. Mais il n'a pas nié. Il lui prend la main. Elle se dégage. C'est la première fois. Mais c'est aussi la première fois où elle a peur. Non parce que Marceau risque d'être reconnu par Estelle, ça, alors, ça lui est bien égal! Non, elle a peur parce qu'ils risquent de s'entendre. De s'aimer. À cette idée elle se sent perdue.

Il répète la question à laquelle elle n'a pas répondu.

– D'accord ?

Il reprend sa main, elle ne la retire plus. Elle a tellement mal à l'idée de le perdre. Elle murmure :

– Tu ne veux pas qu'on lui fasse de mal ? Tu te réserves l'exclusivité de la faire souffrir ?

– Tu as tout compris ! dit-il en la serrant contre lui.

On peut penser ce qu'on veut de Jean-Edmond et de ses ambitions politiques, mais la façon dont il gère la propriété de sa grand-tante est exemplaire.

Comme c'est beau une terre bien entretenue !

Estelle roule au pas entre les vignes impeccables où travaillent des gens qui aiment ce qu'ils font, et laisse la deux-chevaux de son fils devant la façade seigneuriale.

En poussant la porte bénie de la maison ouverte aux Félibres, elle retrouve l'odeur de pierre et de violette... Sur le palier qui domine l'escalier de marbre, Stéphanette sourit. Mademoiselle est dans un bon jour.

– Je me suis bien jouée des Allemands !

Apolline reçoit Estelle comme si elle tenait salon au XVIIIᵉ siècle. Elle aime évoquer le temps de l'occupation parce que, dit-elle à sa filleule : « Nous en avons fait des folies, alors, ta grand-mère et moi ! »

Oui. De quoi mériter l'une et l'autre le peloton d'exécution. Les folies du courage.

Apolline pose sa tasse de thé de Chine sur le plateau d'argent guilloché, que Stéphanette fait briller avec du blanc d'Espagne, auprès d'une assiette de « merveilles » poudrées de sucre fin.

La vieille demoiselle porte une matinée de soie grège, et un bonnet de même teinte retient ses cheveux blancs. Elle ressemble à une esquisse du portrait de son premier bal.

– Les Allemands! Si tu les avais vus! Ils campaient dans le salon avec leurs bottes! Ils ne se sont jamais doutés que je cachais des israélites dans ma cave

Elle dit « des israélites » comme dans la Bible et dans Racine.

Les « israélites », c'étaient la mère et la sœur de Samuel.

– L'ober-lieutenant Cazalis... un descendant de nos huguenots... entre parenthèses, quel nigaud que ce Louis XIV avec sa Révocation... Tu n'es pas de mon avis, ma chérie?

Estelle avale une gorgée de thé en faisant signe que, en effet, on ne peut imaginer plus nigaud que ce Louis XIV avec sa Révocation.

Apolline a perdu le fil et semble ennuyée. Estelle l'aide :

– L'ober-lieutenant...

– Ah oui! Très bien élevé! Le pauvre garçon, il a été tué sur le front de l'Est... La mort aime les jeunes hommes quand ils sont beaux, tu as dû le remarquer...

Elle rêve un instant mais, cette fois, elle ne perd pas le fil de l'histoire.

– Il était très musicien et jouait du Schumann sur mon piano tandis que, tapies dans l'ombre, Sarah et Esther, très musiciennes aussi, l'écoutaient... Avec *Les Amours du poète*, le petit huguenot les a aidées à rester vivantes! Ma basse-cour aussi, car j'ai veillé à ce qu'elles ne mangent jamais de cochon!

Elle éclate de rire puis se met à chanter de sa voix fragile :

131

Mes larmes font éclore
Des fleurs comme au doux renouveau...
avant de demander :

— Mais tu as dû le connaître, l'ober-lieutenant! Il venait souvent aux Oliviers. Parles-en à ta grand-mère, elle te racontera comment il lui a rendu le cheval que les Allemands avaient mobilisé. Il a ramené la bête lui-même... Beau cavalier... Beaucoup d'allure... C'était amusant car, à ce moment-là, ton père était au maquis, sur la montagne. Avec Samuel, avec le petit Jules qui n'avait pas fini son séminaire... Avec Dupastre. La mort se régalait là-haut. Dans cet enfer, ils s'entendaient comme on doit s'entendre en Paradis. Et les filles couvraient des lieues à bicyclette. Elles portaient le pain, les armes, les messages... elles portaient l'Espérance. Une nuit, Samuel et ton père ont été pris... les wagons à bestiaux, le camp... J'ai cru que la pauvre Roseline allait mourir de chagrin. Mais elle était courageuse, ta grand-mère! Elle a tenu bon. « Une femme et un cheval, c'est assez pour sauver le domaine! » disait-elle. Et tout le monde venait lui donner la main, comme on l'a toujours fait, et comme on doit le faire depuis que le premier grain de blé a poussé sur la terre.

Soudain elle semble fatiguée, elle se tasse dans son fauteuil et frissonne.

— C'est quand la Paix est revenue que tout s'est gâté!

Elle prend la main d'Estelle et s'accroche à elle.

— L'Anglore * est sortie du Rhône avec ses jambes glacées et son œil transparent pour jeter son venin parmi les hommes et sa malédiction sur le Château des Oliviers!

Estelle et Stéphanette échangent un regard, le

* Héroïne du *Poème du Rhône.*

délire reprend Apolline. Mais, aujourd'hui, Estelle veut savoir. Estelle veut l'aider à sortir de ses ténébreuses hantises.

– Qui est l'Anglore, Apolline?

– Elle était belle comme le péché!... J'ai tout compris quand je l'ai vue, cette veille de Noël, au bord du Rhône avec...

Elle se tait et regarde Estelle avec effroi.

– Qui était avec l'Anglore au bord du Rhône, Apolline?

– Au bord du Rhône? Pourquoi parles-tu du Rhône, mon enfant? N'y va pas! C'est là que mon gardian s'est noyé! Il est mort, tu sais? Son cheval l'a suivi dans le Rhône, et moi, mon père m'a enfermée dans cette tour! Toute la Camargue en deuil du poète! Le ruban noir des Arlésiennes et le glas de la Major! Et moi, enfermée dans ma chambre, moins libre qu'un cheval!

Elle attire Estelle contre elle et chuchote dans son oreille :

– Essaie de savoir pourquoi la mort ne veut pas de moi!

Puis elle se détourne, les yeux fixés sur la fenêtre que traverse un nuage léger.

« Une femme et un cheval, c'est assez pour sauver le domaine!» disait sa grand-mère. Elle ne l'a pas assez connue. Roseline est morte peu avant le drame, comme si Dieu avait voulu lui épargner de voir sombrer ce qu'elle avait sauvé au temps où elle faisait « des folies » avec Apolline.

Il y a bien longtemps que les chevaux ont disparu des exploitations. Le dernier maréchal-ferrant de Châteauneuf cloute plus de babioles folkloriques qu'il ne ferre de percherons. Aux Oliviers, Pompon est mort de vieillesse au moment où Blaïd arrivait.

On n'a pas remplacé Pompon. Ni par un cheval, ni par un tracteur. C'est Antonin qui prête le sien. Il est brave, Antonin. Mais tout ce désordre, ce provisoire qui dure depuis trente ans, ne peuvent plus continuer. « C'est à toi de trouver la solution, Estelle! Roseline aurait su, elle! Courage! Dis-toi que c'est toujours la guerre et qu'il faut toujours avancer! »

Elle roule doucement dans le petit chemin creux où, jeune fille en blancs vêtements de deuil, elle rencontra Rémy. Elle ne désavoue aucun moment de sa vie passée. Ni la joie de se marier, de quitter la maison des larmes, d'aimer, d'être aimée, de mettre des enfants au monde... ni Jérôme...

Mais ce qu'elle a vécu jusqu'à cet été est passé. Aujourd'hui, elle se réveille. Après un sommeil de plus de vingt ans. Pas un instant à perdre. Et, même si toutes les tuiles du toit s'envolaient ensemble, même si la source ne coulait plus, même si on lâchait des loups dans sa forêt, elle ne partirait pas.

Elle ne partira plus.

À l'entrée du domaine, les jumeaux l'attendent avec Nour comme le jour de l'arrivée des meubles. Elle ralentit et les fait monter derrière elle. Le chien saute autour de la deux-chevaux, multipliant à l'infini la longueur du trajet; il jappe de joie. Son maître ne doit guère le voir depuis que les petits sont arrivés. Ils sont tellement excités que, d'abord, Estelle ne comprend rien à ce qu'ils lui disent. Mais elle comprend quand même qu'il s'agit d'une bonne nouvelle.

– La patente? demande-t-elle.

– Non, mais Mémé a dit que c'était pareil! Un papier de la mairie que Fernand Jeaulme a apporté en vélo exprès!

– Signé de Mireille!

– Oh?... s'étonne Estelle.

– Oui! Je l'ai vu! Et c'est marqué dessus qu'on peut vendre toutes tes vieilleries! dit Marius, grave comme un commissaire-priseur.

– C'est vrai? Vous ne vous trompez pas?

Non. Ils ne se trompent pas. Samuel a même téléphoné à Mémé pour lui raconter ce qui s'est passé à la mairie.

– Et qu'est-ce qui s'est passé?

– Rien!

C'est bien ça le plus beau. Ils étaient tous venus avec l'intention de dire à Mireille ce qu'ils pensaient de son attitude. D'abord parce qu'elle les avait révoltés. Et puis surtout parce que leurs femmes les avaient prévenus : « Si tu n'as pas le courage de faire vergogne à Madame le Maire, c'est moi qui le ferai! Et pas qu'un peu! Fais-moi confiance! » À peine parvenue dans les cuisines, la nouvelle de la descente aux Oliviers s'était répandue de fourneau en fourneau, de lessive en lessive, de courette en muret : « Dis, Marceline, tu es au courant pour Estelle? – Ne m'en parle pas, j'en suis toute retournée! – Et quand je pense à cette pauvre Amélie, quelle honte! – Mais pour qui elle se prend, Mireille? Pas possible, l'écharpe tricolore lui monte à la tête? »

Alors ils étaient tous arrivés, prêts à se battre. Mais personne n'avait eu à ouvrir la bouche, Mireille avait coupé l'herbe de la discorde sous leurs pieds en disant :

– J'ai pris la décision de délivrer à Estelle Laborie un permis provisoire l'autorisant à ouvrir son magasin de meubles.

Elle avait ajouté avec une sincérité touchante :

– J'ai été très contrariée, l'autre jour, de devoir lui interdire de vendre à des clients de passage... alors j'ai eu l'idée de ce papier qui lui permettra d'attendre sa patente tout en restant dans la légalité.

135

Samuel et Antonin s'étaient regardés, pas dupes. Les autres avaient respiré.

Estelle se posait des questions...

– Qu'est-ce que ça peut faire? disait Amélie. Ce qui compte, c'est pas ce qui se passe dans la tête de Mireille, c'est qu'on puisse vendre! Tiens, si tu téléphonais à ce monsieur de l'autre jour pour lui dire qu'il peut revenir? Tu sais, ce monsieur si bien pour qui j'ai sorti du 83 rouge?

Malheureusement Estelle ne connaît pas le nom du monsieur. Dommage, elle aurait aimé le prévenir... mais il va certainement revenir. Il a dit qu'il reviendrait. C'est même curieux qu'il n'ait pas donné signe de vie? L'aurait-il oubliée?

Il ne l'a pas oubliée.

Il ne pense même qu'à elle.

Il est rentré à Paris et a retrouvé son empire. Carmeau-Développement.

Son empire.

Un empire qu'il a construit seul et dont Cigal-Land n'est qu'un projet parmi d'autres.

Ce contact avec la réalité de sa puissance lui a fait du bien. Il en connaît le prix. Il sait par quels chemins difficiles il est arrivé là où il est. Il sait aussi que, plus les empires sont forts, plus ils sont fragiles.

Peu importe, il aime la lutte.

Il sait séduire les conseils d'administration, les banquiers. Et même les chiffres!... Mais la rencontre avec Estelle l'a atteint. Il a failli être vulnérable, et ne le veut pas.

Il faut qu'il oublie le goût du vin bu aux Oliviers. Pour cela, un seul moyen. Se battre.

Jean-Edmond le sert aveuglément au Conseil général du Vaucluse. Il vient d'être nommé président de la Commission des Travaux publics et des Routes.

Très bien. Sa femme a pris ses fonctions à Carmeau-Développement. L'idée de se voir confier la responsabilité de leur filiale en Russie a eu raison de ses scrupules vis-à-vis du service de l'État. Cendrillon a laissé choir sa pantoufle à la sortie de Polytechnique...

« Mais vous ne la trouvez pas trop jeune? » a dit Rocher.

Ça, c'est bien une réflexion de Rocher, le plus fidèle et le plus méfiant de ses banquiers. Alors il lui a fait rencontrer Philippine, et Rocher est resté sans voix. Le lieutenant a quelque chose d'inquiétant comme tous les surdoués. Le fait qu'elle parle russe à la perfection a impressionné Rocher. Mais ce n'est rien, Gospodine * banquier! Ça s'apprend, une langue! Même le russe. Ce que Philippine a de plus terrifiant, c'est son ambition. Sa froideur. Au fond, de toute la famille, c'est elle la plus forte. C'était elle qu'il fallait convaincre à tout prix. C'est fait. Les autres suivront. Son père – personnage à ménager : il possède une partie des terres –, son père est si heureux des succès de sa fille qu'on n'en fera qu'une bouchée. Image Politique... à suivre! Quant au frère dessinateur, il l'a déjà programmé. Agressif, beaucoup de talent. A besoin d'argent. On lui en donnera pour qu'il se tienne tranquille . Il y a aussi le gamin qui ne compte pas. Encore dans les jupes de sa mère... Ah! Faire attention à la petite avocate dévouée corps et âme à Estelle qui l'a élevée.

Bien sûr, il sait qu'il avance en terrain miné, il sait qu'un jour la vérité éclatera; qu'un jour, Estelle saura qui il est. Mais ce jour-là, pour elle, il sera trop tard.

Et ce jour risque d'arriver plus tôt qu'il ne le pensait. Il a dîné hier avec Dabert, le ministre de l'Équipement avec qui il était aux Ponts et Chaussées. Il lui a remis le dossier Cigal-Land.

* Seigneur.

– Mille emplois à créer? a dit Dabert. Tu m'intéresses!

– Toi aussi! a-t-il répondu en riant. Parce qu'il y a du tirage sur place... un propriétaire qui refuse de vendre...

– Ça se négocie. Mille emplois, aujourd'hui, c'est la truffe!... Tu ne démolis pas un hôpital, une maison de retraite, une pouponnière ou, pire encore, la résidence secondaire d'un de mes collègues du mercredi matin?

Il l'avait assuré que non, et le ministre avait été catégorique.

– Dans ce cas, on peut espérer obtenir un décret d'utilité publique.

– Rapidement?

– Pas impossible...

De son côté, le professeur Marie Boyer fait du zèle. Elle va même dépêcher aux Oliviers le plus intraitable des experts de la Faculté. Un type bizarre et sinistre qui trouve tout le monde cinglé. Que demander de plus?... D'ailleurs l'opinion de Marie Boyer est faite depuis qu'Estelle lui a faussé compagnie. « Cette femme ne retrouvera jamais son équilibre, sa lucidité, cher ami! » Marceau est persuadé du contraire, chère amie, mais laisse faire le professeur. De tous les pièges qui ouvrent leurs mâchoires autour de la dame des Oliviers, il y en a bien un qui va se refermer!

Elle a vendu une paire de chenêts, une couronne de mariée sous globe et un soliflore.

2 878 francs 35 ttc.

Pas de quoi pavoiser.

Amélie dit d'une voix sépulcrale :

– Ils vont venir...

mais les jours passent et la foule ne se bouscule pas

devant les anquestres. Pour ne pas perdre le moral, un seul remède : le travail. Mais on ne peut pas cirer ce qui brille déjà, astiquer ce qui étincelle, essuyer le cristal à longueur de journée avec un torchon qui ne peluche pas... Tout est si propre, si beau. Même les abécédaires au point de croix qu'elle range sur la grande table du salon, espérant avoir une reprise à faire, un fil cassé à reprendre... Mais rien! Alors elle les regarde, pour le plaisir. Elle en a sorti onze. Naïfs. Maladroits. Fins. Grossiers ou délicats, ils furent tous brodés par des petites filles d'autrefois, nattes dans le dos, appliquées, tirant la langue pour faire de la belle ouvrage afin que Maman ou Mademoiselle soit contente! Adeline Bouchard, Marie-Caroline de La Veyne où êtes-vous? Où es-tu Minette Lafond? Et cette enfant qui écrivit A B C D F K H? Elle rit doucement, penchée sur ses abécédaires, et, brusquement, elle sent une présence dans la pièce. Un inconnu se tient devant elle. Elle ne l'a pas entendu entrer. Il a la quarantaine, un visage pâle et grave et porte un costume trois-pièces insolite pour la campagne. Insolite et mouillé car il s'est mis à pleuvoir sans qu'elle y prête attention.

Pourvu que ça ne gâte pas le raisin!

— Bonjour, monsieur, dit-elle. Comme c'est gentil de venir jusqu'à nous par ce vilain temps! Regardez, je suis engloutie dans les abécédaires! C'est hallucinant!

— Hallucinant!

Il a la voix de Frankenstein. Il est très étrange et semble fasciné par le spectacle des abécédaires sur lesquels il se penche avec gourmandise.

— Toutes ces croix! On dirait un cimetière! Oh! j'adore les abécédaires!

— Ça tombe bien! j'en ai encore plein dans ce tiroir. Regardez... quelles merveilles!

Le visiteur ne remarque même pas l'entrée d'Amé-

139

lie portant le plateau traditionnel, il est en extase devant un abécédaire :

ROSELINE
POUR SON PAPA ET SA MAMAN
CHAÏRIS

— Ah non! dit Estelle, celui-là je ne le vends pas, c'est celui de ma grand-mère! Mais asseyez-vous, monsieur, je vais vous faire goûter le vin de la propriété. Je n'ai plus le droit de le vendre, mais j'ai toujours le droit de l'offrir! À votre santé!

Il lève son verre en la regardant avec insistance. Il est vraiment étrange. Il la met mal à l'aise en la regardant comme ça. Elle essaie d'engager la conversation.

— Et... qu'est-ce qui vous intéresse?... À part les abécédaires?

— Rien, dit-il avec conviction et, brusquement, tous deux éclatent de rire.

Il sort un petit carnet de sa poche et demande s'il peut prendre quelques notes.

— Je vous en prie, dit Estelle, surprise.

Il note plusieurs choses, l'air absorbé. Soudain, une brusque rafale de vent lui fait lever la tête.

— Le mistral, explique Estelle. Parfois il nous porte le bruit des cloches de Châteauneuf, c'est très beau...

— Le mistral, répète-t-il, je le connais peu...

— C'est le grand vent de nord-ouest. On l'appelle aussi le mange-fange, il boit la neige, sèche la rosée... Il peut souffler sans arrêt pendant neuf jours...

— Neuf jours? Quelle merveille! Vous êtes vraiment bien ici, dit-il en fermant son carnet.

— Très bien... mais peut-être pas pour longtemps,

140

hélas! On voudrait inonder la propriété, en faire un lac! Dans ce salon, monsieur, nous sommes au fond du lac!

– Non?

– Si! Cette idée me rend folle!

Il éclate de rire et là elle commence à avoir peur. Elle lui offre de nouveau à boire en se demandant si c'est une très bonne idée. Il accepte avec enthousiasme, regarde le vin couler dans son verre et s'informe :

– Ça titre assez fort, le Châteauneuf-du-Pape?

– Oui. Mais celui-là ne fait que 13° 5.

13° 5! Il boit respectueusement, degré par degré..., apprécie.

– Vous avez beaucoup de clients pour vos antiquités?

– Très peu. Il faut dire que c'est la première année que je tiens boutique aux Oliviers... Il y a des gens qui trouvent bizarre que je me sois installée ici... On a même voulu m'empêcher de vendre. En fait, tout est parti d'un accident de voiture que j'ai eu. Depuis, figurez-vous qu'on observe mon comportement comme si j'avais perdu la tête... J'ai déjà été vue par deux experts et on m'annonce l'arrivée d'un troisième... Je me demande quelle tête il aura, celui-là!

– La mienne, madame.

Elle est devenue si pâle qu'il lui a servi un verre de Châteauneuf.

– Merci, a-t-elle dit, la voix blanche, avant de boire lentement sans le quitter des yeux.

Il s'est présenté : docteur Bricaire-Laval.

Il a ressorti son carnet, l'interrogatoire commençait :

– Voyons, c'est très important... reprenons : vous disiez que le mistral était le grand vent du nord-ouest, le... mange-fange? C'est tout?

Sidérée, elle ne répond pas.

141

– Je me trompe, madame?

Elle récite mécaniquement.

– Non, docteur. On dit aussi le vent terrau, la biso, le roi des vents, le mistralas... lou mistrau, ça veut dire : le maître...

– Chut!

Il écoute, la tête levée vers le plafond, vers le toit, vers le sommet des arbres que le maître tourmente :

– Écoutez! dit-il. C'est magnifique! Le mistral! Quel dommage de devoir partir!

Il referme son carnet, se lève.

– Je vais prendre « A B C D F K H », je trouve cet objet pathologique, intéressant et poignant... Non! Non! je le paye, madame! Je suis venu ès qualité, je ne peux pas accepter de cadeau! Déjà j'ai abusé de votre vin... je ne le regrette pas, du reste! Je ne regrette rien! Visite fructueuse, bain de nature et de fraîcheur loin de l'agitation des villes... 475 francs, si je ne me trompe, ajoute-t-il en lisant l'étiquette collée sur le cadre d' « A B C D F K H ».

Il a déposé l'appoint sur la table et mis l'abécédaire dans la poche de sa veste, inutile de lui faire un paquet, il étudiera les lettres au point de croix dans l'avion.

– Le professeur Boyer aura mon rapport dans les plus brefs délais, comptez sur moi pour faire diligence!

Estelle le raccompagne jusqu'à la voiture de location qu'il a laissée à l'orée des Oliviers. Le vent est maintenant déchaîné.

– Le mange-fange a chassé la pluie, constate le docteur.

Avant de démarrer, il lui tend la main par la vitre baissée :

– Heureux présage!

Le mistral tomba, la pluie ne revint pas et il y eut beau temps pour les vendanges.

Partout c'était l'allégresse. Les journaliers de toutes couleurs, les étudiants de toutes nationalités, se retrouvaient comme tous les ans à la même époque chez les vignerons pour la même fête, la même fatigue et les mêmes chants.

La récolte serait belle. Chaque grain de raisin était intact, univers rond, clos sur la pulpe parfaite de l'espérance.

Aux Oliviers, la maison est silencieuse. Les jumeaux sont repartis à Cassis. Quelques clients rentrant de vacances s'arrêtent et, parfois, achètent une babiole. Pas de quoi faire flotter le navire. La patente était arrivée. De mauvaises nouvelles aussi. L'annonce des mille emplois que Cigal-Land allait créer commençait à faire réfléchir dans le pays.

Mais le plus préoccupant, lui avait dit Sophie, c'était cette histoire d'expert. Elle connaissait la réputation du docteur Bricaire-Laval et le récit qu'Estelle lui avait fait de sa visite et de leur conversation l'avait inquiétée. C'était sa méthode ce genre d'intrusion. Faire parler les gens sans les prévenir du motif de sa visite. Après, il était trop tard, son opinion était faite.

– Il y a quelque chose que je ne comprends pas, Sophie, nous sommes à la fin du XXe siècle, ces expertises, je ne les ai pas demandées et, parfois, il me semble qu'on va me jeter dans un cul de basse-fosse comme au Moyen Âge. Qu'est-ce que ça veut dire? Toi aussi, tu me crois folle?

Ni Sophie, ni Luc n'ont le moindre doute, Estelle est parfaitement saine d'esprit. Pour les autres c'est très simple, ils veulent qu'elle vende les Oliviers, le moyen de pression est un peu rude mais ils pensent sincèrement agir dans son intérêt.

Estelle a dû raccrocher pour accueillir des clients. Elle aurait voulu continuer la conversation, parler de Jérôme, savoir pourquoi Philippine ne lui téléphonait pas. Elle sentait aussi que quelque chose n'allait pas du côté de Sophie... Antoine?

Le sourire aux lèvres elle va vers le couple qui vient d'arriver, des gens de Tourcoing, leur fait les honneurs du cabinet de l'amateur, leur offre un verre de vin et n'en revient pas, une heure plus tard, de leur avoir vendu une commode.

Ça tombe bien, Ali et Mohammed qui, tous les ans, assistent Blaïd pour les vendanges, sont là depuis ce matin. L'argent de la commode va permettre de naviguer quelque temps.

Vendanger. Saura-t-elle encore? Elle qui, depuis des années, a fui le domaine dès que le ban des vendanges * était proclamé.

À l'aube ils sont partis dans les vignes.

Avec eux, elle s'est agenouillée sur les ronds galets glaciaires. Elle a retrouvé l'odeur verte et acide de la vrille. Elle a tendu la main vers un cep. Lourd de grappes, vétéran feuillu, il était plus décoré qu'un

---

* Jour où l'on fixe la date où la vendange va pouvoir commencer.

maréchal soviétique. Elle a coupé son premier raisin et tous les gestes appris autrefois sont revenus.

Pas de vin à table. Estelle ne se voit pas ouvrant une bouteille au milieu d'hommes qui ne boivent que de l'eau. Ali et Mohammed travaillent dans une plantation de melons à Cavaillon mais, depuis des années, ils viennent quelques jours au domaine pour aider en automne, au moment des vendanges et, plus tard, pour les olivades *. « Des amis », dit Blaïd qui les a recrutés. Ils se plaisent aux Oliviers, ils y ont leurs habitudes. Amélie les gâte. Comme beaucoup de femmes elle aime nourrir. Elle se réjouit de les voir se régaler avec ses aubergines frites, ses îles flottantes et sa fougasse à l'anis.

Le soir, sur la terrasse, ils dînent en silence, respectueux devant la nourriture, rendant grâce au terme d'une dure journée de travail. Calmes. Puis, quand la table est desservie, ils restent assis dans l'ombre, allument des cigarettes et se mettent à parler en arabe. Une langue rapide, sinueuse, nerveuse. Estelle les écoute. Elle voudrait comprendre le sens de cette musique tandis que, debout, tenant très haut sa bouilloire, Blaïd verse le thé à la menthe dans les verres. Ce soir, la conversation semble plus animée que d'habitude. Blaïd a dit quelque chose qui a troublé Ali et Mohammed. Ils regardent Estelle comme ils ne l'ont jamais regardée; ils semblent furieux... Mon Dieu! que leur arrive-t-il? se demande-t-elle tandis que le ton monte. Si c'est une augmentation qu'ils veulent, la commode va y passer toute entière.

Ils se taisent brusquement et Blaïd se tourne vers elle.

— Madame Estelle, je leur ai tout dit, explique-t-il.
— Tu leur as dit quoi, Blaïd?

* Moment en novembre ou en décembre où l'on cueille les olives.

– Les malheurs qu'on voulait te faire... ta maison, le lac, la vigne... et les oliviers!

– Les oliviers! répètent Ali et Mohammed d'une seule voix.

C'était ça leur colère? C'était ce qui lui arrivait à elle qui les révoltait? Il a raison Blaïd : « des amis »! Ils ont maintenant retrouvé leur sérénité et, tout en buvant le thé brûlant, ils lui expliquent qu'elle ne doit pas avoir peur. Personne ne touchera à ses oliviers.

Parce que, sur chacune des feuilles de l'arbre sacré, est écrit le nom de Dieu.

– Est-ce qu'aujourd'hui vous avez le droit de vendre?

Il est revenu.

Il sourit, debout devant la porte-fenêtre du salon qu'elle a laissée grande ouverte parce qu'il fait beau. Il répète sa question :

– Vous avez le droit de vendre?

et elle retrouve l'usage de la parole :

– Oui! Vous pouvez même tout acheter!

– Je vais essayer! a-t-il dit avec humour en venant vers elle.

Quel trouble dans une simple poignée de mains...

– Je suis contente de vous voir, parce que...

– Parce que?

– On me fait des misères...

Il l'interroge du regard et elle a envie de se confier à lui, qui semble tant aimer les vieilles choses et leur fragilité. Elle a besoin de lui dire que tout ce qu'il voit est menacé, en danger... peut-être condamné.

– Comment ça « condamné »?

Elle lui raconte que sa maison et son domaine sont convoités par un promoteur.

– Vous savez, un de ces holdings qui saccagent la terre au profit du béton.

Il reste silencieux mais elle sait qu'il est indigné. Elle le lit dans ses yeux plus noirs que jamais. Elle se sent brusquement si bien qu'elle ne veut pas attrister leur rencontre par des plaintes.

– Parlons d'autre chose! Parlons de vous! Que faites-vous dans la vie?

– Je regarde. J'achète. Je collectionne, répond-il modestement.

Et il ajoute :

– J'aime...

Il y a longtemps que le cœur d'Estelle n'a pas battu à ce rythme. Elle n'analyse rien de ce qu'elle éprouve, elle se laisse emporter par la joie d'être avec lui...

– Où est le bonheur-du-jour? demande-t-il. Je ne le vois plus...

Elle ne s'était pas trompée, le meuble lui plaisait! Elle retire l'indienne dont elle l'avait recouvert dans la crainte qu'il ne tente un autre acheteur.

– Il est encore plus beau que la dernière fois, murmure-t-il. Merci de me l'avoir gardé... Je le prends, bien sûr.

La grande table des devoirs est toujours là. La vieille femme aux cheveux gris va sans doute revenir avec le vin; il faut qu'il fasse vite et qu'il parte avant qu'Estelle ne lui tende un verre. Avant qu'elle ne le ramène devant le tribunal des ancêtres. Mais d'abord il a plusieurs choses à faire.

– J'ai une prière à vous adresser, dit-il.

Il s'arrête. Elle le regarde.

– Je n'ose pas...

– Allez...

– Voilà... la barbotine. Vous voulez bien me la vendre?

Elle semble réfléchir profondément puis sourit et dit qu'elle la lui vendra mais à condition qu'il accepte de la payer le prix qu'elle a payé à Fernand.

148

Il rit, elle aussi.

— D'accord ! dit-il joyeusement et, comme il pose son carnet de chèques sur la table des devoirs, il bouscule et fait tomber un petit miroir à main qui se brise.

Tous deux contemplent en silence les éclats du miroir sur le tapis.

— Sept ans de malheur... C'est pour moi. Mais si ! Mais si ! C'est ma faute ! Ça fera une moyenne avec le bonheur-du-jour ! J'ajoute donc le miroir mais cette fois c'est moi qui fixe le prix !

Il libelle son chèque.

— Bonheur-du-jour, bonne aventure... et sept ans de malheurs... Le compte est bon ? demande-t-il à Estelle en lui tendant le chèque.

— Mais c'est beaucoup trop ! dit-elle, gênée.

— Je vous en prie...

Après les chiffres, elle lit les lettres.

— Pierre Séverin... c'est votre nom ?

— Oui.

Visiblement, ça ne lui dit rien. Il respire. La première épreuve est passée avec succès. Reste la seconde.

— J'ai encore une prière à vous adresser, madame... J'aimerais que nous dînions ensemble ce soir...

Il prend le silence d'Estelle pour de l'hésitation, il ne sait pas la joie qu'il lui fait. Il explique qu'il doit aller à Aix pour régler une affaire, qu'il lui enverra sa voiture vers vingt heures... Vraiment il aimerait...

— C'est oui ?

— Bien sûr... dit-elle simplement.

La voiture est arrivée un peu avant l'heure annoncée. Pas le 4 × 4 dans lequel il était venu deux fois aux Oliviers, mais une somptueuse limousine noire.

Comme personne n'en descendait et qu'on ne pouvait rien deviner à travers les vitres fumées, son apparition avait quelque chose de surnaturel.

– Ça fait peur..., dit Amélie à Blaïd.

Depuis son balcon, Estelle avait vu la voiture se garer sur la terrasse. Elle jeta un dernier regard à sa coiffeuse, écrasa une goutte de parfum au creux de son coude et quitta sa chambre en chantonnant, légère comme une jeune fille qui se rend à son premier bal. Elle passa devant Amélie et Blaïd en criant « Bonsoir! » d'une voix joyeuse, et ils la suivirent des yeux, étonnés par son élégance et sa gaieté. Un chauffeur bien réel sortit de la voiture, sa casquette à la main, pour lui ouvrir la portière.

– Très chic! dit Blaïd, impressionné.

– Oui, très chic...

Mais Amélie se demandait pourquoi elle avait le cœur serré alors que son Estelle paraissait avoir enfin retrouvé sa joie de vivre. Comme elle allait rentrer dans la maison, elle crut que la voiture revenait... mais c'était celle de Mireille qui maintenant débouchait de la forêt.

En la voyant, Blaïd siffla son chien et s'en alla sans demander son reste. Il savait qu'Amélie n'avait besoin de personne pour accueillir Madame Le Maire. Il ne se trompait pas.

– Qu'est-ce que tu viens encore nous rationner, aujourd'hui?

Mireille avait décidé d'être suave et répondit avec bonne humeur :

– Je peux parler à Estelle?

– Non!

– C'est que c'est très important. Pour elle... précisa-t-elle avec un sourire délicieux. Le Conseil général vient de donner son accord au projet Cigal-Land. Je venais la prévenir amicalement, parce que, maintenant, son intérêt est de vendre au plus vite...

— Estelle est absente, dit Amélie, rugueuse. Elle vient juste de partir, vous avez dû vous croiser dans l'allée. La grosse voiture noire...

Amélie ne pouvait deviner le coup qu'elle venait de porter à Mireille avec ces quelques mots. La personne invisible dans la grosse voiture noire, la voiture qu'elle avait parfaitement reconnue, c'était Estelle.

— Elle est invitée à dîner ce soir, poursuit Amélie sans remarquer la pâleur subite de Mireille qui rassemble ses forces pour dire d'une voix enjouée :

— Eh bien! Tu lui annonceras ça demain! Au revoir, Amélie! Je te souhaite une bonne soirée!

et s'en va, d'un pas léger, vers sa voiture.

Jolie silhouette, démarche gracieuse. Mais Amélie aurait peur si elle voyait son visage. Ravagée, meurtrie, défaite, Mireille ne retient plus ses larmes.

« C'est moi, désormais, qui vais m'occuper d'elle », avait-il dit.

Et, ce soir, Estelle est invitée à dîner. Chez lui. À Rochegude.

Mireille regarde autour d'elle à travers un brouillard liquide. Les arbres dansent comme des algues, comme ils danseront bientôt au fond de l'eau quand tout sera accompli et que le Rhône aura recouvert la forêt. Parce que tu vas le faire, n'est-ce pas, mon amour? Je t'en prie, n'oublie pas que c'est pour ça que tu es revenu!

Estelle avait reconnu Mireille, en quittant les Oliviers. Elle avait même failli demander au chauffeur de s'arrêter... Mais à quoi bon? Mireille se déplaçait rarement pour venir apporter de bonnes nouvelles et les mauvaises pouvaient attendre jusqu'à demain.

Ce soir, elle voulait oublier ses soucis.

Elle était bien. Elle rêvait, invisible derrière les glaces de la limousine, en regardant défiler le paysage. La voiture roulait vers le nord par de petites routes traversant des bois, des vignes et des villages. Il faisait encore jour mais, déjà, la lumière baissait. Où l'emmenait-on? Le chauffeur n'avait pas prononcé un mot depuis leur départ. Il conduisait sans aucune hésitation, sachant où il devait se rendre... Elle regarda sa montre et s'aperçut qu'il était près de neuf heures.

– À quel restaurant allons-nous? demanda-t-elle.

– Nous n'allons pas à un restaurant, Madame. Nous allons chez Monsieur, à Rochegude. D'ailleurs nous arrivons.

Une masse sombre au sommet d'un village perdu. Un gros château gris dont la façade s'illumine tout à coup, un portail qui s'ouvre devant eux sans qu'une main l'ait touché. La voiture passe sous des voûtes, pénètre dans une cour pavée... Le portail s'est refermé silencieusement. Estelle est dans un univers clos. Quand elle pose le pied sur les dalles de Rochegude, des statues de saints et des démons de pierre se penchent sur elle du haut d'un chemin de guet. Ce gros château a quelque chose de terrible, d'effrayant... de douloureux. Il pourrait être le château du Diable.

Mais pourquoi aurait-elle peur?

Son hôte l'attend, souriant, sur le perron hérissé de lauriers.

Ils se regardent à travers la table somptueuse et raffinée qu'il a fait dresser pour elle dans la grande salle à manger.

Elle est là. À sa merci. Incroyablement confiante. Gaie. Il a à peine bu et pourtant il se sent ivre. Ivre de ce qui va se passer. Et qu'il ignore. Mais qu'il attend. À la grâce de Dieu. Ou du Diable...

— Vous n'aimez pas? demande-t-il en la voyant contempler son assiette sans manger.

— J'adore! Mais qui sait faire ici les artichauts à la barigoule?

— Mon cuisinier est indigène!

— Alors tout s'explique! C'était mon plat préféré quand j'étais petite!

— Je sais.

Elle le regarde, étonnée, et il se reprend.

— Je veux dire : je m'en doutais. Vous savez, je pose beaucoup de questions depuis que je me suis installé à Rochegude. Il y a à peine trois mois. J'essaie de me faire accepter par la terre, par les gens... de comprendre.

Elle l'écoute gravement, boit un peu de vin et dit :

— C'est du Fonsalette.

— Vous l'avez deviné rien qu'en trempant vos lèvres?

153

— Je suis fille de la vigne...

— Vous dites ça tristement...

— Oui.

Un valet pose devant elle un sorbet à la lavande dans une tulipe de cristal. Elle goûte cette nourriture des fées et réprime un frisson. On dirait un philtre d'amour et de mort. Elle le boira jusqu'à la dernière paillette douce-amère. Elle est si belle, si grave, qu'il la salue comme le dieu du fleuve salue l'Anglore :

— *Je te reconnais*
Ô fleur de Rhône épanouie sur l'eau !
Fleur de bonheur que j'entrevis en songe,
Petite fleur, sois-tu la bien trouvée !

Dans un sourire, elle poursuit le poème :

— *Drac*, je te reconnais ! Car j'ai vu dans ta*
main la fleur de Cygne !
À tes yeux couleur d'onde, ensorceleurs,
perçants, je vois bien qui tu es** !

Mistral les enchaîne l'un à l'autre par sa musique. Il est sûr qu'elle le sait par cœur en entier !

— Mon père le savait par cœur, lui. Malheureusement, il n'a pas eu le temps de tout m'apprendre. Il y a eu un drame dans notre famille. Un régisseur en qui mon père avait toute confiance, un ami... il est devenu fou.

— Fou ?

Noirs. Noirs les yeux et la voix déchirée. Mais elle ne remarque rien, partie dans ses souvenirs.

— Je ne vois pas d'autre mot. Fou. Il a trafiqué notre vin et puis... Mais nous parlions de Mistral, je ne sais pas pourquoi je vous raconte cette vieille histoire ?

---

* Être surnaturel qui nage à travers le *Poème du Rhône*.
** *Poème du Rhône*, chant VII.

154

– Parce que vous avez confiance, ô *fleur de Rhône* !

– J'ai confiance en tous ceux qui aiment Mistral.

– Eh bien je l'aime à un point que vous ne pouvez imaginer ! Je n'ose pas vous dire ce que j'ai payé pour trois lignes – non, soyons honnête – cinq ou six lignes de sa main que j'ai découvertes chez Christie's ! Si vous êtes très sage, et si vous finissez votre assiette, vous aurez le droit de les voir !

– Une cuillerée pour Mistral ! Deux cuillerées pour...

Mais elle change brusquement de ton.

– Je vous remercie.

– Mais de quoi ?

– Cette soirée... Vous savez, je vous l'ai déjà dit l'autre jour, je traverse des moments difficiles. Je ne suis pas très gaie. L'idée que l'on puisse détruire la maison de mes ancêtres me bouleverse... Vous qui aimez... les messagers du passé... vous devez me comprendre ?

Il fait signe que oui ; il veut qu'elle aille jusqu'au bout de l'histoire. Il veut tout savoir de sa bouche. Il s'attendrit quand elle évoque son accident de voiture.

– J'ai eu de la chance, j'aurais pu y rester !

Elle rit, raconte que, depuis, elle est la proie des experts.

– J'en ai encore eu un l'autre jour, au domaine... Je saurai bientôt si je suis saine d'esprit.

Elle mange en silence puis le regarde, qui l'écoute.

– Tout de suite, j'ai su que vous aimiez ma maison. J'aurais voulu vous la montrer dans sa splendeur d'autrefois. Un jour, je vous raconterai le drame des Oliviers... Après la mort de mon père, Maman et moi, nous n'avons pu empêcher le déclin de la propriété. Tout ça, c'est parce que Papa aurait dû avoir un fils.

Elle s'arrête, sentant venir les larmes, se mord les lèvres :

– Parfois, je me dis que j'ai déjà perdu...

Il pose doucement une main sur la main d'Estelle et murmure :

– Je suis là... Je serai toujours là!

Ce contact les a troublés tous les deux. Le retour silencieux du domestique les rend à eux-mêmes. Ils se sourient. Elle n'a plus faim. Lui non plus.

– Mistral nous attend! Suivez-moi jusqu'à lui! Mais d'abord, venez : je veux vous faire découvrir Rochegude!

Mireille a roulé vers Rochegude. Comme une folle.

Dans la forêt de chênes verts, après la sortie de Sérignan, elle a arrêté sa voiture dans un renfoncement de la route devant une niche où s'étiole une vierge de plâtre. La pauvre Marie a été incarcérée derrière des barreaux, maintenant rouillés, par des mains pieuses et méfiantes. Il y a longtemps que personne ne s'arrête plus devant ce reposoir où s'efface la date d'un jubilé oublié.

Mireille a posé son front sur le volant et a sangloté jusqu'à ce que la nuit soit épaisse autour d'elle.

Qu'allait-elle devenir?

Une douleur profonde, une blessure physique la déchiraient. Elle avait besoin de lui, de son corps, de son odeur. Il était revenu pour se venger, pas pour faire la paix. Il n'avait pas le droit de l'abandonner! Des images la torturaient. Des images de Rochegude où elle avait été si heureuse avec lui depuis son retour. L'idée d'Estelle assise à la table qu'elle avait toujours cru qu'elle présiderait un jour en face de lui, le vin qui coulait en ce moment dans leurs verres, leurs regards unis, leurs mains qui se cherchent...

Mais le plus horrible c'était ce qui suivrait. Était-il toujours le petit garçon qui disait : « Plus tard je me marierai avec Estelle. »

156

Et soudain Mireille prit une décision.

Elle sourit, essuya ses yeux, mit le contact et démarra.

Il lui a donné la main pour la guider le long du chemin de ronde. Des lions passants indiquent la route de leurs griffes de pierre, des porteurs d'armes et d'oriflammes, des démons que leur rusticité rend sympathiques, toute une geste venue du passé veille sur le sombre château. De vagues lumières montent du paysage englouti par la nuit. Maison de l'Ogre? Du petit Poucet?

Il lui fait traverser une galerie tapissée de verdures représentant une chasse sanglante. Puis il s'arrête devant une lourde porte cloutée d'acier. Il l'ouvre et lui sourit.

— Vous êtes dans mon repaire!

Une vaste entrée commande les deux faces du repaire. D'abord ce qu'il appelle « la chambre des machines ». Un univers mystérieux d'écrans glauques sous tension 24 heures sur 24, où les machines clignotantes, silencieuses ou chuchotantes, le relient au reste du monde. De longs rubans de papier couverts de chiffres et de signes codés coulent sur le parquet et s'enroulent comme des serpents.

— Ici l'agitation... et là, dit-il en désignant une autre porte, le silence, la paix... et Mistral!

Elle ne pense pas que c'est dans sa chambre qu'il la fait entrer. Cette chambre est avant tout un « lieu ». Aucun désordre, aucune trace d'intimité, aucun signe de vie humaine. Sous le vaste baldaquin de bois doré, le lit est plus un lit d'apparat qu'une couche qui invite à l'amour. Il ressemble à ces lits raides où l'on exposait les rois défunts.

Mais c'est quand même un lit.

Troublée, elle s'arrête tandis qu'il va chercher le

texte de Mistral dans un coffret d'écaille à ferrures de vermeil. Fermé à clef. Il en sort le texte. Une simple page, émouvante, inachevée, où quelques lignes sont écrites par la main qui signa l'éventail d'Apolline. Il la lui tend.

— *Lou Diable es un coumpaire gai*, lit-elle en provençal.

Elle poursuit en français :

— *Satan, vous le savez, fait ce qu'il veut*
Quand le bon Dieu le laisse agir.
Cette fois le grand moqueur...

Ça la fait rire. Le grand moqueur! Il rit avec elle.

— *Le grand moqueur*
Avait construit dans une nuit
Un bâtiment superbe à l'œil.

C'est dans *Nerte* *, au début du prologue, et à la fin, dans *Le Château du Diable*.

« Bravo Estelle, pense-t-il. Je suis fier de toi! J'ai envie de toi et, toi aussi, tu as envie de moi, bientôt tu sauras qui je suis, mais il sera trop tard... »

— J'ai soif! dit-elle d'une voix changée.

— Moi aussi, répond-il, dévoré de la même brûlure.

Sans la quitter des yeux, il pianote sur un téléphone. Rien. Personne. Il pianote encore, agacé. Il insiste puis s'écrie :

— Ils ont tous disparu! Plus personne! Ils sont endormis? Pétrifiés? Au fond des oubliettes?

— Ou envolés comme dans *Le Château du Diable?*

— Je reviens tout de suite...

Il est parti et l'a laissée seule dans son repaire. Seule, elle ose regarder le lit. Face au danger. Ça la fait sourire. Elle prend la page de Mistral, la relit...

— *Lou Diable es un coumpaire gai...*

---

* Poème de Mistral. L'orthographe est différente de celle du *Château de la Nerthe* mais le sens est le même : à la fois la fleur de myrte et le prénom Esther.

Elle repose la page délicatement, pieusement, fait quelques pas dans la pièce et va vers l'entrée et la « chambre des machines » où la vie continue. Une lampe bleue clignote. Un ruban se déroule... et soudain un répondeur sophistiqué se met en marche. On entend d'abord sa voix à lui :

« Vous êtes à Rochegude. Je suis peut-être là ! »

Ça l'amuse. Il est drôle...

« Nous sommes mercredi 19, il est 22 heures 35, bonsoir mon chéri, c'est Mireille. »

Estelle est pétrifiée. Le visage décomposé, elle regarde le répondeur sans bouger.

« Je t'appelle un peu tard car je sors d'une réunion du Conseil général avec une excellente nouvelle ! Pour Cigal-Land aucun problème, nous avons eu un vote quasi unanime en faveur de l'implantation à Châteauneuf. Plus rien ne s'oppose maintenant au rachat des Oliviers ! Pauvre Estelle ! Je serais presque triste pour elle... enfin ! Je t'embrasse fort... À demain, mon amour ! »

Estelle entend des pas dans l'escalier. Elle rassemble ses forces pour ne rien laisser paraître de ce qu'elle éprouve.

Il arrive, joyeux, portant un seau à glace où il a glissé une bouteille de champagne rosé et deux flûtes de cristal. Il continue le jeu de la séduction et du serpent sans se douter de ce qui l'attend. Il pose le seau, prend la bouteille et la débouche en expliquant :

— Je n'ai rencontré âme qui vive ! Vous aviez raison : ils se sont tous envolés !

Il remplit les deux verres.

— J'aime quand le château est désert, quand j'en suis le maître solitaire. Et, ce soir, plus que jamais.

Il tend une flûte à Estelle.

— Rien d'essentiel ne m'arrive sans champagne rosé !

Elle a pris la flûte avec un étrange sourire, sans le quitter des yeux elle dit :

– Exact!

et lui jette le champagne au visage.

Il est d'abord saisi. Ils se regardent intensément. Il comprend qu'elle *sait*. Mais depuis quand? Et que sait-elle au juste? Il a dû se passer quelque chose...

Elle pose la flûte avec calme et se dirige vers la porte.

– Estelle!

Elle se retourne et repousse avec horreur la main qui tente de la retenir. Avant de sortir, elle s'arrête devant le répondeur et dit :

– Un message pour vous.

Elle est déjà dans l'escalier et il ne tente pas de la suivre. Il essuie lentement le champagne qui a éclaboussé son visage, regarde le répondeur et écoute :

« Nous sommes mercredi 19, il est 22 heures 35, bonsoir mon chéri, c'est Mireille... »

Il y avait de la lumière dans le salon. Pourquoi Amélie l'attendait-elle si tard? Estelle, inquiète, descendit de la limousine, remercia le chauffeur et, sans regarder la voiture disparaître dans la nuit, courut vers la maison.

Ce n'était pas Amélie qui l'attendait mais Sophie. Elle étudiait un dossier avec cet air sérieux qu'elle avait déjà petite fille. Elle n'avait pas entendu Estelle arriver et ne bougeait pas, prenant des notes, installée à la grande table au milieu des objets disparates du cabinet de l'amateur.

Le bruit de la porte qui se refermait lui fit lever la tête.

– Estelle!

– Quelle joie de te voir! Je ne t'attendais pas...

En l'embrassant, Estelle se demanda si la jeune femme n'avait pas encore maigri.

160

— Tu manges assez?

Sophie éclata de rire.

— Tu parles comme Amélie!

— Je parle comme une vieille, dit Estelle en s'asseyant.

— Une vieille drôlement belle et drôlement jeune! Et puis c'est superbe ton magasin... Ça ne va pas?

— Mal à la tête...

Depuis le message entendu dans « la chambre des machines », le sang cognait à ses tempes. Elle prit une profonde respiration et demanda, comme si c'était important :

— Tu es partie de Paris à quelle heure?

— Un peu avant cinq heures... Il fallait absolument que je te voie et, comme je plaide à Aix demain après-midi, j'ai pensé que ce serait bien de m'arrêter ici... Estelle, avant toute chose, peux-tu me dire ce que tu as fait au docteur Bricaire-Laval?

« Nous y sommes, pensa Estelle, le rapport est arrivé et c'est le désastre! Au point où j'en suis... »

— Je t'ai apporté ses conclusions... Tu vas voir.

Sophie sort un papier à en-tête d'une enveloppe et lit :

— *... ayant surpris notre patiente sans lui laisser le temps et les moyens de se préparer à un examen — méthode qui a fait ses preuves — je déclare que Mme Laborie est non seulement totalement saine d'esprit et en pleine possession de ses moyens intellectuels, mais que sa conversation est celle d'une femme douée d'une intelligence et d'une sensibilité rares. Je conclus donc qu'il n'y a pas lieu de poursuivre une surveillance médicale à son endroit.* Tu es contente?

— Très! dit Estelle avec indifférence.

— Et ce n'est pas tout, poursuit Sophie. J'ai une autre bonne nouvelle. J'ai vu Jérôme...

— Ah?

— Qu'est-ce que tu as, Estelle? Tu veux prendre quelque chose pour ton mal de tête?

— Non, ça ira. Tu disais que tu avais vu Jérôme?

— Oui!

— Alors?

Alors ça avait plutôt mal commencé, mais maintenant Sophie a bon espoir. Jérôme qui voulait attaquer Estelle a fait marche arrière en apprenant à son retour du Mexique qu'elle avait eu un grave accident. Il renonce à ses poursuites. Il a même été jusqu'à dire : « Je regrette! »

— Donc, tout ça est légalement à toi, dit Sophie en désignant les meubles autour d'elles. Malheureusement, et c'est surtout pour ça que je voulais te voir, j'ai d'autres choses moins drôles à te dire... Sais-tu qui est Pierre Séverin?

— Pierre Séverin? demande Estelle, subitement ranimée.

— Il y a encore quelques jours Cigal-Land n'était pour moi qu'un sigle et une menace. Je me suis renseignée. À la tête de Cigal-Land il y a un homme. Pierre Séverin. Et cet homme est le patron d'une entreprise gigantesque : Carmeau-Développement. Ça ne te dit rien?

Estelle ne voit pas... Sophie poursuit :

— C'est à Carmeau-Développement que Philippine vient d'être engagée dans un poste à responsabilités. Par Pierre Séverin en personne. Et ce n'est pas tout!... Il tient Jean-Edmond, il tourne autour de Rémy, il a commandé une B.D. à Antoine et, si je le voulais, moi aussi je serais embarquée! C'est très clair : le but de cette grande offensive est de te forcer à vendre.

— Si je comprends bien, il a investi toute la famille?

Sophie lui prend la main.

— Non, Luc tient bon. Il s'est même battu avec son frère...

– Battu?... À cause de moi?

Sophie hoche affirmativement la tête et ajoute à voix basse :

– Et moi je suis fâchée avec Philippine.

Sophie et Philippine fâchées. À cause des Oliviers... Estelle enfonce ses ongles dans la paume de ses mains.

À quoi bon faire la guerre, à quoi bon gagner, si tous les siens se déchirent? Si ses fils se battent? Si sa fille ne lui téléphone plus? Les Oliviers ce n'est pas seulement le passé, mais l'avenir. Si l'avenir n'en veut pas, pourquoi lutter?

– Parce que c'est toi qui as raison, Estelle! Je le sais et je te défendrai jusqu'au bout pour sauver ce qui doit être sauvé!

– Je n'ai pas d'argent.

Sophie éclata de rire.

– Tant mieux! Je pourrai ainsi donner la preuve de la très haute idée que j'ai de mon métier! Je t'admire, Estelle. C'est dur, je le sais, mais ne perds pas courage, je t'en prie! Ce Pierre Séverin qui arrive avec son fric et son béton, que sait-il de nous? Rien. Eh bien, on lui apprendra à respecter notre terre! Veux-tu que je te raconte ce que tu nous racontais quand nous étions petits? Le Rhône sortant de son lit, les inondations, l'année 1789 quand gelèrent les oliviers, l'année 1870 et le phylloxéra, l'année 1956 de nouveau le gel des oliviers! Ce pays est celui de la résurrection, Estelle! Il a tout subi depuis qu'il existe, et il existe toujours! Âme éternellement renaissante... Ne pleure pas, ma chérie, elle reviendra Philippine... Ils reviendront tous autour de toi, il ne faut pas leur en vouloir, il faut seulement leur laisser le temps de comprendre... Mon Dieu! qui c'est celui-là?

C'est la première fois qu'il ose entrer dans la maison, le tigré. Il est terrorisé par sa propre audace. Il veut à la fois rester et partir.

163

Elles ne bougent pas. Elles ont trop peur qu'il s'en aille. Reste, chat! Reste et prouve que cette maison vit encore et vivra, je t'en prie, sois des nôtres!

Il les regarde, pousse un petit miaulement distingué, tend une patte devant lui, la découvre comme si c'était la septième merveille du monde, et s'installe tranquillement pour commencer une grande toilette.

– Tu vois! dit Sophie.

Sophie est partie de bonne heure avec Amélie et les jumeaux. Leur père doit venir les chercher à Aix et Amélie passera quelques jours en famille, à Cassis.

Très bien. Après ce qu'elle a vécu et appris, Estelle a besoin d'être seule. De réfléchir. De se laver de l'abjection de la soirée dans le château du Diable... Merci, Mireille, si tu n'avais pas téléphoné, je serais tombée dans le piège.

Pourquoi cet homme veut-il si fort la destruction des Oliviers? Il y a, en Provence ou ailleurs, des dizaines de lieux plus propices à la création de complexes de loisirs et de sports que l'endroit choisi pour Cigal-Land.

Quel calme devant la maison. Une feuille de platane descend lentement. La première. À de tout petits signes, fraîcheur du soir et du matin, on sent que l'automne est là. Antonin l'a invitée au goûter des vendangeurs. Blaïd, Ali et Mohammed y sont allés comme toujours. Elle a remercié en disant qu'elle ne pouvait pas quitter son magasin à cause des clients. Pieux mensonge. Personne. Si, le chat. Il l'a repérée dans la flaque de soleil où elle s'est assise à côté des lauriers-roses, se dirige vers elle sans se hâter et saute sur ses genoux. Il faudra expliquer à Nour qu'il fait désormais partie de la famille et qu'il ne doit pas le chasser.

164

— Tu t'appelleras Meitchant-peù *, dit-elle.

Et Meitchant-peù ronronne approbativement.

Elle a eu un Meitchant-peù quand elle était petite. Il s'était sauvé au faîte du catalpa et ne voulait plus en redescendre. Elle était allée le chercher. Elle porte toujours la marque de l'expédition. Une fine cicatrice le long du poignet.

Donc, Mireille est la maîtresse de Pierre Séverin... Elle revoit la silhouette massive du sénateur Bouvier. Il avait près de trente ans de plus que sa femme. Ce mariage avait surpris. Estelle et Rémy l'avaient appris en rentrant de leur voyage de noces. « Tiens ! » avait dit Rémy, et Estelle s'était toujours demandé s'il n'y avait pas eu quelque chose entre Mireille et lui... Il faut dire que ce n'était pas difficile d'avoir quelque chose avec Rémy ! Pauvre Rémy, il paraît que Carla l'a quitté. C'est triste... Quel désordre dans leurs cœurs à tous ! Elle a demandé à Sophie ce qui se passait avec Antoine, et Sophie a eu l'air très gênée. « Donne-moi un peu de temps, je te dirai tout, Estelle. » Difficile d'insister. Et puis, de quoi je me mêle ? Est-ce que je lui ai raconté, moi, que j'ai failli me faire avoir comme une débutante ?

Le message de Mireille passe et repasse en boucle dans sa mémoire. Quelque chose lui échappe. Quelque chose de simple et d'évident.

L'arrivée d'une voiture fait se sauver Meitchant-peù. Estelle se lève et pousse un cri de joie.

C'est Philippine.

Elle n'a pas dû rester plus de dix minutes.

Pourtant, Estelle en est sûre, elle était heureuse de retrouver sa mère.

— Je ne fais que passer, disait-elle. Demain je m'envole pour Moscou. Il m'arrive quelque chose de

---

* Méchant cheveu, tignasse folle. Également : garnement.

formidable, tu sais! Je te raconterai. J'ai fait un saut pour prendre des affaires à la Nerthe et pour t'embrasser. Tu as très bonne mine... Mon Dieu! qu'est-ce que c'est que ça?

Visiblement le cabinet de l'amateur n'était pas sa tasse de thé.

— Mais, Maman, tu ne vas pas laisser tous ces meubles entassés dans le salon comme dans un bric-à-brac!

— Ces meubles sont pour moi le seul moyen de résister.

— À qui?

— Mais... à presque tout le monde!

L'état de grâce de leurs retrouvailles était passé. Elles se regardèrent, aussi butées l'une que l'autre.

— Résister... à moi, par exemple? demanda Philippine.

— Par exemple!... Et à ton nouveau patron à qui tu peux dire que je ne céderai pas!

Philippine eut un petit rire.

— Pourquoi ris-tu? Je te le dis une fois pour toutes : d'abord je ne suis pas folle, vous devez tous le savoir puisque c'est à vous que je dois les expertises! Bon, ensuite mets-toi bien dans la tête que je ne vendrai jamais les Oliviers! Message également destiné à ton mari qui a appuyé Cigal-Land devant le Conseil général!

— Jean-Edmond ne songe qu'à te protéger!

— Remercie-le pour moi!

— Ce que tu es agressive, Maman!

— Quand on attaque la maison de mes ancêtres, quand on touche à mes racines, oui!

— Tes racines? Mais ce sont les miennes autant que je sache! Et celles de mes frères! Les Laborie de Sauveterre ne s'arrêteront pas avec toi! Tu es vraiment trop égoïste! Il n'y a pas que toi qui aies besoin de l'argent qu'on te propose! Il y a Luc, qui n'a pas

166

fini ses études! Pense un peu à lui et à Antoine qui n'arrive pas à percer!

– Et à toi aussi, sans doute?

– Moi, Maman, je n'ai besoin de personne! Ce n'est pas comme toi! Mais regarde où tu vis! Regarde ce qui t'attend! Regarde ces plaques d'humidité, ces taches au plafond, cette peinture qui s'écaille! Attends un peu l'hiver pour comprendre! Et d'abord tu ne trouves pas que tu te réveilles un peu tard pour sauver la maison? C'est parce que Jérôme t'a plaquée que tu découvres soudain un domaine que tu as laissé péricliter toute ta vie?...

Elle s'arrêta. Elle n'avait pas voulu dire ça. Mais elle l'avait dit.

– Jamais je n'aurais osé parler de cette manière à mon père ou à ma mère, dit Estelle d'une voix mesurée.

– Mais Maman... essaie d'être raisonnable!

– Va-t'en!

Philippine crut avoir mal entendu.

– Va-t'en, répéta Estelle. Va-t'en de chez moi. Tu n'as plus rien à faire ici! Va-t'en!

Elle s'en alla. Très droite, sans se retourner.

De son côté, Estelle restait pétrifiée au milieu de son bric-à-brac.

Ni l'une ni l'autre n'avaient imaginé vivre un jour cette scène. Quelque chose de profond et d'essentiel venait de se déchirer.

Se précipiter, courir vers sa fille, lui dire que la seule chose importante c'était de s'aimer, que rien au monde ne devait les séparer elle et le petit soldat... mais Estelle était incapable de bouger. Le bruit de la portière qui claquait, de la voiture qui démarrait la firent tressaillir. Elle se mit en marche lentement, comme une convalescente, et se dirigea vers la porte. Elle sortit pour aller accrocher à la porte l'écriteau peint par Luc:

LE MAGASIN D'ANTIQUITÉS EST FERMÉ

rentra, donna deux tours de clef, retourna dans le salon et resta assise dans le noir.

Estelle laissa passer un jour ou deux sur sa peine.
Tout était gris devant elle. Confus.
Elle avait envie de fuir la maison.
Comme quand elle était encore une enfant, qu'elle n'avait plus le courage de rester au chevet de son père, de le voir perdre ses forces et qu'elle s'en allait chercher du réconfort auprès de ses oncles.
Voilà ce qu'elle allait faire. Peut-être aurait-elle la chance de tomber sur une partie de Bible et de les trouver tous les deux?
Autrefois elle prenait sa bicyclette, quittait les Oliviers, et allait frapper à la porte de l'un ou de l'autre. Elle connaissait leurs heures, leurs habitudes, et savait toujours où les trouver.
« Vois qui nous arrive! disaient-ils. La petite! » Ils ne lui posaient jamais de questions, ne lui demandaient jamais pourquoi elle était triste. Ils étaient là. Ils l'aimaient. Elle assistait à leurs parties de Bible, répétait des mots hébreux qui la ravissaient, retrouvait la citation qu'ils cherchaient dans le livre d'Esther, et soudain, au milieu de la *disputatio*, éclatait de rire comme l'enfant qu'elle était.
Aujourd'hui son chagrin n'est plus un chagrin d'enfant, mais un chagrin de mère.
Elle a chassé sa fille des Oliviers.
Elle a chassé Philippine.
À Jules et à Samuel, pas plus qu'elle ne l'avait fait avec Sophie, elle ne raconta la soirée à Rochegude et

les manœuvres de Séverin autour d'elle. Elle ne fit aucune allusion aux relations qu'il avait avec Mireille. Elle leur dit seulement qu'elle avait reçu la visite de Philippine, que ça s'était mal passé et que, depuis, elle se sentait coupable. N'était-elle pas égoïste? Avait-elle le droit d'empêcher l'implantation d'un projet qui risquait d'apporter près de mille emplois au pays? Et sans doute beaucoup d'argent.

Jules se mit en colère.

— Mais qu'est-ce que ça veut dire cette folie de gagner des sous qui prend notre petit peuple du Bon Dieu? On n'était pas heureux avant leur Cigal-Land? Beaucoup d'argent? Qu'est-ce que ça veut dire? On soupera deux fois? On dormira dans deux lits?

Alors elle leur raconta ce qui se passait dans sa famille. Elle leur dit qu'à cause d'elle et de sa résistance au projet, Luc et Antoine s'étaient battus, que Sophie et Philippine ne se parlaient plus...

— Quand Philippine est venue me voir, j'étais heureuse... Elle aussi, je crois, et puis, toujours à cause des Oliviers, elle m'a dit des choses horribles. Et moi je l'ai chassée.

Jules et Samuel ne risquent pas de se disputer aujourd'hui. Ils ont trop de peine.

— Alors, maintenant, je me pose des questions. Où est la vérité? Je me dis : à quoi bon se battre? En défendant les Oliviers je ne pensais pas seulement à moi, mais à mes enfants. Et vous voyez ce qui arrive... Je me sens si seule! J'ai peur. Comme si j'étais condamnée d'avance... perdue.

Jules s'est levé, très grave, et a dit :

— Estelle, Dieu n'envoie jamais la maladie sans envoyer la guérison.

Samuel s'était levé lui aussi pour dire la même phrase en hébreu. À son tour elle se leva, les yeux brillants de larmes. Elle alla vers la porte lentement.

— Dieu n'envoie jamais la maladie sans envoyer la guérison...

169

Il avait fallu qu'elle entende sa propre voix pour comprendre le sens des mots. C'était un sens terrible.

Sur le seuil, elle se retourna vers les oncles de cœur et leur dit :

– La guérison... c'est peut-être de vendre.

Qu'est-ce que ça veut dire?

Estelle regarde sans aménité le break inconnu arrêté devant le château. Un nouveau client? Un nouvel ennui? Pourquoi la maison est-elle ouverte puisque Amélie est absente? Elle va leur dire deux mots, aux envahisseurs, ça ne va pas traîner!

Mais quand elle voit Luc qui sort des Oliviers, sa colère et sa méfiance s'envolent.

Luc!

Elle court vers son fils pour l'embrasser avant de découvrir derrière lui un grand jeune homme aux cheveux gris qui les regarde en souriant. Il est un peu hirsute. Sympa. Son gros chandail, ses petites lunettes, ses jeans, ses bottes, donnent envie de lui décerner le prix Nobel. Qui est-ce?

— Raphaël Fauconnier, mon professeur, dit Luc. Monsieur, je vous présente ma mère.

En serrant la main dure du professeur, Estelle a retrouvé son énergie. Elle a soudain des projets. Mieux. Des devoirs. Improviser un dîner, mettre le couvert, préparer des chambres, voilà des choses qui obligent les idées noires à s'envoler. Elle pense à ce pâté de grives préparé par Amélie qu'elle va ouvrir tout à l'heure, à ces grisets du Ventoux qu'elle glissera dans une omelette, au vin qu'elle servira... un 90 superbe, elle est sûre que le professeur aime le vin.

— On va vous mener à votre chambre...

Il s'est un peu débattu, confus à l'idée de déranger.

— Je peux très bien aller à l'hôtel...

Mais elle l'a mis à l'aise.

— Aux Oliviers, vous serez encore plus mal qu'à l'hôtel et vous aurez encore plus froid! Je pense que ça vous décide? Non?

Il a dit que, dans ces conditions, évidemment, il ne pouvait qu'accepter et ils ont éclaté de rire tous les trois.

Très simple, le professeur, pas du tout le genre coincé et cours magistral. C'est donc lui dont Luc parle avec enthousiasme depuis l'année dernière?

Cher Luc, quelle bonne idée d'être venu! pense-t-elle en battant ses œufs dans la cuisine. Ce soir, c'est fête, demain, plus tard, on pensera à ce qui fait mal. Ce soir elle a un fils et un hôte dans la maison. Ici et maintenant. Ce soir les Oliviers existent.

— Dis donc, Maman, quel soulagement quand j'ai su pour le dernier expert! Ouf!

— Tu avais vraiment peur que je sois folle?

— Tu rigoles! J'avais surtout peur qu'on t'emmerde! Comment tu le trouves?

— Qui?

— ... Le professeur!...

— Bien! Très bien!

— Tu sais que c'est une vedette dans sa spécialité?

— Et c'est quoi, sa spécialité?

— Sépultures gauloises, thermes romains, dieux du foyer et des campagnes, bornes milliaires, coupes stratigraphiques, autels votifs! Il faudra lui montrer notre tronçon de Via Agrippa, je lui en ai déjà parlé, ça l'a drôlement branché! Tu peux pas savoir ce qu'on s'est marrés en descendant de Paris, on a fait tous les tombeaux gallo-romains de la vallée du Rhône! Il est super! Tu verras!

Elle vit.

Très exactement au milieu du dîner, quand il s'arrêta en pleine description du pronaos de la Maison carrée...

— Qu'est-ce que c'est que ça? demanda-t-il avec la voix étranglée de Champollion le Jeune découvrant la pierre de Rosette.

Il désignait la salière.

La salière en question n'était pas exactement une salière du commerce, mais une grossière coupe de pierre que Luc avait trouvée dans les éboulis de la source quand il avait douze ans.

— Eh bien, je peux vous dire qu'à douze ans, votre fils avait déjà mis la main sur un objet du Ier siècle avant Jésus-Christ! Bravo, Luc! Regardez... on devine encore, sur le flanc de la coupe, une trace sigillée... C'est une rencontre fantastique! Vous en avez d'autres? demanda-t-il en prenant la coupe entre ses mains avec une infinie douceur.

Ils s'excusèrent. À part la salière et le tronçon présumé de la Via Agrippa, ils n'avaient rien à offrir au professeur.

— Pourtant, l'arrière-grand-père Alfonse Laborie avait fait des recherches, dit Luc.

— Il avait trouvé quelque chose?

— Rien, le pauvre, répondit Estelle. Je crois même qu'on s'est beaucoup moqué de lui!

— On a eu tort! Dommage qu'il fasse nuit, j'aurais aimé jeter un coup d'œil dans le secteur, parce que, vous savez, ajouta-t-il en désignant la salière, ce genre de babioles n'arrive jamais seul. Le soleil se lève à quelle heure?

— Je ne sais pas, dit Estelle. En tout cas après moi, depuis quelque temps.

— À huit heures on y voit suffisamment clair?

— Bien sûr! Surtout sur la lande...

— Oh! là! là!...

173

— Que se passe-t-il?
— Votre vin!... Fabuleux!
— C'est du 90, dit-elle.
— Avant Jésus-Christ! précisa Luc.
C'était bon de les voir rire comme des gamins...
— Et c'est à ce vin qu'on fait des misères depuis des lustres? Luc m'a tout raconté... même le parc d'attraction, le lac... Insensé!... Sept heures et demie, ça ne serait pas trop tôt?
— Sept heures, avait répondu Estelle en remplissant le verre du professeur.

Elle s'endormit en posant sa tête sur l'oreiller et descendit dans un rêve profond, souplement, comme un nageur qui plonge dans un gouffre bleu.

Il y avait une réunion de famille dans son rêve. On avait ouvert du 90 et on buvait le vin dans des coupes sigillées. La conversation était très gaie entre Juste en grand uniforme et une belle Romaine au diadème d'or qui semblait les recevoir tous, tendrement, dans un atrium plein de jets d'eau et de statues. Des mosaïques superbes où s'entrelaçaient la vigne et l'olivier ornaient les murs. Donna Bianca et le Drac, pieds et nageoires dans un bassin de marbre, mangeaient les merveilles poudrées de sucre que distribuait une jeune fille en robe blanche. Apolline. Son gardian était très beau... Des poèmes s'échappaient de sa bouche et se dissipaient comme de légères fumées... Elle lut un mot: Amour... Où était Papa? Patience, fit une voix mélodieuse et elle sut que c'était la voix de Sagesse.

Tout le monde regardait Estelle. Tout le monde savait. Mais quoi?

La guérison, dit la voix de Sagesse, mais avant tu vas beaucoup souffrir.

Ils se retrouvèrent à sept heures moins le quart; la nuit était noire mais Estelle, marchant de mémoire, guida sans peine le professeur jusqu'à la Via Agrippa. Là, ils virent l'obscurité se dissoudre devant le jour, révélant un paysage frileux, encore humide, une aquarelle à peine finie.

— J'étais déjà révolté avant d'avoir vu, dit Raphaël, maintenant j'ai des envies de meurtre!

Comme elle l'interrogeait du regard, il expliqua.

— Il avait raison, le grand-père! Je suis sûr qu'il y a un site archéologique quelque part sous le domaine. Je n'aime pas m'emballer avant d'avoir fait des recherches... je mets toujours mes étudiants en garde contre l'enthousiasme... mais ici, c'est différent. Et puis, le temps presse! Je pense au projet de vos promoteurs! Si nous arrivons à faire classer le site, il sera protégé et les envahisseurs seront obligés d'aller porter ailleurs leurs nuisances!

— Vraiment?

— Vraiment!

— Même si Cigal-Land était déclaré d'utilité publique?

— Ce ne serait pas la première fois que j'arrêterais un chantier! J'ai l'habitude des rituels administratifs et j'excelle aussi bien à tempérer leurs ardeurs qu'à secouer leurs torpeurs!

Il s'agenouilla sur une dalle de la Via Agrippa et ramassa ce qu'elle prit pour un caillou.

— Regardez! Brisé, érodé, usé par le Temps et le temps... mais il porte encore la même trace que la coupe trouvée par Luc.

Elle s'agenouilla auprès de lui et reçut dans ses mains la pierre devenue message.

— C'est un moment de joie, dit Raphaël.

Le paysage était maintenant baigné de lumière. Sans se relever, comme s'il s'adressait à la nature attentive, Raphaël déclara :

— Vous l'aurez, madame, votre musée !

— Vous savez, dit humblement Estelle, je n'ai pas une grande culture, Luc a dû vous le dire ?

— Il m'a dit que vous vouliez créer un musée afin de rejoindre *autrefois.*

— Devant vous je suis confuse...

— D'aimer le passé ? De le défendre ?

Il se releva et lui tendit la main en souriant.

— ... *toujours attachés à la terre, vous voyez au lointain comme des accidents du temps passer la pompe des empires et l'éclair des révolutions, pendus au sein de la patrie, vous verrez les barbaries passer...*

— ...*et passer les civilisations* *.

Ils se regardèrent, unis par le poème et par l'espérance soudaine.

— J'aime beaucoup les analphabètes dans votre genre ! dit Raphaël.

* *Éclaboussures, Les Iles d'or.* Frédéric Mistral.

— Par ma voix, Noirétable te fait ses adieux, Émile Séverin. Au moment de te quitter je peux te dire, de notre part à tous, que tu as été un brave homme...

Il fait froid, il bruine, et pourtant il y a foule dans le cimetière.

Marguerite Séverin, en larmes sous ses voiles de deuil, est soutenue par ses deux fils. Celui qu'elle a mis au monde, Robert, et celui qu'Émile et elle ont recueilli, Pierre.

— ... quand, poussés par votre générosité, ta chère femme et toi vous avez adopté un petit garçon seul au monde, ce jour-là vous ne pouviez pas savoir que cet enfant – à force de travail et d'intelligence – deviendrait la fierté et le bienfaiteur de Noirétable !

De sa main gantée de deuil, Marguerite s'accroche au bras de Pierre. Pauvre Maman, tu peux être tranquille, je ne vous abandonnerai jamais, ni toi, ni Robert...

Il voudrait que le maire en finisse avec ses condoléances, sa gratitude, son émotion. Il n'en peut plus d'entendre parler de mort. Il regarde descendre le superbe cercueil qui a fait l'admiration de tous. « Le plus beau, avait-il demandé à Bernadette, sa secrétaire. Il s'agit de mon père. »

177

Le cercueil est arrivé à destination. Au fond du trou. Pierre pense à trois autres cercueils qui reposent dans le cimetière de Châteauneuf-du-Pape depuis trente-cinq ans... Au plus petit des trois. Sandrinette serait aujourd'hui une belle jeune femme, elle aurait sans doute des enfants... On lui tend le goupillon et il asperge d'eau bénite et de douleur la tombe de son père adoptif, serre des mains, glisse son bras sous celui de Marguerite, réconforte Robert qui sanglote sans retenue, les guide jusqu'à la longue limousine noire où il s'installe auprès de sa mère, derrière les vitres fumées.

– Mon petit... dit-elle,
et il la serre contre lui.

Ils n'ont jamais voulu quitter le pavillon où ils les ont vus grandir, Robert et lui.

L'agent qu'il a donné n'a pas amélioré l'aspect des choses. Marguerite est plus attachée aux souvenirs qu'au luxe et au confort. Elle n'ose pas dépenser pour elle. Manque d'habitude acquis au long de toute une vie. Parfois elle achète un lampadaire *design*, un vase de baccarat rempli d'épis de cristal, ou bien un coussin de satin rose parce qu'elle pense faire plaisir à son fils. « C'est un cadeau de toi ! » dit-elle, et il a honte d'être responsable de cet accident du goût.

Mais si ça la rend heureuse ?

Elle l'a été, Marguerite.

Maman.

Elle l'a été, heureuse, jusqu'à la mort d'Émile. Maintenant il va falloir s'occuper d'elle. Et de Robert. Elle le lui a demandé en rentrant du cimetière. Elle se fait du souci. Elle a raison. Robert a toujours posé des problèmes. Brutal et fragile, il faut sans cesse veiller sur lui. Comme le jour de l'Étang Neuf, ils avaient douze ans, où il a failli se noyer sous les yeux de Pierre. Depuis qu'il l'a sorti de l'eau,

178

Robert témoigne à son frère un dévouement sans limites. Aveugle.

Il pleure toujours, effondré au milieu des coussins de satin qui ont l'air de s'être reproduits récemment.

Pierre prend les mains de sa mère.

– Tu vas venir t'installer à Rochegude, dans mon château... dans *ton* château! Il fait meilleur là-bas, c'est déjà le Midi, et puis tu seras servie, tu pourras te reposer...

La pauvre Marguerite a l'air plus affolée que tentée par cette invitation à la vie seigneuriale. Mais Robert, qui sanglote maintenant comme un gangster à la première communion de sa fille, insiste pour qu'elle accepte.

– Vas-y, Maman! Tu seras bien! Écoute-le, tu le sais qu'il a toujours raison! Et puis tu verras comme c'est beau!

S'ils le lui demandent tous les deux... mais elle pose une condition.

– On passera quand même Noël à la maison?

Il a fait annuler son rendez-vous avec Rocher et reporter le conseil d'administration de demain matin.

Il est resté cette nuit pour Marguerite, pour Émile, pour Robert.

Pour la première fois depuis des années, il a dormi dans sa chambre de garçon... Dormi? Veillé plutôt. Rien n'a changé depuis son départ. Ses livres de classe sont bien rangés, le cerf-volant qu'Émile avait confectionné pour ses quatorze ans est toujours sur le mur, au milieu des photos : Pierre le jour du bac, Pierre le jour du Concours général, Pierre en soldat, Pierre posant la première pierre de son premier chantier, un casque sur la tête... Après ce sont des photos découpées dans des journaux, des revues. En entrant dans cette chambre, il a cru y retrouver son innocence. Mais son innocence est morte et enterrée dans le cimetière de Châteauneuf... Il a hâte d'en finir avec les Oliviers. Après l'inauguration de Cigal-Land, il quittera ce pays pour n'y plus revenir. Mission accomplie. Objectif atteint. Adieu. Les choses devraient aller assez vite après l'accord du Conseil général et l'avis favorable de Dabert pour la proposition d'utilité publique. Tant mieux, après il n'y pensera plus... En apprenant le décès d'Émile Séverin, Mireille avait voulu venir aux obsèques. Il s'y était opposé. « Vis-à-vis de ta maman, il me semble que ce serait plus correct... tu ne crois pas ? » Il avait dit non, et elle n'avait pas insisté. Depuis le message sur le répondeur la nuit où Estelle était venue à Rochegude, Mireille était punie. Et terrifiée. « Ne recommence jamais, lui avait-il dit le lendemain, sinon... » Sinon ? Il n'avait pas répondu. Mais, au fond de lui, il la remerciait. Tout était clair, maintenant, dans ses rapports avec Estelle. La guerre.

Dire que Marguerite et Émile n'ont jamais su qui il était. Secret des origines.

« Un enfant qui ne parle pas de son passé, disaient-ils. Il a dû avoir un grand choc... »

Un grand choc, effectivement.

Il regarde la photo du petit garçon en aube blanche, épinglée sur le mur. Ce jour-là, il a fait un serment.

« Il était très recueilli », a dit Marguerite, impressionnée.

Si elle se doutait... mais personne ne pouvait deviner ce qui se passait dans la tête du communiant aux mains jointes qui, porté par le chant de l'orgue et les vapeurs de l'encens, jurait sur un prie-dieu de velours qu'un jour il vengerait les siens. Personne n'avait jamais su quelle épreuve il avait traversée et comment il comptait effacer le cauchemar.

Mais efface-t-on jamais un cauchemar quand on n'a pas le pouvoir de ressusciter les morts ?

Non. On peut seulement punir. Comme il va punir Estelle. Estelle qui ne l'a pas reconnu malgré tous les indices qu'il lui a fournis. Estelle qui lui a jeté son champagne au visage et qui n'a pas voulu comprendre qui il était.

Bientôt elle saura. Elle aura mal.

Veillé par les photos de Pierre Séverin, Marceau Dupastre s'endort enfin dans son lit d'adolescent.

Après la découverte du fragment d'espoir sur la Via Agrippa, Raphaël est passé à l'action. Il a mis en marche le processus de classement du site. Une lettre est partie pour demander l'inscription à l'Inventaire des Monuments historiques, une autre a été envoyée directement au ministre. Il fallait faire d'autant plus vite que, dans quelques jours, le professeur allait quitter la France pour un mois. Une série de conférences en Chine, une visite au Tibet, des articles pour *Arkéo*...

– Impossible de me décommander, a dit Raphaël, mais sachez que, du haut de la Grande Muraille, j'ai l'intention de garder un œil sur la Via Agrippa !

Quelque chose d'immatériel s'était noué entre Estelle et lui.

Leur rencontre n'était pas celle de deux jeunes êtres au seuil de la vie, mais de deux existences déjà lourdes de blessures.

Elle devinait qu'une profonde souffrance se cachait derrière le sourire du professeur.

Il avait voulu l'emmener au cœur de ses plus chers souvenirs.

– Si vous acceptez de quitter l'Empire pour le Royaume *, je vous invite chez le dieu Sylvain.

Elle n'était jamais venue à l'Abbaye qui domine Villeneuve-lez-Avignon et couronne le mont Saint-Andaon. Elle savait par Luc que, dix ou quinze ans plus tôt, Raphaël avait fait là des trouvailles considérables.

– Ce que je veux vous montrer, Estelle, c'est une vision d'avenir. À l'Abbaye, comme chez vous, je ne savais rien de ce que j'allais découvrir, mais j'étais sûr que tout était là.

La voiture roula à flanc de colline, le long de l'enceinte, passa sous la porte entre les tours, pénétra dans l'enclos de l'Abbaye. Et ce fut la Paix.

Elle ne savait pas ce qui l'émouvait le plus. La haute façade avec ses marches en éventail, le jardin aux bassins de pierre où une statue semblait réfléchir à ce qu'elle allait faire, la longue terrasse ouverte sur le nord et le midi, face au Ventoux, l'envol des colombes sur leur passage ou, peut-être, la présence de l'hiver dans la nature. Bientôt on cueillerait les olives.

Car il y avait un bois d'oliviers qui montait vers une chapelle comme s'il avait voulu réunir le sanctuaire chrétien et le chantier des fouilles, jamais refermé sur les sépultures païennes et le parfum d'antiquité qui montait des pierres et des tombeaux.

Ils allèrent s'asseoir sur le parvis minuscule de la chapelle et regardèrent, au-delà de l'Abbaye, de ses jardins et de ses ruines, au-delà de la plaine et du Rhône, leur faisant face, le palais des Papes.

– Pendant les fouilles, qui durèrent des mois, dit Raphaël, il m'est souvent arrivé de monter ici par des petits matins de brouillard. Avignon avait disparu... J'espérais que le mistral, en se levant, révélerait la

* Les mariniers du Rhône se servaient du mot Empire pour désigner la rive gauche, et du mot Royaume pour désigner la rive droite. Survivance des temps où le Saint Empire romain germanique et le royaume de France se faisaient face.

ville telle qu'elle était au temps des papes! J'aurais voulu découvrir l'armée du roi de France campant sous les remparts et les tours!

— Quiquenparle et Quiquengrogne * ne se sont jamais rendues! dit Estelle avec feu, comme si des siècles étaient abolis, puis elle ajouta : J'ai demandé à être française en 1790 et l'Assemblée nationale du 17 septembre 1791 a exaucé mes vœux. Avant, j'ai été aux papes, à l'empereur d'Allemagne, au prince d'Orange... et au Drac!

— Comme votre aïeule Donna Bianca?

— Luc vous a aussi raconté cette légende?

— Et *Semper Vigilans*! Ce qui fait que je comprends parfaitement que vous ayez envie de sauver l'invisible et même l'imaginaire... Il faut *demander à nos douleurs anciennes comment elles ont pu déterminer nos actions présentes... demander aux empreintes de ceux qui nous ont préparé nos demeures actuelles, de nous révéler par ce qu'ils ont été le pourquoi de ce que nous sommes...*

— Ce n'est pas d'Élie Faure?

— Vous êtes vraiment une analphabète pas banale, s'exclama Raphaël avec ravissement.

Elle regarda longuement les tombeaux, luttant difficilement contre une violente émotion.

Elle demanda à Raphaël s'il avait trouvé des objets plus petits, de ceux qui portent le nom de « mobilier archéologique », et il lui fit prendre un chemin sur la terrasse, au milieu des lauriers toujours verts, pour aller jusqu'au musée, sous les voûtes.

Une plaque de cuivre était posée sur la porte :

MUSÉE ARCHÉOLOGIQUE
ANNE-MARIE FAUCONNIER

---

* Célèbres tours d'Avignon.

– Oui, dit-il, on l'a appelé ainsi en mémoire de ma femme... elle était archéologue. Tout ce qui a été trouvé ici, nous l'avons trouvé ensemble. Juste avant...

Il se tut.

En mémoire de ma femme...

Voilà pourquoi il y avait quelque chose de brisé dans son rire, quelque chose de triste dans ses yeux, surtout quand il souriait.

Des lampes de bronze, des fragments d'amphores, de délicats flacons de verre irisé, des stèles brisées qui racontent la mort et le chagrin des hommes...

> *Aux Dieux Mânes d'Orphéa Philété*
> *Titus Subrius Macrimus à sa très chère épouse*

Comme tous les autres, le carton posé sous l'inscription funéraire est écrit à la main. Cela donne quelque chose d'intime et de chaleureux au musée.

Sans qu'elle ait posé de question, Raphaël répond :

– Oui, c'est son écriture.

– Très belle, dit Estelle.

Mais ce qu'elle regardait c'était la jeune femme radieuse qui souriait sur le mur, tenant à bout de bras, comme on tient un enfant à peine sorti du ventre de sa mère, une amphore encore souillée de terre.

– Un jour de bonheur, dit-il, notre première trouvaille !

Et, la sentant bouleversée, il lui proposa d'aller déjeuner.

Jules Campredon a dû s'asseoir sur le muret du cimetière.

Il vient d'éprouver une terrible émotion. Son cœur bat si fort que la tête lui tourne. Les jambes lui ont manqué tout à l'heure... Ce qu'il vient de vivre est terrible.

Le paysage reste paisible et familier. Le château des Papes au-dessus du village, les vignes dépouillées, les cyprès rendus plus sombres par l'hiver, les nuages tranquilles d'un jour sans vent, rien n'a changé.

Et pourtant le passé est revenu.

Jules s'arrête souvent devant une tombe qui ne reçoit jamais de visite.

Jean Dupastre	1922-1957
Juliette Reviron	
épouse Dupastre	1925-1957
Sandrine Dupastre	1954-1957

Il arrache les mauvaises herbes, essuie les lettres ternies, dit une prière pour le père, la mère et la petite fille. La mousse verdit la dalle où personne n'a jamais déposé une fleur ou versé une larme... jusqu'à aujourd'hui.

Aujourd'hui, un bel homme au visage douloureux se recueillait devant la sépulture.

Et cet homme, il l'a reconnu.

À travers l'adulte aux yeux clos, il a retrouvé les traits de l'enfant disparu.

Sans réfléchir, dans un élan, il est allé vers lui pour le prendre dans ses bras et lui dire qu'il n'avait jamais perdu sa place dans leur cœur.

– Marceau!

L'homme a ouvert les yeux. Des yeux noirs de douleur et de haine.

– Marceau, a répété le curé, la voix cassée, tremblant d'espoir, c'est toi?

– Vous devez vous tromper, monsieur, a répondu l'homme d'une voix froide avant de se diriger, sans un regard en arrière, vers la sortie du cimetière.

Mais Jules ne s'est pas trompé. Il est sûr que c'était Marceau. L'âge correspond... et puis qui, à part Marceau, pourrait venir sur cette tombe?

Ce qui lui fait peur, ce n'est pas que Marceau soit revenu, il a bien le droit de se recueillir sur la tombe des siens, mais qu'il ait refusé d'être reconnu. Jules se sent vieux et misérable tout à coup. Il sait tant de choses... Des choses qu'il n'a pas le droit de dire, des choses qu'il doit taire. Mais qu'il sait.

Pourquoi Marceau l'a-t-il repoussé?

Pourquoi revient-il après si longtemps? Alors qu'on l'a cherché pendant des années. Sans jamais parvenir à savoir où il était. Lui savait où les trouver...

Jules se lève péniblement. Avant de partir il va vers la tombe des Dupastre, se signe et, à tout petits pas, rentre chez lui.

Estelle est partie avec un vieux panier d'osier pour ramasser des pommes de pin dans la forêt. Rien de mieux pour allumer le feu. Et puis, les plus belles ont des pignons entre leurs écailles serrées. Amélie les fait ouvrir dans le four de la cuisinière et on se régale.

– Salut, Estelle!

Augustin, le jeune facteur qui venait jouer avec Antoine et Luc quand ils étaient petits, lui tend une lettre en chronopost, et, avant même de voir le nom de l'expéditeur, elle sait que c'est Raphaël qui lui écrit.

Elle a pris le courrier – des réclames et une carte des jumeaux pour Amélie –, a remercié Augustin et s'est étonnée de le voir à pied.

– Quand je suis pas trop en retard dans ma tournée, je laisse la voiture à l'entrée des Oliviers, dit-il en rougissant comme si elle venait de le pincer en flagrant délit d'école buissonnière. Ça me plaît de marcher chez toi, poursuit-il, enhardi par le sourire d'Estelle. J'écoute les oiseaux, je siffle avec les merles... Ne le raconte pas, on me prendrait pour un *paure nèsci* *. Allez! À demain! Bonne journée!

---

* Un pauvre niais, un innocent.

Elle se débarrassa de son panier, s'assit par terre sur de rudes touffes de thym, posa le courrier au-dessus des pommes de pin et ouvrit la lettre du professeur :

Ma chère Estelle, quand je pense que j'aurais pu ne jamais traverser l'antique forêt qui mène à vous... que j'aurais pu ne pas rencontrer une salière aussi vieille que les légions de César et ne jamais connaître la mère de Luc! Vous savez, Estelle, je ne crois pas au hasard, je crois aux volontés qui nous dépassent et dont la force nous pousse là où nous devons aller. Aussi, avant de partir pour le Toit du Monde, je veux vous charger d'un message pour les oliviers.

Vos oliviers, je fais le serment de les sauver. Du feu, de l'eau, du béton. Pour eux, pour vous, je serai, si vous le permettez, « semper vigilans ».

Merci de m'avoir accueilli comme vous l'avez fait.

Il va vous falloir du courage. Mais, du courage, je sais que vous en avez.

Raphaël

P.-S. : Ah! je vous emprunte Luc pour le voyage car j'ai besoin d'un assistant. Je vous promets de veiller jalousement sur le garçon. Pour une raison bien simple : je ne peux plus me passer de lui. Merci!

P.-S.bis : À suivre...

Elle remit la lettre dans son enveloppe et la glissa sous son chandail, à même la peau. Heureuse. Puis elle ramassa son panier et s'en alla porter le message de Raphaël aux oliviers.

La semaine prochaine serait consacrée à la cueillette. Les rameaux croulaient sous les olives. La récolte risquait d'être somptueuse; la plus belle depuis des années. Ali et Mohammed arrivaient dimanche, les gens du moulin avec qui elle travaillait à mi-fruit s'étaient également annoncés...

Les arbres la regardaient. Ses arbres...

Les très vieux qui avaient survécu à toutes les gelées, à toutes les misères, à la mouche, à la cochenille, à la fumagine. Les plus jeunes que son père avait fait planter. Et ceux dont des jets vivants étaient sortis de troncs desséchés que l'on croyait morts.

Ils étaient taillés à l'antique. Ainsi que les dieux avaient appris à le faire aux hommes, il y a des milliers d'années. Afin qu'une colombe puisse voler à travers leurs branches sans effleurer une feuille de ses plumes, afin que la lumière tombe, égale et juste, sur chaque olive.

Il faisait très froid, mais elle n'en avait cure. La lettre de Raphaël lui tenait chaud au cœur... Elle ne parla pas aux oliviers. Ce n'était pas la peine. Mais elle prit dans ses bras celui qu'on appelait l'ancêtre et posa sa joue contre l'écorce rugueuse et grise. Collée à lui, elle ferma les yeux, sentant circuler une force profonde et calme. Sa force? Ou celle de l'olivier?

Quelle importance?

C'est en rouvrant les yeux qu'elle aperçut une silhouette au loin. Un homme montait le long de la levée de terre qui mène à la plus haute vigne.

Dans son émotion elle lâcha l'ancêtre, oublia son panier, et courut droit devant elle pour rattraper l'intrus.

Elle allait à travers les broussailles et les arbustes sans se soucier d'être griffée au passage par les branchettes dérangées. Elle ne supportait plus qu'on viole son territoire. Elle n'avait aucune conscience du danger. Elle ne pensa pas une seconde à aller chercher Blaïd. C'était à elle de veiller sur le domaine.

Elle déboucha des taillis, se trouva au bord de la petite pièce de vigne et ne vit personne.

Désemparée, elle ne savait quelle direction prendre. L'homme avait disparu.

Elle retourna vers la forêt. À quelques mètres se dressait la maison du drame. Elle ne venait jamais de ce côté. Elle avait même envisagé de faire disparaître la ruine. Mais la démolition coûtait trop cher. Pauvre maison... Elle avança, le cœur serré, et s'arrêta brusquement.

Un homme sortait des ruines et la regardait en silence. Puis il dit lentement :

— Maintenant, je pense que tu me reconnais ?

Elle crut qu'elle allait perdre connaissance. Bien sûr elle le reconnaissait. Pourquoi n'avait-elle pas deviné plus tôt ? Elle dit son nom d'une voix très faible :

— Marceau...

et ajouta, plus bas encore :

— ... Mais pourquoi as-tu fait ça ?

Il éclata d'un rire amer et désigna la ruine.

— Je crois que tu te trompes de coupable, Estelle !

— Je parle de la comédie que tu m'as jouée... du mensonge... C'est horrible ce que tu as fait. Je t'ai attendu, j'espérais toujours que tu allais revenir, qu'on se retrouverait comme avant...

— Tu oses me dire ça ici ? Se retrouver comme avant ? Tu n'as peut-être pas bien compris, alors écoute-moi : les miens sont morts par la faute des tiens, et je suis venu les venger ! Je suis venu rendre le mal pour le mal ! Rayer ton château de la carte ! Pendant des années et des années, toute une vie, je n'ai vécu que pour ça !

Dans le silence qui suivit, un oiseau dit quelque chose de très joli, d'heureux, et Estelle cria :

— Réveille-toi, Marceau ! Regarde cette nature ! Prends pitié d'elle ! Retrouve tes souvenirs !

— Mes souvenirs ? Ils sont là, mes souvenirs ! répéta-t-il en montrant les ruines. Tu vois cet arbre qui pousse là où vivait une famille ? Tu entends grouiller ces bêtes là où se trouvait un foyer ? Je suis

192

sûr qu'en cherchant bien on pourrait encore trouver des traces de sang! Mon sang! Et tu voudrais que j'aie pitié? Qui a eu pitié de nous? Tu peux me le dire? Personne!

– Mais moi, Marceau, moi, que t'ai-je fait?

– Toi? Je vais te le dire, ce que tu m'as fait. Tu as pu vivre sans moi!...

Il la regarda avec tant de douleur qu'elle eut un mouvement vers lui. Il ne le vit pas, il s'était détourné.

– ... Un des premiers jours de juillet, poursuivit-il comme s'il se parlait à lui-même, je t'ai revue... Tu achetais chez le fruitier des choses de tous les jours, de ces nourritures modestes qui font partie du bonheur quotidien... Tu avais ta vie, je n'en faisais pas partie. J'ai eu envie de toi, de posséder la petite fille que j'avais tant aimée... de retrouver le bonheur de mon enfance... Excuse-moi d'avoir essayé, mais rassure-toi, c'est fini! Maintenant tout est clair en moi. Plus rien ne me retient! Ta maison sera rasée, ton domaine englouti! Parce que je ne peux pas oublier que tu es la fille de Paul Laborie! Et que je hais sa mémoire! Je vais te dire à quel point : avant de déverser les eaux du Rhône sur les Oliviers, je ferai comme les Romains quand ils avaient pris une ville et qu'ils voulaient la punir. Je répandrai du sel sur les ruines pour les condamner à la mort, afin que, même si les eaux se retiraient un jour, la terre soit stérile à jamais!

– Tu es fou, Marceau! murmura-t-elle, épouvantée par son délire.

– À qui la faute?

Il passa devant elle et commença à s'éloigner avant de se retourner.

– Il est temps que tu fasses tes adieux! dit-il en embrassant tout le paysage. Il n'y en a plus pour longtemps...

193

Elle le regarda jusqu'à ce qu'il disparaisse dans le chemin à travers bois. Des larmes coulaient sur ses joues sans qu'elle songe à les essuyer.

Elle posa une main sur sa poitrine, pressant la lettre de Raphaël sur son cœur.

Faire ses adieux? Jamais!

Elle gagnerait la guerre.

Certitude. Amère.

Marceau était revenu, et elle l'avait perdu pour toujours.

III

Le mistral glace jusqu'aux os.

Le mange-fange chasse les nuages au-dessus des Oliviers et ne semble pas vouloir épargner les deux femmes qui essaient de passer l'hiver dans la maison. Parfois le vent lombard se met de la partie et souffle le froid depuis le Dauphiné et les hautes neiges.

Elles ont cloué des planches sur les volets disjoints, mis des bourrelets aux fenêtres, des portières, des tentures, des paravents... rien n'y fait.

– Mais aussi, dit Amélie, regarde un peu la porte de la cuisine! Un cheval y passerait dessous la queue en l'air!

Heureusement le bois ne manque pas. Elles en ont les mains rêches, pleines d'échardes, gercées. Blaïd a débité un cyprès mort. Ce bois-là donne non seulement de la chaleur mais de la lumière. Il laisse aussi une suie noire et grasse dans les conduits de fumée. Tant pis, on ramonera plus tard. Parfois, le soir, Estelle illumine le salon en brûlant du thym, du laurier, du romarin; les pommes de pin crépitent... mais, chaque matin, il n'y a plus que des cendres dans les cheminées froides. Et tout est à recommencer.

Elle a proposé à Amélie de retourner s'installer dans sa maison de Châteauneuf. Au moins, là, elle aura son poêle, sa cuisinière à charbon, son petit confort modeste. Amélie est montée sur ses grands chevaux :

— Je ne te quitterai pas, malheureuse! Même si le Rhône devait geler!

Les olivades avaient été ce qu'on espérait d'elles. L'ancêtre avait donné ses fruits comme un jeune homme. L'huile serait magnifique.

Huile vierge, huile de nez, huile de palais... celle que Luc, quand il était petit, croyait qu'on expédiait à la reine d'Angleterre.

Amélie avait cuisiné avec fougue pour régaler son monde. Daubes et pannequets, macaronis en gratin, nourritures réchauffantes et roboratives.

Et puis, après le départ des cueilleurs d'olives, Estelle et Amélie étaient entrées dans une période de grande solitude. Depuis longtemps, depuis la bise, on ne voyait guère de clients.

Raphaël et Luc s'étaient envolés pour la Chine.

Philippine ne s'était pas manifestée depuis la scène navrante qui l'avait opposée à sa mère. Elle était en Russie.

— Mon Dieu, qu'elle doit avoir froid! se lamentait Amélie en essayant, les doigts gourds, de ranimer le feu dans le salon glacé.

Par contre, Estelle avait reçu la visite de Rémy.

Un Rémy gêné, mal à l'aise, honteux d'avoir cru, même fugitivement, à la déficience mentale d'Estelle. Un Rémy un peu perdu. Malheureux. Il ne se remet pas de la rupture avec Carla.

— Mais pourquoi t'a-t-elle quitté?

Il n'ose pas dire à Estelle que c'est justement à cause de l'attitude qu'il a eue au moment des expertises que Carla est partie.

— Une nouvelle fiancée? demande Estelle.

Il fait non de la tête, soucieux, atteint.

— Tu es au courant pour Antoine?

Estelle sait par Sophie qu'une de ses B.D. va être publiée par Dargaud et que Carmeau-Développement lui a commandé un travail. Elle sait aussi, hélas, qu'il s'est battu avec Luc...

Rémy hoche la tête.

— Sophie ne t'a pas parlé d'Enghien?

— Non... Que s'est-il passé à Enghien?

Antoine a perdu au Casino tout ce qu'il avait touché de ses éditeurs, un peu plus même, et, depuis, il ne dessoûle plus.

— Mon Dieu! dit Estelle, bouleversée.

Et, une fois encore, elle se sent coupable.

Que faire?

— Il y a quelque chose que je ne comprends pas, poursuit Rémy. Qu'est-ce qui se passe entre Sophie et Antoine?

Estelle voudrait bien pouvoir lui répondre, mais, elle non plus, n'arrive pas à déchiffrer leurs rapports.

— Sophie se dérobe... et pourtant je suis sûre qu'elle l'aime! Pauvre Antoine... Tu vois, de nos trois enfants, c'est lui qui a le plus souffert de notre séparation.

Ils se regardent. Amis. « Magnifique divorce! », a failli dire Estelle en se souvenant, juste à temps, que c'est Carla qui avait trouvé la formule.

— À propos d'Antoine, poursuit Rémy, j'ai quelque chose à te demander... Voilà, je devais aller aux Seychelles pour Noël... avec Carla. Comme il n'en est plus question, j'ai pensé que, peut-être, je pourrais emmener Antoine avec moi...

— C'est une merveilleuse idée! Tu lui en as parlé?

— Non. Je voulais d'abord être sûr que ça ne te contrarierait pas, au cas où tu aurais fait des projets pour Noël...

— Je serai tellement heureuse de le savoir avec toi!

Elle lui a tendu la main.

— On le sortira de là, Rémy! Promis?

197

— Juré! a-t-il répondu.

C'est seulement au moment de partir que Rémy lui a dit :

— Tu sais, j'ai cédé mes parts des Oliviers à Carmeau-Développement pour... Cigal-Land... mais avec une clause stipulant que la vente ne sera effective que le jour où tu accepteras de vendre le reste du domaine.

Estelle en est saisie.

— Tu as fait ça ?

— Il fallait bien me faire pardonner...

Elle l'a raccompagné jusqu'à la Ferrari rutilante et superbe. Au moment où il s'installait derrière le volant, il s'est frappé le front.

— Ah ! j'oubliais ! Sophie m'a dit qu'elle viendrait te voir après Noël. Elle compte passer une semaine à la neige. Je crois que les folies d'Antoine l'ont vraiment secouée.

Ils ne savent pas à quel point. Ils ne savent pas qu'en réalité elle réveillonnera toute seule à la clinique du professeur Dupré. Ils se réjouissent qu'elle aille se changer les idées. Ils ne peuvent pas deviner l'aiguille dans le bras, les rayons, les cocktails de chimio qui font tourner la tête et brouillent le cœur.

— Ça me fait plaisir qu'elle aille se reposer, dit Estelle. Je l'ai trouvée maigrette à son dernier passage. Quand elle reviendra, je lui poserai la question de confiance pour Antoine. Je voudrais tant les voir heureux !

— Moi aussi !

— Bonne route !

— Joyeux Noël ! répond Rémy dans le hennissement formidable de ses trois cents chevaux.

Noël approche avec ses guirlandes de houx, ses cloches et sa hotte bien remplie. De joie pour les uns, de solitude et de larmes pour les autres.

198

Marceau s'est souvenu du vœu de Marguerite.

Il passera le réveillon à Noirétable, entre elle et Robert.

Jusqu'au dernier moment, Mireille a espéré qu'il l'inviterait à se joindre à eux. En vain.

Au moment de partir, il lui a demandé gentiment :

– Et toi, Mireille? Que fais-tu pour Noël?

– Je tiendrai compagnie aux enfants de l'orphelinat Saint-Joseph.

Il a pris dans les siennes les mains de Mireille, brusquement ému.

– Tu es un bon maire, Mireille!

– J'essaie, a-t-elle répondu en souriant, émue elle aussi. Marceau... dit-elle, hésitante.

– Oui?

– Tu as rêvé cette nuit... tu as appelé Estelle trois fois.

Sa voix est douce. Craintive. Depuis l'incident du répondeur ils parlent de Cigal-Land, du projet, des Oliviers parfois, mais ils ne prononcent plus jamais le nom d'Estelle.

Il espère qu'elle n'entend pas les battements de son cœur; il s'en veut de ne pouvoir être maître de ses rêves. Il ne s'est pas remis de sa dernière rencontre avec Estelle. D'aucune de leurs rencontres... Alors il essaie de plaisanter.

– Un cauchemar! dit-il, comme si la révélation de Mireille était amusante.

– Un cauchemar qui se répète bien souvent...

Ils se regardent en silence. Brusquement, il se lance :

– Il y a du nouveau... Je voulais d'ailleurs t'en parler. Elle sait maintenant qui je suis!

– Mon Dieu! dit Mireille, atterrée. Et comment l'a-t-elle appris?

– Nous nous sommes rencontrés par hasard...

Il ne dit pas où; il ne dit pas comment; il ajoute simplement :

– J'ai un peu aidé pour qu'elle devine.

– Mais c'est très dangereux! Elle va le raconter à tout le monde! Elle va...

Il la coupe brutalement :

– Elle ne dira rien!

– Comment peux-tu en être sûr?

– Je la connais depuis si longtemps...

– Tu connaissais une enfant!

– Elle n'a pas changé! Elle est restée fière et hautaine comme tous les Laborie! Elle n'a pas envie de ramener à la surface le drame d'autrefois... Elle a honte, tu comprends!

Mireille en est moins sûre. Il la serre contre lui :

– Allons, n'aie pas peur! Tout va bien et les temps sont proches! Tu veux que je te rassure?

Mireille le regarde, sceptique.

– Bon! Je te dis tout! Estelle croit qu'elle va pouvoir faire annuler le projet pour des raisons de sauvegarde du patrimoine. C'est Dabert qui m'a mis au courant. Tu sais à quel point il tient à Cigal-Land! Et pas seulement par amitié pour moi!

– Mille emplois!

– Mille emplois. Eh bien, à la sortie du Conseil des ministres, son collègue de la Culture lui a communiqué la lettre d'un certain professeur, un archéologue qui demande l'inscription des Oliviers à l'Inventaire des Monuments historiques. Oui! pas moins!... Il a trouvé un tesson, et s'agite comme s'il avait exhumé un théâtre antique!

– Il s'appelle comment?

– Raphaël Fauconnier.

Il n'aime pas ce nom. Nom d'archange, nom de dresseur de rapaces, nom hérissé d'ailes et de plumes.

Mireille semble chercher dans sa mémoire.

– Ça me dit quelque chose... Mais, Marceau, s'il avait raison? S'il découvrait des vestiges, aux Oliviers?

Marceau éclate de rire.

— Je t'ai dit de ne pas avoir peur! On s'en occupe, de l'archéologue! Moi tout particulièrement. En ce moment il est en Chine, quand il reviendra, tout sera réglé, et il pourra aller gratter la terre ailleurs! Je m'en occupe, Mireille!... Te voilà rassurée?

— Et... tu reviens quand?

— Je ne sais pas encore... la date dépend de Dabert.

— La date?

— De l'hallali! dit-il en l'embrassant.

... du four, sur la table de peuplier
Le pain de Noël arrive...
Déjà s'allument trois chandelles,
Neuves, claires, sacrées,
Et dans trois blanches écuelles
Germe le blé nouveau...

Elle craignait de ne pas se souvenir. C'était si vieux. On n'avait plus jamais fêté Noël aux Oliviers depuis le drame.

Alors elle est allée dans la bibliothèque, elle y a fait du feu comme elle en fait souvent pour réchauffer les livres de son grand-père félibre, pour les sentir moins froids entre ses mains. Elle a pris *Mirèio* dans sa belle édition reliée de chèvre rouge, et a cherché les vers du chant VII, ceux que le maître écrivit sur la fête puis décida de supprimer. Elle les trouve à la fin du poème, dans les notes. Elle lit attentivement le précieux message, comme une recette d'aïeule serrée avec piété.

Le Gros Souper *.

Puis, pendant les jours de l'Avent, elle a tout préparé dans la solitude de la maison désertée. Blaïd est

* Repas de Noël maigre mais somptueux.

203

auprès de son fils, comme tous les ans à la même époque. Elle lui fait suivre son courrier à l'ambassade de France à Madrid. Il a emporté un magnum de Châteauneuf-du-Pape pour l'offrir à l'ambassadeur qui est un connaisseur.

Amélie est à Cassis, chez ses enfants.

Elle pleurait en partant.

– Accompagne-moi, ma belle!

Tout en sachant très bien que rien ne pourrait contraindre Estelle à quitter les Oliviers.

– Pas même si le Rhône gelait, malheureuse!

– Dieu garde! avait répondu Amélie.

Alors elle lui a laissé le fusil que Paul Laborie avait ramené du maquis.

– Il l'avait donné à mon pauvre Étienne dans son testament. Il est vieux, mais je le graisse tous les mois. C'est bête... je me sentirai plus tranquille de le savoir avec toi... Tu sauras t'en servir, au moins?

– Bien sûr! a dit Estelle qui n'a pas la moindre notion des lois de la balistique.

– Dire que tu vas être toute seule pour le réveillon!

– Pas toute seule, puisque j'aurai Samuel et même Jules après sa messe.

– Oui, mais les enfants...

Pas d'enfants, c'est vrai. Pour une fête de famille, c'est regrettable. Mais ça fait partie de l'épreuve. Il faut qu'elle gagne tous ses bonheurs. Un par un. Comme dans un roman de chevalerie.

Elle a travaillé de ses mains pour que tout soit beau. Parce qu'il n'y a rien de mieux qu'un chiffon chargé de cire pour libérer l'esprit quand il est chagrin. Et puis, qui sait? Peut-être que les vacances amèneront des clients? Avenants et lustrés, les objets brillent et attendent.

Elle a posé le fusil près de son lit. Ce n'est qu'un placebo, mais cette arme en trompe-l'œil l'amuse.

Nour dort maintenant au pied des ancêtres. Il vaut

204

tous les fusils du monde, Blaïd lui a parlé en arabe, avant de partir. « Que lui as-tu dit, Blaïd ? – Je lui ai confié la maison, et toi, Madame Estelle. »

Depuis, le chien ne la quitte pas des yeux. Elle se demande même si, la nuit, il ne téléphone pas en cachette à l'ambassade pour donner des nouvelles à son maître.

Timouleoun, Filougouno, Toumas, Ounourat, Vitòri, les vieux saints et saintes qu'on a chassés du calendrier se sont succédé pour faire place à saint Ives, celui qui précède Calèndo *.

Elle se fait belle comme si elle allait recevoir le pape en personne – d'Avignon, bien sûr ! Ce soir, elle portera aux oreilles les grappes de grenat d'Eulalie, et ira les lui montrer dans la galerie des portraits. Au dernier moment, elle passe à son petit doigt « la bague d'aïe » qu'Apolline lui donna le jour de ses neuf ans.

« Je vais te faire cadeau d'une bague d'aïe ! »

Estelle était prête à tout recevoir de sa marraine, fût-ce un bijou d'ail pour écarter les vampires. Mais il s'agissait d'une de ces bagues de verre qu'on vendait autrefois à la foire de Beaucaire. De celles qui font dire : « Aïe ! » quand on les casse.

Elle ne l'a jamais cassée. La bague de verre, ornée d'un rat rouge, dort dans sa boîte depuis des années sur une couche de ouate couleur d'azur. Ce soir, elle est de la fête.

Estelle regarde autour d'elle. Le feu flambe dans la cheminée, attendant le *cacho-fiò*, la bûche de fruitier que, dans la nuit, on arrosera de vin cuit.

Le 4 décembre, jour de la Sainte-Barbe, elle a semé le blé et même les lentilles comme elle le faisait

---

* Fête de la Noël, en Provence, ainsi nommée parce que les calendes de janvier étaient une fête païenne qui fut adoptée par les chrétiens et confondue avec celle de la Nativité du Christ.
Trésor du Félibrige, Frédéric Mistral.

dans son enfance. Dans un coin de salon, elle a installé la grande crèche avec ses santons un peu cassés, un peu recollés, si vieux qu'ils n'osent pas dire leur âge. Les Rois Mages sont déjà partis vers la crèche. Ils arriveront le 6 janvier pour offrir la myrrhe, l'or et l'encens à l'enfant sur lequel se penche le bœuf qui a perdu une corne et l'âne qui n'a plus de queue. Chaque jour, Estelle fait avancer les Rois vers l'étoile. Ce soir, Balthazar a quitté son guéridon pour se poser sur une fleur du tapis.

La table, dressée pas trop loin de la cheminée, car il fait une nuit claire et froide, est recouverte des trois nappes blanches en l'honneur du Père, du Fils et du Saint-Esprit. Les trois plus belles nappes blanches que brodèrent, ajourèrent et signèrent de leur chiffre les femmes de la famille. La table est grande car, si trois couverts seulement y sont dressés, tout le souper devra y être installé dès le début du repas.

Repas maigre.

Les cœurs de céleri cru et leurs filets d'anchois fondus dans l'huile des oliviers, la morue frite, la carde, le tian d'épinards... et surtout les treize desserts figurant Jésus et les apôtres, même le méchant, peuchère!

Estelle compte et recompte... figues, noix, amandes, raisins secs, calissons d'Aix, nougat noir et nougat blanc, tarte à la courge, fougasse, pompe à l'anis, raisins frais, oranges, dattes...

Treize!

Elle pose les cadeaux habillés de papier de fête devant l'assiette de Jules et l'assiette de Samuel, admire les grandes esquilles cueillies sur le févier d'Amérique pour manger les escargots bouillis, vérifie que le vase d'opaline où elle a mis des roses ne fuit pas, allume les candélabres posés sur la cheminée, remet une bûche dans le feu...

Nour la suit d'un œil attentif. Pas besoin de lui dire quel jour on est, à ce chien, il le sait.

La maison craque. Le vent siffle. Le feu crépite. Estelle s'assied, le front penché vers les flammes. Le chien se couche à ses pieds avec un soupir d'aise. Le chat lui laisse l'usufruit du salon et se réserve la cuisine. Il est resté peureux, pas très sûr qu'on veuille vraiment de lui, mais, depuis qu'il fait froid, il ne quitte plus le panier où il dort, son nez noir émergeant d'un nid de vieux lainages, dans un ronron perpétuel.

Meitchant-pèu, deuxième du titre.

Sagesse, elle, cela va de soi, a renoncé, devant tant d'envahisseurs, à passer l'hiver dans la maison. Derrière les communs elle s'est enfoncée dans une meurtrissure de la terre qui descend vers la nuit des origines. Là, dans le silence, elle s'enroule autour de l'invisible, avec hier, avec demain, et s'endort.

Tranquille.

La sonnerie du téléphone fait tressaillir Estelle. Le chien lève la tête et la penche d'un air ému, car le ton d'Estelle l'a alerté : c'est un coup de téléphone qui compte.

C'est Philippine. Elle appelle sa mère depuis le barrage de Bratsvovod, en Sibérie, où Jean-Edmond l'a rejointe pour passer Noël.

— Non, je ne suis pas seule, dit Estelle bouleversée. J'attends Samuel et Jules pour le Gros Souper... Je leur dirai!... Oui!... Joyeux Noël pour toi aussi, pour Jean-Edmond! Comment?... Oui, moi aussi je t'aime très fort... Et puis... Allô! Allô?... Philippine!... Allô?... Oh! On a été coupées, explique-t-elle au chien qui compatit en remuant une queue compréhensive.

Quel merveilleux cadeau! Philippine a dit : Je t'aime, Maman...

Estelle regarde dans la glace ses yeux qui brillent... Quelle heure est-il?

L'horloge de parquet répond en sonnant majestueusement dix coups aussitôt répétés par une pendulette de bronze doré, bientôt suivie par un cartel Louis-Philippe. Quel capharnaüm, son salon!

Dix heures? Elle pensait qu'il était plus tard. Elle est prête et tout est prêt, que va-t-elle faire avant l'arrivée de ses invités?

Assise devant le feu dans la maison vide, elle est sans défense contre les souvenirs. Les flammes dansent dans la cheminée, les mêmes flammes qui dansaient dans la même cheminée, il y a trente-six ans.

Trente-six ans... Déjà?... Seulement?...

Que de monde alors autour de la table! Que de bruits, de rires... de vie! Il y a trente-six ans, en 1956, aux Oliviers, on fêtait Noël comme jadis au Mas du Juge *. On respectait l'usage antique de ne pas se faire servir. Ce soir-là, le plus humble du domaine s'asseyait avec les maîtres. Les maîtres n'étaient-ils pas avant tout les serviteurs de la terre? *Métier vaut baronnie*, dit le proverbe. On parlait français, on parlait provençal, on parlait vin. Et nul ne pouvait prévoir, en ce Noël de 1956, que le naufrage du bonheur et de l'honneur était si proche.

Quel cimetière que la mémoire! Sa grand-mère, son père, sa mère, les Dupastre... Sandrine qui dormait dans son couffin comme l'enfant de la crèche... Tous partis. Derniers témoins de la dernière fête,

---

* Maison où naquit Frédéric Mistral en 1830.

seuls Jules, Samuel et l'immortelle Apolline sont encore de ce monde.

Avec elle. Et Marceau.

Elle le revoit, sortant des ruines, des ronces et de la désolation de la maison détruite.

« Maintenant, je pense que tu me reconnais ? »

Pourquoi la vie s'est-elle vengée sur eux ? Leurs petites mains étaient innocentes du sang versé. Pourquoi paient-ils pour une faute qu'ils n'ont pas commise ?

« Où il est Marceau ? Il va revenir, Marceau ? »

Pendant des mois elle avait posé la question. Sans jamais obtenir la réponse qu'elle aurait voulu entendre. Alors elle s'était tue, en espérant qu'un jour il reviendrait.

Il est revenu. Pour la détruire.

Marceau, tu as construit ta vie pour effacer les Oliviers de la carte... pour mettre du sel sur leurs ruines... Comment est-ce possible ? Marceau, c'est moi, Estelle. Ton Estelle. Si tu savais comme tu m'as manqué !

Elle se souvient d'un pêle-mêle heureux. Deux enfants qui posent leurs souliers devant cette cheminée, deux enfants cherchant les œufs de Pâques autour de la fontaine. Les vendanges, les olivades, les rameaux chargés de fruits confits, la Saint-Marc, la Saint-Jean, la Sainte-Estelle...

Il veillait sur elle. Partout. Toujours. Il la protégeait du haut des quatre cent soixante-treize jours qu'il avait de plus qu'elle.

« Les moutons ! »

Ils avaient couru jusqu'à la Via Agrippa pour voir passer les transhumants montant vers l'alpage. Il tenait sa petite main dans la sienne.

« Venez vite !, disait Papa. Bientôt ça n'existera plus ! »

L'air tintait et vibrait, la terre tremblait tandis que

l'armée bêlante soulevait la poussière du chemin. Papa avait raison. Depuis bien longtemps les moutons ont délaissé les drailles pour voyager en camion, mais Marceau et Estelle ont vu, de leurs yeux vu, le passage des troupeaux, entendu les cris des bergers, les bêlements, l'aboiement des chiens. Estelle se souvient encore du grand bélier meneur qui marchait d'un pas noble, suivi comme un roi par les brebis...

Marceau se souvient-il du grand bélier?

Et du corbeau blessé qu'ils avaient nourri dans le grenier tout un été...

Le bélier et le corbeau n'ont-ils pas le pouvoir de les rendre l'un à l'autre?

Du sel sur les ruines...

Il est devenu fou.

Qu'il ait voulu se venger, elle peut le comprendre. Elle peut même comprendre qu'il ait voulu se venger d'elle.

Mais elle n'accepte pas la façon dont il est revenu dans sa vie. Le dîner à Rochegude lui a laissé une impression d'horreur. Le château du Diable... Sans la providentielle méchanceté de Mireille, elle aurait... quelle honte! Elle ne pouvait pas savoir. Lui savait. Qui elle était. Ce qu'il faisait. Ce qu'il voulait.

S'il était venu la trouver pour lui annoncer sa volonté de détruire les Oliviers, elle aurait lutté avec un adversaire loyal. Mais l'homme qui a déposé la barbotine entre ses mains, l'homme aux yeux noirs et brillants qui saluait sa beauté, le visiteur empressé des Oliviers qui venait en ami, le châtelain qui lui disait : « Je serai toujours là », cet homme-là est un traître. Le traître du petit garçon qu'elle aimait, du petit garçon qui l'aimait.

Nour ouvre un œil, pointe une oreille, se dresse sur ses pattes et va vers la porte avec des jappements joyeux.

210

Partie dans ses pensées, elle n'a pas entendu la voiture de Samuel. Samuel qui entre dans la pièce, sa haute silhouette emmitouflée apportant le froid du dehors.

Il regarde la table et la crèche avec tant d'émotion qu'il en oublie d'embrasser Estelle et de faire une grattouille entre les oreilles du chien.

– Pas possible..., murmure-t-il.

– J'ai essayé de me souvenir, dit Estelle. J'espère n'avoir rien oublié.

– On se croirait revenus à autrefois...

– Autrefois, nous étions plus de vingt, ce soir nous serons trois.

Alors seulement il se tourne vers elle, l'embrasse, salue le chien et se débarrasse des cadeaux qu'il tient dans ses bras.

Il est venu plus tôt car les Fourcade lui ont promis de déposer Jules après la messe.

– *La* messe, précise-t-il en enlevant son manteau. Autrefois, il n'y a pas si longtemps, il y en avait trois... eh bé, l'autre jour, Jules m'a dit : « Tu verras que, bientôt, pour ne pas fatiguer les ouailles, on n'en dira plus qu'une par an! »

– À propos de messe, j'aurais peut-être dû aller à l'église, ce soir, pour lui faire plaisir?

Ça fait sourire Samuel qui s'assied en face d'elle devant la cheminée et tend ses mains à la flamme.

– Tu sais comment il est, Jules? Il a son caractère... même, des fois, il est impossible! Mais il comprend tout. Le jour où tu iras à l'église pour te faire plaisir – à toi –, ce jour-là il sera content. Il était comme ça il y a cinquante ans, au maquis. Il allait sur ses vingt-quatre ans, mais, déjà, il en savait des choses!

Il rêve au passé et murmure :

– *Nous nous sommes épousés une fois pour toutes devant l'essentiel.*

Elle pourrait continuer les vers de René Char *, réciter des passages entiers de ces poètes casqués pour qui le mot Liberté était devenu un être de chair et de sang. La chanson de geste du maquis du Ventoux a bercé son enfance.

Et l'enfance de Marceau.

Il lui disait :

« Mon papa, ton papa, le curé et le docteur, c'est eux, tous les quatre, qui ont gagné la guerre. »

– Nous étions différents les uns des autres, là-haut, poursuit Samuel. Ton père ne croyait pas en Dieu... ce n'était le cas ni de Jules, ni de moi. Il y avait de tout... des Espagnols, deux Polonais, un communiste et, même, un croix-de-feu !... mais, chez tous, quel respect de l'autre !

– Je peux te demander quelque chose d'indiscret ?

Il fait signe que oui et elle poursuit.

– Toi qui es un juif pratiquant, comment se fait-il que je t'aie toujours vu fêter Noël avec nous ?

– Mais je suis un juif provençal ! *Siéu un judiéu dóu Coumtat !* De nous tous, je suis peut-être celui qui a les plus vieilles racines dans ce pays. Plus que Jules, qui ne remonte pas au-delà de 1427 ! Même que ça le fait rager ! Et, même, je remonte plus loin que toi ! Et ça, ça faisait rager ton père ! Les miens, mon Estelle, vivaient ici bien avant l'édit de Constantin. Ils ont soigné les Gaulois, les Romains, les Barbares, les Volques Arécomiques ! Les papes ! Mon grand-père Élie...

– Le docteur ?

– Tu peux pas te tromper, tous les Samuel l'ont été ! *Divinum est opus sedare dolorem **.* Eh bien, mon grand-père prétendait que nous descendions du sire Mardochée, le roi des Médecins qui soigna le baron Pons, tu vois qui je veux dire ?

* René Char, 1907-1988, né à l'Isle-sur-la-Sorgue. Grand poète et grand résistant.
** C'est tâche divine que d'apaiser la douleur.

— Le père de Nerte qui vendit sa fille au diable pour payer une dette de jeu?

— Lui-même!

Elle adore ce mélange de dates historiques, de noms propres et de personnages du légendaire provençal où de très réelles créatures descendent à la fois d'un prince des Baux et d'une fée, quand ce n'est pas d'un lézard comme le Drac! Elle a grandi dans le royaume de l'Esprit Fantastique qui est aussi le royaume de Dieu, ce royaume ouvert aux enfants et aux cœurs purs, où l'on peut suspendre son manteau à un rayon de soleil et entendre les pierres de la Crau dire amen. Et ce soir, elle a envie de retrouver le chemin, et de croire à l'incroyable, parce que c'est Noël.

— Noël! répète Samuel, pensif. Si je te disais que, mon premier Noël, justement, je l'ai fêté sur les pentes du Ventoux, l'hiver 43, dans une cabane où nous nous abritions au col des Tempêtes... Nous mangions des pommes de terre — un festin! — quand, brusquement, nous avons été attaqués. Cette nuit-là, nous avons perdu cinq camarades... leur sang a scellé le pacte entre les survivants... Tu sais que, depuis, ceux qui restent m'appellent tous au Nouvel An juif pour me dire: *Roch Achana!* Jules le premier!

Et, comme il est ému et ne veut pas que ça se voie, il s'en tire par une pirouette.

— D'abord, pourquoi elle me gênerait, ta crèche? Pourquoi je devrais me sentir dépaysé devant elle? Regarde: il n'y a que des Juifs!

Elle éclate de rire.

— Pas les Rois Mages!

— Tu plaisantes? Pas juifs, les Rois Mages? Mais d'où tu sors?

— En tout cas pas Balthazar!

— Ne jure pas, malheureuse!, fait-il avec l'air d'en savoir plus long qu'il n'en dit.

213

Il tire sa montre de gousset, probablement celle que le grand-père Élie sortait au chevet de ses patients pour prendre leur pouls, annonce que minuit approche et fait remarquer à Estelle qu'elle ne lui a rien offert depuis qu'il est arrivé. Confuse et joyeuse, elle verse la carthagène dans les verres soufflés, si légers qu'on a peur de les briser en buvant dedans, et tous deux portent un toast aux Oliviers.

— Jules m'a dit que tu avais eu la visite d'un archéologue qui va peut-être t'aider?

— Raphaël Fauconnier — c'est le professeur de Luc, il l'a d'ailleurs emmené en Chine avec lui... — pense qu'il y a un site archéologique dans le sous-sol du domaine. Si c'est le cas, c'est le salut...

— Et il a pris Luc avec lui?

— Oui! C'est formidable! Je crois qu'en ce moment ils sont au Tibet... tu te rends compte!

— Tout le monde ne peut pas avoir la chance d'être dans le Vaucluse!

— Ou dans l'enclave de Valréas! dit-elle en riant.

Puis, plus sérieusement, elle lui raconte que le professeur a déjà fait le nécessaire auprès du ministère et qu'elle va recevoir très rapidement un premier avis de la commission régionale.

— On te l'avait dit!

— Vous m'aviez dit quoi?

— Qu'Il n'envoyait jamais la maladie sans envoyer la guérison, répond Samuel qui se demande s'Il n'a pas envoyé l'amour en prime, pour faire bonne mesure.

Estelle a l'air si heureuse quand elle dit : « le professeur »... Il faudra qu'il en parle à Jules...

En entrant dans le salon, Jules a failli marcher sur Balthazar.

— Regarde un peu où tu mets les pieds! a grondé Samuel en ramassant le nègre couronné d'or.

Jules s'est excusé avant de s'extasier à son tour sur la table. Lui aussi s'est cru revenu en arrière...

— Tu as eu du monde? a demandé le docteur.

Eh bien, oui! C'était bourré! L'église pleine! Des gens debout! Beaucoup de jeunes!

— Ça c'est bien! a dit Samuel comme s'il s'agissait de la recette d'un cinéma dont il aurait tenu la caisse.

— Des fois, je désespère, dit le curé. Et puis je les vois revenir, et je m'en veux d'avoir douté...

Il s'est approché de la table et compte les desserts.

— Il y en a bien treize, au moins?

— Tu peux jamais faire confiance?

— C'est que, des fois, j'ai vu des Gros Soupers avec douze ou, même pire, quatorze desserts!

— Et alors? Le monde s'arrêtait de tourner?

— Non, mais j'avais pas mon compte!...

— Heureusement que ton état te condamne au célibat! Si une malheureuse avait dû te supporter!... Pécaïre!

— Vous ne voulez pas que j'aille chercher une Bible pour qu'on s'engueule vraiment? demande Estelle qui n'en peut plus de rire.

Quelle joie de les voir se disputer!

Ils sont penauds, ses deux vieux oliviers, honteux de se donner en spectacle pendant la trêve de Noël. Ils défont avec une candeur d'enfants les paquets-cadeaux qu'elle leur offre. Des pyjamas! Un bleu pour Jules, un rouge pour Samuel. Les mêmes. Comme pour deux frères.

Elle reçoit un flacon de lavande qui vient du village natal de Jules et du vin qui vient d'Israël. David, le neveu de Samuel, cultive la vigne au pied du mont Carmel et, comme dit Antonin qui est plutôt avare en compliments œnologiques : « Il a le tour de main! »

Les joyeux papiers font de hautes flammes.

Il est temps de passer à table et d'attaquer le repas maigre.

— Repas maigre, je veux bien, dit Samuel, mais il y a, sur cette table, de quoi faire péter la sous-ventrière d'un moine!

— De deux moines! précise le curé.

Ils se régalent. Heureux. Quel ciment qu'une maison!

Quel répertoire de grandes et petites joies!

Le jour où Philippine est entrée à Polytechnique, on a dansé jusqu'à l'aube autour de la fontaine..., le jour où Sophie a passé sa robe d'avocat pour la première fois devant eux, on a chanté la *Coupo*, comme le jour où Salah a été reçu au bac... mention très bien. Ce jour-là, Blaïd avait donné une fête. Il a fait le thé à la menthe et versé le vin, qu'il ne boirait pas, à la famille.

La famille.

« Nous sommes une famille antique, à la romaine, pense Estelle. Peu importe le sang, peu importe la race, puisque le même amour nous rassemble autour du foyer... »

Un léger vertige, un éclair lumineux devant ses yeux, la belle femme au diadème d'or entrevue dans un rêve lui sourit. Comme on sourit à son enfant.

— Ça, c'est ce que j'appelle une vraie tarte à la courge!...

La voix ravie de Jules la ramène à la réalité présente.

— Succulente! ajoute Samuel.

Avec qui passaient-ils Noël quand elle n'était pas là? Sans doute en tête-à-tête, le Livre dans l'assiette et la controverse au bec.

Il fait chaud, il fait bon dans la grande pièce rendue à la vie. Mais, tout à l'heure, en allant chercher le muscat de Beaumes-de-Venise à la cuisine, rien qu'en traversant le couloir, Estelle a failli s'enrhumer. Elle a donné une portion de morue frite à Meitchant-Peù qui va boire toute la nuit. Et maintenant, le moment du *cacho-fiò* est arrivé. La bûche qu'on n'a plus jamais mise dans le feu depuis le drame. La bûche qu'Estelle veut y mettre ce soir.

À cause des vœux.

Ils se sont levés tous les trois. Très émus. Parce qu'ils espèrent que le geste interrompu depuis tant d'années va permettre, par sa reprise, de chasser les maléfices qui pèsent sur les Oliviers.

« Autour du *segne-grand* * toute la famille joyeusement s'agite... »

Ce soir il n'y a que deux vieillards et une femme solitaire devant le foyer. Mais, par leur présence et leur foi, toute la famille est là.

— À toi l'honneur, Samuel, dit Jules en lui tendant la bûche. C'est toi, le *segne-grand*.

Samuel s'incline, regarde la bûche et dit avec satisfaction :

— C'est du poirier!

— Et il est beau! ajoute Jules.

« La terre... quelle force! pense-t-elle en prenant le carafon de vin cuit. Ils n'ont pas leur âge, mais celui de la Création. Ils savent tout du temps, des arbres, des saisons. Il faut les écouter, il faut recevoir ce qu'ils donnent pour pouvoir donner un jour. Devenir la mémoire. »

Elle a rempli le verre que Jules lui a tendu, et a arrosé la bûche.

— À l'an qui vient!

Tous les trois ont dit l'invocation d'une seule voix.

---

* L'aïeul. Littéralement : le seigneur-grand. *Mirèio* – Notes.

La flamme monte sur le *cacho-fiò*.

– *Alègre! Alègre! Diéu nous alègre!* ajoute le curé en se signant.

Ils regardent le feu qui redouble.

Estelle, les yeux pleins de larmes, leur prend la main.

– Et que, surtout, au bout de l'an qui vient, nous soyons tous réunis... ici!

Estelle n'en revient pas d'avoir dit oui aux Italiens!

C'est peut-être parce qu'elle a failli tuer Carla qu'elle n'a pas refusé leur proposition?

Il faut dire qu'ils lui ont fait une peur terrible!

C'était quelques jours à peine après Noël, puisque Amélie n'était pas encore revenue de Cassis. Estelle dormait, il devait être près de onze heures du soir. Le feu dans la cheminée flambait encore, la température était presque agréable dans la chambre.

Ce qui l'a réveillée, c'est le bruit d'une portière qui claquait sous sa fenêtre.

Ce qui l'a alarmée, c'est le silence du chien.

Des gens marchaient et chuchotaient devant la maison.

Elle a enfilé sa robe de chambre de laine blanche, saisi le fusil près de son lit, et s'est précipitée sur le balcon. Le froid de la pierre a brûlé ses pieds nus. Elle a crié :

– Qui est là? Et le coup est parti.

Mon Dieu! Quelle frayeur! Elle ne savait même pas que le fusil était chargé!

Elle a cru s'évanouir en entendant la voix de Carla monter de l'obscurité.

— C'est moi, Estelle! C'est Carla! Je suis avec des amis!

Elle est descendue comme une folle, le fusil toujours à la main, les pieds nus, les cheveux épars. Dans l'entrée, Nour, très joyeux, se préparait à faire fête aux visiteurs, il avait reconnu Carla, lui!

Plus tard, Guido devait lui dire à quel point il avait été bouleversé par son apparition dans la nuit. Le coup de fusil ne semblait pas les avoir secoués comme il l'avait secouée, elle.

— C'est ma faute, disait Carla. On n'arrive pas chez les gens, en pleine nuit, sans prévenir! *Che vergogna!*

Elle s'était perdue dans la campagne, et comme elle avait égaré le numéro de téléphone des Oliviers...

— Des gens bien élevés auraient attendu demain matin, avait dit Guido, mais nous, on n'est pas bien élevés, on est le cinéma!

— Guido Contadini, metteur en scène... mon metteur en scène! expliqua Carla en le présentant.

— Et Beppe, mon assistant, moins sauvage que son aspect! ajouta Guido en poussant vers elle un géant barbu à la voix aussi douce que les manières.

Pas bien élevés? Fascinants!

Quelques minutes plus tard, ils étaient attablés avec elle dans la cuisine. Elle avait voulu se changer, ils l'en avaient tous dissuadée. Elle était très belle dans sa robe blanche.

— Une apparition! disait Guido.

Elle avait seulement glissé ses pieds nus dans des bottes fourrées et maintenant, avec le vin, une flambée dans la cheminée et quelques bûches dans la cuisinière, elle avait chaud. Et chaud au cœur.

Ça lui faisait plaisir de revoir Carla. Si la jeune femme avait repris le chemin des Oliviers, cela voulait dire qu'elle acceptait l'éventualité de rencontrer Rémy. Elle était toujours aussi charmante, avec un

220

rien de mélancolie dans le regard. Ça lui allait bien, une touche de blush ombrant une joue fraîche...

— La maison est glaciale, dit Estelle. On va allumer du feu dans vos chambres pour que vous ne mourriez pas de froid, cette nuit...

Mais ils ne faisaient que passer, ils ne dormiraient pas.

Pas cette fois.

— Je lui explique tout maintenant? demanda Carla. Bon!... Guido m'a donné le rôle principal de son prochain film et, dans le scénario, il y a un grand moment qui se passe en France, dans une maison près du Rhône. Guido n'a rien trouvé qui lui plaise... alors, moi, ce matin, à Rome, je lui dis : « Je t'emmène voir ton décor! » Et nous voilà!

— Ah bon! répond Estelle, un peu ahurie.

Elle regarde Beppe qui s'est levé pour prendre des photos. Elle regarde Guido qui semble déjà épris du décor. Pas seulement du décor, mais aussi de la dame blanche aux cheveux épars, de la dame au fusil qui l'a accueilli par un coup de feu, et qui se voit proposer un tournage aux Oliviers. Juste une petite semaine. Après, ils partiront aux Saintes-Maries-de-la-Mer, pour la suite du film.

Les deux femmes restent seules dans la chaleur de la cuisine, tandis que Nour fait les honneurs de la galerie des ancêtres à Guido et Beppe.

— Ça se passe en 1815, juste après la chute de Napoléon, dit Carla. Je vois revenir mon mari blessé, fou furieux, dangereux...

— Et on tournera ici? demande Estelle terrifiée. Mais... ils ne vont pas tout casser?

— Si, bien sûr! Mais ils te donneront de l'argent! J'ai calculé que, même s'ils ne cassent rien, tu pourras au moins payer la moitié de ton toit! Et ils prendront une assurance!

Dire qu'elle a failli la tuer tout à l'heure! Carla qui

a tout construit dans sa tête et dans son cœur pour contribuer au sauvetage des Oliviers!

C'est pour ça qu'à 2 h 22 du matin, au moment où ils allaient partir, Estelle a dit oui.

Ils seront là début janvier, ils ne resteront, comme Carla l'a dit, qu'une petite semaine...

– Mais vous n'avez pas vu le paysage de jour!

– Je vous ai vue, vous! dit Guido en lui baisant la main. *E molto più importante!*

Quelques jours plus tard, Amélie venait de rentrer, Estelle reçut la lettre qu'elle attendait de la commission régionale des Monuments historiques.

Eu égard à la réputation du professeur Fauconnier, disait la lettre, on avait fait diligence pour étudier le dossier. Cependant, comme des relevés et des « carottes » archéologiques avaient déjà été effectués sur le domaine, lors des premières études concernant l'implantation du projet Cigal-Land, il s'avérait qu'aucune trace de vestiges n'avait été décelée. En conséquence, il n'y avait pas lieu d'inscrire le château des Oliviers à l'inventaire du patrimoine archéologique.

Elle tenta de joindre Raphaël. Personne ne savait où il était exactement. Personne non plus ne savait quand il allait rentrer. Depuis leur départ pour la Chine, elle n'avait reçu qu'une carte de Luc et un mot de Raphaël.

Que faire?

Marceau ne s'était pas manifesté depuis leur rencontre devant la ruine, mais elle se doutait bien qu'il ne restait pas inactif, et qu'il n'abandonnerait pas son projet.

Sophie débarqua aux Oliviers au moment où Estelle se décidait à l'appeler. Elle la trouva pâlotte pour une jeune fille qui venait de séjourner à la montagne, mais Sophie ne lui laissa pas le temps de s'inquiéter de sa santé.

– J'ai du nouveau, dit-elle. J'ai enquêté sur Pierre Séverin, et j'ai découvert qu'il s'appelait autrefois Marceau Dupastre, et qu'il était le fils de l'ancien régisseur des Oliviers.

– Je sais, fit Estelle et, de saisissement, Amélie laissa tomber le plat qu'elle essuyait.

– Mon Dieu! Ce n'est pas possible! Le petit des Dupastre! Mais pourquoi ne m'as-tu rien dit?

Estelle haussa les épaules sans répondre. Les deux femmes la regardaient avec reproche. Comme on regarde un témoin qui a caché au jury un détail essentiel. Sophie lui prit la main.

– Pour défendre les Oliviers, j'ai besoin de tout savoir. Que s'est-il exactement passé il y a trente-cinq ans? Et pourquoi cet homme revient-il maintenant?

C'était très dur à raconter, mais il le fallait. Elle essaya de ne rien cacher. Ni du vert paradis où elle avait grandi avec Marceau, ni du scandale du vin, ni du drame, ni de la disparition du garçon, ni de son retour. Elle raconta la rencontre à l'Isle-sur-la-Sorgue, les visites, le dîner à Rochegude... enfin, presque tout le dîner. Un coup de fil, dit-elle, lui avait fait comprendre, au cours de la soirée, qu'elle était chez le promoteur de Cigal-Land. Et puis elle raconta la scène devant la maison détruite, et parla de la menace du sel sur les ruines...

– Du sel?... Ce monsieur qui avait l'air si bien répétait Amélie, effondrée. Mais qu'il vienne me parler! Je lui dirai tout! Parce que moi, quand tu étais petite, moi, de mes yeux, j'ai vu comme tu étais malheureuse de l'avoir perdu! Comme tu étais triste!... Et puis, d'abord, tu ne lui as rien fait, toi!

– Je suis une Laborie, dit Estelle, et, ça, il ne peut pas le pardonner.

– Quand Rémy et les enfants sauront cela, ils vont être fous!

– Non, Amélie, dit Estelle, il ne faut pas qu'ils sachent. Pas maintenant, en tout cas. Je ne veux pas que Philippine gâche sa vie professionnelle à cause d'un passé qui ne la concerne pas.

– Mais pourquoi?

– J'ai beaucoup réfléchi. J'ai déjà fait assez de dégâts jusqu'ici...

– De dégâts? s'exclame Sophie, scandalisée. On dirait que c'est ta faute!

– Ce n'est pas ma faute, mais je voudrais comprendre, et trop de choses m'échappent.

Le silence des trois femmes permet aux bruits familiers de la cuisine de se faire entendre; l'eau qui bout dans le réservoir de la cuisinière et qui chante en duo avec le ronron de Meitchant-peù, le ronflement du bois dans le foyer et le découpage régulier du temps par le balancier de l'horloge.

– C'est pas possible! dit Amélie avec force.

– Qu'est-ce qui n'est pas possible? demande Estelle.

– Qu'il soit Marceau et qu'il ne t'aime pas!

Cette nuit-là, Sophie frappa à la porte d'Estelle.

– Je peux faire le souriceau?

Quand ils étaient petits, ils aimaient venir dans son lit, ils appelaient ça faire le souriceau. Elle leur racontait *Peau-d'Âne* ou *Cheveu-d'Or*... Mais leur conte préféré c'était celui qu'elle avait inventé : la vie de Donna Bianca et du Drac sous les eaux.

Estelle fit une place à la jeune femme et elles restèrent silencieuses un long moment en regardant le feu.

– Amélie a raison, dit Sophie. Il devrait t'aimer.

– Tu sais, dit Estelle, il a beaucoup souffert. Je me demande...

Sophie l'interroge du regard.

– ... je me demande quelles cicatrices il a gardées sur lui... sur son corps. On le croyait mort...

– Estelle, tu ne vas pas renoncer?

– Non. Mais je risque de perdre. J'ai reçu une lettre d'Aix-en-Provence. Ils refusent l'inscription du domaine... Mon dernier espoir s'envole... Mais parlons de toi, ma chérie. C'était comment, les sports d'hiver?

– Il n'y a pas eu de sports d'hiver, dit Sophie à voix basse. C'est pour ça que je suis venue faire le souriceau, poursuit-elle en se mordant les lèvres. Il fallait que je t'explique tout ce qui a pu te paraître bizarre depuis quelque temps.

– Avec Antoine?

– Avec Antoine.

« Mon Dieu, que va-t-elle m'apprendre? » pensa Estelle.

– Je l'aime, dit Sophie en se blottissant contre elle.

– Alors?

Estelle la serrait dans ses bras et la trouvait si menue, si fragile, que l'aveu de Sophie la surprit à peine.

– Je suis malade. J'ai un cancer. Comme Maman.

C'était ça? L'horreur vécue avec Colette recommençait?

– Tu le lui as dit?

– Je n'ose pas...

– Il faut le lui dire. Il croit que tu le fuis, que tu ne l'aimes pas!

– Mais quand il saura...

– Quand il saura?

– Je crois que je ne pourrai jamais avoir d'enfant...

– Tu en es sûre? demande Estelle, bouleversée.

– Non, mais on m'a laissé peu d'espoir.

– Parle à Antoine! Dès qu'il sera de retour! Pourquoi ris-tu?

– Parce que tu me pleures dessus!

225

— Je pleure, moi! dit Estelle en larmes.

— Et pas qu'un peu!

— J'ai le droit de pleurer, il me semble! J'ai des raisons de pleurer, non? C'est terrifiant d'être mère!

Elle saisit une boîte de Kleenex sur sa table de nuit, en tira cinq ou six mouchoirs, et se moucha bruyamment.

— C'était donc ça... tu as pu te taire... Quel courage! Et depuis combien de temps?

— Ça fait près d'un an. Samuel est au courant. D'ailleurs...

— ...?

— D'ailleurs, je vais beaucoup mieux. Je viens de passer une semaine à la clinique du professeur Dupré...

— Alors?

— Alors le professeur est plein d'espoir. Sauf en ce qui concerne les enfants...

Elle parla longtemps, doucement, de sa maladie, de son métier, de la dernière B.D. d'Antoine qui était géniale : *Les Aventures de Raoul Cool.* Raoul Cool, un héros d'aujourd'hui, un fils que Bernard Kouchner et Tintin auraient pu avoir ensemble... Extra! Elle parla du casino d'Enghien, des dettes d'Antoine... Sa voix devenait imperceptible. Puis elle se tut.

— Tu sais, souriceau, dit Estelle, tu peux dormir ici, si tu veux.

Il n'y eut pas de réponse, le souriceau dormait déjà.

Immobile dans son lit pour ne pas déranger Sophie, Estelle eut du mal à trouver le sommeil.

— Je suis malade. J'ai un cancer. Comme Maman.

La révélation de la jeune femme éclairait la réalité d'une lumière cruelle mais nette.

Dire que je ne me suis doutée de rien. Trop égoïste.

226

Trop obsédée par mes propres problèmes, je ne regarde plus les autres, les miens...

Si elle disait oui à Cigal-Land tout serait beaucoup plus simple pour tout le monde. D'abord l'argent lui permettrait d'aider ses enfants. De soigner Sophie. Les Oliviers vendus, elle n'aurait plus de souci à se faire pour les terres, pour la toiture...

La toiture serait au fond des eaux...

Elle frissonna et ce n'était pas seulement parce que les dernières braises pâlissaient dans la cheminée. Tout allait mal pour elle, autour d'elle. Le refus des Beaux-Arts voyait s'écrouler les plans de Raphaël.

Raphaël. Comme il était loin! Comme elle aurait voulu qu'il soit là!

S'intéresserait-il encore à elle à son retour quand il apprendrait que sa demande avait été rejetée? « Des carottes archéologiques déjà effectuées sur le domaine lors des premières études concernant l'implantation du projet Cigal-Land... » De quel droit, ces carottes? Que valaient des recherches exécutées chez elle sans qu'elle ait donné son accord, sans même qu'elle ait été prévenue? Marceau devait avoir de solides appuis... Pour agir ainsi, sans tenir compte des lois, il faut être très fort, très puissant. Elle sentit qu'elle l'admirait et en fut exaspérée.

Un ennemi. Voilà ce qu'il était... Un ennemi. Son ennemi. Peut-être était-il déjà trop tard pour choisir? Peut-être allait-elle être contrainte de vider les lieux? Et, dans ce cas, pour beaucoup moins d'argent que si elle avait donné son accord tout de suite.

Dans trois jours, les Italiens seraient là, elle attendrait leur départ pour prendre sa décision...

Sophie bougea en murmurant quelque chose de mystérieux. Estelle la regarda avec tendresse. Où en était la maladie? Que se passait-il derrière ce visage délicat, cette peau fine et douce? Comment deviner qu'un combat sans merci se livrait dans ce corps endormi?

Longtemps, Estelle écouta le souffle régulier, léger, de la jeune femme. Elle l'aimait comme si elle l'avait mise au monde, et elle ne savait pas ce qu'il fallait faire pour la sauver...

« Antoine saura », pensa-t-elle avant de sombrer dans le sommeil.

Trois jours plus tard le cinématographe s'abattit sur les Oliviers comme une nuée de sauterelles sur un champ de blé.

Rien de plus tonique ne pouvait arriver à Estelle.

Toujours sans nouvelles de Raphaël et de son fils, toujours sous le coup de la révélation de Sophie, le débarquement des sauterelles l'obligea à oublier ses problèmes pour faire face aux envahisseurs.

Sous l'électrochoc, le calme Château endormi dans l'hiver et dans le froid se réveilla et se mit à vivre dans la fièvre des préparatifs et le fracas des décibels.

Amélie était terrifiée. On touchait à la maison! On déplaçait les meubles, on en mettait d'autres, on tapait, clouait, sciait, tapissait, peignait. On criait. On riait. On s'engueulait. En italien par-dessus le marché! Ce qui fait qu'elle ne comprenait pas de quoi il était question et elle avait toujours peur qu'on casse ou qu'on abîme.

Estelle supportait mieux la situation. À cause de la présence de Carla et peut-être aussi à cause de Guido.

Il était charmant, Guido... le bel Italien entre cinquante et soixante ans. Le Romain de cinéma, qui

229

parle français sans accent parce qu'il a eu la Mademoiselle quand il était petit. Carla lui a dit également qu'il était comte, communiste, trois fois divorcé, musicien, qu'il avait enseigné la mécanique ondulatoire avant de faire le *regista* *, et qu'un palais de Venise portait son nom.

Raffinement négligé du cachemire et de la soie, traînées de neige dans les cheveux noirs, il est totalement absorbé par son métier, mais a le pouvoir, quand son regard se pose sur Estelle, de lui faire croire qu'il n'est pas venu pour un film mais pour elle.

Elle n'a jamais rencontré un homme comme lui. Il est caressant comme on est notaire, et elle apprécie ses manières exotiques et sa chaleur. Comme elle apprécie la chaleur nouvelle de la maison. Malgré les courants d'air – tout est toujours ouvert pour laisser passer les câbles électriques –, on a moins froid grâce aux projecteurs, aux radiateurs d'appoint, et aux feux de bois qu'entretient un stagiaire au profil de médaille.

La vie.

Une vie de carnaval avec la façade maquillée de rose et couverte de fausse glycine, mais la vie! Et Estelle regarde cette agitation avec gratitude parce que ce film sera peut-être le dernier message des Oliviers.

Aussi, le jour où elle signe le contrat de location, se laisse-t-elle séduire pour en signer un autre.

Elle accepte de jouer dans le film.

Pas un vrai personnage, pas un rôle à proprement parler.

Un fantôme.

Et pas n'importe quel fantôme, celui de Donna Bianca.

Guido l'a suppliée à genoux de dire oui comme si le sort de l'Europe en dépendait.

* Metteur en scène.

– D'ailleurs, vous ne *pouvez pas* dire non! Vous êtes responsable!

– Responsable?

– Oui. La nuit du fusil, quand je vous ai vue en robe blanche sur le balcon, si belle! Cette nuit-là, j'ai eu l'idée d'une ombre qui traverserait la pensée des héros... Ensuite, la même nuit, j'ai vu le tableau et j'ai cru que c'était vous qui m'attendiez depuis des siècles pour vous évader du cadre d'or et rejoindre les vivants... Oh! dites oui!

– Mais je ne sais pas jouer la comédie! Je ne suis pas actrice!

– Mais je ne veux pas d'une actrice! J'ai besoin d'une âme!

« Quel charme il a », pense Estelle qui se sent faiblir...

– Et puis c'est très bien payé, dit Carla. Tu peux me croire, c'est moi qui ai discuté ton contrat!

Estelle éclata de rire et leur prit les mains.

– Vous me faites du bien!

– Alors c'est oui?

– C'est oui, mais si je suis mauvaise ne venez pas me le reprocher!

Deux minutes plus tard, elle était couverte d'épingles et essayait la robe de Donna Bianca qu'un atelier romain avait exécutée d'après les photos prises par Beppe, et les mesures données par Carla. Quelle conjuration!

– Et si j'avais dit non?

– Vous ne pouviez pas dire non, dit Guido guettant dans la glace la naissance de l'ombre blanche.

Il la regardait mais ce n'était plus elle qu'il voyait. Il ne voyait plus maintenant que ce qu'il voulait qu'elle soit. C'était grisant de sortir de soi-même, de devenir une autre... Estelle sourit à cette autre et la rejoignit, à travers les reflets du miroir, comme son aïeule avait rejoint le Drac dans les eaux de l'oubli.

– Mon Dieu, que c'est grand !

Marguerite descend de la limousine aux vitres sombres et découvre Rochegude.

Dans le jour gris le château est encore plus sinistre que la nuit.

Marguerite frissonne et lève la tête vers les gargouilles et les démons de pierre. Elle a envie de repartir...

– Maman !

Marceau descend les marches du perron et va vers elle, empressé, affectueux. Il l'embrasse, glisse un bras sous le sien, l'entraîne vers la maison tandis qu'elle s'inquiète :

– Il doit en falloir du monde pour entretenir une maison comme ça !

Il rit doucement, sûr de son effet car, dans l'entrée, au bas de l'escalier, une partie du personnel attend Marguerite.

Femmes de chambre, valet, maître d'hôtel... on dirait des personnages d'opérette qui vont se mettre à chanter « Madame est serviiiie ! » en chœur.

Cette vision gracieuse terrifie Marguerite. Elle salue timidement les domestiques et suit son fils dans l'ascension du vaste escalier de marbre jusqu'au palier de l'étage noble où il lui a fait préparer un appartement.

— Ta chambre... dit Marceau.

Marguerite regarde l'immense pièce, sa tapisserie de broché rose, sa moquette blanche, ses tapis somptueux et ses fleurs de serre dans des vases de cristal. Elle regarde le chauffeur qui dépose ses bagages, la femme de chambre qui les ouvre sans lui demander sa permission et commence à ranger, l'autre femme de chambre qui lui prend son manteau et se retire en disant qu'elle est à la disposition de Madame, et que Madame n'a qu'à sonner pour donner ses ordres...

Marceau guette l'enthousiasme sur le visage de sa mère et n'y trouve que le désarroi.

— Ça te plaît?

Elle ne répond pas et s'inquiète de ce que la femme de chambre a pu faire de son manteau.

— Elle est allée le suspendre. Si tu en as besoin tu le lui demanderas.

— Je ne voudrais pas déranger ces demoiselles... c'est que je n'ai pas l'habitude d'être servie...

— Tu t'y feras vite! dit Marceau qui n'en est pas si sûr que ça et se sent brusquement affreusement triste.

Cette installation à Rochegude, c'était un rêve très ancien qu'il pouvait enfin réaliser. Traiter comme une reine celle qui l'avait élevé. Tout ce qu'il n'avait pas pu donner à sa vraie mère, tout le confort, le luxe, la beauté dont on peut entourer une femme aimée, tous les mercis du monde, tous les pour toi maman d'un petit garçon au cœur brisé, il les avait rassemblés ici pour Marguerite. Et elle n'en voulait pas.

— Là, tu as la salle de bains.

Il ouvrit la porte sur une pièce de miroirs et de porcelaines capable d'épater Liz Taylor ou Lady Di, embrassa sa mère sur le front et se retira en disant :

— Je te laisse. Repose-toi bien et, surtout, n'hésite pas à appeler si tu as besoin de quoi que ce soit!

Marguerite est seule entre la chambre royale et la salle de bains de star.

Elle aussi se sent affreusement triste.

Elle contemple avec méfiance les robinets de vermeil et la machinerie mystérieuse du *jacuzzi*, les flacons de sels de bain et d'essences, les épaisses serviettes brodées, les vitres translucides de la douche... elle revient lentement dans la chambre, elle regarderait bien la télé, mais elle n'ose pas y toucher. Elle n'en a jamais vu de si grande, et puis il n'y a pas de boutons...

Alors elle s'assied sur une chaise et elle attend.

Marceau est dans son bureau, derrière la table chargée de dossiers.

Il écoute, sans l'entendre, Bernadette qui lui fait part des derniers appels et des messages urgents.

Il pense à Marguerite.

Ce refus de ce qu'il lui offre lui fait mal.

Au-delà de Marguerite, il y a Juliette. C'est pour Juliette qu'il a fait préparer cette chambre.

Juliette. Maman.

Il n'a même pas une photo d'elle.

Mais il s'en souvient si fort qu'il pourrait la dessiner.

Elle parlait peu comme si elle avait peur d'attirer l'attention mais, malgré sa modestie, tout le monde la regardait. Toujours. Partout.

Elle était si belle.

Plus belle encore que ça, Marceau. Ta mémoire est celle d'un petit garçon. La beauté de Juliette échappait au contrôle de sa volonté...

— M. Dabert, le ministre... dit la voix de Bernadette.

Il chasse le fantôme au regard transparent et prend le combiné.

— Comment vas-tu, ministre?

Le ministre va bien, les affaires de Cigal-Land sont sur la bonne voie, enfin... une petite inquiétude quand même, toujours à cause de ce Raphaël Fauconnier...

— Raphaël Fauconnier...

Marceau répète lentement le nom du professeur comme s'il maniait une arme dangereuse.

— Voilà, à la Culture on dirait qu'ils regrettent déjà d'avoir répondu négativement à sa demande d'Inscription. Le professeur serait une pointure dans la catégorie « inventeur de site »...! Imagine qu'il trouve quelque chose et...

— Il ne trouvera rien, tranche Marceau, énervé, parce qu'il n'y a rien à trouver! Les relevés archéologiques n'ont rien donné, on n'a ramené que des alluvions du Rhône...

— Tant mieux! dit Dabert, soulagé. Ce genre d'histoire avec l'engouement actuel pour le patrimoine, les racines profondes et la sauvegarde des salades vertes, ce serait la tuile pour ton projet... et, ton projet, ajoute gaiement le ministre, tu sais à quel point j'y tiens! Et pas seulement pour te faire plaisir!... Mille emplois, c'est une truffe!

Mille emplois. Il va bien falloir lui avouer un jour ou l'autre qu'on arrivera à peine à huit cents. Et encore!... en comptant les saisonniers.

Raphaël Fauconnier... Marceau sait très bien quel danger il représente. On n'avait vraiment pas besoin de lui! Où Estelle est-elle allée le chercher? Et Jean-Edmond... qu'est-ce qu'il fait, Jean-Edmond? Il aurait dû être au courant avant tout le monde! Un mauvais point pour le petit baron, ça! S'il veut qu'il le soutienne aux législatives, il va falloir qu'il se remue un peu! Il s'agit de sa belle-mère! Il aurait dû

236

savoir ce qui se passait! Et il aurait dû le prévenir tout de suite! C'est d'autant plus contrariant que les carottes ont été tirées sans l'accord d'Estelle...

Il regarde le bureau sur lequel il n'y a aucune photo de famille, aucun enfant qui rit en tenant un chat ou un chien contre lui, aucune grand-mère aux cheveux blancs tricotant des chaussettes pour un petit chéri... le bureau sans souvenirs sur lequel il voudrait voir le visage lumineux et secret de Juliette lui sourire.

Il appuie sur l'interphone et appelle Bernadette.

– Trouvez-moi mon frère. Le plus vite possible...

Jules pense à Juliette.

Il la revoit le jour où elle est venue se confesser. Il était étonné. À part Roseline et la mère d'Estelle, les gens des Oliviers ne faisaient pas partie de ses ouailles. Au Château comme chez le régisseur, on était plutôt du genre libre-penseur et forte tête. Ça n'empêchait pas les sentiments, et s'il plaisait un jour à Dieu de les éclairer, Il était assez grand pour le faire à l'heure qu'Il choisirait.

Aussi avait-il été surpris quand Juliette, pâle et défaite, était venue le trouver. Défaite, mais si belle que ça faisait peur. Une beauté irresponsable. Ces yeux clairs, transparents, ces longues jambes... Jules ne regardait pas les filles, certes, mais il les voyait. Et celle-là l'avait toujours mis mal à l'aise. Comme si un malheur grandissait en elle, enfant monstrueux et invisible se nourrissant de sa chair.

Il ne s'était pas trompé. Et voilà que, maintenant, tout se réveillait comme une maladie endormie qui revient quand on ne l'attend plus.

Il avait revu Marceau après la rencontre du cimetière. Il l'avait revu sortant de chez *La Mère Germaine* avec Mireille et un groupe de Parisiens qui parlaient fort. Lui, Jules, était aux *Primeurs du Pape*, en train d'acheter des nouilles. Il avait demandé :

— Dis-moi, Romain, qui c'est ce monsieur si chic qui vient de passer avec Mireille et tous ces étrangers?

— Le monsieur si chic? avait répondu Romain stupéfait. Mais, mon père, c'est notre sauveur! C'est Pierre Séverin! Le P.-D.G. de Carmeau-Développement! Celui qui va rendre Châteauneuf célèbre dans l'Europe entière, et nous faire riches comme Crésus...

Là, dans le magasin, au milieu des sacs d'épeautre, des artichauts de Jérusalem et des potirons géants, il avait tout compris.

Pourquoi Marceau était revenu, pourquoi il n'avait pas accepté d'être reconnu, pourquoi Cigal-Land voulait détruire les Oliviers...

Il était parti en oubliant sa monnaie et ses nouilles, et Romain lui avait couru après.

— Hé! Mon père! Vous laissez tout sur le comptoir! Ça va pas, Jules? avait-il ajouté, inquiet de voir sa pâleur subite. Vous voulez vous remettre un moment?

— Ça va! Ça va! avait dit Jules en se forçant à sourire. Je pensais à mon homélie de dimanche, ça m'a distrait!

Depuis ce jour, il n'avait pas trouvé la paix. Il ne savait que faire. Parler? Se taire? Et parler à qui, d'abord?... À Estelle? À Samuel? Pour dire quoi?...

Séverin, c'est Marceau.

S'il n'y avait que ça!... Mais, le plus grave, ce qu'il était seul à savoir, ça, il ne pouvait pas le dire.

Il leva un regard plein de reproches sur le Christ de bois sculpté au-dessus de la cheminée.

— Vous m'avez mis dans une belle situation... Pardon, Tu m'as mis... Excuse-moi, Seigneur, mais je suis de la vieille école, du temps où l'on Vous vouvoyait. Enfin, du temps où l'on Te disait Vous... Mais

239

Tu ou Vous, Seigneur, le *mescladis* * est le même. Et j'ai peur. Très peur. Tu sais pourquoi, Toi qui sais tout, et Tu sais que je n'ai pas le droit de parler. Pourtant il suffirait d'un mot pour désamorcer la haine... Je sais que le sacrement de la pénitence est un des piliers de Ton Église, et que je n'ai pas le droit de briser le silence, mais quand même... Réfléchis, Seigneur, et aide-moi à trouver une solution. Je suis sûr que Tu auras une idée. Sers-Toi de moi si Tu penses que je puisse être utile, parce que, Tu vois, Estelle, elle mérite le bonheur et Marceau aussi. Ce qu'on leur a fait à ces enfants en les arrachant l'un à l'autre, est un grand péché... D'ailleurs Tu l'as dit : « Quiconque scandalisera l'un de ces petits qui croient en moi, il vaudrait mieux pour lui qu'on lui mît une meule au cou, et qu'on le jetât dans la mer... » Aussi, je compte sur Toi. Mais vite ! S'il Te plaît ! Allez, Amen !

Jules se prosterna, se signa, et c'est le cœur un peu moins lourd qu'il s'en alla faire le catéchisme.

---

* Trouble. Confusion extrême.
         Trésor du Félibrige, Frédéric Mistral.

Raphaël pense à Estelle.

Il conduit comme un fou sur l'autoroute. Il est en pleine ivresse de décalage horaire, en plein délire de fatigue.

À peine arrivé à Roissy, il a sauté dans le break que lui amenait sa secrétaire. La pauvre femme était atterrée de le voir dans cet état. Elle lui tendait son courrier, lui parlait de son éditeur qui s'impatientait de ne pas avoir reçu le dernier chapitre de *La Gaule chevelue*, lui rappelait la conférence qu'il devait faire à Cologne le mois suivant, la réunion de mardi au Collège de France...

Il s'en fichait complètement. Une seule chose comptait pour lui : le fax qu'il avait reçu à Pékin la veille de son embarquement, annonçant le refus d'inscrire les Oliviers au patrimoine artistique ! Qu'est-ce que ça veut dire ces carottes prises sur le domaine ? Il va les leur faire bouffer, ces carottes ! On va voir de quel bois il se chauffe !

– Mais le courrier ?... gémit Mme Soulier, dépassée.

– Vous voyez tout avec Luc ! Vous mettez au clair *La Gaule chevelue* avec lui, et il me rejoindra chez sa mère en fin de semaine avec des pelles, des pioches, des bâches !...

Il a toute confiance en Luc, il est heureux de lui donner des responsabilités. Il sait que le garçon est capable de les assumer.

Mais, avant tout, honnêtement, il veut arriver seul aux Oliviers.

Estelle.

Depuis le moment où il l'a quittée, il rêve de la revoir. De la rassurer. Des carottes!... Ça ne va pas, non! Elle va voir qu'il ne l'abandonne pas! Qu'il ne l'a pas abandonnée! Quand elle saura qu'à Lhassa, ils ont travaillé sur les plans des Oliviers avec le cadastre d'Orange * et que, peut-être... *Un amour puissant m'appelle! Ah! Je dois voler vers elle! Je donnerais ma couronne pour la consoler!*, chante Placido Domingo sur la radio de bord, et il chante avec lui, délirant, enthousiaste, amoureux... *Ah! qu'elle sache enfin qui est celui qui l'aime!*

Estelle.

Il l'imagine, toute seule, abandonnée, triste, désespérée, dans sa maison glacée...

Il garera sa voiture le plus loin possible pour ne pas alerter son attention, il approchera doucement, le chien le connaît, il ne dira rien... il entrera sans faire de bruit... Penchée sur le feu, perdue dans ses pensées, elle n'aura rien entendu. Il dira : « Estelle... », alors elle lèvera son visage vers lui et ce sera comme si toute la musique de Verdi éclatait dans sa solitude!

---

* Les documents cadastraux de la colonie romaine d'Orange étaient gravés sur des plaques de marbre. Certains fragments existent encore.

– Le cinéma, ça rend fou, mais c'est gai!

C'est Amélie qui parle.

Ou plutôt *la carissima, la bellissima* Amelia, comme l'a baptisée l'équipe. Le premier jour, elle n'a pas voulu manger avec eux à la cantine installée dans les communs. De sa cuisine, elle les a entendus rire...

Le lendemain, *la carissima, la bellissima* était apprivoisée.

Comme Blaïd qui est partout à la fois, avec le régisseur, les assistants, les machinos, les électros. Les électros lui ont fait cadeau d'une paire de gants. Il les porte gravement comme un diplôme.

La carissima, la bellissima fait des corbeilles de merveilles au sucre, des paniers de gâteaux-grotillons, des plateaux de tartines à l'anchoyade.

Les Italiens applaudissent, dévorent et embrassent Amelia.

Le cinéma, ça rend fou, mais c'est gai!

Ce soir, c'est le soir où Estelle fait ses débuts.

Elle est morte de trac malgré les encouragements de Carla et de Guido.

Elle a vu tourner Carla et a découvert le personnage mystérieux qui se cache sous l'apparence légère des actrices. Elle a senti ce qu'il y avait de grave dans

243

ce qu'on appelle le jeu. Une autre Carla, mais peut-être était-ce celle-là, la vraie?..., versait des larmes sincères entre « Action! » et « Cut! »... Et ce court fragment d'une scène qui serait reprise en contre-champ et ferait verser d'autres larmes, également sincères, l'avait bouleversée. Parce que ce n'était pas seulement le fragment d'un film, mais un fragment de la vie.

— Je n'aurais jamais dû dire oui! Ça va être une catastrophe!

— Tu seras formidable, puisque tu as peur! dit Guido.

Ils se tutoyaient depuis le matin. Ça aussi, c'était gai. Les habitudes de cinéma sautaient les obstacles, réduisaient les distances, rapprochaient les ouvriers de la même œuvre pour en faire une race à part.

Coiffée, maquillée, habillée, Estelle était prête. L'habilleuse avait bien déposé un châle de laine sur la robe blanche, mais elle tremblait toujours de froid et de trac.

Il s'agissait seulement de sortir de la forêt et d'aller vers la maison...

Seulement? Il lui semblait qu'elle n'avait jamais, de toute sa vie, eu un exploit aussi difficile à accomplir.

Carla lui fit avaler une tasse de café brûlant et lui serra très fort la main.

— Tu vas voir... Ça va bien se passer.

— J'ai peur de tout faire louper!... C'est normal qu'il y ait tant de lumière?

— Bien sûr! C'est une scène de nuit et on va faire du brouillard *artificiale* autour de toi avec les machines. Ce sera très beau!

Guido vint lui baiser la main et lui dire : « Courage! »

La maquilleuse toucha le bout de son nez de son pinceau de soie, comme une fée touche sa filleule de sa baguette; l'habilleuse enleva le châle et pinça les plis de satin de sa jupe pour leur donner du bouffant, puis tout le monde s'écarta d'elle, et Estelle fut seule devant le danger.

Beppe demanda le silence de sa voix douce rendue formidable par le mégaphone; le brouillard artificiel prit possession du paysage...

– *Motore!* cria Guido.

– *Le acque mortali... Trenta sette A, Prima *...*, annonça le clapman.

– Action!

Estelle n'avait plus peur, n'avait plus froid. Elle avança lentement, quittant le couvert des arbres, émergeant des brumes comme une apparition surnaturelle... Guido, aux anges, retenait son souffle, le plan serait formidable!

– Elle se déplace bien, dit-il avec ravissement. Elle se déplace comme un rêve... *Ma cosa succede? porca miseria?... Non è vero!... Accidenti!... Perchè mi capita a me questa porcata?... Merda!*

Guido, effaré, hors de lui, hurlait des obscénités en italien, oubliant son français de la Mademoiselle, ses manières de comte et son sang-froid professionnel.

Deux gros points lumineux venaient de jaillir derrière l'apparition, un bruit de moteur violait le silence de la nuit, bientôt un break roula en plein champ, comme à la poursuite de Donna Bianca.

Raphaël venait de faire son entrée.

La suite avait été épouvantable

Estelle, courant entre Guido qui voulait refaire la scène tout de suite et Raphaël qui voulait partir sans entendre ses explications, avait failli déchirer sa robe aux ronces de la forêt.

– Je suis si heureuse de vous revoir! criait-elle à Raphaël, furieux.

* *Les Eaux mortelles...* Trente-sept A, Première...

245

Pourquoi était-il furieux? Pourquoi lui en voulait-il?

— Écoutez-moi! criait-elle.

— En place! criait Guido.

— *Il mio vestito*!* criait l'habilleuse.

— Qu'est-ce que c'est que ce déguisement? criait Raphaël, hagard de fatigue et de fureur. Qu'est-ce que c'est que ces gens? Qu'est-ce que c'est que cette foire?

— Je tourne un film!

— Un film?...

— Oui. Vous avez interrompu une scène très importante. Je vais vous expliquer...

— Pas la peine! Mais je peux vous dire qu'après avoir fait Lhassa, Pékin, Moscou, Paris et Avignon, en deux jours, je ne m'attendais pas à un tel comité d'accueil! dit-il en claquant la portière.

— Raphaël!

Le break disparaissait déjà sous les arbres.

— *Motore!*

— *Le acque mortali... Trenta sette A, Seconda!*

— Action!

Estelle avance lentement vers la caméra, émergeant des brumes comme une apparition surnaturelle.

— Cut! dit Guido. Tu étais sublime!

Le lendemain, levée très tôt avant le débarquement de l'armada, elle avait eu la surprise de trouver Raphaël derrière les communs, en train de déballer son matériel dans la rosée du matin.

Quelle joie!

— Pardon pour hier soir! avaient-ils dit d'une seule voix en allant l'un vers l'autre.

* — Ma robe!

Ils avaient éclaté de rire.

— Racontez-moi tout!

Nouveaux rires. Une fois de plus, ils avaient parlé ensemble.

Elle avait expliqué pourquoi on tournait un film aux Oliviers. C'était une idée de Carla.

— Carla?...

— L'ex-fiancée de mon mari!

Cette fille adorable lui avait amené l'affaire dans le but de lui faire gagner un peu d'argent. L'invasion ne devait pas durer très longtemps...

— Mais, je vous en prie, Raphaël, dites-moi comment va mon fils?

— Bien! Très bien! C'est le meilleur assistant que j'aie jamais eu! Il va nous rejoindre dans quelques jours. En attendant, je suis chargé de vous embrasser pour lui...

Ils s'étaient embrassés timidement, sur les deux joues, sans se quitter des yeux. Des bruits terrifiants, des klaxons répétés et le fracas des camions qui arrivaient, les firent sursauter.

— On dirait que la fête commence! avait dit Raphaël.

Elle l'avait rassuré. Ce jour-là, elle ne tournait pas, elle allait pouvoir rester avec lui... l'aider, peut-être? Elle était si heureuse de voir que la lettre des Beaux-Arts ne l'avait pas découragé.

— Découragé? Ça m'exciterait plutôt! D'autant plus que j'ai maintenant une certitude...

— *Scusi* *.

Le colossal Beppe s'était approché d'eux sans faire de bruit.

— Je suis véritablement désolé, fit-il de sa voix de jeune fille, mais il faut poser ailleurs la voiture de le monsieur...

— Pourquoi ça? aboya Raphaël.

* Pardon.

— Elle réside dans le champ...

— Le champ? Quel champ?

— Le champ du film... expliqua doucement le géant.

— Mais vous tournez dans la maison! dit Estelle.

— *Si*... mais la... la...

— Découverte? fit Estelle.

— *Si!*

— La découverte de quoi? demanda Raphaël, n'envisageant pas d'autre découverte que celles qu'il risquait de faire.

— Il veut dire qu'on nous voit dans le champ depuis l'endroit où ils ont placé la caméra.

— Pas grave! dit-il avec une compréhension qui l'étonna lui-même. Je vais rouler jusqu'à la Via Agrippa, c'est là que je veux commencer mes recherches.

— Pas possible, dit Beppe dans un souffle.

— Le champ?

— *Si.*

— Alors, allons jusqu'aux éboulis de la source, proposa Estelle à Raphaël.

— D'accord! acquiesça Raphaël, décidé à être admirable jusqu'au bout.

— Pas possible... dit une fois de plus Beppe, l'air navré.

— Enfin!... La source n'est pas dans le champ! Elle est derrière la colline!

Estelle commençait à s'énerver.

— C'est que Guido... il vous veut.

— Pas possible! fit Raphaël avec plus de fureur que d'humour.

— Il me veut pour quoi?

— Ce matin, on entre dans votre chambre pour la scène de Carla, et Guido il veut que vous soyez près de lui...

Un crachouillis explosa au même moment, partant

248

de la ceinture de Beppe, oracle électronique et confus et la voix du dieu s'éleva.

– Où es-tu, Donna Bianca, mon étoile? On te cherche partout! J'ai besoin de toi! La maison est vide quand tu n'es pas là! Viens, *tesoro mio*, viens voir ton metteur en scène!...

Raphaël lança un regard si noir sur l'oracle qu'Estelle fut étonnée de ne pas voir le *talkie-walkie* se désintégrer sous leurs yeux.

– Venez déjeuner avec nous, demanda-t-elle d'une voix faible, avant de suivre Beppe. C'est à treize heures, dans la grande salle des communs. Vous ferez la connaissance de Guido.

– Avec plaisir! dit Raphaël en refermant brutalement le hayon du break.

Le cinéma c'est gai, mais ça rend fou!

Il n'était pas venu.

Elle avait pensé qu'il boudait.

En réalité, il était venu. Malheureusement il était arrivé après le tournage du dernier plan de la matinée; Guido venait juste de prendre Estelle à part pour lui parler. Ce qu'il avait dit l'avait bouleversée au point qu'elle n'avait pas remarqué la présence de Raphaël.

Il était trop loin pour entendre les paroles mais suffisamment près pour voir les visages. La pâleur, l'émotion d'Estelle lui avaient fait mal. Elle regardait Guido qui tenait ses mains dans les siennes avec une ardeur suspecte. Alors Raphaël était parti.

– Pourquoi me dis-tu ça, Guido?

– Parce que je ne veux pas que tu sois malheureuse, Donna Bianca! Carla m'a parlé de tous tes problèmes, et l'amitié c'est le courage de dire la vérité. Je comprends que tu aimes les Oliviers... mais il faut que tu les oublies! Écoute, j'ai connu une famille, en Ombrie. Ils avaient, eux aussi, un domaine qui fait rêver, comme le tien... mais l'*autostrade* avait décidé d'y passer... Ils ont lutté, et la lutte les a détruits. La famille a éclaté, et la maison a été rasée. Les gens qui lancent cette sorte de projets ne reculent devant rien. Pardonne-moi... je sais que tu me trouves cruel, mais je ne veux pas que tu sombres! L'archéologue énergumène de cette nuit, celui qui a coûté si cher à la production avec son arrivée dans ton dos, eh bien, il rêve aussi!... Il ne trouvera rien! Parce qu'il n'y a rien à trouver... Cesse de vivre pour les tombes et va vers les vivants!... Aux Saintes-Maries, là où le Rhône que tu aimes tant se perd dans la mer, tu réfléchiras. Tu comprendras... Tu oublieras les Oliviers.

Elle n'avait rien pu avaler.

L'absence de Raphaël et les conseils de Guido lui avaient coupé l'appétit.

Après le repas, elle avait apporté à Raphaël du café et des *doigts de dame* confectionnés par Amélie.

Elle l'avait trouvé furieux. Il venait d'avoir la visite de Jean-Edmond qui lui avait conseillé de cesser ce qu'il appelait des « fouilles inutiles ».

— Mais de quoi je me mêle? s'indigna Estelle. Des fouilles inutiles!

Décidément!...

— Il a peut-être raison, dit Raphaël en regardant autour de lui. Pas un indice... Bon! Ne nous laissons pas gagner par le découragement... Ils s'en vont quand, vos Italiens?

— Dans deux jours, mais...

— Mais?

— Je pars avec eux, dit Estelle avec embarras.

— Avec eux! Vous partez?... Comment ça?

— J'ai encore un ou deux plans à faire au bord du Rhône, près des Saintes-Maries, après je reviendrai...

— Vous serez la bienvenue! dit-il en lui tournant le dos.

Il donnait des coups de pioche rageurs dans la tranchée qu'il avait ouverte près de la source.

— Et ce sera quand « après »? demanda-t-il sans se retourner.

— S'il fait beau, très vite... Si le temps est mauvais... une petite semaine.

— Je ne sais pas pourquoi je vous demande ça, dit-il en attaquant une roche friable qui explosa sous le coup. Vous pouvez aller où vous voulez, moi, je fouille... Je fais mon métier! Ça m'est parfaitement égal que vous soyez là ou non! Tous mes vœux pour la semaine sainte avec le directeur de romans-photos!

— Mais vous êtes odieux! Et puis j'en ai assez d'être comme une élève prise en faute par son professeur! Je n'ai pas à me justifier!... Et si vous voulez partir, rien ne vous retient! *Ciao!*

Elle ne parle déjà plus français, pensa-t-il avec colère en la voyant s'éloigner. Puis il s'appuya sur le manche de la pioche sans la quitter des yeux, se demandant pourquoi il ne courait pas vers elle pour la prendre dans ses bras.

Le lendemain, elle décida d'aller dire au revoir à Jules et à Samuel.

Elle décida aussi de leur dire que Marceau était revenu et dans quelles intentions.

Quelle tristesse cette brouille avec Raphaël... Mais aussi quel caractère il avait!

Macho, prof, autoritaire!

Et puis cette façon odieuse, intolérable, outrageante, de laisser entendre qu'il y avait peut-être quelque chose entre Guido et elle! Tout à l'heure, il lui avait dit: «J'arrive du bout du monde pour sauver vos racines, et je vous trouve en déguisement de carnaval, au milieu d'Italiens de pacotille, en train d'obéir à un metteur en scène obsédé!»

Obsédé? Guido? Et quand bien même!... Si ça me plaît, Raphaël, d'être courtisée par un obsédé?... Hein?

Qu'il ne s'imagine pas que, parce qu'il est revenu fouiller sur ses terres, il va avoir le droit de diriger sa vie!

«Si je veux faire du cinéma, je n'ai pas d'autorisation à lui demander!» pensa-t-elle, rageuse.

Puis elle le revit, tel qu'elle l'avait vu le matin même, la tête émergeant à peine de la tranchée où il inspectait chaque pouce de terre, auscultant chaque couche de sable, de roche, d'argile... pour elle. Elle qui partait « faire l'actrice » aux Saintes-Maries-de-la-Mer, et le laissait seul dans son trou... Enfin, il avait quand même accepté de s'installer aux Oliviers pendant son absence.

Estelle pile brusquement sur le bas-côté de la route. Elle ne se trompe pas : cette fille qui marche sans se presser sur les herbes rases, c'est Zita.

– Je peux te déposer quelque part ?

Le visage sérieux de la caraque s'éclaire en la reconnaissant.

– L'Étoile !

Puis elle fronce les sourcils.

– Qu'est-ce qui ne va pas ?

– Monte ! Je te dirai...

Zita ouvre la portière, s'installe dans la voiture, étale ses jupons, attend. Estelle, les mains sur le volant, ne démarre pas.

– Alors, l'Étoile... qu'est-ce qui ne va pas ?

– À vrai dire... rien ne va.

Elle sent le regard de la bohémienne posé sur elle et lui sourit.

– Ça me fait plaisir de te voir, Zita !

– Moi aussi ! Mais tu étais moins triste la première fois...

– Il s'est passé tant de choses depuis... Tu sais, le jour où nous nous sommes rencontrées, au bord de l'eau, ce jour-là tu m'as dit que j'aurais des nouvelles de mon frère... eh bien, un homme qui était « presque » mon frère durant mon enfance est revenu !

Ce succès ne semble pas égayer Zita. Elle dit seulement :

– Je ne me trompe jamais, l'Étoile. C'est pour

ça que je ne veux plus dire l'avenir. Ça me fait peur...

Estelle tend sa paume ouverte vers elle.

– Moi je n'ai pas peur! Et je veux savoir! Je dois savoir! Je t'en prie!...

Zita regarde à peine la main offerte. Elle soupire et replie doucement les doigts d'Estelle.

– J'ai déjà tout vu la première fois. Ce qui est écrit ne peut être effacé.

Elle hésite, puis décide de parler.

– Bon! Tu veux tout savoir?... Autant tout te dire. Cet homme est revenu dans ta vie pour te faire souffrir. Il a déjà commencé. Mais, parfois, le mal engendre le bien. Tu vas devenir toi-même. Choisir. Regarde ta main... Ta ligne de vie se brise en deux... le choix. Céder ou lutter. Si tu cèdes, je te vois triste, loin d'ici... Si tu luttes, je vois la mort autour de toi...

– La mort!

– Attends... Ta main ne dit pas tout, il y a un mystère au début de ta ligne. Ce qui est terrible, c'est que tu vas devoir choisir sans connaître la vérité. La vérité glisse dans les herbes, à travers les pierres...

– Sagesse...

– Qui est Sagesse?

– Un serpent.

Zita sourit.

– C'est bien. Écoute sa voix. Elle sait. Elle te protège, parce que tu la protèges. Elle n'est pas seule à savoir... il y a une croix...

– Une croix?

– Je vois mal, très mal. Et puis, oui... il y a une femme, très vieille... amoureuse... elle est dans une tour... Le Rhône a emporté sa raison...

Estelle a l'air si bouleversée que Zita tente de la rassurer.

254

– J'ai parlé de la mort mais cela ne doit pas t'effrayer. Les morts ne sont pas des ingrats, ils peuvent venir à ton secours, comme le serpent, comme la vieille dans sa tour. Tu les protèges tous!

– Et la croix?

Zita frissonne et se tait.

– La croix, Zita?

– Il y a des choses que je ne dois pas essayer de voir, dit la caraque en fermant les yeux, soudain muette.

Avant de passer au presbytère, elle fit un crochet par la Nerthe. Elle voulait voir Apolline, elle voulait essayer de réveiller les fantômes de sa mémoire. Mais ce jour-là, Apolline, plus inatteignable que jamais, s'était réfugiée sous la protection du sommeil.

Un silence étrange régnait dans sa chambre. On n'entendait que son souffle imperceptible et le battement léger du cartel de bronze doré.

Stéphanette introduisit Estelle, posa un doigt sur ses lèvres pour montrer que Mademoiselle dormait, et se retira.

Restée seule, Estelle vint s'agenouiller au bord du lit et regarda sa marraine.

Apolline restait belle et digne jusque dans ses songes. Elle attendait, paisible comme une jeune fille, que l'amour la réveille...

– Apolline? Que sais-tu? Aide-moi, Apolline, je t'en prie! Essaie de te souvenir... Quelle est cette malédiction des Oliviers dont tu me parles si souvent? Il faut que je sache, ma chérie...

Mais rien ne vient troubler la vieille demoiselle qui semble partie dans son rêve, très loin de la réalité. Estelle le sait et lui dit des paroles qui rejoignent le rêve.

255

– Devine où je serai demain? Je serai aux Saintes, Apolline... et j'irai mettre un cierge dans la crypte pour l'âme de ton gardian... Tu m'entends? Aux Saintes...

Apolline ouvre les yeux, sourit et murmure :

– *Ô bèlli Santo, segnouresso* *... avant de se rendormir paisiblement.

* *Ô belles Saintes, souveraines...*
                        Fin de *Mirèio*, Frédéric Mistral.

– Ces grands maux que les hommes s'infligent les uns aux autres, à cause des tendances, des passions, des opinions et des croyances, découlent tous d'une privation; car tous ils résultent de l'ignorance.

Samuel pose le Livre des Égarés et se tait.

– Ce Maimonide, quand même, s'écrie Jules, c'était quelqu'un! Quand on pense qu'il écrivait ça au XIIe siècle! Ce n'est pas pour rien qu'on l'a appelé l'Aigle de la Synagogue!

– C'est triste..., dit Samuel.

– Triste?

– De voir que les choses n'ont pas changé en huit siècles. Ah! il est encore loin le temps où *le loup habitera avec l'agneau, le léopard se couchera près du chevreau, le veau et le lionceau seront nourris ensemble...*

– *... et un petit enfant les conduira* *.

– Ah, non : « un petit garçon » !

– C'est pareil!

– Pareil? Il y a une nuance, il me semble! Et puis je vais te la dire, ma référence : le petit « garçon », tu

---

* Esaïe XI, 6.

sais où je l'ai trouvé? Dans la Bible que tu m'as offerte pour mon anniversaire!

– Tu as dû te tromper de verset.

– Moi? Me tromper de verset? Dans le noir, tu entends, dans le noir je lis le Pentateuque sans me tromper d'un iota!

– Un « iota », en hébreu, ça fait rire!

– Et un curé qui veut m'apprendre l'hébreu, ça fait encore plus rire! Sauf qu'en ce moment, moi, je n'ai pas le cœur à rire...

– Si tu crois que tu es le seul à passer des nuits blanches!...

Ils n'ont pas besoin de se dire pourquoi. Ils savent qu'Estelle a reçu une mauvaise lettre des Beaux-Arts. Ils savent que le Conseil général, Jean-Edmond en tête, a approuvé Cigal-Land. Ils ont espéré que les écologistes la soutiendraient, hélas les écologistes ont déjà fort à faire entre le tracé du TGV et les déchets radioactifs, et ne peuvent rien pour elle. Mais ce qui les trouble le plus, c'est le comportement d'Estelle.

– C'est bien aujourd'hui qu'elle part? demande Samuel.

– C'est ce que m'a dit Amélie.

– Et elle n'est même pas venue nous dire au revoir!

– Elle n'a peut-être pas eu le temps...

– Tu veux dire parce qu'elle fait l'actrice?

Quelque chose leur échappe. Que lui arrive-t-il?

– Je ne la comprends pas, dit Samuel. Le professeur Fauconnier, le seul qui puisse peut-être encore la sauver... le professeur débarque pour fouiller, et elle s'en va aux Saintes-Maries avec un Italien! Tu parles d'un pèlerinage... Pour moi, elle abandonne les Oliviers! J'ai même peur, si elle part, qu'elle ne revienne plus!

– Elle part juste quelques jours, je crois... Et pas avec *un* Italien, mais avec plusieurs!

— Et ça te paraît une circonstance atténuante?

— Oui!

— Tu es plutôt libéral comme directeur de conscience!

— Et toi, tu es jaloux! C'est tout!

— Jaloux? Moi?... alors que je demande tous les jours au Seigneur d'envoyer à...

— Qu'est-ce que tu lui demandes, au Seigneur?

Estelle vient d'arriver. Elle sourit mais on sent qu'elle est préoccupée.

— Eh bien!... ajoute-t-elle, surprise par leur silence, vous en faites une tête! Que se passe-t-il?

— Il se passe que nous nous posons des questions, répond Samuel.

— Sur quoi?

— Sur toi, dit Jules gravement.

— On se demande si tu as toujours envie de sauver les Oliviers...

Ils s'attendaient à un éclat de rire, à un mouvement de colère... Ils s'attendaient à une protestation. Au lieu de cela, Estelle va s'asseoir au bout de la table sans répondre.

— C'est qu'on te connaît bien, poursuit Samuel, malheureux. Alors, te voir partir aux Saintes-Maries une semaine quand ce qui se passe chez toi est capital... ça ne te ressemble pas...

Estelle le regarde, toujours sans dire un mot.

— Tu vois... tu ne me réponds même pas. On dirait que tu renonces... Je me trompe?

— Non, Samuel, dit-elle, non! Tu as raison, et c'est ce que je venais vous dire.

La foudre qui tombe. Ils n'en reviennent pas. Après un long silence, Jules demande d'une toute petite voix :

— Tu renonces?

— Et moi qui espérais me tromper..., murmure Samuel soudain très vieux.

— Mes chéris, dit-elle avec tendresse, ce n'est pas de gaieté de cœur!... Je vous l'ai déjà dit, je me trouve égoïste. J'ai perdu confiance. Je crois de moins en moins que je vais gagner... et puis, si je gagne... je gagne quoi? Mes pauvres pierres qui s'écroulent? À Châteauneuf, ils attendent des emplois, et ça aussi, ça compte.

— Bien sûr que ça compte! Mais pourquoi faut-il raser les Oliviers pour les créer, ces emplois? Tu te trouves égoïste?...

Samuel avait retrouvé sa vigueur combative :

— ... eh bien, dis-toi que ce ne sont pas seulement les Oliviers que tu défends, c'est tout le pays!

Elle ne disait rien, ne se décidant pas à lâcher l'essentiel. Samuel le sentit.

— Il y a autre chose qui te gêne...

— Oui, dit-elle.

Le moment était venu.

— Savez-vous qui est Pierre Séverin?

Jules frémit. Elle avait donc découvert la vérité?

— Pierre Séverin, répéta Samuel, bien sûr que nous le savons. C'est le P.-D.G. de Carmeau-Développement!

— Pierre Séverin, c'est Marceau Dupastre, dit-elle dans un souffle.

Jules baisse la tête.

— Je parie que tu le savais!... crie Samuel, furieux.

Le curé fait signe que oui. Samuel était révolté.

— Vous le saviez tous les deux! Et vous ne me disiez rien? Alors moi, dans tout ça, j'ai l'air d'un vieux couillon à qui on cache la vérité! Marceau Dupastre!... Mais alors, tout ce trafic, tout ce grand batre *, c'était juste pour se venger?

— Juste, dit Estelle avec un sourire triste.

— Tu l'as su quand?

— Un peu avant Noël.

* Mener grand batre : mener grand train, faire des embarras.

260

– Et toi, Jules?

– Je l'ai vu, un jour, au cimetière, devant la tombe des siens. Je l'ai reconnu... mais c'est la semaine dernière que j'ai découvert qu'il était le promoteur.

Le silence de nouveau.

– Je comprends tout, dit Samuel au bout d'un moment. Estelle, c'est depuis que tu sais qui il est que tu as peur de te battre contre lui!

– Je n'ai pas peur, Samuel, j'ai honte. J'ai horreur de Pierre Séverin, mais j'ai pitié du petit Marceau et de ce qu'il a vécu autrefois. Je pense à toutes les blessures qu'il porte encore sur son corps et dans son cœur... C'est vrai qu'en ce moment je n'ai plus envie de l'affronter.

Jules, mal à l'aise, n'ose pas lever les yeux. Samuel tape sur la table et s'adresse à Estelle.

– Plains-le tant que tu voudras, mais ne faiblis pas! Et, écoute-moi, j'ai à te parler, et c'est grave!

« Mon Dieu, pense Jules, soyez remercié! Il va tout lui lâcher sans que j'aie à violer le secret de la confession! Que Votre Volonté soit bénie! »

Mais il déchante vite. Samuel n'a rien de secret à révéler à Estelle; il ne parle que de ce que chacun sait, et Jules décoche un regard lourd de sous-entendus à son Christ de bois.

– Ce sentiment de... remords, qui est au fond de toi, Estelle, c'est celui qui a saisi ton père après le drame. Je ne sais pas pourquoi Paul n'a jamais – lui qui était si vaillant! – retrouvé la force de relever le domaine... De s'opposer à Bouvier quand celui-ci a fait déclasser votre cru. Même ta mère, elle m'a semblé comme annihilée par ce drame. Mais, ce drame, vous n'y étiez pour rien! C'est Dupastre qui était devenu fou! Oh, Jules!... Tu n'es pas d'accord?... Tu restes là, prostré comme une souche, à ne rien dire!... Hé!... J'ai pas raison?

– Si, si!

— Eh bé, dis-le! Et puis, Estelle, maintenant que tu sais que le projet de Séverin n'est autre que la vengeance de Marceau, ça devrait te donner non pas des scrupules, mais des raisons de plus pour te battre! C'est à toi, ma fille, que reviennent le devoir et l'honneur de lever la malédiction sur le Château des Oliviers! Tu m'entends? Ne fais pas cette tête-là! Courage! Où est ta faute?... Ta seule faute, tu vois, c'est de partir aux Saintes...

— Pourtant, dit Estelle avec un sourire triste, *Se quauque mau te desvario...*
et les deux vieux oliviers, saisis par la magie du poème, poursuivirent avec elle, d'une seule voix :

— *Courre leù à Santi Mario... auras leù de soulas* *.

---

* *Si quelque mal te déconcerte*
Cours bien vite aux Saintes-Maries [...]
Là, tu auras consolation.

Mirèio, XII.

Le vent qui vient de la mer laisse un goût de sel sur les lèvres...

Tout d'abord on croit qu'il n'y a qu'un paysage plat, d'un vert grisâtre et uniforme.

Puis, peu à peu, l'œil va découvrir tout ce qui a paru immobile, muet, et il suffit du saut d'une minuscule grenouille pour que la Camargue se mette à vivre.

Un muge ouvre sa gueule pour aspirer l'air à fleur d'eau dans la roubine. Un ragondin dodu nage à travers l'herbe d'enfer, se hisse sur la berge, des gouttes glissant sur sa fourrure lisse, et tâte la brise de ses moustaches de major anglais. Un chevalier aux pieds rouges s'aventure prudemment au milieu des quenouilles brunes des roseaux. À coup d'éventail, un vol de flamants roses traverse le ciel.

Le delta du Rhône est le paradis des oiseaux sédentaires et l'étape préférée des migrateurs. Parfois, escale gardiane au milieu du vol Strasbourg-Le Caire, une cigogne se pose, tranquille, au milieu des chevaux, les chevaux blancs qui ont le pied marin et ne s'aventurent jamais là où le sol risque de se dérober. Il y a des milliers d'années, ils sont sortis de la mer, abandonnant le char du dieu couronné d'algues pour venir galoper au milieu des hommes, crinière de neige au vent, gerbes d'écume giclant sur le passage des sabots roses qui ne connaissent pas le fer.

Sur le rivage de Camargue, ils servent un autre trident et vivent entre l'homme et le taureau, créature également mythique, noir complément des blancs coursiers.

Les premiers jours furent maussades et Guido dut se rabattre sur un grand mas désolé, tapi derrière un rideau de cyprès, pour y tourner des scènes d'intérieur avec Carla.

Abandonnée à elle-même et heureuse de l'être, Estelle en profita pour aller marcher dans le vent marin coupé de brèves rafales de pluie, le long de la plage déserte rendue à sa noblesse originelle par le froid de l'hiver et la solitude.

Là où, l'été, on vend des frites et des merguez dans les vapeurs d'essence et le fracas de la vulgarité triomphante, elle retrouvait la pureté de la grève où aborda la barque venant de Judée.

Guido avait eu raison de lui dire qu'elle pourrait mieux réfléchir loin de chez elle. Pour la première fois de sa vie, détachée de sa maison, de sa famille, de son métier, elle avait loisir de penser à son propre destin.

Sur le sable glacé, les yeux fixés sur la limite mouvante de la terre et des eaux, derrière chaque vague de *la mer qui salive*, elle espérait une réponse qui ne venait pas.

Le soir, après le dîner qui était très gai, elle passait de longs moments avec Carla. Leurs chambres étaient voisines et la porte communicante en restait toujours ouverte. Conversations interminables, fous rires de collégiennes... parfois des larmes. Carla ne se remettait pas de sa rupture avec Rémy.

— Lui non plus, dit Estelle. Au fait, c'est indiscret de te demander pourquoi tu l'as quitté?

C'est ainsi qu'elle apprit qu'elle était la cause involontaire de leur brouille. Elle en fut navrée et se promit de jouer les entremetteuses, sans l'ombre d'un scrupule, afin de les rendre l'un à l'autre.

– Et l'*archeologo*? lui demanda Carla.

– L'*archeologo*?

– Oui, l'*archeologo* amoureux de toi.

– À quoi vois-tu qu'il est amoureux de moi? s'étonna Estelle. Il a été odieux, plein de sous-entendus, comme si je m'en allais avec Guido pour avoir une aventure!

– Justement! dit Carla. *Si Titus est jaloux, Titus est amoureux!...*

– Tu crois?

– Moi, je ne crois rien! C'est Racine qui l'a dit!

Il était trop tard pour appeler les Oliviers. Estelle décida que demain, très tôt, elle irait aux nouvelles. Elle n'avait pas téléphoné une fois depuis son arrivée et se le reprochait. Avec la distance et la réflexion, elle avait honte d'être partie fâchée avec Raphaël, de ne lui avoir posé aucune question sur son voyage en Chine, de l'avoir laissé seul avec sa pelle et sa pioche... Et puis, qui sait, si jamais Racine avait raison?

Elle se réveilla à l'aube, attendit une heure convenable et appela le Château.

Amélie répondit.

– Mais où es-tu? Que fais-tu? Tu n'as pas trop froid, malheureuse?

– Tout va bien à la maison?

Elle n'osait pas demander à Amélie de lui passer Raphaël. C'eût été, du reste, impossible. Raphaël et Luc, arrivé l'avant-veille, étaient déjà sur le chantier.

– Si tu les voyais! Ils sont gelés comme des raves, mais ça n'a pas l'air de les arrêter! Ils ont fait un grand trou près des dalles de la vieille draille romaine...

– Ils ont trouvé quelque chose?

– Rien! Ça me fait peine quand je leur porte à

265

manger... parce qu'ils ne rentrent même pas à la maison pour se réchauffer! Blaïd pareil! Et le soir, je les vois revenir tous les trois, la nuit tombée. Ils ont des lanternes, de loin on dirait des fantômes! Et toi, tu rentres quand?

Estelle ne savait pas. Son retour dépendait de la volonté du ciel. Elle ne dit pas à Amélie qu'elle allait devoir descendre dans le Rhône pour sa dernière scène, la disparition de Donna Bianca retournant aux eaux du fleuve..., inutile de l'affoler.

La volonté du ciel se fit connaître dans la matinée, le soleil déchira les nuages et fit scintiller le delta. Aussitôt Guido appela Estelle.

– Le jour de gloire est arrivé! Tu n'as pas peur? Peur? Du Rhône? Elle?

– Tu verras comme l'endroit est beau! disait Guido. Magique!

Il avait bien choisi son décor. Dans un coude du grand Rhône alourdi par l'hiver, grossi par les affluents descendus des neiges de l'Empire et, sur la rive du Royaume, par la fougue des torrents cévenols, un creux de douceur veillé par une végétation spectrale aux troncs argentés dépouillés de feuilles.

Les hommes-grenouilles de la brigade fluviale d'Arles veillaient à bord d'un canot, prêts à plonger à la première alerte. Ils avaient apporté pour Estelle le bas d'une combinaison étanche. Eux aussi lui demandèrent si elle avait peur.

Elle sourit.

Elle ne craignait qu'une chose. L'incident imprévisible qui compromettrait l'unique prise. La robe, une fois mouillée, serait perdue. Il fallait réussir du premier coup.

Une dernière fois, elle passa la robe de satin blanc... Elle la souleva pour voir ses pattes noires et luisantes de fille du Drac. Une dernière fois elle fut touchée par le pinceau de la maquilleuse et les mains de l'habilleuse, puis elle alla vers les projecteurs et là, au bord de l'eau, elle entendit pour la dernière fois « *Motore! Silenzio! Action!* » et s'enfonça, sereine, jusqu'à la poitrine, dans *le acque mortali* avant le « Cut! » de Guido.

Le Rhône était glacial; quand elle revint sur la berge, elle claquait des dents. Beppe la saisit dans ses bras de géant, la souleva comme une plume et courut la déposer, ruisselante, dans la caravane où l'habilleuse et la maquilleuse la dépiautèrent comme un lapin. Elles la frictionnèrent férocement, de bleue sa peau devint rouge, et Carla lui fit boire un grog brûlant.

Dès la première gorgée, un feu d'enfer se répandit dans ses veines.

— Je crois que je survivrai au cinéma! dit-elle gaiement.

Guido l'attendait devant la caravane.

— C'est fini, dit-il avec mélancolie. *Exit* Guido de la vie d'Estelle. C'est ça, notre métier... Je sais que tu vas vouloir nous quitter très vite, alors je suis triste... et, en même temps, je te comprends.

— Je partirai demain, dit-elle, on peut dîner ce soir tous les trois...

— Hélas! ce soir, comme la nuit promet d'être belle, je vais prendre des extérieurs! Encore le métier!

Il glissa son bras sous celui d'Estelle.

— Je voulais te dire aussi... Je ne suis ni un devin, ni un oracle. Tout ce que je t'ai prédit de l'avenir des Oliviers... je me suis peut-être trompé! En tout cas, je l'espère! Tu as un tel courage! C'est parfois effrayant...

— Effrayant?

— ... la volonté d'une femme...

Puis Beppe vint lui dire que tout était prêt. On l'attendait.

267

— J'y vais, dit-il.

Il baisa la main encore froide d'Estelle et s'en alla. *Exit* Guido.

— Tu te souviens de ma marraine, Carla?

— La demoiselle toujours amoureuse au bout de cent ans?

— Oui. Avant de partir, je vais aller mettre un cierge pour son gardian, tu viens avec moi?

Dans l'esprit d'Estelle, la perspective d'allumer un cierge ne peut qu'enthousiasmer une Italienne. Pourtant elle sent comme une réticence chez la jeune femme.

Peut-être est-elle juive? Franc-maçonne? Marxiste? Pour la mettre à l'aise, Estelle s'empresse d'ajouter :

— Mais tu dois avoir besoin de te reposer!

— Ce n'est pas ça, dit Carla. À vrai dire, je ne suis pas, comme le pensent tes fils, catholique et apostolique. Je ne suis que romaine. Et protestante. Mon grand-père est pasteur à Vérone. Mais ça ne fait rien! Au contraire, je vais venir avec toi et, moi aussi, je mettrai un cierge. Ce sera la première fois, et je crois que la première fois, ça marche!

— J'ai entendu dire ça pour les gens qui vont jouer au Casino... Je ne suis pas sûre que ça fonctionne de la même façon avec le ciel! avait répondu Estelle en riant.

Mais, quand elles s'étaient trouvées dans la pénombre de la crypte, une étrange émotion les avait saisies.

Une petite flamme s'était allumée, fragile, pour la mémoire de Fortuné Maurin, poète et cavalier. Quel destin que celui des amours du gardian et d'Apolline...

Elles s'étaient tues longtemps, perdues dans leurs pensées.

268

Puis elles avaient, chacune, allumé un autre cierge.

— C'est pas cher!...

Carla parlait à voix basse en glissant les pièces dans un tronc qui sonnait le creux.

Elle regardait les murs noircis couverts d'ex-votos. Une partie de la misère du monde semblait s'être rassemblée, pour mémoire, dans la vieille église marine.

— Les pierres gardent la douleur, murmura-t-elle à l'oreille d'Estelle. C'est comme au *Colosseo* *, la douleur ne s'en va jamais...

En allumant les cierges, chacune avait fait un vœu muet.

— Sauve les Oliviers! avait demandé Carla.

— Réunis à nouveau Carla et Rémy! avait demandé Estelle.

Puis elles étaient allées chercher d'autres cierges.

Pour Antoine, pour Sophie, pour Luc, pour Philippine, pour Amélie, pour les jumeaux, pour Blaïd et son fils, pour Jules, pour Samuel, pour Rémy... pour Raphaël. Une petite forêt de flammes dansait devant elles dans l'odeur de la cire, des relents d'encens, et le parfum salé de la mer.

Il n'y avait personne dans l'église. Elles étaient seules là où le poète avait mené Mirèio jusqu'à *la mort amère*.

— Je me demande ce que penserait mon grand-père s'il me voyait faire ce que je fais? fit Carla penchée sur les languettes de feu.

— Tu crois qu'il serait fâché?

— *Chi lo sa?* répondit-elle en se levant pour aller chercher un dernier cierge.

Elles avaient mangé des tellines et du loup au fenouil dans un des rares restaurants encore ouverts

_____
* Colisée.

en cette saison. La mer était proche, on l'entendait sans la voir, mugissant dans le noir.

Elles avaient très peu parlé. Elles s'étaient dit et donné tant de choses.

Le lendemain, Estelle retrouverait ses Oliviers et ses soucis. Carla, elle, retrouverait Guido, l'équipe, le tournage du film, son métier... Se reverraient-elles un jour?

— Tu sais, j'ai beaucoup aimé « faire l'actrice », dit Estelle. Je te remercie pour tout ce que je te dois... et pas seulement pour *i soldi* *!

Elles rentrèrent lentement, à pied, à leur hôtel. La nuit était glaciale et pure. Guido aurait des images superbes! Le chemin de Saint-Jacques brillait dans un ciel de velours sombre. Elles passèrent devant un mas où des chevaux blancs comme des trèves ** bougeaient doucement dans l'ombre; une bête mystérieuse glissa sous leurs pas et plongea dans la roubine, dérangeant le sommeil d'une faune invisible...

Elles s'arrêtèrent pour respirer profondément avant d'entrer dans l'hôtel.

— Ah! Madame Laborie, dit le veilleur de nuit, il y a un message urgent pour vous. C'est votre fils... tenez, j'ai noté...

Il lui tendit un papier. Le cœur d'Estelle battait si fort qu'elle eut du mal à lire. Pourtant il n'y avait que sept mots :

« Maman, ça y est! Raphaël a trouvé! »

* Les sous!
** Fantômes.

Elle roulait comme une folle vers Arles sur cette route dangereuse rendue plus incertaine encore par la nuit.

Raphaël avait trouvé!

Il était une heure et trois minutes à la pendule de bord de la voiture de location que la production lui avait prêtée. Elle avait voulu partir tout de suite, elle était incapable de patienter jusqu'au jour pour aller voir les objets exhumés. Des poteries? des bijoux? des pierres gravées? Elle ne savait pas ce qui avait été découvert mais elle savait que c'était le salut. Elle n'avait pas réussi à obtenir les Oliviers, la ligne était occupée. Sans doute par Raphaël qui devait annoncer sa victoire à qui de droit, réveillant un confrère, le ministre peut-être... Qui sait?

Du sel sur nos ruines, Marceau? Jamais!

Elle prit l'autoroute au péage d'Avignon-Sud et fila comme une flèche jusqu'à la sortie d'Avignon-Nord.

Elle rentrait à la maison, et la maison était sauvée.

Par Raphaël.

À l'entrée de Châteauneuf, elle croisa une ambulance et se demanda d'où elle pouvait venir à cette heure de la nuit. Urgence? Accident? Elle traversa la forêt antique, les vignes, le bois d'oliviers... et, brusquement, elle eut peur. Une peur atroce. Une peur d'entrailles.

Elle baissa sa vitre malgré le froid. L'air sentait la fumée, des voix s'élevaient, nerveuses, dans la nuit.

Il était arrivé quelque chose.

En débouchant sur la terrasse, elle découvrit le camion des pompiers, l'estafette des gendarmes, des gens qui s'agitaient... Elle descendit de voiture, les jambes coupées, la gorge sèche. Apparemment, le Château n'avait rien. On ne pouvait pas en dire autant des communs. Sous les projecteurs des gendarmes, on devinait les murs noircis de la réserve où elle avait entreposé une partie de son stock. Elle vit Raphaël et Blaïd au milieu des pompiers, aperçut Amélie qui pleurait, un peu plus loin...

Quelqu'un manquait.

Sans dire un mot, elle approcha. Tout le monde la regardait en silence, l'air malheureux. Puis Raphaël alla vers elle, lui prit les mains.

— Un incendie s'est déclaré dans la grange... le feu est maîtrisé, mais...

— Mais?

Il hésitait, alors elle demanda :

— Qui était dans l'ambulance?

— Luc, répondit-il. Il a été très gravement brûlé.

Son petit garçon.

— Une forme immobile, allongée dans un lit blanc. Un visage sans regard, entouré de bandelettes. Des mains qui disparaissent sous des pansements...

— Maman? C'est toi? T'as vu, j'ai failli griller comme un steak!

Penchée sur lui, elle essaie de sourire. Elle cherche vainement une petite place où poser ses lèvres sans lui faire de mal et finit par effleurer ses cheveux ébouriffés de gamin. De gamin qui croyait aux fées, qui parlait aux arbres et aux oiseaux, qui voulait accompagner sa mère à la recherche d'*autrefois*... Il est parti si loin qu'il a failli ne jamais revenir...

Mais comment le feu a-t-il pu prendre dans les communs?

– C'est d'autant plus incompréhensible, lui a dit Raphaël en venant, que personne n'avait mis les pieds dans la réserve depuis votre départ.

– T'as vu ce qu'on a trouvé, Maman?

Sous ses bandelettes, Luc triomphe. Elle n'a encore rien vu, Maman? Elle perd rien pour attendre! Il lui décrit, lyrique, le collier d'or, le fragment de stèle funéraire, la mosaïque... Ah ! la mosaïque!... Son enthousiasme fait rire le docteur.

– Un malade doté d'une telle énergie ne peut que guérir vite! Mais il faut quand même qu'il se repose! Et qu'il dorme!

Estelle a demandé, très bas, si c'était grave.

Luc souffre, sur le visage et sur les mains, de brûlures au second degré...

Estelle est obligée de s'asseoir.

– Ne vous affolez pas, dit le docteur Garouste en la voyant pâlir. Il est solide, votre garçon! Son état général est bon, le visage cicatrisera vite et bien, les yeux sont intacts... il faut seulement les préserver d'une trop forte luminosité. Quant aux mains... on verra dans quelques jours. Surtout en ce qui concerne la main droite.

– Pourquoi?

– Des ligaments ont souffert. Mais il est encore beaucoup trop tôt pour parler de greffe.

– Mon Dieu!...

– Ne vous affolez pas! répète le docteur. À vrai dire, c'est vous qui m'inquiétez. Vous savez ce que je vous suggère? Vous partez tous les deux boire quelque chose de chaud à la cafétéria et, si vous survivez,

273

vous revenez un peu plus tard. Oui, je préfère vous prévenir : le thé, le café et le chocolat relèvent chacun de l'épreuve initiatique... Donc, si vous survivez, vous revenez un peu plus tard, j'aurai refait les pansements du jeune homme, et on y verra plus clair.

– Les photos! Les photos! crie Luc. Dans la poche de mon blouson... Prenez-les, Raphaël!

– C'est fait.

– Oh, merci! J'ai hâte que Maman voie la mosaïque! Parce que, tu sais, Raphaël est de mon avis. Hein, Raphaël? La femme de la mosaïque... eh bien, elle te ressemble!

– On se calme, conseille le docteur en attaquant les bandelettes avec bonne humeur.

Ils sont allés s'asseoir à la cafétéria.

Si on ose baptiser de ce nom à l'odeur conviviale un endroit aussi sinistre que cet espace où quatre tables en Formica, des machines robotisées – boissons fraîches, boissons chaudes : 3,50 F – un distributeur de biscuits – nases –, un autre de sandwiches divers – en dérangement – sont séparés de l'«accueil» par une baie de plantes vertes plastifiées.

L'odeur infâme des breuvages se mêle à l'odeur triste de l'hôpital.

Un malade passe, le cheveu navré. Une carte à puce à la main, il cherche le téléphone. Le téléphone est en panne.

– Montez en Maternité! dit la voix de l'«accueil», derrière la haie plastifiée.

Le malade, que cette perspective semble accabler, s'en va, traînant la charentaise, et disparaît au bout du couloir, son survêt se fondant dans la muraille.

Une vieille dame, avec une robe de chambre qui perd ses fils de nylon rose, vient jusqu'à leur table, s'appuie sur le Formica, se penche vers eux, regarde si personne ne l'espionne avant de dire : « Il n'est pas bon, leur thé... Pourtant je le leur ai eu dit... »

274

Puis elle va s'en servir un à la machine, le porte à une des tables et s'assied, le regard vide, scrutant le gobelet, attendant l'arrivée de la fée qui va le changer en une tasse parfumée de Grand Yunnan à pointes d'or.

— Votre visage a été brûlé, aussi!

Estelle vient de remarquer les sourcils roussis, les plaques de peau à vif de Raphaël.

— Ce n'est rien, dit-il. Je m'en veux tellement! Tout est de ma faute!

— Votre faute?

— J'aurais dû le retenir. Je venais de m'endormir quand j'ai entendu Blaïd crier : « Au feu! » C'est son chien qui l'a réveillé. Heureusement! Après, tout est allé très vite. La grange brûlait... nous nous sommes précipités, Luc le premier. Il est entré, une poutre en flammes est tombée sur lui. Heureusement nous avons pu le dégager tout de suite...

— Vous dites que tout est de votre faute et vous lui avez sauvé la vie!

Il ne répond pas, il émiette un biscuit à la pâte dissuasive.

— Merci, Raphaël! dit-elle doucement.

Il essaie de sourire et ça lui fait très mal à cause des brûlures. Il voudrait tout lui dire. D'un coup. Tout déballer. Sa joie d'avoir enfin trouvé ce qu'il cherchait. Sa douleur et sa rage devant l'accident de Luc. Son émotion de tout à l'heure quand il l'a vue, penchée sur son fils, quand il a compris qu'elle donnait tout quand elle aimait... et qu'après avoir tout donné, elle avait encore tout à donner.

— Ce que nous avons trouvé est magnifique, dit-il d'une voix sans expression. C'était hier soir, juste avant la tombée de la nuit. J'étais... découragé. Et puis c'est Luc qui a mis la main sur la première pièce, la stèle... C'était... bouleversant.

— Où avez-vous mis vos trouvailles?

– Dans votre chambre. C'était une idée de Luc. Les objets vous attendent. Il va du reste falloir que j'aille les photographier, le rouleau que j'ai retrouvé dans le blouson de Luc a fondu dans la chaleur... Pas la peine de le lui dire...

– Raphaël...

Il la regarde. Elle aussi veut parler. Elle aussi veut tout déballer. Écarter les malentendus, les mots dits ou tus, qui leur ont fait du mal.

– Les Saintes-Maries...

– Oui?

Un tout petit peu d'agressivité dans la voix. Elle sourit.

– ... m'ont éclairée. Même avant de savoir que vous aviez trouvé, j'avais décidé de revenir.

« Le docteur Garouste est attendu en salle de réanimation », dit une voix sinistre.

– Aurai-je droit à une bêche et à une pioche, professeur?

Il sourit à son tour.

– Je crois que votre fils sera heureux que vous preniez sa place! C'est que nous avons besoin de bras et Blaïd ne peut pas être là tout le temps!... J'aurais voulu que vous soyez avec nous au moment de la découverte, quand nous avons sorti la stèle! Elle parle d'une femme qui vivait il y a deux mille ans à l'ombre des Oliviers... Une femme qui....

Raphaël se tait brusquement. Une urgence passe au galop auprès d'eux. Une forme sanglante et gémissante allongée sur une civière roulante. Une infirmière tient un masque à oxygène sur le visage du blessé, un infirmier court avec elle, veillant sur une poche à perfusion en haut d'une tige de fer. Ils viennent du dehors et ont des manteaux bleu marine jetés sur leurs blouses blanches.

La fille de la réception a quitté son poste et les suit, une fiche d'entrée à la main. Ils disparaissent tous dans un ascenseur.

— Je déteste les hôpitaux... dit Raphaël dont les mains tremblent.

Il regarde autour de lui... la vieille en peignoir rose est partie, le malheureux à la carte à puce a dû se perdre en Maternité. Derrière les fusains de plastique, il n'y a personne à la place de l'« accueil »...

Raphaël sait qu'il n'y a pas de bons moments pour dire ce qui fait mal... alors autant se délivrer tout de suite, dans cette tristesse, cette odeur de désinfectant et de soupe fade, de ce qui lui déchire le cœur.

Sans lever les yeux sur Estelle, il parle :

— Je dois vous avouer quelque chose. Quelque chose de grave... C'est au sujet de ma femme...

Elle le regarde.

— Anne-Marie, poursuit-il, c'était la joie, c'était la force... Elle aimait vivre, elle essoufflait tout le monde autour d'elle... moi le premier. Et puis, un matin, elle m'a dit : « Je me sens fatiguée... » Elle est allée consulter notre médecin. Il était étonné de la voir : elle n'était jamais malade! C'est ce jour-là que l'enfer a commencé. Pendant deux ans, elle a lutté... Avec un courage... une volonté de gagner!... Jusqu'au jour où...

Il s'arrête. Il n'a plus de voix. Estelle pose une main sur la sienne. Il reprend péniblement :

— Ce n'est pas fini... Elle a lutté... Jusqu'au jour où elle m'a demandé de la délivrer de ses souffrances. Elle était encore... consciente. Je ne voulais pas. J'étais horrifié! J'ai tenu bon pendant des semaines malgré ses prières... ses cris... Et puis, brusquement, je l'ai vue... crucifiée. Ce n'était plus elle, ce n'était plus qu'un regard qui demandait la mort... un regard plein de reproche... Il a suffi de basculer une manette... C'est tout.

L'hôpital semble pétrifié autour d'eux. Après un long silence, Raphaël murmure :

— Je ne sais pas pourquoi je vous ai raconté tout ça...

– Je crois que je sais, dit-elle doucement.
Alors seulement il a osé la regarder.

Il se demandait où il avait trouvé la force de lui parler.

Cet horrible aveu l'avait anéanti et, pourtant, pour rien au monde, il n'aurait voulu cacher à Estelle ce qui le hantait depuis le jour où il avait pris la décision de mettre un terme à la vie d'Anne-Marie.

Il savait que, jusqu'à son dernier souffle, il serait accompagné par ce sentiment qui n'était ni du remords, ni du regret, mais de la pure douleur, de la douleur sans recours. Celle que le destin avait choisi de lui infliger une fois pour toutes.

L'odeur de l'hôpital, le retour brutal dans cet univers de la souffrance et de la mort, la peur éprouvée pour Luc, le spectacle d'Estelle au chevet de son fils, tout s'était ligué pour qu'il parle et, maintenant, il se sentait non pas libéré – il ne le serait jamais – mais plutôt privé de ses défenses... À vif, comme sa main droite qui commençait vraiment à le faire souffrir.

Toutefois cette souffrance physique et locale avait quelque chose de rassurant par rapport à la souffrance diffuse, opaque, qu'il éprouvait devant la situation.

Comment le feu avait-il pu prendre tout seul dans la réserve ? Le jour même de la découverte tant attendue...

Il revoit Luc inanimé au milieu des flammes, Luc qui l'a innocemment mené jusqu'à sa mère, Luc qui n'était encore, il y a quelques semaines, qu'un élève parmi d'autres élèves et qui, maintenant, fait partie de sa vie, de son avenir. Comme tout ce qui touche à Estelle. Comme tous ceux qui touchent à Estelle.

Quel chambardement dans sa tête et dans son cœur ! Lui qui croyait que tout était éteint, mort, couvert de cendres...

Le retour aux Oliviers a quelque chose de symbolique. Les arbres semblent conscients du malheur qui a failli les frapper cette nuit.

Il n'oublie pas qu'il a promis de les sauver. Du feu, de l'eau, du béton...

Devant la maison il voit Amélie qui raccompagne un homme jusqu'à une voiture, probablement celle de la police.

Il ne s'est pas trompé.

— Inspecteur Berton, dit l'homme en lui tendant la main.

La poignée de main lui fait mal, mais ce n'est rien à côté de l'angoisse soudaine qu'il éprouve. Une lampe rouge s'allume quelque part au fond de lui, comme le jour où, il y a des années, en Syrie, un champ de fouilles s'est effondré sous lui. Il s'est retrouvé trois mètres plus bas, avec un bras cassé et deux côtes enfoncées. Il n'aime pas l'expression satisfaite de cet homme, son sourire narquois quand Amélie demande comment va le petit, sa façon de clore l'enquête avant même de l'avoir commencée. Pour lui tout est clair : le feu a pris à cause d'un court-circuit.

— Un court-circuit ?

— Oui, certainement dû à ce radiateur électrique qu'on a retrouvé à demi-calciné, dans la grange...

— Mais il n'était pas branché, ce radiateur ! dit Amélie visiblement méfiante.

L'inspecteur tranche une fois de plus :

— Mme Laborie a bien eu un tournage de film, récemment ? Sans doute ses cinéastes ont dû oublier d'arrêter le radiateur en partant.

— Pas possible ! dit Amélie, butée.

— C'est vous qui le dites ! En tout cas, si j'ai bien compris, ils avaient pris une forte assurance ?

— C'était la moindre des choses !

— Assurance qui se termine à la fin du mois ?... Mme Laborie a vraiment de la chance !

— De la chance? crient Raphaël et Amélie d'une seule voix.

— De la chance?... reprend Raphaël. Alors que son fils aurait pu être brûlé vif? Je la trouve un peu légère, votre enquête! Je m'attendais à voir un expert...

— Un expert pour un accident domestique?

— Supposez qu'un tiers se soit introduit dans la propriété.

— Pour mettre le feu? Drôle d'idée, répond Berton. Mme Laborie aurait-elle des ennemis?

— Des ennemis! s'indigne Amélie. Une femme si gentille!

— Vous voyez bien! dit Berton avec un sourire.

Il les salue, commence à s'éloigner, se retourne :

— Si vous remarquez quoi que ce soit d'anormal, je suis à votre disposition!

Ils le regardent démarrer.

— Je l'aime pas, ce policier, murmure Amélie. Il fait peur...

Raphaël la prend par le bras et l'entraîne vers la maison.

— Venez, Amélie. Vous avez bien mérité qu'on vous change les idées! Montez avec moi dans la chambre d'Estelle, vous m'aiderez à prendre des photos, celles que Luc a prises sont bonnes à jeter. Vous avez toujours la clef?

— Elle ne m'a pas quittée depuis que vous me l'avez donnée, professeur! dit-elle en la sortant de sa poche. Ça me fera du bien de voir vos anquestres! Et dites, c'est vrai? Ils vont sauver les Oliviers?

— Ils sont tellement beaux, mes anquestres, que le doute n'est pas possible!

Ils ont monté l'escalier, s'arrêtent sur le palier devant la porte d'Estelle. Raphaël glisse la clef dans la serrure, dit :

— Un, deux, trois!,

entre dans la chambre suivi d'Amélie, et tous deux restent pétrifiés.

Les trouvailles de la veille ont disparu.

Marceau regarde le visage de femme sur la mosaïque que Robert a déposée dans la chambre forte aménagée au fond des entrailles de Rochegude.

Le fragment de stèle, les bijoux d'or, tout est admirable... mais il revient toujours à ce visage de femme vieux de deux mille ans, et à sa chevelure qui fait penser à la chevelure d'Estelle. D'ailleurs la femme de mosaïque lui ressemble, elle a le même sourire et semble sur le point de dire quelque chose, quelque chose d'essentiel...

— J'ai repéré un coin tranquille pour aller balancer tout ça dans le Rhône, dit Robert.

— Tu es fou!

— Mais si quelqu'un les voit?

Marceau hausse les épaules, agacé.

Robert reste silencieux. Déçu. Au bout d'un moment il demande timidement :

— Tu ne me félicites pas?

— Mais si! s'empresse de dire Marceau en posant la main sur l'épaule de son frère. Bravo, Robert! Tu as bien travaillé.

La présence de son frère pèse à Marceau. Il voudrait être seul avec la femme de mosaïque. Il voudrait être seul pour réfléchir à ce qui arrive, et qui est nouveau.

Il ne pourra plus jamais revenir en arrière. Les objets qu'il a fait voler en sont la preuve.

Voler.

Il vient de passer de l'autre côté de la frontière. Au lieu de veiller sur Robert comme il l'avait promis à Marguerite, c'est lui qui l'a suivi sur le ter-

281

rain de ce qu'elle appelle pudiquement « ses bêtises ». Et Dieu sait que, côté « bêtises », Robert est un virtuose. Deux fois déjà, Marceau a dû intervenir *in extremis*. Deux fois déjà, il l'a remis en selle. L'affaire des chiens de garde a été un désastre, et maintenant il se demande ce que va donner la société de vigiles qu'il lui a achetée. Surex-Protec. Ce nom! On dirait une marque de préservatifs!... Enfin, il ne peut pas se plaindre du travail exécuté pour lui par Robert et ses hommes. Pendant cinq jours ils ont observé le champ de fouilles aux jumelles. Matériel perfectionné. Espionnage sophistiqué. Racaille d'élite. Surex-Protec... Il regrette seulement l'incendie de la grange. C'était le seul moyen de détourner l'attention, a dit Robert, le seul moyen de faire sortir les habitants de la maison pour pouvoir pénétrer dans la chambre d'Estelle... Le problème, maintenant, c'est que la police va venir s'en mêler.

– C'est juste ce que j'attends! triomphe Robert. Celui qui doit s'occuper de l'affaire, c'est Berton...

– Berton?

– Tu ne le connais pas. T'as d'ailleurs pas intérêt!... C'est un flic que je tiens sur une affaire de mœurs depuis quatre ans. Il fera ce que je lui demande.

– C'est-à-dire?...

– Je croyais que tu m'avais donné carte blanche? C'est changé?

– Non, dit Marceau avec lassitude.

– Tant mieux, parce que c'est pas fini... Tu vas voir quand ils vont porter plainte contre le vol! Bon... je te laisse. Je passe embrasser Maman et je retourne au boulot...

Sur le pas de la porte blindée il s'arrête, soucieux :

– Ça a pas l'air d'aller, Maman... Pourtant elle a une vie de reine, ici!

282

– Elle n'a sans doute pas envie de vivre comme une reine.

– Je la comprends pas... Allez, à plus tard !

Il est sorti. La porte blindée s'est refermée sur Marceau au milieu de ses otages de pierre et de métal.

Il pense à Marguerite. Il le sait bien qu'elle est malheureuse. Il ne sait pas à quel point. Il sait qu'elle regrette ses amies de Noirétable, ses coussins de satin rose, ses promenades jusqu'à la tombe d'Émile... Il sait qu'elle a peur des saints et des démons du chemin de ronde, des domestiques empressés... Il ignore le plus grave. Marguerite vit dans l'angoisse. Que veulent dire les conciliabules qu'elle surprend parfois entre ses fils ? Pourquoi se taisent-ils quand elle arrive dans une pièce ? Que lui cachent-ils ? Quel complot ? Robert aurait-il refait des « bêtises » ? Elle n'ose pas poser la question à Pierre. Elle n'ose pas non plus lui dire qu'elle voudrait retourner chez elle...

Mais ça, Marceau l'a deviné.

Il s'approche des objets. Il ne les a pas encore touchés. Il prend entre ses mains le collier d'or. Les plaques bougent avec un petit tintement. Une femme a porté cette parure, une femme s'est regardée dans un miroir de bronze et s'est trouvée belle... Jeter ces merveilles dans un gouffre du Rhône !... L'affection que Marceau porte à Robert ne l'a jamais aveuglé. Il connaît les limites et les faiblesses de son frère. Mais c'est son frère... Et, en ce moment même, Robert est le seul vers qui il peut se tourner. Le seul capable de l'aider. Car il va falloir gagner très vite la partie. Dabert a été on ne peut plus clair. Maintenant que Raphaël Fauconnier a trouvé ces objets, il est probable qu'il va en trouver d'autres. Et ça, il faut l'en empêcher.

Raphaël Fauconnier.

L'écarter à tout prix...

Marceau frissonne comme un fumeur de hasch qui s'aperçoit qu'il vient de passer aux drogues dures.

Le sourire de la femme de mosaïque semble s'être accentué depuis tout à l'heure...

Alors il ferme brutalement la lumière pour ne plus le voir et s'en va.

– Pas seulement les cheveux, Maman, mais le sourire! Tu sais, le sourire que tu as parce que tu sais quelque chose que les autres ne savent pas! Oh! Va la voir!... Va voir ce qu'on a trouvé! Je ne risque rien, moi, le docteur a dit que tout allait bien... Tu reviendras après! Je t'en prie!... Oublie quand même pas que c'est pour les Oliviers qu'on a sorti tout ça! Et que c'est moi qui t'ai amené Raphaël... et que, sans Raphaël...

Épuisée, ivre de sommeil, secouée d'émotions diverses, elle rit doucement et n'essuie plus les larmes que Luc ne peut pas voir.

L'aveu de Raphaël passe et repasse dans sa mémoire. Elle se souvient du visage rayonnant d'Anne-Marie sur le mur du musée. Elle imagine la main de Raphaël arrêtant les souffrances, arrêtant la vie... Mais peut-on imaginer l'enfer?

– Obéissez à un grand malade, dit Luc d'une voix lamentable, et elle se penche pour embrasser ses cheveux.

Tout à l'heure, Garouste est passé et l'a rassurée. À la fin de la semaine Luc sortira de l'hôpital. Il gardera ses pansements quelque temps encore, puis l'incendie ne sera plus qu'un mauvais souvenir...

Du fond de sa fatigue, elle devine qu'il y a des choses à découvrir; le feu ne s'est pas allumé tout seul... Elle refuse de céder à la facilité, d'accuser avant d'être sûre. Elle a quand même son idée... mais c'est une idée si horrible qu'elle la repousse.

– Alors tu y vas? Tu peux pas refuser une dernière faveur à un moribond!

– Un moribond qui a de la suite dans les idées! dit-elle vaincue. Bon! je fais un saut là-bas et je reviens. J'aurais voulu rester jusqu'à l'arrivée de ton père... Dis-lui de m'attendre, j'ai à lui parler.

Sur le parking de l'hôpital elle se souvint qu'elle n'avait pas de voiture, elle était venue avec celle de Raphaël. Elle rentra pour demander à l'accueil qu'on lui appelle un taxi. Il fut là tout de suite, et elle s'endormit brutalement sur les coussins dès qu'il eut démarré.

– Et maintenant? demanda la voix du chauffeur.

Elle ouvrit les yeux, croyant avoir somnolé quelques instants et s'aperçut que la voiture entrait dans Châteauneuf.

– Vous aviez du sommeil en retard! Ça va mieux? demanda-t-il avec bonne humeur en la regardant dans le rétroviseur.

Elle répondit que oui, lui indiqua la direction des Oliviers, et se fit arrêter à l'entrée du domaine. Elle voulait arriver à pied.

– Belle propriété! dit le chauffeur en lui rendant sa monnaie.

Elle le remercia, le regarda faire sa manœuvre pour repartir, et s'engagea dans l'allée.

Non, les Oliviers n'étaient pas ce qu'il est convenu d'appeler « une belle propriété ». Les Oliviers étaient un univers tenu par de profondes et mystérieuses racines, un univers que Raphaël venait de sauver.

Devant le château, une voiture qu'elle ne connaissait pas était arrêtée auprès de celle de Raphaël. Elle entra dans la maison, ouvrit la porte du salon. Personne. Elle alla jusqu'à la cuisine, appela Amélie. Ce fut Meitchant-peù qui répondit d'un petit miaulement émouvant, perdu au milieu de ses chandails. Alors elle monta jusqu'à sa chambre, ouvrit la porte et eut la surprise d'y trouver Raphaël en compagnie de deux hommes qu'elle ne connaissait pas.

— Nous vous avons envahie, madame, dit le plus âgé des deux en s'inclinant. Commissaire Sarrans... Inspecteur Berton.

Le commissaire Sarrans était un homme d'un certain âge, très différent du jeune inspecteur à l'air insolent qui avait l'air chez lui au milieu de ses dentelles.

— Où sont vos trouvailles? demanda Estelle en se tournant vers Raphaël.

Il y eut un silence et Raphaël expliqua aux policiers :

— Mme Laborie n'est pas encore au courant de ce qui s'est passé.

Elle l'interrogea du regard et il poursuivit :

— Tout a disparu...

Elle s'assit lourdement sur une petite chaise fragile qui frémit sur ses pieds incertains.

Elle pensa d'abord à Luc, à sa déception, aux conséquences qu'un tel choc pouvait avoir sur sa convalescence.

— Tout? demanda-t-elle.

Tout.

— C'est absolument navrant, dit le commissaire, et j'étais en train de dire au professeur Fauconnier à quel point je regrettais la destruction des photos. Les voir nous aurait considérablement aidés. J'ai du mal à imaginer les objets, malgré la précision de votre description, fit-il en se tournant vers Raphaël. À part vous, professeur, qui les a vus?

— Luc Fabrègue, bien sûr, Blaïd Ben Saïd et Amélie Boucoiran, c'est la veuve de l'ancien régisseur; tout ça l'a tellement secouée qu'elle est rentrée chez elle, à Châteauneuf...

— Il faudra que je les entende, dit le commissaire en notant les noms.

Puis il se tourna vers Estelle et lui demanda si elle avait l'impression que d'autres choses avaient disparu de la chambre.

— Non, dit-elle. À première vue, non.

— Chambre exquise, ajouta-t-il avec courtoisie. La vraie chambre d'une femme de goût! D'ailleurs, tout ici... Je dois vous avouer, madame, que j'ai souvent eu envie de vous demander la permission d'aller sur votre fragment de la Via Agrippa. Je n'ai pas la prétention d'être un érudit, mais, comme je le disais au professeur, j'ai une passion pour l'archéologie et les messages du passé. C'est, du reste, non loin de la Via Agrippa que les vestiges ont été découverts, n'est-ce pas?

— Sur une légère éminence, des alluvions sans doute... à une dizaine de mètres des dalles, dit Raphaël. Mais nous ne trouverons rien d'autre à cet endroit, le mobilier avait dû être déplacé de son lieu d'origine des siècles plus tard, enfoui par un berger ou un laboureur, et probablement recouvert au moment d'une crue violente du Rhône. Ce qui va rendre très difficile la suite des recherches.

Dans le silence consterné qui suivit, l'inspecteur Berton demanda :

— Je jette un coup d'œil, commissaire?

— Par acquit de conscience, dit Sarrans, mais, à l'heure qu'il est, je parie que les découvertes du professeur sont loin d'ici... Enfin! regardez tout de même, on ne sait jamais...

Berton souleva un petit buste de femme posé sur la cheminée avec autant d'égards que s'il s'était agi d'un fer à repasser. Estelle se leva.

– Faites attention, monsieur... tout ça est très fragile!

Le hochement de tête de Berton aurait mérité un sous-titre : « Cause toujours. » Très calme, il poursuivit sa prospection inutile.

« Pourquoi soulève-t-il bêtement les objets posés sur les meubles? se demandait Estelle. Ce n'est pas sous un vase ou une pendule, qu'il va retrouver la stèle ou la mosaïque! »

– Je vois sur votre liste : un collier composé de plaques d'or, une fibule d'or, un bracelet d'or, dit Sarrans à Raphaël. L'or, hélas, éveille toujours la concupiscence!

– Il n'y a là-dedans que des affaires personnelles!

La voix d'Estelle s'élève, agacée de voir Berton ouvrir un tiroir de sa commode.

Berton, impassible, referme le tiroir, en ouvre un autre, plonge la main dans de la lingerie délicate.

– Je ne vois vraiment pas l'intérêt... insiste Estelle.

Elle se tait quand Berton annonce :

– Je crois qu'il y a quelque chose...

Ils se sont aussitôt précipités, pensant qu'une partie des objets était retrouvée.

Mais, enveloppés dans de la toile bise, ce que Berton dévoile devant eux, ce sont deux petits tableaux encadrés, accompagnés d'un cadre vide.

– Qu'est-ce que c'est que ça? demande Estelle prenant un tableau entre ses mains.

Elle le retourne, le rend à Berton, et dit :

– Ce n'est pas à moi!

– Vous êtes sûre? demande Sarrans.

– Si j'avais un Corot, je le saurais!

Au nom de Corot, Sarrans a bondi. Puis il a demandé :

– Quel est l'autre tableau?

Elle le prend, l'examine attentivement.

– Il n'est pas signé... mais... attendez! Je parie que c'est un Claude Lorrain!

Voyant la tête consternée du commissaire, elle dit :
– J'ai perdu?
– Non, madame! C'est bien un Claude Lorrain!
Et il ajoute : *Paysage antique au bord de la mer*...
– Comment le savez-vous? Vous ne l'avez pas regardé!
– Ces tableaux ont été volés à la Fondation Rosa Sterling, il y a six mois...
– Mais qu'est-ce qu'ils font dans ma commode? demande Estelle, scandalisée.
– C'est à vous de nous le dire, madame.
Le ton du commissaire a changé. Estelle et Raphaël se regardent. Sarrans montre le cadre vide que Berton lui a passé.
– Et dans ce cadre, madame, avez-vous une idée de ce qu'il y avait?
Elle prend le cadre et l'observe avant de dire :
– Sans doute un autre Corot, les cadres sont identiques.
– Qu'est-il devenu?
Elle a un petit rire.
– Comment voulez-vous que je le sache!
– Enfin, commissaire!...
Raphaël commence à s'énerver :
– ... on cherche des vestiges...
– ... et on trouve des tableaux! Navré, professeur, mais puisque Mme Laborie ne peut me fournir aucune explication sur la présence de ce cadre et de ces deux toiles dans sa commode, je me vois dans l'obligation de porter l'affaire à la connaissance du procureur de la République.
Ça lui fait mal, au commissaire, de dire ça à des gens comme le professeur et Mme Laborie. Des gens au service de ce passé qu'il aime. Mais c'est son devoir qu'il fait en avertissant la justice, en demandant à cette femme de goût de le suivre.
– Est-ce que je peux prendre un bain? demande-t-elle.

290

La question a de quoi surprendre. Elle explique :

– Je suis debout depuis trente-trois heures, et, depuis trente-trois heures, il m'est arrivé bien des choses...

– Je comprends, a dit le commissaire. Nous vous attendrons, madame.

Et il a ajouté :

– M. Fauconnier nous tiendra compagnie pendant ce temps-là.

Ils ont pris les tableaux et sont descendus s'asseoir dans la cuisine. Il faisait trop froid dans le salon. Ils ont fumé en silence en disant des banalités. Jusqu'au moment où elle est entrée et où elle a dit :

– Je suis prête.

– Madame le Juge a été retenue chez Monsieur le procureur de la République, mais elle ne va plus tarder et vous prie de l'attendre ici.

Le greffier entre avec Estelle dans le bureau et lui fait signe de s'asseoir. Estelle regarde autour d'elle et s'installe face à un tableau pompier, immense : *La Justice triomphante*. Une femme un peu large, en draperies mollasses rachetées par la sévérité de la balance et du glaive. Pieds nus dans des spartiates... Tiens, elle a beaucoup de doigts de pieds... Estelle cligne de l'œil pour les compter.

– Oui, dit le greffier, elle a six doigts au pied gauche. Ça surprend tout le monde !

Tout le monde...

Est-ce que tout le monde vient ici se faire entendre ?

Le greffier se met à classer un dossier, range des papiers et des notes, demande son état civil à Estelle et commence à l'enregistrer. Il est à peine plus âgé qu'Antoine. Il pourrait être son fils. Il a l'air gentil...

– Nous disions donc...

Au bruit de la porte qui s'ouvre, Estelle se retourne et voit Madame le Juge qui entre, actionnant avec beaucoup d'adresse un fauteuil roulant. Le greffier se lève.

293

Estelle, saisie, se lève aussi. Le juge, une belle femme, autoritaire et assez gaie, lui fait signe de rester assise et s'installe derrière son bureau.

— Bonjour, madame, dit-elle. Oui, je sais, c'est un peu théâtral comme entrée, mais il m'est malheureusement impossible d'en faire une autre! Ce n'est ni un choix ni une chute sur les pentes d'Avoriaz, il s'agit d'une balle qui est allée se loger dans un centre moteur. Les risques du métier!...

Puis elle se plonge dans le dossier que lui présente le greffier.

— Bon!... On a donc trouvé chez vous des tableaux appartenant à la Fondation Rosa Sterling.

— On n'a surtout pas retrouvé les vestiges galloromains que le professeur Fauconnier a découverts dans ma propriété! s'exclame Estelle.

— Je sais, madame : il y a deux affaires. Mais, aujourd'hui, nous traitons l'histoire des tableaux, pas celle des vestiges. Je vous écoute.

Le silence s'installant, le juge sourit à Estelle et demande aimablement :

— Que s'est-il passé?

Voyant qu'Estelle n'a pas l'air de comprendre la question, elle précise :

— ... à propos des tableaux volés?...

— Mais je ne sais pas! dit Estelle avec sincérité.

— Vous savez bien à qui vous les avez achetés?

— Mais je ne les ai pas achetés!

— Alors dites-moi qui vous les a confiés?

— Mais personne ne me les a confiés! Je ne les ai jamais vus, ces tableaux!

— Pardon...

Elle se penche sur le dossier.

— ... Le rapport du commissaire Sarrans signale que vous avez reconnu le Claude Lorrain au premier coup d'œil.

— Mais bien sûr! C'est comme pour les Corot! Enfin... pour le Corot.

294

– Vous les avez *reconnus* sans les avoir *jamais vus*?

– Je veux dire que je ne les avais jamais vus *chez moi*!

– Où les aviez-vous vus?

– À la Fondation Rosa Sterling, je pense...

– Vous n'en êtes pas sûre?

– Peut-être à la Fondation, peut-être dans le catalogue...

– Je vois, toujours dans le rapport, que vous étiez nerveuse quand l'inspecteur Berton a commencé à perquisitionner chez vous, au Château des Oliviers... Ah... c'est joli, ce nom : le Château des Oliviers...

Estelle se tait toujours. Elle est maintenant sur ses gardes.

– Vous craigniez qu'en cherchant des indices sur les vestiges, on n'en vienne à découvrir les tableaux?

– Pas du tout! J'ignorais la présence de ces tableaux dans ma chambre!... Je ne sais pas si j'étais nerveuse, mais... j'avais des raisons de l'être. Vous savez, madame le Juge, j'ai eu beaucoup d'ennuis, ces derniers temps... Un peu trop, même...

Les deux femmes se regardent.

– ... Enfin, ça ne vous paraît pas bizarre cet incendie où mon fils a failli perdre la vie?

– En ce qui concerne l'incendie, l'enquête a conclu qu'il s'agissait d'une maladresse... un radiateur défectueux qui aurait mis le feu... D'ailleurs, je vois que vous êtes très bien assurée... et depuis peu de temps... Pourquoi?

– Ça, c'est parce qu'on a tourné un film chez moi.

– Ah?

– Oui. Un film italien... alors ils ont pris une assurance...

– À votre nom? C'est très généreux!

Elle regarde ses papiers.

– ... L'assurance s'arrête bientôt. Si l'incendie

avait totalement dévasté votre stock, vous auriez été largement indemnisée.

— Ce qui veut dire?

— Rien, madame. Je constate un fait, c'est tout. Mais revenons aux tableaux. Aucune trace d'effraction, aucun indice... et aucun souvenir. Vous ne m'aidez pas beaucoup!

— Je ne peux pas inventer pour vous aider, madame le Juge.

Le juge la regarde sans aménité. Quelque chose lui échappe dans la personnalité de cette femme, et ça l'irrite.

— Reprenons, dit-elle. Combien avez-vous vendu l'autre Corot?

— Trois milliards! répond Estelle, excédée.

Le jeune greffier cesse d'écrire et lève la tête, mal à l'aise. Mais le juge n'apprécie pas la plaisanterie.

— Madame Laborie, reprenez-vous. Nous ne sommes pas au cirque... N'aggravez pas votre cas en y ajoutant outrage à magistrat!

Estelle se lève.

— Et outrage à citoyen, ça n'existe pas? Je ne suis pas outragée, moi, par vos questions? Pourquoi me soupçonnez-vous? Prouvez-le donc que je les ai volés, ces tableaux!

— Combien avez-vous vendu l'autre Corot?

— Je ne l'ai pas vendu!

— Qu'est-il devenu?

— Comment le saurais-je?

— C'est votre dernier mot?

Elles se regardent en silence, puis le juge dit lentement :

— Madame Laborie, je vous inculpe du chef de recel de tableaux volés.

La stupeur du greffier inquiète Estelle qui n'a pas compris le jargon.

— Vous pouvez me traduire?

– Disons que vous êtes en état d'arrestation.

À son tour, Estelle regarde le juge avec stupéfaction.

Mais, en même temps, elle semble soulagée. Comme si elle avait atteint le pire. Au bout d'un silence, elle demande d'une voix indifférente :

– Je peux avoir une cigarette?

Le greffier interroge le juge du regard et, voyant qu'elle est d'accord, se précipite avec une cigarette, l'allume, revient à sa place. Estelle tire une bouffée. Elle ne fume jamais. C'est très joli de la voir dans le brouillard léger de la fumée. Elle dit, comme si elle voulait une confirmation :

– Je vais aller en prison?...

Le juge fait signe que oui. Estelle écrase sa cigarette et parle gentiment, comme si elle était avec des amis.

– C'est drôle, ça ne me surprend pas... Juste avant d'entrer ici, j'ai su que quelque chose de terrible allait m'arriver...

– Vous pouvez appeler votre avocat, dit le juge, mal à l'aise mais essayant de donner le change.

– Merci, dit Estelle, de plus en plus indifférente.

– Qui est?...

– Pardon?...

– Votre avocat?

– Ah!... Maître Sophie Mignaud.

– Ah!... Une jeune femme très brillante!

– Très! À part l'avocat, je ne peux appeler personne?

– Pas aujourd'hui.

Soudain au bord des larmes, Estelle se lève et dit :

– Alors, quand vous voulez...

Et elle signe le procès-verbal.

Elle est partie entre deux gendarmes.

Le juge range des papiers devant elle et dit :

297

– Allez, Langlois... Je vous entends penser, et c'est un bruit qui m'est insupportable, alors, s'il vous plaît, pensez tout haut!

Comme le greffier ne réagit pas, elle se tourne vers lui.

– Vous me trouvez bien sévère avec Mme Laborie?

– Je dois avouer, madame le Juge...

– Je sais, Langlois... mais je vais vous dire pourquoi j'en suis venue à prendre cette décision. De deux choses l'une : ou bien elle est très forte et coupable...

– Ou bien?... demande le greffier.

– Ou bien c'est une femme en danger. Dans les deux cas la prison s'impose. À titre provisoire, Langlois!...

– Je n'ai rien dit! dit le greffier.

– Je vous connais! Estelle Laborie a peur de quelque chose... C'est visible. C'est vrai que l'incendie, le vol et peut-être... le traquenard... J'ai dit « peut-être »! Tout ça, ça fait beaucoup d'événements. Elle ne m'a pas tout dit... Elle était sous le choc, ça peut se comprendre. Ma conclusion paraît cruelle, j'en suis parfaitement consciente, Langlois... mais, en prison, elle sera en sécurité!

Bruits de grilles, de clefs, de pas. Réverbération sonore. Univers carcéral.

Estelle entre dans une cellule. Dans ses bras, elle porte une couverture et des draps. Son visage est sans expression. Une gardienne la précède, revêche.

Il y a déjà deux femmes dans la cellule. Estelle voit d'abord la plus vieille, qui la regarde avec curiosité. Malgré son âge, elle est peinte pour affronter le plus vieux métier du monde. Puis l'autre prisonnière se retourne. C'est Zita. Moment d'intense stupéfaction, d'intense émotion, pour Estelle comme pour la caraque. Zita débarrasse Estelle de ses fardeaux et lui prend les mains. Elles se regardent, yeux dans les yeux, et, soudain, elles éclatent de rire.

– Ça alors! Toi!

– Zita!

La gardienne a beaucoup de mal à comprendre la joie profonde des deux femmes. Elle s'en va en disant :

– Voilà que ça leur fait plaisir d'être en taule, maintenant!

– Celle-là, dit la vieille prostituée en désignant la gardienne qui s'éloigne, celle-là, le jour de la distribution de connerie, elle a pas manqué à l'appel!

299

— « Toi et moi, un jour, on vivra sous le même toit. » Tu l'avais vu !

— Oui. Mais j'avais pas pensé à la prison !... Pas pour toi ! Qu'est-ce que t'as fait ?

— Tu ne vas pas me croire : j'en sais rien !

— Si tu crois que ça m'étonne, dit Zita qui en a vu d'autres.

— Et toi, Zita ?

— Oh moi, pas grave ! Sentimental !... J'ai mis deux, trois coups de couteau à mon homme !

— Bravo ! dit la vieille.

Zita la présente :

— C'est Bijou... une amie.

Les deux femmes se saluent timidement.

Soudain Zita se rembrunit en voyant Estelle s'asseoir, un peu perdue, sur le bord d'un lit, les yeux dans le vague.

— Ça va pas, l'Étoile ?

— Elle s'appelle Étoile ? demande Bijou, prête à rêver.

— Ça va pas ?

— Je voudrais comprendre... dit Estelle, désemparée.

— Y'a rien à comprendre, l'Étoile !

Elle lui prend une main, la serre entre les siennes sans chercher à la lire, et poursuit :

— Tu marches sur le chemin qui est tracé dans ta main, un jour le chemin passe par la prison, un autre jour par la fête... et des fois... par l'amour.

Elles se regardent, graves.

Bijou se lève et vient tendre sa grosse main aux ongles laqués d'aubergine à Zita.

— Et moi, le chemin ?... Qu'est-ce que tu vois ?

— Oh, toi, Bijou, dit Zita gentiment, toi, c'est roi d'Angleterre et Doux Jésus qu'on voit dans ta main !

La vieille, ravie, regarde sa main comme si c'était un trésor. Zita baisse les yeux, triste, et Estelle comprend pourquoi elle l'a tout de suite aimée.

La grosse clef tourne dans la serrure.

Raphaël entre dans la maison silencieuse et sombre.

Il est seul.

À tâtons il cherche le bouton électrique de l'entrée. Sa main rencontre des imperméables, se perd dans des cannes et des parapluies, avant de trouver l'interrupteur désuet, probablement non conforme aux règles de sécurité.

La lumière le surprend. Il cligne des yeux. Au bout de la galerie, il voit les ancêtres d'Estelle et va vers eux, sans se douter qu'ils l'observent dans le noir depuis son arrivée.

Il leur dit :

– Estelle est en prison...

et reste immobile au milieu de tous ces regards glacés, poursuivant dans sa tête les reproches qu'il se fait depuis qu'il connaît la nouvelle. Comme ce matin, à la cafétéria de l'hôpital, il s'accuse.

Estelle est en prison parce qu'il n'a pas su respecter la règle du jeu. Parce qu'il a fait ce qu'il interdit formellement à ses élèves : « Ne vous laissez jamais séduire par l'intuition ! »

Et lui, il est tombé dans le panneau, comme un

débutant! La tête la première! Il avait envie de trouver, de trouver vite! Pour prouver à Estelle qu'il était le plus fort. Il s'est trompé d'adversaire comme un jeune rat dans une fable de La Fontaine. Jaloux de l'Italien et de son cinéma, il a oublié que l'ennemi des Oliviers c'était Cigal-Land. Un ennemi redoutable. Un ennemi dont il ne s'est pas méfié, dont il a attiré l'attention. Un ennemi qui n'a rien laissé derrière lui. Pas le moindre éclat de mosaïque, pas le plus infime fragment de pierre gravée, pas même une trace d'or...

Maintenant, il en est sûr : depuis le début, depuis sa lettre au ministre, Pierre Séverin a toujours été au courant de ce qu'il voulait faire. La réponse d'Aix, le vol, l'incendie, les tableaux de la Fondation Sterling dans la chambre d'Estelle, tout ça c'est lui.

Mais comment le prouver? Il est dangereux d'accuser sans preuves.

— Faites attention, professeur, lui avait dit Sarrans en prenant congé de lui. Vos soupçons ne reposent sur rien et peuvent vous attirer des ennuis. Vous connaissez l'admiration que m'inspirent vos travaux, aussi je vous mets en garde. Amicalement. Soyez prudent. Ne dites pas n'importe quoi. C'est comme pour les objets qui ont disparu... les témoignages de Blaïd Ben Saïd, de Mme Boucoiran et du jeune Fabrègue n'ont aucune valeur...

— Et mon témoignage, à moi?

— Je voudrais pouvoir vous croire...

Sarrans avait l'air sincèrement navré.

— Vous comprenez, vous jouez de malchance... si, au moins, vous aviez pu me montrer des photos!

— Et l'incendie qui éclate au bon moment, vous l'expliquez comment?

— Accident domestique, avait répondu le commissaire, reprenant la conclusion de Berton.

Raphaël s'adresse encore aux ancêtres :

– Il doit s'imaginer que j'ai inventé des objets qui n'existent pas, que j'ai allumé un incendie pour expliquer leur disparition, afin de venir au secours d'Estelle !...

C'est exactement ce que pense le commissaire qui trouve ça très sympathique quoique parfaitement illégal, et se demande comment le professeur va s'en sortir.

Demain, Raphaël ira scruter le fond de la tranchée, mais il sait déjà qu'il n'y trouvera rien. Comme il l'a dit au commissaire, le site archéologique n'est pas là. Il est quelque part ailleurs, dans le sous-sol des Oliviers. Seul un sauvetage programmé, un décapage mécanique des terrains superficiels et des coupes stratigraphiques pourraient faire progresser rapidement les recherches. Mais pour ça il aurait fallu obtenir l'appui des Beaux-Arts...

Très fort, Pierre Séverin.

Raison de plus pour se battre. Avec les seules armes dont dispose un archéologue. Les seules armes qu'il aurait dû prendre dès le début. Les livres et le silence.

Raphaël se dirige vers la bibliothèque glaciale où Luc a déposé le carton de documentation descendu de Paris. Dans la fièvre des fouilles, il ne l'a même pas ouvert. Il s'en veut cruellement.

Il fait de la place sur la grande table recouverte d'un tapis de feutrine verte un peu mitée, et sort un à un les volumes disparates, dernières parutions ou vieilles éditions dont il avait déjà établi la liste pendant son voyage en Chine. Il range plusieurs *Guides du touriste archéologue* de la fin du siècle dernier sur les villes de la Provincia, un *Mémoire sur la céramique antique de la vallée du Rhône*, quelques textes de Strabon... Il y a toujours des

303

choses à glaner chez Strabon au sujet des voies romaines et de la circulation... *Géographica*... Il feuillette une monographie détaillée sur la Compagnie des bateliers de Roquemaure qui assurait la majeure partie du commerce sur le Rhône...

— J'ai faim! dit une voix.

Debout sur le pas de la porte de la bibliothèque, Meitchant-peù le regarde. Bien sûr il a parlé dans sa langue de chat, mais il est impossible de ne pas le comprendre.

Raphaël se lève, plein de bonne volonté, décidé à remplir son rôle de gardien des Oliviers, mais n'ayant aucune idée de ce que mange Minet. Il le suit à la cuisine, lui coupe du saucisson avec une paire de ciseaux à broder trouvée dans le panier de couture d'Amélie, remplit une soucoupe de lait, remet du bois dans la cuisinière, se tartine du pâté sur un morceau de pain sec, se verse un fond de bouteille et retourne dans la bibliothèque. En s'installant pour continuer sa lecture, il fait tomber une mince plaquette grise et la ramasse.

Tentative de réhabilitation du cadastre d'Orange par l'étude des textes lacunaires.

Il a lu le titre avec émotion. C'est par là qu'il aurait dû commencer le travail. Ce texte de Félix Mazauric, il l'a découvert il y a des années. À une époque où il ne cherchait pas un site dans le sol castelpapal. Sans idée d'utilisation personnelle. Pour un plaisir scientifique. Cette nuit, c'est différent, il s'agit de sauver Estelle. Chaque fois que le nom d'Estelle traverse sa pensée, il tremble. De chagrin. De rage.

De froid aussi, mais il ne le sait pas.

Il lit.

Les plaques brisées ne permettent qu'une prudente interprétation conjecturale. Toutefois certaines hypothèses se trouvent confortées par une récente découverte. En 1901, dans les environs de Carpentras, on a trouvé cette inscription sur les restes d'un mur d'atrium :

MOI, TIBERIUS CAÏUS AI CONSTRUIT CETTE MAISON SUR LE MODÈLE DE CELLE DE LA BELLE ROMAINE, ANTISTIA SAPPIA QUINTILLA. LE RHÔNE...

Le reste est illisible. On peut cependant deviner les mots : exil, Rome et bateaux. Ce qui prouve...

Raphaël arrête sa lecture et réfléchit.

La Belle Romaine... Où a-t-il lu un texte qui parlait de la Belle Romaine ?... D'une main fébrile, il cherche parmi les livres et les documents étalés sur la table.

Et soudain il se souvient. C'est un texte latin. Non traduit. Cité dans un livre préfacé par Camille Jullian *.

Il l'avait lu avec amusement, c'était un récit de voyage qu'un jeune Romain avait écrit, sous forme de lettres. Il avait séjourné entre Arelate ** et Arausio ***. Il s'en souvient maintenant. Hélas ! le livre en question est resté à Paris. Il est deux heures du matin, deux heures dix-sept exactement, constate-t-il en consultant sa montre, difficile de réveiller Mme Soulier pour lui demander de s'habiller et d'aller chercher la référence pour la lui lire au téléphone.

Il se lève, contrarié, et, brusquement, sent le froid sur ses épaules. Il regarde la bibliothèque, admire les œuvres complètes de Mistral, la belle reliure du *Trésor du Félibrige*... Que vont devenir tous ces volumes quand le béton et les grandes eaux de Cigal-Land passeront à l'attaque ? Il frissonne. Tacite... superbe édition ! C'est vrai, Luc lui

---

* Camille Jullian, 1859-1933. Historien français né à Marseille. Auteur d'une *Histoire de la Gaule*.
** Arles.
*** Orange.

a dit que son arrière-grand-père Alfonse avait tenté de traduire *Mirèio* en latin... Virgile, bien sûr... Ovide... Et soudain il reste pétrifié. Le livre préfacé par Camille Jullian est devant lui. Il tend la main, il le prend, remarque un signet de soie rouge.

Avant de l'ouvrir il sait ce qu'il va trouver.

Estelle remonte lentement par paliers d'un sommeil lourd et épais et ne sait plus où elle est.

Elle n'est pas dans sa chambre des Oliviers. Ça elle en est sûre ; elle n'est pas non plus aux Saintes-Maries où sa fenêtre ouvrait sur l'étang des Launes... Ici l'atmosphère est pesante, confinée. Où est-elle ?

Elle est en prison.

Le mot la réveille brutalement. Pour un peu, il la ferait rire. En prison ! C'est tellement surréaliste ! Mais c'est terrible... Elle n'a pu échouer en prison que parce que Marceau est prêt à tout. L'incendie, le vol, la mise en scène avec les tableaux de la Fondation Sterling, c'est lui. Maintenant elle en est sûre.

Marceau a passé les limites.

Marceau est fou !...

Hier soir, du greffe, elle a appelé Sophie ; ni elle ni la jeune femme n'ont prononcé son nom, mais elles savent toutes les deux qu'il est derrière tout ce qui arrive.

Seulement comment le prouver ?

Bijou dort encore. Le sommeil la fait plus jeune. Candide.

Zita est déjà réveillée. Elle regarde Estelle depuis

un moment et lui sourit quand elle voit ses yeux ouverts.

— Ça va? demande-t-elle à voix basse.

— Ça va! répond Estelle sur le même ton.

La caraque vient s'asseoir au bord de son lit.

— J'aurais aimé me tromper pour notre rendez-vous, l'Étoile...

Puis elle se fâche :

— ... bande de salauds!

— J'ai de la chance, dit Estelle, sincère.

— Tu rigoles? T'as de la chance? Ici? Toi?

— Parce que tu es là, Zita.

Les deux femmes restent un long moment immobiles, silencieuses. Bijou se retourne et murmure dans son sommeil :

— ... la police...

Il y a foule à la mairie. Tout le conseil municipal est là, bien sûr, mais la nouvelle a fait sortir de chez eux bien des gens qui ne s'occupent pas, d'habitude, des affaires de la commune.

Estelle Laborie est en prison! Elle aurait volé des tableaux!

D'abord ils n'y ont pas cru. Ni à la prison. Ni à l'accusation. Alors ils ont voulu savoir. Et ils sont venus. Et maintenant ils se bousculent dans la salle du conseil, grande ouverte comme pour un mariage. Il y a même quelques femmes, étonnées d'avoir eu le courage de prendre le mâle chemin du Forum. Les voisines d'Amélie, la mère et la fille; deux vieillettes si bossues, si escranquées *, qu'on se demande en les voyant laquelle a fait l'autre.

– *Es pas poulit, queto vergougno* **! disent-elles d'une seule voix et en provençal parce que c'est la langue de leurs émotions.

Mireille essaie de ramener le calme dans cette foire, secoue sa sonnette et réclame le silence pour

---

* Éclopées, impotentes.
** « C'est pas beau, quelle honte! »

annoncer l'ordre du jour. Alors Samuel se lève, terrible comme un prophète en colère et, d'une voix tonnante :

— L'ordre du jour, c'est Estelle Laborie!

— Bravo ! dit Jujube qu'encouragent des applaudissements.

Samuel poursuit.

— On trouve des vestiges gallo-romains aux Oliviers et, le soir même, le feu prend dans la grange! Luc manque y laisser la vie et, le lendemain, on s'aperçoit que les vestiges sont volés! Ensuite on accuse Estelle de recel de tableaux! Ça ne vous paraît pas beaucoup tout ça au moment où un promoteur guigne sa propriété?

— Samuel! crie Mireille, furieuse.

— Il a raison! crie Jules, encore plus fort.

Madame le Maire se tourne vers le curé et lui fait remarquer qu'il n'est pas membre du conseil et n'a pas à donner son avis. Une voix formidable lui coupe la parole :

— Tu crois peut-être que, parce qu'il ne fait pas partie du conseil, il va rester tranquille comme une jarre d'huile devant l'injustice?

Celui qui a parlé est fort comme une armoire de chêne. C'est l'Anarchiste.

On l'appelle comme ça parce qu'il a

« NI DIEU — NI MAÎTRE »

écrit sur le polo, et qu'il vit comme un sauvage avec ses chiens truffiers sur sa petite vigne, au bord d'un bois de chênes. On ne le voit jamais, et tout le monde se tait, sidéré. Sauf cet imbécile de Béchaud qui lui demande :

— Mais dis, l'Anarchiste, tu as tourné la veste? Tu es du parti des curés, maintenant? Je croyais que tu ne pouvais pas les voir!

— Je ne peux pas les voir, répond le colosse avec

310

âme, c'est vrai! Mais celui-là, c'est le mien! explique-t-il en désignant Jules.

Peu à peu, ils sont partis et le maire et les conseillers se sont retrouvés seuls. La discussion a repris de plus belle. Il était encore question d'Estelle, bien sûr, mais surtout de Cigal-Land.

L'instituteur, Antonin et Samuel étaient contre depuis le début, et le criaient plus fort que jamais. Les autres, surtout Béchaud qui était bien content qu'on lui achète une carrière tout juste bonne à faire une décharge, défendaient le projet.

— Mille emplois! disait Romain. Je vois que ça! Je vois que mon fils, au lieu de s'expatrier dans un département limitrophe, ou d'aller pointer à l'A.N.P.E., va pouvoir vivre au pays!

— Dans le béton et la frite qui sont, comme chacun sait, les deux mamelles de la Provence! dit Antonin, furieux.

— Tout le monde n'a pas la chance de faire du vin, comme toi! dit Romain.

Parole malheureuse. Antonin se lève.

— Parlons-en du vin! Revenons une fois pour toutes sur l'affaire du vin des Oliviers! Il est temps de réhabiliter le cru des Laborie...

— Au moment où on va faire le lac? s'esclaffe Béchaud.

Mireille agite désespérément sa sonnette.

— Je vous propose de nous réunir dans la semaine pour parler des problèmes qui viennent d'être évoqués, mais, aujourd'hui, nous avons à régler la situation de l'élagage des platanes de la nationale 18.

Samuel la regarde, sûre d'elle, autoritaire, tranchante. Mais il la connaît depuis toujours, et il devine que, derrière la façade, il y a un grand désarroi.

311

— Pauvre Estelle, dit Marceau en reprenant du rouget grillé. Je savais qu'elle était aux abois, mais je n'imaginais pas qu'elle en viendrait à trafiquer des tableaux volés!... Tu ne manges pas?

— Pas faim, murmure Mireille, les yeux dans le vague.

Elle n'a pas touché à son assiette. Elle n'a pas trempé les lèvres dans son verre. Elle semble retournée, comme on dit à Châteauneuf.

— En tout cas, elle nous a rendu un fier service! poursuit Marceau, de bonne humeur.

— La séance à la mairie a été terrible, dit Mireille en le regardant.

— Terrible? Ils savent ce qu'ils veulent, oui ou non? Ils vont l'avoir leur Cigal-Land! Ils vont les avoir, leurs emplois! Ils vont les avoir, leurs sous! Que veulent-ils de plus?

— Ça s'est mal passé... Très mal passé, répète-t-elle. Le village ne croit pas à la culpabilité d'Estelle.

Marceau hausse les épaules et vide son verre de Nalys avec un plaisir visible.

— Moi non plus... dit Mireille.

— Toi non plus quoi?

312

– Moi non plus, je ne crois pas à la culpabilité d'Estelle.

– Mais moi non plus !

Il pose une main sur la sienne.

– ... moi non plus je n'y croyais pas ! Jusqu'à ce qu'on trouve ces tableaux chez elle !

– Tu me jures...

Elle se tait brusquement. Mal à l'aise.

– Je t'écoute, dit Marceau très froid.

– Non. Rien...

Elle essaie d'avaler une bouchée, repose sa fourchette.

– La prison... Je pense à ses enfants...

– Mais moi aussi je pense à ses enfants, figure-toi ! J'ai même téléphoné à sa fille, en Sibérie, pas plus tard qu'hier pour la féliciter. Elle est géniale, la polytechnicienne ! Un cas !... J'ai signé un chèque pour son frère ! L'artiste. Un cas aussi, mais dans un autre genre... J'ai sorti des crédits pour la campagne de Jean-Edmond ! Cette famille, je la tiens à bout de bras, Mireille !... Mais je ne peux pas empêcher Estelle d'être malhonnête si l'envie lui en prend !

– Estelle n'est pas malhonnête, dit Mireille. Et puis j'ai peur, maintenant, que...

Il la regarde en silence, agacé par ces scrupules soudains.

– ... j'ai peur qu'on ne découvre qui tu es, et que tout ça ne paraisse...

Elle cherche le mot, elle voudrait dire : douteux, mais elle n'ose pas. Elle dit : « étrange », lâchement.

Marceau sourit.

– Je comprends. Tu as peur que le village, apprenant que je suis Marceau Dupastre, ne vienne me reprocher d'être encore vivant ? C'est ça, hein, Mireille ? Au fond, j'aurais dû avoir la délicatesse de mourir avec les miens, et de ne pas venir emmerder le monde, trente-cinq ans plus tard ! Ah, et puis on

313

arrête! Je voulais te voir ce soir parce que je voulais passer une bonne soirée. Avec toi. Allez!... Reviens, Mireille! On est à Rochegude. Tous les deux. On touche au but! Tu n'es pas contente? On va gagner, Mireille!

Il prend sa main, il l'embrasse et, une fois de plus, elle fond. Une fois de plus, elle se retrouve sous le baldaquin de bois doré, dans ses bras, éblouie par le contact de sa peau, de ses lèvres, par la musique de sa voix. Elle est toute petite, et il l'aime... Sa main se crispe sur le revers de dentelle du drap et, comme une flèche, une image cruelle l'atteint : Estelle cherchant le sommeil sous la couverture brune de la prison... Mireille pousse un gémissement et, pour chasser la vision, plonge dans le plaisir afin d'oublier que les autres existent.

Jujube est assis par terre devant le presbytère. Il
guette Jules depuis le lever du jour. Il faut absolument qu'il le voie. Aussi, quand la porte s'ouvre, il se
précipite.

– Bonjour, Monsieur le Curé! Je voulais vous
dire... Voilà! Il y a longtemps que je n'ai pas balayé
l'église... même que je veux bien le faire gracieusement aujourd'hui! Parce que (il baisse la voix) le Bon
Dieu, il faut que je lui parle.

– Tu as des choses particulières à lui demander?

– Pétard! Pas qu'un peu, mon père! C'est pour
Estelle Laborie. J'ai pensé que, maintenant, c'est là-
haut qu'ils doivent s'en occuper puisque, nous, on
n'est pas capables d'être justes!

– Nous?...

– Nous tous. Les gens de Castèu-Nòu! On a laissé
venir les barons du Nord faire la loi! On n'en veut
pas de leur Cigalade qui va couper des arbres et
noyer des vignes! Allez... donnez-moi le balai, mon
père, et je vous promets que je trouverai les mots!
Saint par saint, sainte par sainte, je leur parlerai à
tous! Et surtout au Bon Dieu, parce que c'est quand
même lui qui décide! Même que je sais quel reproche
il me fera...

– Quel reproche, Jujube?

– Il me dira la vérité; il me dira que nous sommes tous trop égoïstes!

Jules est allé chercher la clef de l'église, la clef presque aussi grande que le balai qu'empoigne Jujube, ravi.

Il l'a regardé traverser la placette, tout heureux d'aller balayer chez le Bon Dieu. Puis, brusquement le curé est parti droit devant lui, à grands pas, sans savoir où il allait.

Lui, si courtois d'habitude, croisait ses paroissiens sans les saluer, oubliait de répondre au bonjour des enfants et des vieux qui s'arrêtaient, étonnés de le voir parler soulet, comme quelqu'un qui a perdu la raison.

Il traversa le village, monta comme une flèche jusqu'aux ruines du château, et la rude calade n'interrompit point son discours.

– Voilà où nous en sommes! disait-il avec désespoir. Il a raison, l'innocent : trop égoïstes... et moi le premier. Depuis le début, je n'ai pensé qu'à moi. Je n'ai pensé qu'au salut de mon âme!... Mais le salut de mon âme doit-il passer avant l'amour de mon prochain? Parce que je me suis tu, on a volé, brûlé, trahi, déshonoré, jeté une innocente en prison! Vais-je attendre que le sang coule pour lâcher enfin la vérité?

Il s'arrêta brusquement et regarda l'immensité du paysage ouvert devant lui.

Le moment du sacrifice était venu.

– Il faut que je Te le dise... Je viens de prendre ma décision. Je vais... rompre le secret de la confession!

Le son de sa propre voix le fit tressaillir. Il regarda autour de lui, épouvanté, s'attendant à ce que les pierres du château, les tuiles romaines des toits, les ceps de la vigne, les oiseaux du ciel, tous les témoins de sa vie, ne se révoltent, indignés, vengeurs, et ne le montrent du doigt.

316

Mais rien ne bougea. Tout resta paisible. Une alouette monta en flèche, musique au bec. Sa peur se dissipa peu à peu. La décision était prise. Il ne changerait pas d'avis. Ce qu'il allait faire était grave, mais il le ferait.

Parce que, comme Jujube, Jules a confiance en la bonté de Dieu.

Le jour se lève sur Bratsvovod. Philippine est heureuse.

Bottée, casquée, naviguant sur le barrage, elle pense au coup de fil de Pierre Séverin. Il y a deux jours, il lui a téléphoné pour lui dire qu'il était content du jeune lieutenant.

– Je sais que les débuts ont été durs, a-t-il dit, je sais que les Russes n'ont pas toujours été faciles avec vous. Mais vous les avez eus, Philippine! Chapeau! Je suis fier de vous!

Ce coup de fil lui a fait du bien. C'est vrai que la vie n'a pas été simple, les premiers temps. C'est vrai que ses collaborateurs, les Français comme les Russes, ne lui ont pas fait de cadeaux. Même maintenant où elle se sent acceptée par tous, admirée, elle sait qu'elle ne doit pas baisser sa garde, que chaque jour elle doit veiller à leur faire oublier sa jeunesse. À n'exister que par son efficacité, sa rigueur.

Paradoxalement, c'est le plus vieux qui l'a adoptée le premier.

Pavel Alexandrovitch, le chef de chantier, est persuadé qu'elle est d'origine russe. Elle parle trop bien leur langue pour qu'il la croie française. Il l'appelle la barynia. Ça la fait rire.

Aujourd'hui, grande discussion. Il faut arrêter la décision qui va orienter toute la politique de réhabilitation de l'ouvrage. Les Russes amusent Philippine... une fois de plus, ils essaient de la prendre en faute. Mais elle est forte, elle sait qu'elle va gagner...

– Téléphone urgent pour Mme de la Craye!

Un de ses collaborateurs est venu l'avertir. Elle quitte la réunion en plein air, face au vide, au danger, au froid, à l'avenir, et va jusqu'au petit poste de garde en bavardant gaiement avec Pavel Alexandrovitch.

La chaleur du poste les surprend, elle défait sa veste, soulève son casque pour libérer son oreille droite, et dit :

– J'écoute?

C'est Sophie qui l'appelle, et pour que Sophie l'appelle depuis leur brouille, il faut que quelque chose de grave soit arrivé.

Quelque chose... Mon Dieu...

Elle écoute, et elle apprend. Tout.

– Merci, Sophie, murmure-t-elle.

Puis elle raccroche et reste immobile. Foudroyée.

Par la vitre du poste, elle regarde le paysage de Bratsvovod. Ses espoirs, ses ambitions, ses illusions, son admiration aveugle pour Pierre Séverin viennent d'être pulvérisés par quelques mots.

Des larmes coulent sur son visage, des larmes qu'elle ne tente même pas de cacher au vieux Pavel Alexandrovitch.

Elle se tourne vers lui et dit :

– МОЯ МАМА В ТЮРМЕ *

Elle enlève son casque et le pose sur la table devant elle, comme une arme que l'on rend.

---

* – Maman est en prison.

Il n'y a plus de barynia..., il n'y a plus qu'une enfant qui pleure dans les bras d'un vieil homme.

Cendrillon a perdu sa pantoufle. Le lieutenant de réserve de la Craye va rejoindre Moscou au plus vite et prendre le premier vol pour la France.

Philippine serre la main de Pavel Alexandrovitch.

Adieu Brastvovod.

La petite Sophie attendait dans le couloir devant le bureau du juge.

Elle portait sa robe d'avocat et regardait Estelle qui avançait, attachée par une main à la main d'un gendarme.

Brusquement, à cause d'une robe noire et d'un bracelet d'acier, elles n'étaient plus ce qu'elles avaient toujours été l'une pour l'autre. Celle qui avait élevé une petite fille sans mère et celle qui avait grandi à la chaleur de sa tendresse.

Elles étaient devenues un avocat et une prévenue.

Elles s'embrassèrent en silence. Le gendarme avait l'air malheureux d'être si proche d'elles, si collé à leur baiser. Son collègue regardait ses pieds avec une expression affligée, comme s'il venait de découvrir à l'instant même à quel point ils étaient grands.

Un parfum d'innocence émanait de l'étreinte de ces deux femmes.

Elles n'osaient pas parler. Elles auraient voulu être seules. L'émotion de cette rencontre les étouffait, et, chez Sophie, un autre sentiment rendait le dialogue impossible... le bonheur qu'elle avait dans le cœur. Elle avait parlé à Antoine et maintenant tout était clair, heureux. Et c'était à cette Estelle enchaînée

321

qu'elle devait cette joie, cette lumière. Elle prit dans son sac la lettre qu'Antoine lui avait demandé de remettre à sa mère, et la lui tendit.

Estelle sortit de l'enveloppe une feuille avec un dessin...

– Raoul Cool! fit le gendarme aux grands pieds. Vous aimez aussi?

– Beaucoup! dit Estelle. C'est mon fils.

Impressionnés, les deux gendarmes se penchèrent sur Raoul Cool et sa légende :

Raoul Cool préparant l'évasion de sa jolie maman!

– Super! dit le premier.

– Génial! dit le second.

Sophie et Estelle se sourirent et les laissèrent à leur contemplation pour échanger quelques mots à mi-voix.

– Vous vous êtes revus, avec Antoine?

– Oui. Merci de m'avoir poussée à lui parler...

– Tout va bien?

– Tout.

Elle aurait voulu lui dire à quel point « tout » allait bien. Mais elle n'était pas venue célébrer ses amours, elle était venue défendre sa cliente. Qui se trouvait être la mère de l'homme qu'elle aimait. D'ailleurs on les appelait pour l'audition.

Elles entrèrent dans le bureau du juge. Le gendarme siamois sortit la clef des menottes et libéra sa prisonnière avec soulagement.

Le juge Martinot avait l'habitude d'observer le regard que les gens portaient sur les accusés quand elle les recevait dans son bureau. Elle aimait poser des questions bizarres, gênantes ou saugrenues, pour provoquer des réactions.

– Comment supportez-vous la prison? demanda-t-elle aimablement.

– À votre avis, madame le Juge, la prison est-elle une chose que l'on puisse supporter? répondit Estelle.

Dans le silence qui suivit, le juge fit le tour des visages. La jeune avocate aimait Mme Laborie, c'était visible. Le greffier était ému par elle, elle l'avait remarqué dès la première fois. Quant aux gendarmes, elle ne leur avait jamais vu un air si malheureux... Il paraît, du reste, qu'il y avait eu un début d'émeute à la mairie de Châteauneuf quand on avait appris que Mme Laborie était arrêtée. Tout le monde l'aime, cette femme. Et pourtant elle est en danger. Quelqu'un veut la détruire. Pourquoi?

Le juge se penche sur le dossier, prend tout son temps, et dit :

– Vous pourriez sortir très vite si vous acceptiez de coopérer!

– Coopérer? s'insurge Sophie. Encore faudrait-il que ma cliente ait des choses à dire sur l'affaire des tableaux!

– Que voulez-vous que je vous apprenne? demande Estelle. Je ne sais rien!

– Ne soyez pas trop honnête, dit le juge.

Voyant que les deux femmes la regardent avec stupeur, elle se reprend en souriant.

– Je veux dire : ne couvrez pas le coupable parce que vous êtes trop honnête... Soyez raisonnable! Pensez à vous!

Le silence est complet dans le bureau. La Justice aux six doigts de pied gauche regarde la scène avec sévérité. Hélène Martinot s'appuie sur les bras de son fauteuil d'infirme et se penche en avant.

– De quoi avez-vous peur, madame Laborie?

Aucune réponse. Le juge se tourne vers la jeune avocate.

– Maître, si votre cliente a reçu des menaces, si nous devons la protéger, nous le ferons... Dites-le-lui! Vous avez des ennemis? Quelqu'un qui vous veut du mal?...

– Oui, dit Estelle.

Et le juge se sent brusquement soulagée.

– En effet, madame le Juge, Mme Laborie a tout lieu de soupçonner qu'elle est victime d'une machination. Il est toujours très difficile d'accuser sans preuve mais, cette nuit, j'ai constitué un dossier détaillé de tout ce qui lui est arrivé depuis quelques mois.

Et Sophie tend le dossier, ouvert à la première page.

– Pierre Séverin? s'étonne le juge. C'est Carmeau-Développement?

– En ce qui me concerne, dit Estelle, c'est plus précisément Cigal-Land.

– Mais pourquoi Pierre Séverin vous en voudrait-il, madame?

– Il veut d'abord ma propriété, mais c'est plus compliqué que ça...

– Prenez connaissance du dossier, madame le Juge, vous verrez : c'est une lecture intéressante! insiste Sophie.

Debout dans l'antichambre du palais de justice, elles ont pu échanger quelques mots avant de se séparer.

– Tu vas peut-être m'en vouloir, car je n'ai pas tenu ma parole... avoue Sophie. J'ai dit à Philippine qui était Pierre Séverin...

– Et alors? a demandé Estelle avec une certaine angoisse.

Sophie sourit :

– Alors elle est dans l'avion, elle revient. Rien ne pouvait plus nous souder les uns aux autres que ce qui vient d'arriver. Tu sais, toute la famille est réunie autour du lit de Luc.

– Comment va-t-il? demande Estelle.

324

Il lui semble qu'elle a quitté son fils depuis des jours et des jours, qu'elle l'a abandonné.

Il va beaucoup mieux. Il a même décrit les vestiges à Antoine qui les dessine. C'est très beau.

Les gendarmes attendent patiemment, même quand elles se taisent.

— Le juge Martinot est une femme bien, dit Sophie au bout d'un moment. Je crois que la lecture du dossier va l'éclairer.

— Mais, quand même, dit Estelle qui semble soucieuse, nous ne sommes sûres de rien...

— De rien?

— En ce qui concerne Marceau.

Sophie sourit.

— L'auras-tu aimé, ce petit garçon!

Estelle est repartie entre les gendarmes qui veulent savoir quand sort le tome II de *Raoul Cool*. Ils n'ont pas osé lui repasser les menottes. Enchaîne-t-on la mère d'un héros?

— Alors? a demandé Zita. La juge?

Estelle a haussé les épaules, ne sachant que répondre.

— Mais pourquoi t'es ici, l'Étoile? s'étonne Bijou. Faut croire que quelqu'un t'en veut!

Zita rit :

— Dis donc, la Bijou, tu vas bientôt pouvoir reprendre mon commerce!

La vieille femme ajoute quelques touches criardes à son maquillage d'enfer, ferme son poudrier écaillé et se tourne vers Estelle.

— Regarde-la, Zita, regarde-la et dis-moi qu'est-ce qu'elle a à faire ici? Hein? Elle sait même pas pourquoi elle est là! Une voleuse? Tu rigoles!

Elle ouvre une boîte, crache sur une pierre de rimmel et allonge ses cils en pattes d'araignée.

Les deux autres femmes la regardent, fascinées par ce rituel cosmétologique.

— Paraît que t'es de la campagne? demande Bijou, la brosse en l'air. Zita m'a dit que t'avais des oliviers?

— Oui, dit Estelle, brusquement émue.

— J'ai toujours rêvé d'aller manger les olives sur les arbres!

Zita et Estelle éclatent de rire:

— Les olives ce n'est pas comme les cerises, Bijou! On les ramasse, puis on les prépare pendant des mois... Quand j'étais petite, mon père disait...

— T'as eu un père, toi?

— Oui...

— Ça doit être bien d'avoir un père.

Le silence tombe sur la cellule. Puis Estelle commence à raconter les olivades.

— C'est juste avant Noël. Le ciel est bleu porcelaine...

— Parloir pour Laborie, tonne la voix de la gardienne.

— *Madame* Laborie! précise Zita.

— Tu rigoles! À propos, *Madame* Zita, tu vas moins rigoler! Tu sors plus demain!

— Tant mieux!

— Quoi, « tant mieux »? demande la gardienne, furieuse.

— Comme ça je resterai plus longtemps avec *Madame* Laborie!

Il croyait qu'on ne pouvait trouver un endroit plus horrible que la cafétéria de l'hôpital. En entrant dans le parloir de la prison, il sut qu'il y avait pire. Mais il comprit en même temps que ces lieux sinistres avaient une vertu. On ne pouvait pas les oublier. Ni ce qui était dit entre leurs murs.

326

Il la vit entrer, accompagnée d'une gardienne. Elle était vêtue comme quand il l'avait laissée devant le palais de justice, croyant qu'il allait la retrouver une heure plus tard...

Elle lui souriait derrière la vitre percée de petits trous qui les séparait.

La scène avait quelque chose d'irréel, de fou. Il crut qu'il ne pourrait pas parler.

— Tout ça est très conventionnel! dit-elle en désignant le décor.

— Très... fit-il, la voix étranglée.

Il ne voulait pas révéler ce qu'il avait trouvé en fouillant dans les livres. Il se méfiait de tout. Il avait peur pour elle.

Soudain Estelle se mit à rire.

— J'ai retrouvé une amie, ici!

Elle lui raconta la caraque qui lui avait prédit qu'un jour elles dormiraient sous le même toit. Elle demanda des nouvelles de son fils, de la maison. Elle semblait bien tenir le coup. Oui, elle avait revu le juge Martinot... Sa gaieté s'envola.

— Ce qui est terrible, avec le juge, c'est qu'elle ne me croit pas... Elle me regarde et je me sens coupable.

Il serra les poings, hors de lui. Il s'en voulait de ne pas avoir le pouvoir de l'arracher à ce piège, de la délivrer.

— Je suis convoqué chez elle demain, dit-il. Je vais essayer de...

— Terminé! dit la gardienne, et Estelle se leva.

Sans s'être jamais rencontrés, Hélène Martinot et Raphaël Fauconnier se virent et se reconnurent. Elle ne l'entendait pas pour l'affaire des tableaux de la Fondation Sterling, mais pour le vol des vestiges. Cependant elle avait lu et relu le dossier que lui avait remis la jeune avocate d'Estelle Laborie, et elle avait besoin d'en savoir davantage. De connaître tous les personnages du drame qui se jouait aux Oliviers.

Elle se souvenait de la mort de la femme de Raphaël Fauconnier. Elle venait de lire un livre de lui quand elle l'avait apprise. Ça l'avait frappée. On avait dit que, peut-être... Dans son cœur inconsolable, elle revoit ce soir de mai, trois ans plus tôt, quand, rentrant chez elle avec son mari, ils avaient été attaqués en descendant de voiture. Elle était restée inconsciente quelques jours, entre la vie et la mort. Puis, un matin, elle s'était réveillée. Pierre, lui, était déjà enterré.

— Bon!... dit-elle en levant le nez du dossier qu'elle faisait semblant d'étudier pour cacher son trouble. Je vous reçois pour le vol de « mobilier archéologique »... C'est bien comme cela qu'on dit?

— Exact.

— Mais je suis très curieuse, professeur, et je vais

vous poser des questions sur tout ce qui se passe aux Oliviers. Ça m'intrigue, voyez-vous... Je n'arrive pas à comprendre pourquoi Mme Laborie s'est laissée embarquer dans une affaire de recel...

Il explose littéralement, et elle l'écoute en se réjouissant d'avoir posé la bonne question.

— Madame le Juge, vous avez interrogé Estelle Laborie... Vous avez vu quelle femme elle était! Pouvez-vous l'imaginer glissant des Corot dans le tiroir de sa commode!

— Justement! Pourquoi s'est-elle énervée quand l'inspecteur Berton s'est approché de sa commode?

— Mais parce que c'est une femme! Et vous êtes-vous demandé si...

Hélène Martinot éclate franchement de rire, et c'est si rare que le greffier lève la tête, intrigué.

— Je ris, explique-t-elle, parce que vous êtes dans ce bureau pour y être entendu et que, jusqu'ici, c'est vous qui posez les questions!

— Pardonnez-moi, dit Raphaël.

Il n'a plus envie de casser quoi que ce soit. Il sait qu'elle va l'écouter, et qu'il va tout lui dire. Alors il commence par le plus difficile.

— Ne la laissez pas en prison, madame le Juge.

« Tout le monde aime Estelle Laborie, pense-t-elle, mais celui-là est amoureux! »

— Revenons à vos « découvertes » si vous le voulez bien. Il est vraiment dommage qu'en dehors de quelques familiers des Oliviers, personne n'ait vu des objets dont l'existence pourrait remettre en cause le projet Cigal-Land...

Ils se regardent. Puis elle prend une liste et lit :

— Une stèle funéraire, des bijoux d'or, un fragment de mosaïque représentant une tête de femme...

Il lui tend un dessin.

— Qu'est-ce que c'est?

— La mosaïque...

– Qui a fait ça?

– Antoine Fabrègue, un des fils de Mme Laborie.

– Il a vu les vestiges?

– Non, mais son frère les lui a racontés.

Décidément ces gens ne sont pas ordinaires.

– Le dessin est très beau, reconnaît-elle. Aucune valeur de preuve, malheureusement. Antoine Fabrègue?... Il a du talent!

– C'est *Raoul Cool*, se permet de dire le greffier, empressé.

– Cette femme ressemble à...

– Estel...

Raphaël se reprend :

– ... à Mme Laborie! Vous trouvez aussi?

« Très amoureux! » pense-t-elle avant de poser une question.

– Monsieur Fauconnier, vous résidez aux Oliviers, en ce moment?

– Oui, dit-il, ne voyant pas où elle veut en venir.

– Et les fils de Mme Laborie?

– Luc est encore à l'hôpital, Antoine remonte aujourd'hui à Paris pour la sortie du second...

– ... tome de *Raoul Cool*! achève le greffier.

– Exact. Dans quelques jours ils doivent se retrouver chez leur mère.

– Je vous demande ça, professeur, car je ne voudrais pas que Mme Laborie aille habiter seule, en ce moment, dans ce château isolé.

– Vous pensez qu'elle est en danger?

Elle ne dit rien et feuillette un moment le dossier laissé par Sophie.

– Avant de vous répondre, je voudrais que vous me parliez de monsieur....

– Pierre Séverin?

– Si vous voulez, dit-elle, mais pourquoi ne pas l'appeler Marceau Dupastre?

Estelle a embrassé Zita, puis Bijou. La gardienne les regardait, plus disgraciée que jamais. Exclue. Elle sentait que quelque chose de fort, de puissant, de beau, liait ces femmes entre elles. Pourquoi? Zita était joyeuse. Bijou pleurait.

– On se reverra jamais, l'Étoile!

– Qui sait? a dit Estelle en caressant la joue fardée où les larmes traçaient des rigoles profondes.

Couloirs, grilles, bruit de clefs...

Avant la dernière porte, on lui a remis ses effets personnels.

Elle a glissé à son doigt la bague *Semper Vigilans.*

Elle a souri. Elle était libre.

Il l'attendait dans la rue et elle est allée tout doucement à lui. Refuge de laine rêche, contre son épaule, silence partagé où l'enserrent les bras de Raphaël. Ils restent ainsi en pleine rue, sans bouger, indifférents aux passants qui s'étonnent devant ce couple plus immobile qu'un couple de marbre. Au bout d'un long moment, Raphaël se détache d'elle, prend son visage entre ses mains et le déguste, trait par trait, jusqu'au moment où il voit naître un sourire tremblant dans ses yeux.

– Venez! a-t-il dit.

Pendant le trajet ils n'ont pas parlé. Quand il s'est arrêté sur la terrasse, quand elle a revu ses vieilles pierres, elle n'a pas eu la force de descendre. Alors il a fait le tour de la voiture, il est venu ouvrir la portière et lui a tendu la main.

Ils sont allés ensemble vers la maison, ensemble ils sont entrés. Il a allumé; maintenant il connaît l'emplacement de tous les boutons, de toutes les prises, maintenant il connaît la maison. Et la maison le connaît. Comme Meitchant-peù qui sort de la cuisine, l'air affable, fait semblant – la sale bête! –, de ne pas reconnaître Estelle et vient se frotter à la jambe de Raphaël.

– Le chat vous aime! dit-elle, émerveillée.

– Je crois, répond-il, mais par contre il n'aime pas les olives!

– Vous avez essayé de lui faire manger des olives?

– Sans succès! avoue Raphaël en poussant la porte sur la cuisine.

Il a mis le couvert pour deux.

Les plus belles assiettes, des verres dépareillés, des torchons à carreaux comme serviettes, pas de nappe. Il allume les trois bougies posées sur la table comme pour Noël...

Et c'est Noël, pense Estelle.

Un homme est de retour dans sa vie, un homme maladroit qui offre des olives au chat, qui met le couvert comme un petit enfant, mais qui débouche le vin, qui sort un plat de charcuterie du réfrigérateur, un homme qui a oublié le pain mais qui n'a pas oublié de faire un bouquet...

des branches de laurier et d'olivier dans une jarre.

Un homme dont elle sent qu'elle ne pourra plus jamais se passer.

Mais comme ils sont timides l'un devant l'autre!

Il lui verse un verre de vin, le lui tend. Au moment où elle va boire, elle s'arrête, bouleversée, et ferme les yeux. Inquiet, il a pris sa main. Pour le rassurer, elle explique :

— Je pense à Zita et à Bijou, les deux femmes qui étaient en prison avec moi... et qui y sont restées. Je ne serai plus jamais la même, vous savez, Raphaël.

Ils boivent ensemble en silence. Ils n'ont pas faim... trop de choses pèsent sur leurs cœurs.

— Qu'avez-vous fait au juge pour qu'elle me laisse sortir? demande Estelle.

— Je ne sais pas, répond honnêtement Raphaël. Nous avons parlé longtemps. Vous l'intriguez... alors j'ai tout dit.

— Tout?

— J'ai raconté votre enfance, le petit garçon, le grand promoteur... Luc et ses brûlures, la Via Agrippa, les oliviers, le sénateur Bouvier, le vin de votre père... Tout! Et surtout la Belle Romaine!

— La Belle Romaine?

— Attendez! dit-il en se levant.

Il est sorti de la cuisine sans fermer la porte, et le froid de la maison se répand comme une eau glacée dans un bain chaud. Estelle frissonne et cueille une tranche de saucisson avec ses doigts. Meitchant-peù, considérant que le temps de quarantaine par lui infligé à sa maîtresse a assez duré, s'approche d'elle et saute sur ses genoux, éperdu d'amour sonore.

— Le vrai miracle scientifique! dit Raphaël qui revient avec des livres dans les bras.

Elle fait de la place sur la table et il s'assied près d'elle.

– Je sais maintenant qu'elle est quelque part dans les entrailles des Oliviers, je ne sais pas encore où, mais je sais qu'elle est là. Votre grand-père Alfonse, dont tout le monde se moquait, avait raison !

Il lui tend le livre marqué du signet rouge et traduit directement le passage où le jeune voyageur décrit la splendide villa d'une femme exilée de Rome qui, sur la rive gauche du Rhône, cultiva la vigne et l'olivier, et fit un vin et une huile réputés à travers toute la Provincia.

– Alfonse marqua ce passage avec ce signet, mais il n'eut jamais la confirmation de ses intuitions, car il n'eut jamais entre les mains le livre de Félix Mazauric.

– Comment est-ce possible ? Il lisait tout ce qui paraissait sur les recherches archéologiques dans la région, et Mazauric parle d'une découverte faite en 1901...

– Regardez la date de parution : 1933. C'est la fille de Mazauric qui a fait publier ce texte, bien après la mort de son père. Alfonse n'a jamais pu le lire. Il n'avait qu'une des pièces du puzzle, j'ai eu la chance de trouver l'autre. Ce qu'il faut, maintenant, c'est gagner du temps, obtenir du ministère des délais et des moyens pour prendre Cigal-Land de vitesse...

Estelle lit à voix haute :

– *Exilée de Rome à la mort de son père, elle ne voulut jamais quitter la Provincia, Antistia Sappia Quintilla...* C'est son nom ?

– Oui. Antistia Sappia Quintilla fut probablement l'une de vos proxumes.

– Proxumes ?...

– Les proxumes avaient leur culte à Rome. Elles

étaient les déesses du foyer, simples mortelles qui, après leur mort, de génération en génération, veillaient sur les femmes de la famille. Une religion de la filiation. Dans la Provincia on les honorait, particulièrement à la Colonia Augusta Nemausensium * et à Lugdunum **. Antistia veille sur vous.

– Oui, dit Estelle, je la connais. Elle me visite en songe.

Raphaël la croit. Parce que autrefois c'est aujourd'hui. Parce que l'ordre païen est toujours présent sous l'aménagement du territoire et le christianisme. La preuve :

– Il y a un cerisier planté au milieu d'une de vos vignes, bien sûr il n'a pas deux mille ans, mais, il y a deux mille ans un autre cerisier veillait, au même endroit, sur d'autres ceps dont le vin était apprécié à Rome.

– Mais comment a-t-on pu oublier pendant des siècles ce qui tente de remonter à la surface aujourd'hui ?

– Le Rhône. En 70 après Jésus-Christ, il y a eu de terribles inondations. Beaucoup de sites ont été rayés de la carte.

– Qu'allez-vous faire, Raphaël ? Il faut que vous alliez expliquer tout cela au ministère ! Au ministre !

Raphaël hésite.

– Je ne vous quitterai pas avant que vos fils ne soient installés dans la maison, Estelle. Luc sort demain, et Antoine sera ici dans deux jours. J'ai promis au juge de veiller sur vous.

– Elle s'inquiète pour moi ?

– On s'inquiéterait à moins ! Malheureusement nous n'avons aucune preuve, et Séverin... enfin, Marceau, a des appuis en béton !

* Nîmes.
** Lyon.

335

Pour la première fois depuis qu'elle a quitté la prison, elle éclate de rire.

– En béton! répète-t-elle, et il rit aussi.

Ils se prennent la main, les yeux dans les yeux, et Meitchant-peù en profite pour tendre une patte délicate et exercée vers une tranche de jambon du Ventoux et la tirer vers lui.

– Qu'est-ce qu'on fait? demande gaiement Estelle qui a tout vu. On lui lit ses droits?

Raphaël prend le voleur par la peau du cou.

– Vous pouvez garder le silence, Minet. Vous pouvez aussi demander l'assistance d'un avocat!...

Il laisse retomber le chat et se tait, malheureux.

Alors elle dit:

– C'est bon d'être à la maison avec vous, Raphaël. Et puis je voulais vous remercier... Hier, là-bas, on m'a remis sept lettres venant de Chine, sept lettres de vous. J'ai été sept fois heureuse en les lisant...

Elle revoit Bijou, bouleversée comme au cinéma. « Des lettres d'amour, l'Étoile? » Elle avait dit oui. Avant même de les avoir lues. Et c'était vrai.

– Ces lettres, il faudra que j'y réponde.

Elle se lève et va ranger la charcuterie.

– Il y a du dessert, dit Raphaël.

– Demain, dit-elle, je n'ai pas très faim... mais vous êtes un maître de maison merveilleux!

– J'ai fait du feu dans votre chambre. Il fait si froid...

Ils sortent ensemble de la cuisine, laissant le chat ronronner dans le noir au cœur de ses chandails.

Ils traversent la galerie des ancêtres. Glaciale. Ils montent l'escalier. Polaire. Ils s'arrêtent sur le palier du premier étage. Une vraie banquise. Estelle ouvre la porte de sa chambre... une bûche s'écroule en débris rougeoyants, comme si elle les avait attendus pour se défaire.

336

– Il faut remettre du bois, dit Estelle.

Et Raphaël s'avance vers le panier où il a entassé une provision de chêne, de pin et de tilleul.

Il s'agenouille devant la cheminée et attend, les yeux fixés sur le foyer, que le feu reprenne et que les flammes dansent sur la plaque de fonte aux armes des Sauveterre. Au moment où il va se relever, une main se pose sur la sienne.

– Non, dit Estelle doucement.

C'était fini la solitude.

– Tu dois être contente, ta grande amie est sortie
de prison! dit Marceau en accueillant Mireille.
Remarque, elle est sortie de prison mais elle reste
« présumée coupable » d'après mes sources. Et mes
sources sont bonnes! Elle est sous contrôle judiciaire
et doit pointer toutes les semaines au commissariat..
Il paraît que c'est son archéologue qui a obtenu de
Martinot, la juge de fer dans sa petite voiture, cette
libération sous condition. Il paraît aussi que l'archéologue est amoureux d'Estelle, comme l'était le
cinéaste italien qui a fait un bref passage dans le paysage des Oliviers! Et, toujours d'après mes sources,
l'archéologue serait plus heureux que le cinéaste!...

Marceau est de bonne humeur et ça étonne
Mireille, au moment où la famille Laborie-Fabrègue
vient de se retourner contre lui. Spectaculairement.
Avec fracas.

Philippine a donné sa démission à Carmeau-Développement. Jean-Edmond a retiré sa candidature aux
législatives par égard pour sa belle-mère. Tout Châteauneuf est au courant et se pose des questions.

Marceau n'en a pas l'air affecté. Au contraire. Ça
le ferait plutôt rire.

– J'aurais vraiment tout fait pour les aider, dit-il.

Tant pis pour eux! La seule que je regrette, c'est le lieutenant... les autres!... Je t'ai raconté la visite de Fabrègue? Non? Eh bien, il est venu à Rochegude dans sa belle Ferrari rouge. Je n'étais pas là, mais il a laissé un message. Il ne veut plus avoir affaire à moi. Il sera servi au-delà de ses espérances! Les malheureux!... Quand je pense à ce que j'ai fait pour eux! Et à ce que j'aurais pu faire encore!...

Le domestique indonésien entre silencieusement, portant un plateau sur lequel est posé un seau à champagne.

— On fête quelque chose? s'étonne Mireille.

— Avec un tout petit peu d'avance, si tu n'es pas superstitieuse?...

Il lui tend une flûte où dansent des bulles roses. Il sourit, s'assure que le domestique a bien refermé la porte en partant, puis il va ouvrir un tiroir de son bureau.

— Pour toi, dit-il en posant un écrin de peau blanche dans la main de Mireille.

Elle se débarrasse de la flûte de champagne et le regarde, troublée, n'osant ouvrir la petite boîte où ses initiales « M B » sont frappées en lettres d'or.

Son cœur bat. Elle appuie sur le déclic...

Une cigale sur une branche d'olivier aux feuilles d'émeraude.

— Comme c'est beau, dit-elle, navrée de n'avoir pas découvert le simple anneau qu'elle espérait.

— Elle est là depuis des semaines. Elle attendait la grande nouvelle qui lui permettrait de venir se poser sur toi!

— La grande nouvelle?

— Je viens d'avoir Dabert au téléphone, le décret d'utilité publique paraît mardi au *Journal officiel*! Et, dès sa parution, tu pourras acheter les Oliviers pour le compte de la mairie, et ensuite les revendre à Cigal-Land. Tout ira très vite. C'est fini pour

Estelle... mais le plus beau c'est qu'elle a elle-même précipité les choses.

— Comment ça?

— Il y a deux jours, je la croyais encore en prison, je suis allé aux Oliviers avec le chef de chantier, histoire d'évaluer ce que représentait la démolition de la maison. Tout à coup, je vois sortir des communs une furie qui nous fonce dessus. Alors là!... Si j'avais écrit la scène moi-même pour me donner le beau rôle, je n'aurais pas fait mieux! « Ne touche pas aux Oliviers, Marceau! Ne remets plus les pieds sur le domaine! Je sais que tu as fait ceci et cela... »

— Quoi exactement? demande Mireille.

— Oh! c'est bien simple : elle m'a accusé d'être à l'origine de tous ses ennuis... l'incendie, le vol des vestiges, son arrestation!

— Mais... ces vestiges, quelqu'un les a pris...

Il la regarde avec stupéfaction.

— Mireille! Tu as cru à cette histoire? Il n'y a jamais eu la moindre découverte! Juste une tentative pour gagner du temps, menée par son soupirant, le gentleman-fouisseur. Entre parenthèses, il paraît qu'il se répand en accusations contre moi. Il essaie d'ébranler la rue de Valois, d'ameuter la Culture...

Marceau, décidément de bonne humeur, se met à rire avant de poursuivre.

— Attends la suite! Je n'étais pas seul avec le chef de chantier, j'étais avec Dabert. Oui, il était descendu d'un coup d'avion pour surveiller les travaux dans la maison qu'il fait construire dans le Lubéron. Il avait voulu voir les Oliviers. Il a vu la châtelaine et ne risque pas de l'oublier de sitôt! Elle a dû le prendre pour un employé de Cigal-Land... lui l'a prise pour une folle! D'ailleurs, depuis son accident de voiture, je crois qu'elle n'a jamais récupéré toute sa tête... Elle était déchaînée! Et moi... « admirable »! C'est Dabert qui l'a dit. Bref, la scène l'a tel-

340

lement frappé qu'il a fait activer les choses dès son retour à Paris. C'est ce qu'on appelle la chance !... Tu ne mets pas ta cigale ?

– Oh ! si ! dit Mireille avec un tel empressement qu'elle se pique en enfonçant la pointe de la broche dans son chemisier.

– Superbe ! dit Marceau. Tu l'as bien méritée ! Donc, pour Cigal-Lang, c'est fait. Plus rien ne peut s'opposer au projet et, la cerise sur le gâteau, vois-tu, c'est qu'Estelle à qui j'avais proposé une fortune pour sa masure et ses friches, Estelle ne touchera pas un sou de la vente !

– Pas un sou ?

– Tout ira à la Fondation Sterling en dédommagement des tableaux volés. Elle est toujours considérée comme coupable de recel... Qu'est-ce que tu as ?...

Mireille, très pâle, regarde dans la haute glace de la cheminée la tache rouge qui apparaît sous la cigale d'or, là où elle s'est piquée tout à l'heure.

– Mais tu t'es blessée ? dit Marceau qui ne supporte pas la vue du sang.

– Ce n'est rien, assure Mireille, mal à l'aise. Juste une égratignure !

Elle enlève le bijou, passe sa veste de tailleur et, cette fois, fait très attention en enfonçant la broche dans le revers.

– Voilà ! dit-elle en souriant.

Marceau, soulagé, répète :

– Superbe ! et lui baise la main tandis que l'Indonésien annonce que Monsieur est servi.

La nuit recouvre le château du Diable. Tout semble dormir paisiblement, mais Mireille ne dort pas. Quelque chose lui dit que Marceau, étendu le long de son corps, ne dort pas non plus.

Depuis qu'il lui a donné ce bijou, cadeau de rup-

341

ture plus que cadeau d'accordailles, elle sait qu'il va lui échapper. Il a dit, dans son enthousiasme : « Quand tout sera réglé à Cigal-Land, je pourrai enfin travailler sérieusement ! »

Il partira.

Elle se retrouvera seule.

Comment fera-t-elle pour vivre sans lui ?

Elle le sent bouger contre elle. Elle ferme les yeux, respire doucement comme on respire dans un profond sommeil. Elle devine qu'il se penche sur elle pour vérifier si elle dort. Pourquoi ? Au bout d'un moment, il se lève sans bruit, traverse la chambre pour aller ouvrir un tiroir du secrétaire. L'obscurité l'empêche de voir ce qu'il fait... Au moment où il est sorti, elle a failli lui parler. Mais elle s'est retenue. Puis elle a attendu. Un long moment. Un rai de lumière passait, tel un rayon laser, sous la porte donnant sur l'« antre ». Intriguée, elle s'est levée. Elle a mis sa robe de chambre par-dessus sa chemise de nuit et, à son tour, elle a quitté la pièce.

Il n'était pas dans la chambre des machines. Elle est allée dans le couloir. Il avait laissé de la lumière derrière lui, comme les cailloux du Petit Poucet... c'était facile de le suivre. Elle descendit le grand escalier, arriva dans le hall, vit une petite porte ouverte. La cave ? Non, la cave était derrière les cuisines. Elle ne savait pas sur quoi donnait cette petite porte... un escalier de pierre qui s'enfonçait dans les entrailles du château. Elle ne l'avait jamais pris. Où menait-il ? Une odeur de pierre et de moisissure prenait à la gorge. Elle descendit deux marches, et s'arrêta, tremblante, en entendant le bruit sourd d'une lourde porte que l'on fermait.

Un instant immobilisée, elle remonta précipitamment les marches de l'escalier de pierre, traversa le hall, gagna l'étage, courut jusqu'à la chambre. Elle se débarrassa de sa robe de chambre, la posa à l'endroit où elle l'avait prise, se coucha dans le lit et fit semblant de dormir.

Il ne tira pas complètement la porte derrière lui en entrant, et, les yeux mi-clos, elle put l'observer. Elle le vit ouvrir à nouveau le secrétaire, puis un de ces tiroirs dits « secrets », dont il suffit de connaître l'existence pour percer les mystères. Il y fit tomber une petite clef, referma le tiroir et le secrétaire, et vint s'allonger près d'elle.

— Tu dors? demanda-t-il doucement.

Elle répondit d'un soupir, et il se retourna, rassuré.

Elle dormit cependant, et quand elle se réveilla Marceau était habillé, prêt à partir.

— Tu t'en vas? Déjà? Il n'est même pas sept heures! fit-elle en lui tendant les bras.

Il se pencha vers elle, effleura ses lèvres d'un baiser, et expliqua qu'il avait rendez-vous avec le chef de chantier de Cigal-Land.

Il avait l'air heureux. Elle le retint par le poignet pour avoir un nouveau baiser.

— À très bientôt, Mireille! dit-il en partant.

— À très bientôt, répéta-t-elle, pensive.

Quand on est mari et femme, on ne se dit pas : « À très bientôt! », on dit : « À tout à l'heure! »... « À ce soir! »

On vit ensemble.

Tout le temps.

Ce tout le temps-là, elle ne l'obtiendrait jamais de Marceau.

Elle écouta le bruit du 4×4 qui démarrait, alla à la fenêtre et le vit passer sur la route. Alors elle se dirigea vers le secrétaire et commença à en ouvrir les tiroirs. Dans le troisième se trouvait le secret. « Tire la chevillette, la bobinette cherra! » pensa-t-elle en posant la main sur une fleur de marqueterie. Et le

343

mécanisme se déclencha. Il n'y avait qu'une petite clef. Elle la prit.

Elle suivit le chemin de la nuit.

Elle était partagée entre la peur et la curiosité. Elle poussa la petite porte qui donnait sur l'escalier de pierre et retrouva l'odeur de moisissure, l'odeur de catacombes, qui montait des souterrains. Elle descendit lentement les marches en colimaçon, et arriva devant une lourde porte de fer. Elle sortit la petite clef... et la porte s'ouvrit tandis que la lumière se répandait dans la pièce qu'elle découvrait.

Elle crut qu'Estelle était devant elle, l'attendant dans cette crypte.

Sa chevelure, son sourire, son regard...

Mais la femme qui la regardait n'était pas Estelle. C'était une femme de mosaïque, c'était une femme de deux mille ans, et Mireille resta pétrifiée devant la vérité.

Les rouages de la grande horloge de la nature continuaient à tourner.

De timides messages annonçaient le proche retour du printemps. La terre, encore raide de froid, livrait jour après jour les indices minuscules qui sont les éclaireurs du renouveau. À la fin de l'hiver, il suffit d'une petite fleur pâle qui soulève une feuille morte pour savoir que le beau temps reviendra.

Bientôt on verrait des processions d'insectes traverser la terrasse par des voies mystérieuses et immuables. Bientôt, le long de la Via Agrippa, on pourrait cueillir de ces champignons tendres et rosés qui fondent dans la poêle. Puis ce serait le temps des gros orages qui éclatent comme des colères d'enfant; le tambour des escargots sonnerait la charge. Et enfin il y aurait, rayonnant, le retour du saint Soleil qui fait flamboyer l'arbre de Judée et répand sur la campagne l'odeur de miel des genêts.

Mais les Oliviers verraient-ils la belle saison avant d'être engloutis sous les eaux?

Dès que les fils d'Estelle étaient revenus, Raphaël était parti pour Paris faire une dernière tentative auprès des Beaux-Arts. Malheureusement, il n'avait pas le moindre objet à montrer, pas la moindre photo de ce qu'il avait découvert. Et il n'arrivait même pas à localiser l'endroit où devaient se trouver les vestiges de la villa d'Antistia Sappia Quintilla.

Le dessin de la mosaïque exécuté par Antoine, la coupe sigillée trouvée par Luc des années plus tôt, les allusions à la Belle Romaine dans le livre du voyageur et la plaquette de Mazauric étaient des preuves bien minces pour qu'on espère obtenir des moyens et, surtout, du temps.

Estelle apprit que Cigal-Land avait été déclaré projet d'utilité publique par un huissier qui débarqua chez elle le jour même de la parution du décret au *Journal officiel*.

L'homme, habillé de noir comme un exempt de Molière, l'informa qu'il allait revenir dès que la vente du domaine serait enregistrée, et qu'il devrait alors procéder à son expulsion. Il lui précisa également qu'elle ne toucherait rien de la tractation, à concurrence de la somme qu'elle devait à la Fondation Sterling pour le deuxième Corot qu'on n'avait toujours pas retrouvé.

Elle haussa les épaules et sourit.

Elle vivait hors réalité, dans un monde parallèle qui relevait plus de la justice que des lois, et où l'espoir la faisait, seul, encore tenir debout.

Sophie avait eu raison de dire que l'adversité avait soudé les membres de la famille les uns aux autres.

Ils avaient pris des pelles, des pioches, des bêches, et ils étaient partis creuser, au hasard.

— La tête de Raphaël, si on trouvait quelque chose! avait dit Luc qui, avec ses mains encore bandées, ne pouvait que les encourager dans leurs recherches.

Ils ne trouvèrent rien, bien sûr, mais eux s'étaient retrouvés, comme on se retrouve dans ces moments solennels de la vie où l'on attend une naissance, un deuil.

Ils étaient si bien ensemble qu'ils en oubliaient les raisons de la réunion.

– Je ne t'ai pas entendu arriver. Où est la Ferrari?, demanda Estelle à Rémy.

– Vendue! dit-il gaiement.

– Vendue?

– Oui, Séverin, enfin Marceau, a très vite réagi après ma visite à Rochegude. Je n'ai plus un seul contrat pour l'Image Politique! Il m'a scié partout! Alors comme j'avais très fort investi, il a bien fallu que je trouve de l'argent pour éponger mes dettes. Mais c'est drôle, ça m'a rajeuni! J'avais à peu près le même compte en banque quand j'avais vingt ans!

– Je l'adore! dit Carla en donnant un coup de pioche dans la tranchée.

Les saintes Maries avaient bien travaillé!

Elles avaient réuni Rémy et la petite-fille du pasteur de Vérone, elles avaient réuni Antoine et Sophie. Et elles avaient réuni la mère et la fille.

Mais les Saintes Femmes avaient encore bien de l'ouvrage si l'on considérait la situation présente avec lucidité.

Une brève et violente averse fit jeter pelles, bêches et pioches. Ils coururent tous vers la maison pour se mettre à l'abri.

– Samuel et Jules sont là, dit Amélie en les accueillant. J'ai bien fait de prévoir large pour ma daube!

On se mit à table. Et ce fut très gai. Comme à ces repas d'enterrement où l'on ne pleure pas car on pense au défunt qui était si drôle et qu'on aimait tant.

Le téléphone sonna en plein milieu de la daube. Estelle se précipita, pensant que c'était Raphaël. Mais c'était Aimé, le bedeau. Il cherchait le curé et avait pensé que, peut-être, il le trouverait aux Oliviers. Il fallait porter l'extrême-onction au vieux

Lascourbe que le Seigneur s'apprêtait à rappeler à lui.

Jules se leva.

— Je te conduis! dit Estelle avec vivacité.

Tout le monde se proposa. Trop tard. Elle expliqua qu'elle avait besoin de prendre l'air et qu'elle n'en pouvait plus d'attendre sans bouger que le ciel lui tombe sur la tête.

— Et ça me permettra d'aller pointer au commissariat! ajouta-t-elle gaiement.

Ce qui attrista tout le monde.

Elle avait aussi une autre raison pour vouloir accompagner Jules. Il lui avait paru bizarre et préoccupé, et elle avait envie de parler avec lui.

La voiture traversait la forêt antique quand il dit :

— Je suis content que nous soyons seuls!

Comme s'il répondait à la pensée d'Estelle.

Il se tut jusqu'à la sortie du domaine où il annonça :

— J'ai deux choses importantes à te dire...

Il se tut encore puis reprit avec peine.

— La première... Oh! c'est difficile de trouver les mots!... Voilà : quoi qu'il arrive avec Marceau, il ne faut pas que tu laisses la haine envahir ton cœur. Le pardon doit toujours être à portée de ta main... Tu entends? Quoi qu'il arrive!... Même des choses terribles.

— Oui, dit-elle, profondément troublée. Je te le promets. Mais pourquoi me demandes-tu ça, Jules?

— Parce que c'est mon métier, répondit-il avec simplicité.

— Ton métier, répéta-t-elle... Avouons que je ne t'ai jamais donné beaucoup de satisfactions de ce côté-là!

— Toi? De nous tous, tu es peut-être la plus croyante.

Voyant son air sidéré, il précisa :

348

– J'ai dit : croyante... je n'ai pas dit : exemplaire.

– Ah, bon! Tu me rassures!

Elle s'en voulut de plaisanter au moment où Albin Lascourbe était en train de passer. Quelle figure merveilleuse que celle du vieux vigneron!

– Il venait de prendre ses quatre-vingt-dix-huit ans, fit Jules, mélancolique. Je me souviens de lui, il y a des années, quand il travaillait dans les vignes du baron Le Roy. Des hommes à qui Châteauneuf doit d'être connu jusqu'aux antipodes! Chaque fois que je bois une gorgée de Château-Fortia, je pense à eux!

Estelle avait parfois croisé Albin Lascourbe au chevet d'Apolline. Il venait lui parler de la Grande Guerre et de Fortuné avec qui il avait fait Verdun. Elle allait avoir un immense chagrin en apprenant la mort du compagnon de son gardian...

– Verdun, dit le curé, Verdun... maintenant c'est presque aussi vieux que Bouvines. Et bientôt, il en sera de même pour le maquis du Ventoux.

– C'est l'histoire de France! dit-elle en posant une main sur la sienne. Qu'est-ce que tu as? Ça ne va pas?... Tu veux que je m'arrête? demanda-t-elle, inquiète devant son air bouleversé.

– Non, non! Je vais bien! dit-il précipitamment. Mais j'ai encore autre chose à te demander. Peux-tu venir chez moi demain, à quatre heures de l'après-midi? Précises. J'ai à te communiquer quelque chose de grave et d'urgent.

– Tu ne peux pas me dire tout de suite de quoi il est question?

Il secoua la tête.

– Non.

– Tu me fais peur!

– Rassure-toi. C'est vrai que c'est grave, mais c'est peut-être la fin de...

– ... de quoi?

349

– Je ne peux pas t'en dire plus. Je compte sur toi?
– Bien sûr!

Le lendemain, Estelle arriva à quatre heures de l'après-midi. Précises. Même un peu avant. Elle trouva Jules encore plus troublé que la veille. Il semblait être nerveux et jetait des coups d'œil inquiets à l'horloge devant laquelle il allait et venait en silence. Estelle, partagée entre l'amusement et l'agacement, s'assit à la table des « Bible parties » et attendit.

– Qu'est-ce qui se passe, Jules? demanda-t-elle au bout d'un long moment. Tu me fais venir pour me dire quelque chose « de grave et d'urgent », je lâche tout, je me précipite, j'arrive même en avance! Et, depuis que je suis là, tu n'as pas ouvert la bouche!

Elle se leva.

– ... Il va falloir que je rentre aux Oliviers. Raphaël doit m'appeler, et j'ai besoin de savoir ce qui se passe à Paris...

L'œil sur l'horloge, Jules la pria :

– S'il te plaît... patiente encore un peu...

Elle eut un petit rire.

– Tu attends que le quart d'heure de grâce sonne pour parler?

– Non, dit-il, c'est quelqu'un que j'attends...

À ce moment, on a frappé à la porte.

– ... Le voilà!

Marceau est entré, l'air intrigué. Son visage s'est fermé en découvrant Estelle. Estelle qui, sur la défensive, a interrogé Jules du regard.

– Bonjour, Marceau. Je te remercie d'être venu.

Marceau et Estelle se sont regardés sans se saluer.

– Asseyez-vous, leur a dit le curé, mal à l'aise.

Tous trois ont pris place à la table, s'installant assez loin les uns des autres. Dans le silence on entendait le balancier de l'horloge. On aurait presque pu

350

entendre les battements du cœur de Jules... l'atmosphère était tendue, et l'expression des visages d'Estelle et de Marceau n'était pas faite pour aider le curé dans ce qu'il avait à faire.

Enfin, il parle.

– Je vous ai réunis aujourd'hui... et j'aurais dû le faire depuis longtemps... parce qu'il y a des choses que vous devez savoir... Vous vous êtes connus enfants, vous avez aimé la même terre, couru sur les mêmes chemins... Vous ne pouvez pas continuer à vous déchirer pour un drame dont vous n'êtes pas responsables! Laissez le passé où il est, et tendez-vous la main!...

Marceau s'est levé, glacial.

– Si c'est ça, la chose « grave et urgente » que vous aviez à me communiquer, vous auriez pu vous dispenser de cette peine!

Il va vers la porte, mais le curé l'arrête d'un cri :

– Ne pars pas! Je t'en prie...

Il a l'air si pitoyable, si perdu, que Marceau reste sur le seuil et le regarde, surpris.

Après un grand silence, Jules se remet à parler.

– Oh! ce n'est pas facile à dire... Marceau...

Il hésite, malheureux.

– ... tu es le fils de Laborie.

Estelle et Marceau sont restés muets. Seuls leurs yeux témoignent du choc qu'ils viennent de recevoir.

– Vous êtes... frère et sœur.

Les regards d'Estelle, bouleversée, vont du curé à Marceau qui demande :

– Qu'est-ce que c'est que cette fable?

– La vérité.

– Et d'où la tenez-vous, cette vérité?

– De ta mère. La pauvre, elle est venue se confesser peu de temps avant ta naissance... Elle avait peur que son mari ne découvre un jour ce qui s'était passé. Un moment de folie, dans une vie toute droite. Elle avait besoin de se confier, de raconter sa peine et ses remords... Pendant dix ans, Dupastre ne s'est douté de rien... Mais le mensonge est comme l'hiver : il a beau recouvrir la vérité d'un épais manteau, l'été vient toujours... Un jour il a su. Et il est devenu fou... Mais vous, vous êtes innocents de tout ça !

Le silence est encore plus lourd. Plus épais.

Le curé murmure :

— Faites la paix...

et se tait, soudain à bout de forces. Marceau s'approche de lui.

— La paix ?... Parce que vous pensez que ce que vous venez de m'assener sur la tête c'est une bonne nouvelle ?... Parce que vous pensez que le fait d'apprendre que je suis un bâtard abandonné va me faire remercier le Bon Dieu ?... Pauvre Dupastre ! Trompé, comme moi...

Il se tourne vers Estelle.

— Et il faudrait, en plus, que je sois fier d'être le fils de ton père ! Un père qui m'aurait laissé crever si des étrangers n'avaient pas eu pitié de moi ! J'espère que tu as honte de lui ?... Je te le laisse, ton père ! Je le hais plus encore. Je voudrais me vider de son sang ! Et je vais vous dire une bonne chose : jamais je n'ai eu envie de voir le Château des Oliviers disparaître comme j'en ai envie maintenant !

Il est sorti en claquant la porte.

Jules et Estelle ne bougent pas. Ils ne disent pas un mot, ils ne peuvent pas. Les yeux d'Estelle sont pleins de larmes. Lui est hagard.

Au bout d'un moment, elle dit, la voix brisée :

— C'est une terrible nouvelle...

— Je croyais arranger les choses... et c'est un désastre !

— Mais pourquoi, Jules ? Pourquoi as-tu parlé ? Mon père était ton ami... Et moi, je l'admirais... Je ne pourrai plus le voir comme avant... C'était pour lui, pour sa mémoire, que je me battais... Et maintenant je sais qu'il a trompé son ami... qu'il a abandonné son fils. Je pense à la souffrance de Marceau... la souffrance d'un enfant... Oh! j'ai honte!... Pourquoi Papa ne m'a-t-il rien dit avant de mourir? J'aurais eu moins mal en apprenant cette horreur de sa bouche! On aurait pu... réparer! Non... pas réparer, mais retrouver Marceau, lui demander pardon, le faire revenir à la maison... Chez lui!

Elle se lève, toujours en larmes, et va vers la porte.

— Estelle!

Elle se retourne et le voit si misérable, si désespéré, que toute son affection pour lui revient.

— Faut-il que tu aimes les autres pour avoir révélé ce que tu as entendu en confession!

Elle n'est pas rentrée aux Oliviers. Elle a couru à la Nerthe. Il lui fallait voir Apolline, lui parler, réveiller sa mémoire.

À peine entrée dans la chambre où Stéphanette avait préparé sa maîtresse pour la nuit, elle a fait signe à la muette pour lui demander de les laisser seules.

Elle s'est approchée de la vieille demoiselle, le cœur battant.

— Je sais tout, Apolline.

Apolline l'a regardée, l'œil soudain vif. Jeune!

— Je sais que Marceau est mon frère.

Apolline, l'air soulagé, a demandé :

— Qui te l'a dit?

— Jules.

— Il a bien fait. J'aurais dû te le dire depuis longtemps. Hélas! je crois que j'avais un peu perdu la tête...

— Mais toi, Apolline, comment l'as-tu appris?

Apolline s'est renversée sur ses oreillers. Elle a pris la main de sa filleule.

– Tu as connu Blé de Lune?

« Allons bon, pense Estelle, voilà qu'elle bat à nouveau la campagne! »

– Blé de Lune... mon cheval!...

Apolline sent les craintes d'Estelle et la rassure.

– ... Ne me regarde pas comme si les fées gouvernaient ma cervelle! Elles ont régné sur moi, c'est vrai. Mais c'est fini. Parce que, maintenant, toi aussi tu portes le secret... C'est terrible, ma fille, de ne rien dire, quand on sait! Tu vas voir!... Ne rien dire à ma Roseline, ne rien dire à ta mère, ne rien te dire à toi quand tu es devenue une femme...

Elle ferme les yeux, comme pour se concentrer, tandis qu'Estelle attend, sans dire un mot, sans faire un geste.

– Il y a quarante-sept ans, nous avons eu un hiver très doux... L'hiver, Blé de Lune pâturait chez l'un de nos fermiers à Caderousse. Tu sais que j'ai été fameuse cavalière en un temps où les femmes n'ouvraient pas les jambes sur le dos d'un cheval!... Le jour de la Sainte-Adèle, je me fis conduire à l'écurie et nous partîmes, ma bête et moi, galoper sur l'île de la Piboulette... Tu sais sans doute que c'est là que mon gardian s'est noyé?... J'en ai toujours voulu au Rhône... mais j'ai toujours reconnu sa beauté et, en cette veille de Noël-là, il brillait sous le soleil, fleuve d'argent secouant sa molle chevelure verte... J'ai mis Blé de Lune au pas. Le cheval semblait comprendre et marchait pieusement, comme si nous étions à la recherche de la fleur de Rhône... et soudain j'ai retenu ma bête... Sur un lit de roseaux dominé par les saules, j'ai cru voir les amours du Drac et de l'Anglore...

Estelle la regarde avec angoisse.

– ... Hélas! le Drac du lit de roseaux était Paul Laborie... et l'Anglore... celle qui allait devenir la mère de Marceau.

354

Estelle est pétrifiée.

– Plus tard, aux vendanges, quand le petit est né, sa mère est venue à la Nerthe, le portant dans ses bras. Elle avait peur, la pauvre... Elle savait que je les avais vus... Elle m'a suppliée de ne rien dire. D'oublier. J'ai promis. Je n'aurais pas dû... La vérité se fâche à trop attendre. Mais j'avais peine de leur faire du mal, à tous. Je les aimais, tu comprends... C'est là que j'ai décidé de perdre la mémoire... Je me suis enterrée dans le deuil de mon gardian... Je vous ai oubliés... Et j'ai cru que je n'étais plus bonne à rien, alors que j'aurais pu vous sauver les uns des autres... J'ai manqué de courage... Parce que, dès que j'ai entendu parler d'un entrepreneur qui voulait raser les Oliviers, j'ai *su* que Marceau était revenu... J'ai pensé lui parler, et puis...

– Et puis...

– À quoi bon?... On peut prévoir l'avenir en regardant le passé, mais on ne peut rien changer à la volonté des étoiles. Tu verras que, dans les plus grands malheurs, il arrive que le diable porte pierre!

– Que veux-tu dire?

– À force de vouloir le mal, on fait le lit du bien... Va, maintenant...

Estelle se penche vers elle, l'embrasse et se dirige vers la porte sans dire un mot.

– Ma chérie!...

Elle s'est retournée et a regardé Apolline, dans son lit de jeune fille, avec sa liseuse antique et son bonnet de dentelle... Il y avait quelque chose de radieux dans le sourire de la vieille demoiselle. C'était le sourire d'une fiancée qui sait que le long temps de l'attente va bientôt finir.

Marceau non plus n'est pas rentré directement chez lui.

Il a roulé vers le Rhône, attiré par le fleuve, sans savoir où il allait.

La révélation qu'il venait d'entendre était terrible. Il savait au fond de lui qu'elle était vraie, mais il la rejetait de tout son être.

Il suivait maintenant un chemin de terre, le long de troncs blêmes dont les racines invisibles s'enfonçaient sous les eaux. Il approchait d'un de ces rares promontoires d'où l'on domine le paysage. Il avait besoin de respirer. Il étouffait.

Il laissa sa voiture au pied de la falaise, et s'engagea sur un sentier abrupt.

C'est quand il déboucha sur la plate-forme de cailloux et d'herbes rases qu'il se souvint.

Il était déjà venu à cet endroit.

Quand il était petit. Avec Estelle. Et avec Paul Laborie.

Leur père.

Qui les avait pris par la main et leur avait dit :
– Regardez, les enfants! Regardez votre pays. Regardez comme il est beau! Et puis là-bas, très loin... regardez bien, derrière la garrigue et la col-

line, on aperçoit nos terres et les plus grands arbres de notre forêt...

Marceau ne ressentait que de la haine pour l'homme qui était à l'origine du drame. Celui qui resterait toujours dans son cœur, c'était Dupastre. Celui qui avait été trahi par sa femme, et par son ami. Celui qu'on l'avait laissé appeler Papa pendant des années de mensonge.

Marceau regarda les champs, les bois et les vignes au-delà du Rhône.

Bientôt le paysage serait bouleversé. Par lui. Les eaux recouvriraient les terres qui avaient été la fierté de générations de Laborie.

Brusquement la lumière déclina, assombrie par le passage d'un grand nuage gris. Marceau frissonna. Il pensa à Marguerite. Elle seule pouvait le consoler d'être un Laborie. Avec elle, on n'avait pas besoin de parler. Elle s'asseyait auprès de vous, tricotait ou lisait son journal, et on était guéri. La tendresse émanait d'elle, naturellement. Elle ne lui poserait pas de question. Elle serait là, rassurante, comme elle l'avait été au moment où ils l'avaient adopté. Parfois il criait, la nuit, poursuivi par ses visions de sang et de mort. Elle était toujours là quand il se réveillait. Rassurante. Peut-être qu'un jour il lui raconterait. Tout.

Il redescendit du promontoire et prit la direction de Rochegude.

Il avait déjà moins mal.

— Prévenez ma mère que je monte la voir, dit-il en passant devant sa secrétaire.

— Madame Séverin est partie, Monsieur.

— Partie? Comment, partie?

Il avait presque crié. Bernadette, gênée, expliqua :

— Votre maman a fait appeler un taxi pour la conduire à Noirétable.

Puis elle lui tendit une enveloppe.

— Elle a laissé une lettre pour vous, Monsieur.

Il l'ouvrit si brutalement qu'il déchira l'enveloppe, et commença à lire sans se soucier d'être observé, sans se préoccuper de masquer son émotion.

Mon petit, disait Marguerite, *si je m'en vais, c'est que je sais que ma place n'est pas à Rochegude. J'ai besoin de retrouver ma maison. Dans ce château, où tu fais tout pour me gâter, depuis quelque temps, moi, je me suis fait bien du souci.*

Tu n'es plus mon garçon.

Tu m'avais promis de veiller sur Robert et je le sens parti pour recommencer ses bêtises. Bien sûr, je vous garde tous les deux dans mon cœur, et il ne faut pas que tu sois fâché de me voir m'en aller, mais je ne peux plus rester. Il faut me comprendre...

Je t'embrasse,

ta Maman.

Il froissa la lettre, la glissa dans sa poche et alla vers la porte.

— Monsieur, dit Bernadette, Madame Bouvier est là, elle vous attend dans votre bureau.

Madame Bouvier? Il n'avait aucune envie de voir Mireille en ce moment. Que venait-elle faire? Il se composa un visage aimable, remercia Bernadette, et entra dans son bureau, le sourire aux lèvres.

— Mireille! Quelle bonne surprise!...

— Non, dit-elle froidement.

Ils se regardèrent en silence, puis elle parla.

— L'autre matin, après ton départ, je suis allée dans cette cave, au bas de l'escalier de pierre... et j'ai découvert les vestiges que tu as volés aux Oliviers.

– Et alors?... demanda-t-il après un silence.

Et alors? Elle s'attendait à tout, sauf à cette tranquillité insolente.

– Mais tu m'as menti, Marceau... Tu m'as trompée!

– Parfaitement, dit-il, c'était pour te protéger... Ça ne servait à rien de te mettre au courant... Je voulais être le seul responsable. Pourquoi ne m'as-tu pas fait confiance? Tu as fait une erreur en fouillant derrière moi. Tout aurait été plus simple si tu avais ignoré ce que j'avais dû faire. À moins que tu ne préfères laisser la victoire à Estelle...

– Tu surestimes mon aversion pour Estelle... Il y a des barrières que je ne franchirai jamais!

– Alors, disons que je les ai franchies pour toi... J'ai la chance de ne pas avoir d'états d'âme.

– L'incendie, c'était toi aussi?...

– À ton avis?

Elle s'écarta de lui, horrifiée :

– Le fils d'Estelle aurait pu mourir, et tu me dis que tu n'as pas d'états d'âme!...

– Absolument aucun!

– Eh bien, moi, j'en ai! Et je vais tout raconter! Les vestiges volés, le feu dans la grange, la mise en scène avec les tableaux! C'est toi qui a fait envoyer Estelle en prison! Tu es un monstre!

Il alluma une cigarette, tranquille, sûr de lui.

– Mireille, puisque tu le prends ainsi, je te demande de m'écouter. Si tu racontes tout ça, comme tu dis, tu seras la seule à en payer le prix.

– Non! Je leur dirai tout ce que tu as fait...

Il rit.

– Allons... Reviens sur cette terre, Mireille. Sur cette terre où l'argent est roi. J'ai de quoi me payer un procès qui durera des années. J'ai des avocats qui parviendraient à me faire libérer, même si j'étais pris la main dans le sac! Des journaux qui

359

orienteront l'enquête sur toi. Ce sera facile! Il suffira de parler de ta jalousie envers Estelle, de ton mariage avec le sénateur Bouvier, seulement parce qu'il était l'ennemi de Paul Laborie et que tu pouvais hériter d'une partie de son pouvoir...

— Tu es ignoble, Marceau...

— Je te dégoûte?... Eh bien, rassure-toi, ça m'est égal!

— Tu m'avais dit que tu m'aimais...

— Tu l'avais cru?

Elle baissa la tête. Comment pouvait-il être si cruel?

Brusquement, il se fâcha.

— Enfin!... Souviens-toi! Qui lui a coupé l'eau? Qui l'a empêchée de vendre ses meubles? Qui a téléphoné en pleine nuit quand je la recevais ici? Qui la détestait?... Tout était si simple, Mireille! Tu n'avais pas besoin de chercher à savoir ce que je faisais. Je t'apportais sur un plateau la déchéance d'Estelle, et maintenant, c'est toi qui veux l'aider?... Tu vas me parler d'éthique... et je vais rire, Mireille! Ta vie ne témoigne pas vraiment en ta faveur...

Elle pleurait doucement.

— Oh! Tu es un maire efficace, certes! Mais pour toute la région tu es le symbole même de la femme ambitieuse et sans scrupules... Moi je ne crains rien, j'ai la peau dure... J'ai des amis aussi, et je ne redoute pas un scandale qui m'éclaboussera à peine, alors que, toi, il t'engloutira.

— Je t'aime, Marceau...

— Non. Tu aimes Pierre Séverin, le promoteur... Mais tu n'aimes pas Marceau, sinon tu ne m'aurais jamais dit ce que je viens d'entendre... La vie est un drame, Mireille. Pour chacun de nous, et pas seulement pour les autres!

Il s'approche d'elle, redevenu caressant, il la prend dans ses bras et lui dit tendrement:

360

– Maintenant... Maintenant que je t'ai dit ça, rien ne t'empêche d'aller tout raconter! Tu vois, je suis serein... Je m'en fais seulement pour toi.

Ce n'était pas tout à fait vrai.

Il était inquiet. Il allait falloir empêcher Mireille de céder à ses scrupules. L'entourer davantage. La lier définitivement à lui...

Avant toute chose, il fallait se débarrasser des objets compromettants. Quel dommage! Mais, une fois qu'ils ne seraient plus là, Mireille pourrait dire ce qu'elle voudrait. Personne ne la croirait. Pauvre Mireille...

Marceau appela Robert et le mit au courant, agacé de le voir terrifié par la nouvelle.

– Je t'avais dit qu'on ne devait pas garder les vestiges à Rochegude!

– Ne t'affole pas! Elle ne peut pas parler! Elle sait qu'elle se coulerait elle-même! Elle n'est quand même pas folle!

– On ne peut pas lui faire confiance... Il faut la faire taire...

– Arrête de dire n'importe quoi! s'emporta Marceau, furieux. Contente-toi de la surveiller, de me dire qui elle voit, où elle va, et, dès cette nuit, fais disparaître les objets... Point final!

– On peut pas lui faire confiance, répéta Robert.

Marceau haussa les épaules.

– Alors, qu'est-ce que tu attends?... Suis-là!

Robert sortit en courant.

Marceau prit sa tête entre ses mains et ferma les yeux.

Il était à bout. Marguerite était partie, Mireille savait...

Et il était un Laborie.

361

Robert roulait à toute allure vers Châteauneuf. Il avait demandé à Rodolphe de l'accompagner. Avec Rodolphe, il se sentait en sécurité. Rodolphe l'admirait. Aveuglément. Il était en quelque sorte le héros de Rodolphe, comme son frère était le sien. Rodolphe l'avait bien aidé dans l'espionnage des fouilles, le vol des vestiges, l'incendie et la suite. Mais là, c'était différent. Il ne s'agissait plus de rendre service à son frère, mais de le protéger. On allait voir de quoi il était capable. Personne ne toucherait à Pierre Séverin. Personne!

Il sourit en voyant la voiture de Madame Le Maire devant lui. Il l'avait rattrapée sans peine, maintenant il pouvait lever le pied.

Mireille se gara sur la placette, devant le presbytère et leva les yeux vers le ciel gris et plombé. Un orage menaçait. Le tonnerre roulait déjà sur Avignon.

Elle ne vit pas la voiture de Robert qui s'arrêtait un peu plus bas.

Son cœur battait très fort.

Elle allait faire quelque chose de terrible.

Le bedeau qui sortait du presbytère devait dire plus tard qu'il lui avait trouvé « l'air retourné ». Il la salua et elle répondit à son salut en lui demandant si le curé était chez lui.

– Je le quitte à l'instant!, avait-il dit, et il faillit ajouter : « Vous allez bien, Madame le Maire? »

Mais il n'osa pas. Elle était autoritaire. Du genre laïque et sévère, expliqua-t-il. Si tous les habitants de Châteauneuf avaient été comme elle, Monsieur le Curé aurait pu mettre la clef sous la porte. C'est

362

ainsi que, troublé, il passa devant la voiture de Robert sans y prêter attention.

Mais Robert, lui, avait vu Mireille frapper à la porte du presbytère.

— Gare-toi un peu plus loin et attends-moi, dit-il à Rodolphe en descendant de voiture.

Il devait y avoir un jardin derrière la cure. Il alluma une cigarette et, comme un touriste qui visite, s'approcha de la maison dans laquelle Mireille venait d'entrer.

— Mireille!... Qu'est-ce qui t'amène? demanda le curé en la voyant.

— J'ai besoin de te parler, dit-elle.

Il referma la porte, inquiet. Malgré ses propres soucis et le chagrin qui était le sien depuis l'échec de sa tentative de pacification entre le frère et la sœur, il voyait bien que Mireille n'était pas dans son état normal.

— Assieds-toi! Qu'est-ce qui se passe? Je ne t'ai jamais vue comme ça!

— Je suis venue te dire... Sa voix, à peine perceptible, s'enroua.

Elle leva la tête.

— Je ne peux pas... murmura-t-elle.

— Si c'est la présence du Seigneur qui te gêne, il en a entendu d'autres, Mireille... Rien ne l'étonne plus! dit-il avec un petit sourire triste qu'elle n'eut pas la force de lui rendre.

Elle demanda :

— Quand tu m'as connue, j'avais quel âge?

— Trois jours.

Elle prit sa tête entre ses mains, accablée :

— Je voudrais tout recommencer! Tout effacer!... J'ai peur!

– Moi aussi, j'ai peur, dit-il, sincère.

– Mais toi, tu ne sais pas tout!

– Je ne sais peut-être pas tout, mais j'en sais déjà trop! murmura-t-il en pensant à la scène tragique qui s'était déroulée ici même avec Estelle et Marceau.

Mireille s'est levée et a commencé son récit, marchant à travers la pièce où il vivait et où elle n'était pas venue depuis si longtemps. Elle promena ses mains sur la collection de Bibles. Elle passa devant la fenêtre ouverte sur le jardinet sans lui accorder un regard.

– Tout a commencé il y a deux ans, le jour où un certain Pierre Séverin a demandé que je le reçoive à la mairie. Pour parler d'un projet concernant Châteauneuf. J'ai vu, devant moi, un bel homme inconnu... Pas vraiment inconnu... qui me regardait... Il semblait chercher un souvenir, un prénom, en exposant ses projets. Au bout d'un moment, il a dit : « Bonjour, Mireille, je suis Marceau Dupastre. » Il m'a demandé de ne pas révéler tout de suite aux gens de Châteauneuf qui il était. J'ai dit oui. En tant que maire, j'ai trouvé que Cigal-Land était une chance pour la commune et pour la région. Ça m'a plu d'avoir un secret avec lui. Je l'ai aidé... et puis je ne te cacherai pas que je suis tombée amoureuse de lui dès que je l'ai vu entrer dans mon bureau... ou plutôt, non, j'étais *déjà* amoureuse de lui. Depuis la maternelle. En ce temps-là, il aimait Estelle. Plus tard, j'ai rencontré Rémy... et c'est Estelle que Rémy a aimée. Moi, j'ai épousé le sénateur. Je n'ai pas eu d'enfant. J'ai tout raté.

– Tu ne peux pas dire ça, Mireille! Tu es un bon maire, tu le sais! Pense aux petits de l'orphelinat et à tout ce que tu as fait pour eux!

– J'ai été un bon maire, oui! Jusqu'à ce que Marceau arrive! Après son arrivée, souviens-toi comment j'ai agi avec Estelle!... L'été dernier je lui ai coupé

365

l'eau... Quand elle est sortie de l'hôpital, je suis allée avec les gendarmes lui interdire de faire son métier. J'ai honte quand j'y pense! Le pire, c'est que j'avais bonne conscience! En réalité (elle baissa la voix), en réalité, j'étais jalouse...

Il l'a interrompue gentiment.

— Mais, dis... tu es venue te confesser? Ça doit bien faire quinze ans que...

— Ce n'est pas en confession qu'il faut m'entendre, Jules! cria-t-elle. C'est devant un tribunal!

Elle a pris les mains du vieil homme, et leurs mains à tous deux étaient glacées.

— ... Sais-tu ce que j'ai découvert dans les caves de Rochegude? Les vestiges trouvés par Raphaël Fauconnier! Ils sont là-bas!... C'est Marceau qui les a fait voler! Oui! Et c'est lui qui a fait mettre le feu aux Oliviers! Et c'est lui qui a envoyé Estelle en prison! Il me l'a dit! Il est capable de tout!

— Mon Dieu, il est devenu fou!...

— Comme son père! dit-elle.

Jules hocha la tête, désespéré, plein de pitié et de trouble.

Le tonnerre éclata, plus proche.

— Il ne faut pas qu'il...

Elle se tut, incapable d'exprimer ce qui la hantait depuis sa découverte et sa conversation avec Marceau. Elle dit simplement :

— Estelle est en danger. Je dois parler à Sarrans.

— Tu sais ce que tu risques si tu fais ces révélations?

— Tu me dis la même chose que Marceau! répondit-elle avec un petit rire triste. Ce que je risque? J'y ai réfléchi longuement... Il m'a promis de me briser, de me déshonorer... mais ma décision est prise. Je ne peux plus vivre comme je vis en ce moment! Je ne serai plus maire de Châteauneuf, je sais. Je ne serai plus rien. Mais je serai délivrée...

366

Elle était très belle dans son chagrin et, brusquement, elle trouva la force de sourire. Jules posa une main sur son épaule et dit :

– Je te retrouve, Mireille.

Un long silence suivit, elle ajouta :

– Quoi qu'il ait fait, quoi qu'il fasse, j'aimerai toujours Marceau, mais je veux lui éviter le pire.

– Je comprends, dit le curé, et je te remercie de m'avoir fait confiance... Tu avais raison, ce n'est pas une confession, mais une déposition. Viens ! Il faut tout de suite mettre Sarrans au courant ! Je t'accompagne, il n'y a pas de temps à perdre !

Le ciel est de plus en plus gris. La pluie n'est pas loin. Le tonnerre est maintenant sur Châteauneuf.

Dans le jardinet de la cure, Robert est affolé. Il a entendu Mireille. Il sait que tout est perdu s'il n'empêche pas le maire et le curé de parler au commissaire. Il se demande s'il ne devrait pas téléphoner à Rochegude avant d'agir. Puis il décide que non. Il est trop tard pour hésiter. Une seule chose compte. Sauver son frère.

Mireille et Jules ne parlent pas. Ils sont tendus et silencieux. À la sortie du village, l'orage éclate et la pluie commence à tomber. Mireille ralentit et met les essuie-glaces en marche. Jules remarque alors une voiture qui les double et fonce à toute allure malgré le déluge.

– Tu as vu ces fous ? dit-il.

Elle ne répond pas, elle hoche simplement la tête, bouleversée à l'idée de la déposition qu'elle va faire. Elle va trahir l'homme qu'elle aime... Elle essaie d'oublier le but de la promenade en s'absorbant dans la conduite. Soudain, après un tournant, elle pousse un cri, donne un coup de volant et freine. Elle vient de voir la voiture qui les a doublés, à moitié dans le fossé.

Au milieu de la route, un homme fait de grands signes d'appel au secours.

— Mon Dieu! Ça a l'air grave! dit le curé tandis que Mireille se gare.

Ils sont descendus de voiture et ont couru sous la pluie vers l'homme qui paraissait choqué par l'accident.

— S'il vous plaît!... disait-il, aidez-moi! Mon ami est blessé!...

Ils se sont précipités vers la voiture où le conducteur gisait, la tête sur le volant, visiblement sans connaissance. On ne voyait pas son visage. Mais, quand ils furent tout près de lui, il releva la tête.

C'était Robert.

Jules n'a pas bronché, mais en reconnaissant le frère de Marceau, Mireille a eu un mouvement de recul, aussitôt bloqué par Rodolphe.

Robert a souri, fier de lui.

— Heureux de vous voir, Madame Bouvier...

Et elle a su que tout était fini.

Estelle regardait une asphodèle.

Ou bien était-ce la fleur qui la regardait?

Le printemps était là. Somptueux. Le dernier peut-être?

Estelle s'était levée avant le jour. Elle n'avait pas fermé l'œil de la nuit.

La veille, au moment où il aurait dû quitter Paris, Raphaël avait téléphoné pour dire qu'il restait. Il espérait obtenir un nouveau rendez-vous rue de Valois. Malgré son désir, son besoin de le voir revenir auprès d'elle, elle avait béni ce contretemps qui lui laissait quelques heures de solitude pour s'habituer à la révélation de Jules.

« Papa, oh! Papa... »

Estelle tendit la main vers les étoiles blanches et caressa doucement les pétales de satin.

Ces fleurs n'étaient pas seulement ses fleurs, elles étaient aussi les fleurs de Marceau. Comme les oliviers, comme les vignes, comme tout le domaine, comme les ancêtres de la galerie, les asphodèles appartenaient au frère aussi bien qu'à la sœur.

Il fallait qu'elle le lui dise. Qu'elle lui rende son bien après tant d'années. Il fallait qu'elle lui tende la main, qu'elle lui demande pardon...

Son frère.

Elle comprenait maintenant pourquoi le sentiment qui les liait et les opposait l'un à l'autre avait cette force, cette violence. Le sang du même père coulait dans leurs veines.

Il lui fallait redécouvrir ce père.

Un père qui n'était plus le héros qu'elle avait admiré aveuglément mais un homme fragile, jeune... Plus jeune qu'elle aujourd'hui. Pas un papa. Un homme avec des sens, des désirs interdits, un homme capable de trahir. Un homme qu'elle aimerait toujours.

« Mais pourquoi ne t'es-tu pas confié à moi ! » pensait-elle avec désespoir, oubliant qu'au moment du drame elle était une petite fille et qu'on ne raconte pas aux petites filles qu'on a été infidèle à leur maman.

Maman. Avait-elle su ce qui était arrivé ? Ou bien avait-elle tout ignoré comme le pensait Apolline ? Elle était morte peu de temps après la naissance de Philippine, sans jamais avoir dit la moindre chose qui puisse faire soupçonner qu'elle savait.

Estelle regarda la photo de ses parents, très beaux, devant les vignes.

Pour elle, cette image avait toujours été l'image de l'amour...

Il n'y avait qu'un moyen d'empêcher que l'univers ne s'écroule autour d'elle, et ce moyen c'était de faire la paix avec Marceau.

Elle appela Jules pour lui faire part de sa décision. Elle voulait qu'il sache qu'il avait gagné en leur révélant ce qu'ils étaient l'un pour l'autre. Elle voulait lui dire merci pour la vérité, car la vérité allait changer toute sa vie.

Elle laissa le téléphone sonner longtemps dans le vide et raccrocha.

Elle appellerait plus tard.

Elle appellerait en rentrant de Rochegude. Rochegude où elle n'avait jamais remis les pieds depuis la soirée où Marceau avait tenté de la séduire.

Mais tout était différent, maintenant.

Marceau avait une sœur et Estelle avait un frère.

— Je viens te demander pardon..., dit-elle en entrant dans le bureau de Marceau.

Elle était très émue, debout devant lui qui la regardait avec méfiance.

— Comment ça, pardon? reprit-il d'une voix sèche.

— Au nom de notre père. C'est pour lui que je viens te demander pardon. Je devine ce que la révélation de Jules a dû être pour toi. Terrible. Comme pour moi, d'ailleurs. Mais aujourd'hui... je veux te dire que le Château des Oliviers est tout autant à toi qu'à moi, la moitié t'en revient de droit.

Il souriait maintenant et ça la mettait encore plus mal à l'aise.

— Je suis vraiment sensible à ta soudaine et... fraternelle générosité. Mais tu te trompes en me disant que la moitié du domaine est à moi... Tout le Château des Oliviers m'appartient. La vente a été enregistrée ce matin. Tu es la première informée. Prépare-toi à faire tes malles, l'huissier devrait passer dans la journée... et si tu ne quittes pas les lieux tu seras expulsée de force. Ensuite le Château sera rasé. La date n'est pas encore fixée, mais ça ne dépassera pas la semaine.

— Mais, Marceau, s'écria-t-elle, blême et tremblante, tu ne peux pas faire ça! Ce domaine est le tien, tu ne peux pas le détruire.

Marceau réfléchit longuement.

— Tu sais ce que je crois?... Je crois que tu as mis un plan au point avec ton curé. L'idée n'est d'ailleurs pas mauvaise, je l'avoue. Faire croire à Marceau qu'il

371

est le fils de Laborie... cela aurait pu être un moyen de m'arrêter. Mais comment croire en cette révélation qui arrive si tard? Juste au moment où Cigal-Land est déclaré d'utilité publique! À la veille de la destruction du domaine! Divine coïncidence!

— Comment peux-tu imaginer que nous aurions voulu te tromper?

— Ton père a bien trompé sa femme et son ami! Comment peux-tu être fière d'être la fille d'un homme aussi méprisable?

Elle se redressa, blessée.

— Papa n'était pas méprisable, Marceau... il était bon... Il a commis une faute dans sa vie... Si tu savais comme je l'ai vu désespéré après ton départ! Il n'était plus que l'ombre de lui-même... Il en est mort.

— Et moi, je suis toujours vivant!... Quel manque de tact! Ma famille entière a disparu... mais c'était ma famille, tu comprends? J'étais un Dupastre... et maintenant vous m'apprenez que je suis un Laborie et, pour vous, tout est fini?... Je suis le bâtard du château, c'est ça?...

— Tu vois que tu sais qu'il est ton père... Marceau, je suis ta sœur... Tu ne peux me vouloir du mal à ce point!

— Je ne t'ai pas voulu de mal, Estelle, je t'ai même proposé une fortune! Tout ce qui est arrivé est de ta faute, de la faute de ton entêtement. Tu vas le payer très cher... et tu devras accepter ta défaite.

— Mais je n'ai pas encore perdu, Marceau! cria-t-elle.

— Ne rêve pas trop à ta villa gallo-romaine! Et ne t'attends pas à une intervention du ministère de la Culture en faveur de ton professeur! Oui, je suis au courant! De tout! Et je ne reculerai devant rien, Estelle, devant rien!

Elle tenta un dernier effort:

— Marceau, arrêtons-nous avant qu'il ne soit trop tard!

– Il *est* trop tard! dit-il avec un rire douloureux.

Il ne la raccompagna pas à la porte, mais il se leva pour la regarder sortir.

Il faillit la rappeler... puis il haussa les épaules. À quoi bon?

Dans le couloir, elle croisa un homme qu'elle ne connaissait pas et qui la regarda avec curiosité. C'était Robert.

– C'est la fille Laborie? demanda-t-il en entrant dans le bureau de son frère.

Marceau le reprit d'une voix glacée.

– Madame Laborie.

– Qu'est-ce qu'elle est venue faire ici?

Marceau écarta la question d'un geste de la main.

– Alors?

– Alors, quoi?

– Mireille?

– Ah! Mireille?... Ben... rien de précis.

Marceau a eu la certitude que quelque chose de grave se cachait derrière la gêne de Robert.

– Qu'est-ce que tu as fait?

– À quel sujet?

Marceau tapa du plat de la main sur son bureau. Maintenant il avait peur.

– Que se passe-t-il, Robert?

– Je ne voulais pas te le dire...

– Qu'est-ce que tu as fait? cria Marceau.

– C'était le seul moyen... avoua Robert.

« Non! Non! Ce n'est pas possible, il n'a pas fait ça! » Marceau, dévasté, savait qu'il allait entendre le pire. Il ferma les yeux.

– Je l'ai suivie après t'avoir vu, disait Robert. Heureusement! Elle a filé chez le curé, et elle a tout déballé : le vol des vestiges, l'incendie, les tableaux... tout! Puis elle est partie avec lui pour voir Sarrans. Elle voulait te dénoncer!

373

Marceau rouvrit les yeux.

— Alors, j'ai dû l'en empêcher... On les a interceptés sur la route à la sortie de Châteauneuf, puis je...

Il s'arrêta et regarda son frère.

— Je pouvais pas te prévenir... On n'avait pas le temps... Alors...

— Alors ?

Robert se penche en avant, mal à l'aise, mais pas plus qu'un représentant qui annonce de mauvaises ventes.

— Alors... je l'ai balancée dans le Rhône au volant de sa voiture...

Et il ajoute, précis et honnête :

— ... avec le vieux curé.

D'abord incrédule, Marceau a l'impression que le sol se dérobe sous ses pieds. Il revoit le vieil homme bouleversé leur révélant la vérité au prix du salut de son âme. Il se revoit tenant Mireille dans ses bras, il se souvient de la douceur de ses lèvres, de l'odeur de sa peau. Il a envie de hurler.

— Tu n'as pas fait ça, Robert ! Tu ne les as pas tués ?

— Mais je ne pouvais rien faire d'autre... sinon on était foutus !

Marceau a plaqué son frère contre le mur et le secoue avec une force désespérée.

— Tu devais me prévenir avant de faire quoi que ce soit ! Pourquoi, mais pourquoi ?... Tu es devenu fou !

— C'était pour te protéger...

La gifle est partie, violente, marquant de rouge la joue de Robert.

— Je n'ai jamais eu besoin de toi pour me protéger... ni de qui que ce soit au monde ! Je voulais seulement que tu la surveilles...

Robert a l'air d'un gamin, il a les larmes aux yeux. Il dit bêtement :

374

— Pardonne-moi, Pierre...

et Marceau le repousse brutalement à travers la pièce.

— Fous le camp, Robert!... Dégage! Je ne veux plus te voir! Jamais!

— Mais Pierre...

— Fous le camp!

Robert est sorti de la pièce, perdu.

Marceau, resté seul, est allé s'écrouler dans un fauteuil.

Mireille, Mireille était morte. Et le curé. Le curé qui lui avait fait cadeau d'un ballon... Il avait huit ans. Il venait de perdre le sien en jouant au foot sur les bords du Rhône.

« Tiens, mon petit Marceau, je ne veux pas que tu aies de la peine... »

Il pensa à Marguerite qui l'avait abandonné. Oh! Maman! Le téléphone sonna et il ne répondit pas. Le téléphone sonna encore. Longtemps. Puis Bernadette frappa et ouvrit la porte.

— C'est le chef de chantier, Monsieur, dit-elle, étonnée de le voir prostré dans un coin du bureau. Il demande si la date de mercredi prochain vous convient?

— Pour quoi? demanda-t-il avec une expression égarée.

— Eh bien, pour la destruction des Oliviers, dit-elle, surprise par sa question.

Elle fut encore plus surprise de l'entendre éclater de rire.

— Mercredi? Parfait, dit-il. Ne sommes-nous pas venus ici pour ça?

Quand Estelle arriva aux Oliviers et qu'elle vit leurs visages, elle comprit que l'huissier était déjà passé.

Elle avait huit jours pour quitter les lieux.

Sa première réaction fut de téléphoner à Jules.

— Ah! enfin, te voilà! fit-elle en entendant décrocher.

Mais ce n'était pas le curé qui était au bout du fil. C'était Samuel.

Il était très inquiet.

— Nous devions déjeuner ensemble aujourd'hui, dit-il. Et, tu sais, Jules a des défauts certes, mais il est toujours à l'heure! D'autant plus que nous avons à éclaircir un point délicat sur le fumier de Job et que ce n'est pas son genre de faire faux bond à la Bible!

— Il a peut-être été appelé en urgence. Le bedeau doit savoir...

— Justement, Aimé ne sait rien! Ou plutôt si : il l'a vu monter en voiture avec Mireille pendant le gros orage qui a causé des dégâts partout. Et, depuis, on n'a aucune idée de ce qu'ils sont devenus...

Un souvenir glacé fit frissonner Estelle... la visite de Mireille le jour des Hollandais. Elle avait éprouvé une impression étrange devant cette femme qui lui faisait du mal.

Elle l'avait sentie en danger.

— Et Aimé dit qu'ils avaient tous les deux l'air retournés, poursuit Samuel. Ils sont même passés devant lui comme s'ils ne le reconnaissaient pas!

— Tu as prévenu...

— Tout le monde! La police, les gendarmes... tout le monde! On a pensé à un accident, surtout à cause de l'orage mais, jusqu'ici, on n'a pas retrouvé la voiture...

Ils restèrent unis par un silence lourd de questions. Puis Samuel dit :

— Tu es au courant pour...

— Les Oliviers? demanda-t-elle. Oui, je sais.

— Il y a eu une réunion à la mairie... c'est même là qu'on s'est étonné de l'absence de Mireille. Les avis, une fois de plus, étaient partagés sur Cigal-Land,

376

mais avec ce décret... et avec le ministre qui appuie le projet, j'ai bien peur qu'il ne soit trop tard...

De nouveau le silence.

– Tu es toujours là, Estelle?

– Oui.

Il sentit qu'elle n'en pouvait plus. Il dit :

– Bon! je vais aux nouvelles. Je te tiens au courant, bien sûr, dès que je sais quelque chose!

– Merci, dit-elle d'une voix à peine perceptible.

Raphaël arriva dans la soirée.

Il avait réussi à éveiller la curiosité du ministre.

Une commission allait être nommée pour statuer sur la possibilité d'existence d'un site archéologique aux Oliviers.

Dans un mois, au plus tard, le ministère ferait connaître sa décision.

Mais dans un mois, les eaux recouvriraient le domaine...

Le téléphone sonna. Estelle se précipita et tout le monde se tut autour d'elle.

Elle devint si pâle que Philippine courut la prendre dans ses bras, en murmurant :

– Maman!...

Estelle lui tendit l'appareil. Samuel pleurait au bout du fil, la brigade fluviale avait retrouvé la voiture du maire au barrage de Sauveterre, avec les corps de Mireille et de Jules.

Tous les deux noyés.

– Stéphanette!

Apolline s'est endormie en regardant l'éventail signé par Frédéric Mistral. Le glas, porté par le vent depuis l'église de Châteauneuf, l'a réveillée.

Elle écoute sonner le glas.

Le glas...

Elle referme l'éventail d'un coup sec et le pose. Elle se redresse, la tête haute, décidée.

– Stéphanette!

N'obtenant pas de réponse, elle appelle plusieurs fois, de plus en plus fort. Puis elle se lève, fâchée, prend sa canne et va ouvrir la porte de la chambre de Stéphanette.

Personne.

Apolline n'en revient pas. Stéphanette l'a abandonnée!

Elle va à la fenêtre et regarde dehors juste à temps pour voir les ouvriers du domaine monter dans des voitures, vêtus de noir et se hâtant. Stéphanette est une des dernières à partir.

Apolline reste pétrifiée, silencieuse, tandis que les voitures démarrent. Puis elle sort de sa chambre et commence une promenade chancelante. Elle entre-

379

prend la descente de l'escalier qui sent la violette et la pierre.

Elle redécouvre tout ce qu'elle a répudié depuis des années, depuis sa réclusion volontaire et son refus du monde. Elle voit un portrait d'elle, jeune, à cheval, et sourit, amusée. *Dau! Dau! bèu jouvènt!*

Au bas de l'escalier, elle ouvre une lourde porte et s'enfonce dans les entrailles du château. Là où elle cacha « ses israélites » tandis que l'oberlieutenant Cazalis jouait *Les Amours du poète* sur le piano du salon.

Elle atteint les longues caves où de petites lumières révèlent les fûts et les alignements de bouteilles. La beauté du spectacle lui fait du bien... C'est sa maison, sa Nerthe bien-aimée.

Odeur de la terre et du vin. Elle caresse les bouteilles et avance dans la galerie quand, à l'autre extrémité de la cave, elle voit un petit vieux tout cassé qui vient vers elle. Ils sont aussi étonnés l'un que l'autre de se rencontrer.

— Qui es-tu, toi? demande-t-elle.

— Je suis Riquet de Roquebrune, Demoiselle.

— Je te connais... Riquet, c'est toi qui conduisait la Delage, autrefois...

— Et qui sellais Blé de Lune, Demoiselle, quand vous alliez galoper au bord du Rhône...

— Tu dois être vieux, Riquet! Tu travailles encore, à ton âge?

— Non! Je rends service. Ça me coûtait de m'en aller, alors on a bien voulu que je reste.

— Et qu'est-ce que tu fais, seul dans la maison, quand tout le monde est parti?

— Je garde la Nerthe, Demoiselle. Il fallait bien que quelqu'un le fasse...

— Raconte un peu pourquoi ils sont tous partis?

Il n'ose pas. Il se tait.

380

– Ça va vous faire peine, Demoiselle...

– Riquet... j'entends le glas, dis-moi le nom du mort...

Il se tait toujours.

– ... ou de la morte...

– Un mort et une morte. Un grand malheur sur Castèu-Nòu...

– Les noms, Riquet!

– Notre maire et notre curé.

– Seigneur Dieu!...

– Le Rhône les a pris...

« Le Rhône, pense Apolline, toujours le Rhône... le Rhône est un serpent! »

Puis, tout d'un coup, elle s'accroche au bras de Riquet et fait quelques pas en s'appuyant sur lui, fébrile mais lucide.

– Tu vas m'aider, Riquet! C'est le Ciel qui t'envoie! Je ne veux pas que Jules s'en aille sans être accompagné par mes prières. La Nerthe se gardera bien toute seule...

Soudain, elle a une idée :

– La Delage roule toujours?

– Elle est comme neuve! dit Riquet. C'est moi qui la soigne! Des fois, je la promène autour du château...

– Donne-moi la main, Riquet, et allons rendre nos devoirs...

Le glas sonne toujours le grand malheur de Castèu-Nòu.

Une foule de noir vêtue arrive de partout.

Des gens choqués, hébétés, sans voix. Parmi eux, les gendarmes, les pompiers, les employés municipaux, tous ceux dont on aime voir la belle tenue, l'uniforme et le sourire dans les fêtes du village, et qui sont là, comme égarés dans le chagrin partagé.

381

Groupés autour de leurs drapeaux, les derniers survivants des maquis de la région, les garçons à cheveux blancs qui avaient vingt ans en 40, les soldats de l'ombre et des bois, sont venus saluer leur vieux camarade du col des Tempêtes.

Dans le grand silence déchiré par le glas, les deux cercueils entrent dans l'église. Derrière eux, s'avance Estelle, livide, entre Raphaël et Philippine. Soutenant Samuel, Luc et Antoine suivent.

Et tous les Oliviers.

Les familles Laborie, Fabrègue, de la Craye, Boucoiran, Ben Saïd. Les Oliviers. La vraie famille de Jules Campredon avec Samuel, son frère en Dieu.

Mireille s'en va sans qu'un enfant, un époux, un frère ou une sœur ne la pleure... Sa seule famille c'est le conseil municipal accompagné des maires des communes voisines, ceints de leurs écharpes tricolores...

Et aussi cet homme blême qui arrive au dernier moment et reste dans l'ombre d'une chapelle.

Marceau.

Demain les bulldozers attaqueront les Oliviers. Demain sera jour de vengeance.

– Mireille Bouvier défendait l'Avenir, Jules Campredon défendait le Passé, et les voici réunis dans la Vie Éternelle par Ta Volonté, dit la voix de l'archevêque d'Avignon.

Jujube pleure. Il n'est pas le seul. Les plus durs sont frappés comme les autres.

Marceau sent un regard posé sur lui. Une bohémienne... Elle tient un petit bouquet d'œillets rouges dans ses mains brunes. Elle est très belle. Elle ne le quitte pas des yeux, sévère, effrayante.

Marceau change de place pour échapper à la Némésis.

Le regard de la femme le suit.

– ... L'homme met la main aux pierres les plus dures, les plus précieuses, il renverse les montagnes, il arrête les fleuves afin d'en empêcher le cours. Mais sait-il trouver la sagesse? Non!... L'homme n'en connaît pas le prix car elle ne se trouve pas dans la terre des vivants...

La voix de l'archevêque s'est tue pour faire place à la musique et au recueillement quand soudain, au fond de l'église, apparaît une silhouette noire dans des voiles de crêpe.

Apolline. Qui avance, seule, appuyée sur sa canne, très droite.

Apolline de la Craye.

Il y en a bien peu, dans l'assistance, qui peuvent se vanter d'avoir déjà vu la vieille demoiselle. Mais tous la reconnaissent. Et cette apparition renforce le caractère tragique, surnaturel, de cette double mort qui rend le village doublement orphelin.

Ils la regardent tous continuer sa marche à travers l'église, accepter le bras de Jean-Edmond venu au-devant d'elle, Jean-Edmond qui l'accompagne jusqu'à son banc et l'installe auprès de sa filleule.

Elles se sont pris la main, très fort.

– Merci..., a murmuré Estelle d'une voix étouffée, avant d'aller vers le chœur, sur un signe de l'archevêque.

Elle a sorti un papier de la poche de son manteau; elle a regardé les fidèles qui n'avaient jamais été aussi nombreux dans la nef.

Et elle a lu ce que son cœur lui avait dicté dans la douleur.

– Comme beaucoup de petits enfants de Châteauneuf, j'ai cru longtemps que tu étais mon oncle, Jules Campredon. Je pensais même que tu étais à la fois le frère de mon père et le frère de ma mère. Et je le crois toujours, parce que tu as su être de la famille de tous, de la famille de chacun... On pourrait saluer en toi le résistant, l'érudit, l'humaniste, le provençal, le serviteur de Dieu comme le serviteur du plus humble, mais je sais que cela ne serait pas de ton goût. Je te connais si bien... Je te connais depuis le jour où tu déposas l'eau du baptême sur mon front tout neuf... Il y a très peu de temps, tu portais les sacrements à Albin Lascourbe, tu me dis : « Promets-moi, quoi qu'il arrive, de ne jamais laisser la haine envahir ton cœur, de toujours garder le pardon à portée de ta main ! » J'ai promis...

Le regard de la caraque se pose de nouveau sur Marceau qui, cette fois, le soutient avec arrogance.

– ... tu nous semblais invulnérable, poursuit la voix d'Estelle.

Le commissaire Sarrans s'est assis au bord de l'allée centrale. Il attend une communication urgente.

– Mais ni les hommes, ni la nature ne sont invulnérables...

Une main s'est posée sur la manche du commissaire et il a dû s'en aller. Discrètement. Sur la pointe des pieds. En échangeant un regard avec le juge Martinot dont on a hissé le fauteuil dans l'église.

Ce qu'on apporte au commissaire, c'est le rapport du médecin légiste. Il déchire l'enveloppe, lit avidement les conclusions des autopsies, et reste pétrifié au milieu de la placette déserte.

Pourtant ce qu'il a sous les yeux n'est que la confirmation de ce qu'il pressentait depuis le début.

Ce n'était pas un accident.

De nosti déute
Fai-nous la remessioun*,

---

* *De nos péchés*
Fais-nous la rémission.

chante une voix d'enfant claire et pure dans l'église.

Le commissaire regarde les deux fourgons mortuaires qui attendent les cercueils, et ne pardonne pas, lui.

Ansin Siegue*!,
chante l'enfant.

---

* *Ainsi soit-il!*

Samuel a attendu que le cimetière soit désert pour venir seul sur la tombe de Jules.

Au milieu des fleurs et des couronnes, la caraque a posé son petit bouquet d'œillets rouges près de la plaque.

Jules CAMPREDON
1919-1993

Samuel est debout au bord de la tombe. Il porte la kippa et le Livre Sacré, et s'adresse au tombeau comme à une personne.

— Tu te souviens de notre première rencontre, là-haut, au maquis? Je t'ai dit: «Oh! le curé! Pourquoi tu tiens un fusil dans tes bras?» Tu as souri et tu as dit: «Pour les mêmes raisons que toi, Samuel... pour la Liberté.»

La Liberté!... Tu sais ce qui se prépare pour Estelle, après t'avoir porté en terre? Tu sais ce qui l'attend? Demain, quand le soleil se lèvera, elle va voir les bulldozers détruire sa maison, sa terre, son passé, avec la bénédiction de la République!... Alors, tu vois, le fusil, aujourd'hui... j'ai envie de le reprendre!

Soudain il dit avec fierté :

– Tu sais, Jules, tout le monde était dans l'église! J'aurais voulu que tu voies ça! Même Apolline est venue! Même l'Anarchiste! Et même moi... parce que, une nuit de 1943 – je suis sûr que tu t'en souviens –, nous avons fait un serment : celui qui resterait le dernier dirait une prière à la mémoire de l'autre. Quand la paix est revenue, je n'y ai plus pensé. J'étais tellement sûr de partir avant toi! Et puis, voilà...

Brusquement il se fâche :

– ... c'est pas bien, ce que tu as fait!... Partir comme ça et me laisser tout seul!... Avec qui je vais me disputer maintenant? Hein? Tu peux me le dire?

Sa colère ne dure pas, le chagrin est plus fort. Il explique doucement :

– Chez nous on ne porte pas de fleurs sur les tombes, on donne un caillou. Tu m'avais dit : « Samuel, ne t'inquiète pas, si tu pars le premier, je te porterai un caillou de nos vignes. » Mais toi aussi tu y as droit au caillou de nos vignes! Regarde s'il est beau!

Il sort de sa veste un caillou morainique et le présente :

– ... je l'ai cueilli sous un cep, ce matin. Il est vieux, si vieux, que je pense qu'il est plus vieux qu'Abraham. Je te le donne.

Il pose le caillou sur la tombe, ferme les yeux, se recueille et se laisse prendre par le rythme et le balancement de la prière des morts afin que le Seigneur accorde sa grâce à l'âme de son ami.

— ... puisse-t-elle être recueillie dans le sein des Immortels et être unie aux âmes de nos saints patriarches Abraham, Isaac et Jacob, de nos pieuses mères Sarah, Rebecca, Rachel et Léa, et à celles de tous les autres Justes qui jouissent de la béatitude éternelle. Amen.

Estelle a voulu passer la dernière nuit au bord de la fontaine.

Et tous sont venus la rejoindre.

Veillée d'armes sous la devise intraduisible gravée au cœur de chacun.

Il faisait froid et les garçons ont allumé un feu à même la terre.

On s'est organisé, on a campé, comme à la guerre. Le chien s'est couché auprès du feu, un peu étonné. Il s'est endormi en même temps que les deux petits.

— Ils vont pas avoir trop de peine, demain? demanda Carla à voix basse en les désignant à Amélie.

— Je voulais qu'ils soient là... Tu comprends, plus tard, ils m'en auraient voulu...

Carla approuve en silence. Amélie a raison. Il ne faut jamais dépouiller un enfant. Même de ses chagrins.

Surtout pas de ses chagrins.

Demain tout sera fini.

C'est une chose qu'Estelle ne peut admettre.

En dépit de tout, elle a confiance.

Elle a fait un pari fou, absolu.

Elle a refusé de vider la maison de ses meubles.

Elle n'a pas sorti un objet. Ni Donna Bianca, ni *Je porte bonheur*, ni même la bague d'aïe!

Rien.

Mettre les choses les plus précieuses à l'abri serait accepter d'envisager le pire.

Jamais.

Le jour va bientôt se lever et, perchés sur les branches des oliviers, les oiseaux surpris se demandent ce que font tous ces gens assis dans la rosée, auprès d'un feu qui s'éteint, à l'heure où les humains dorment encore.

On bouge dans la forêt?... Déjà?... La terre tremble...

Dans sa nuit Sagesse perçoit les vibrations et dresse sa belle tête. Sa langue bifide tâte l'air du sanctuaire. Puis la couleuvre commence à se dérouler d'une lente et froide caresse, ondulant sur le marbre poli de la statue.

Elle va s'en aller.

Tranquille. Elle sait qu'Estelle a enfin reçu le message envoyé de la Via Agrippa.

Elle peut partir.

Le collier vivant quitte la gorge parfaite pour céder la place au tumulte de la Vie et à la Lumière.

Sagesse glisse sur le sol, retrouve dans le chaos des pierres le chemin de la meurtrissure par laquelle elle se glissa dans le froid de l'hiver. Remonte à la surface...

Sereine, elle froisse les herbes de son ventre de porcelaine blanche. Elle part en vacances, elle passera l'été dans les éboulis.

Les jeux sont faits.

Le présage retourne à sa source.

– Les voilà! dit Luc.

Mais les gens qui sortaient de la forêt ne venaient pas pour donner l'assaut aux Oliviers.

Les gens qui sortaient de la forêt venaient leur donner aide et assistance.

Samuel, Romain, Antonin et sa femme, Augustin, l'instituteur. Et tant d'autres dont Estelle n'a jamais su le nom.

Certains ont remis les vêtements de deuil de la veille. Ils avancent en silence, le visage grave. Parmi eux, Ali et Mohammed qui arrivent de Cavaillon. Ils ont, comme Blaïd, passé leurs djellabas et portent leurs décorations, comme pour une cérémonie officielle. Zita, son gitan et Jujube les suivent.

Ce sont des pauvres. Ils n'ont rien. Mais ils n'ont pas besoin de posséder la terre pour qu'elle soit à eux. Ils l'aiment.

Les grandes robes des Arabes donnent un ton religieux à la réunion. Ils ont l'air de défendre un sanctuaire.

Des châtelains voisins sont venus qui prennent les mains d'Estelle dans leurs mains calleuses de vignerons.

– On sait que tu as ta fille et ton gendre, Estelle, mais si tu as un problème pour te loger ou pour mettre tes meubles, ma maison est grande...

L'Anarchiste, farouche, se tient à l'écart.

Tout le pays est venu.

À l'entrée du domaine, ils ont vu les pancartes, les bulldozers, les pelleteuses.

Là-bas, ils sont tous casqués, bottés, décidés. Le drapeau de Cigal-Land flotte sur la forêt comme sur une terre conquise. Il y a même les gendarmes, qui n'ont pas l'air à la noce, misère! Les gendarmes qui sont là pour faire respecter l'ordre et la loi.

Et surtout, il y a Marceau.

À vif, Marceau. Son visage est comme décapé par l'imminence de l'intervention et l'excitation du combat.

À vif, Estelle. Elle regarde les arbres qui cachent encore les envahisseurs.

— Malheur à celui qui touche aux arbres! crie Jujube. Il périra par le fer!

— Tu sais, dit Samuel en s'approchant d'Estelle, si je n'ai pas pris le fusil, c'est bien parce que tu me l'as demandé!

Elle le remercie et va rejoindre les hommes qui prennent place dans l'allée pour faire front.

— Et moi? demanda Marius.

— Tu es trop petit, lui dit Antoine, va au deuxième rang!

— Avec les femmes? crie Marius qui en a les larmes aux yeux de honte. C'est pas juste!

Personne ne lui répond. Les bulldozers arrivent avec la 4L des gendarmes en tête de convoi.

Le fragile rempart humain se resserre.

Estelle ne bouge pas. Elle attend, au premier rang. Calme.

Le bruit des bulldozers devient de plus en plus assourdissant. Les gendarmes se garent sur le côté pour laisser le chemin libre aux engins. À une dizaine de mètres de la muraille humaine, le premier bulldozer s'arrête. Le conducteur, ne sachant que faire devant ces gens vêtus de noir, ces femmes et ces enfants, se tourne vers les deux gendarmes qui avancent vers le groupe immobile. Ils ne marquent aucune agressivité mais la vue des uniformes excite Jujube qui se précipite en première ligne et commence à crier:

— À moi, Provence! On ne passe pas! Halte-là!

Sans brutalité, un gendarme le prend par le bras et tente de l'écarter.

— Allez, viens, Jujube... Tu déranges.

392

– À bas Simon de Montfort!

Jujube est déchaîné et commence à chanter :

– *Salut! Salut à vous.*

Braves soldats du 17ᵉ *...

Antonin s'interpose.

– Ne lui faites pas de mal, peuchère! C'est un innocent!

– Il porte bonheur, Jujube! Il est sacré! dit Amélie. C'est un ravi.

– Vous êtes fiers de lever la main sur des citoyens désarmés? demande Samuel.

Le gendarme voudrait bien être ailleurs.

– Si vous croyez que je suis à la noce! Allez... Soyez braves! Circulez gentiment!... Sinon vous verrez venir des gendarmes qui ne vous connaissent pas et qui n'auront pas de raisons de faire dans la dentelle...

– Parce que bousculer un *pauro nesci* comme Jujube, tu appelles ça faire dans la dentelle? demande Amélie.

Le gendarme est désespéré. Il se tourne vers Estelle, enlève son képi, essuie son front.

– Madame Laborie! Je vous en prie!... Dites-leur de laisser le passage...

– *Une, Deux! Le Midi bouge! Tout est rouge!*, tonne la voix formidable de l'Anarchiste.

– *Une, Deux! Nous nous foutons bien d'eux!* enchaîne Jujube.

– Croyez que je suis triste de ce qui vous arrive, se lamente le gendarme, mais, Madame Laborie, comprenez-moi... Vous n'êtes plus chez vous!

– Hé non! dit Marceau resté silencieux jusque-là.

Estelle se détache de la première ligne et va vers lui.

– Tu t'es vite remis de ton deuil, Marceau!

---

* Célèbre refrain chanté en juin 1907, lors de la révolte des vignerons dans le Midi.

— Question d'habitude, Estelle ! répond-il sans sourire.

Puis il se détourne pour faire signe au bulldozer d'attaquer.

Le conducteur embraye.

Estelle, qui a peur d'un accident, court vers les siens pour faire reculer tout le monde.

— Écartez-vous ! crie-t-elle.

Le bulldozer passe à quelques centimètres du groupe et va très vite vers le mur et la grille d'entrée qu'il défonce sans effort.

Des cris, puis plus rien. Cette fois tout le monde y croit. La destruction des Oliviers est commencée.

Dans le silence horrifié, des pleurs d'enfants auxquels se mêlent les plaintes de Jujube. On dirait que la maison appelle au secours.

Ils sont tous trop accablés pour voir autre chose que cet amas de pierres tombées. Ils ne se sont même pas rendu compte qu'un autre bulldozer a filé sans rencontrer d'obstacle jusqu'aux communs.

Estelle n'a pas bougé. Raphaël non plus. Ils regardent la brèche, la blessure du mur...

Soudain des appels les alertent. Le deuxième engin paraît en difficulté. Le conducteur fait des signes de loin et crie en portugais pour qu'on vienne à son secours.

Le bulldozer s'est enfoncé et reste en équilibre instable au bord d'une faille qu'on distingue mal de loin.

Un sourire naît sur les lèvres de Raphaël.

Avant même de s'approcher, il sait.

Il regarde Marceau. Et Marceau sait, à son tour.

Les ouvriers du chantier se sont précipités pour aider le conducteur en détresse. Ils semblent troublés par ce qui s'est ouvert devant le bulldozer.

Raphaël s'avance vers ce qui n'était qu'une fine meurtrissure de la terre... juste assez large pour le passage d'un serpent... et qui, béante maintenant, révèle une splendeur endormie depuis près de deux mille ans.

Le cœur battant, il se penche malgré les cris des ouvriers qui craignent que la machine ne s'enfonce encore plus et ne l'entraîne dans sa chute en basculant dans le vide.

Raphaël n'écoute rien, et ce qu'il découvre dans la pénombre poussiéreuse lui procure la plus forte émotion de sa vie d'explorateur du passé.

Dans l'excavation où se répand peu à peu la lumière du jour, marée claire effaçant les ombres, une femme de marbre lui sourit.

– Regarde, dit-il à Estelle qui vient de le rejoindre, regarde : la Belle Romaine...

Il roulait au milieu des vignes. Il dépassait des villages, il traversait des paysages sans rien voir. Il ne voyait que sa défaite, et la fatalité qui l'accompagnait fidèlement depuis toujours.

Le pire était arrivé. La seule chose qui pouvait sauver Estelle et les Oliviers.

La Belle Romaine.

Et ça lui était égal...

Il aurait seulement voulu ne pas être né.

En approchant de Rochegude, il se demanda ce qu'allait devenir le château du Diable.

Et ça aussi ça lui était égal.

En s'arrêtant dans la cour, en montant les escaliers, en poussant la porte de son bureau, il se réjouit de ne pas souffrir à l'idée d'avoir tout perdu. Il ne souffrirait plus, tout lui était égal maintenant.

– ... Maman?

Au milieu du bureau, debout, son manteau sur le dos, son chapeau sur la tête, son sac à la main, « en visite », Marguerite l'attendait.

Que faisait-elle là? Depuis quand était-elle revenue? Pourquoi le regardait-elle si froidement? Comme on regarde un étranger...

– Ce matin, à l'aube, des policiers sont venus arrêter ton frère... Il a été blessé en essayant de s'enfuir... Il est accusé d'un meurtre... d'un double meurtre. Que s'est-il passé? Qui es-tu, Pierre? Et pourquoi n'as-tu pas veillé sur lui? Nous t'avons tant aimé, ton père et moi! Pourquoi as-tu changé?

Marceau voudrait lui prendre les mains, l'embrasser... Il n'ose pas s'approcher d'elle. Il dit seulement :

– Moi aussi, je vous ai aimés... Vous n'aviez rien, et vous vous êtes privés de tout pour moi. Je sais que vous n'aviez pas d'argent...

Marguerite hésite, elle a promis à Émile de se taire, mais la vérité a besoin d'être dite.

– Ton père m'avait fait jurer le silence, mais il y a une chose que je dois t'avouer... Trois mois après t'avoir recueilli chez nous, nous avons commencé à recevoir des mandats par la poste... jusqu'à tes dix-huit ans. Chaque mois... Nous en mettions la plus grande partie de côté et, lorsqu'il a fallu que tu fasses des études, l'argent était là.

Marceau est devenu blême.

– Mais qui envoyait ces mandats?

– Il n'y avait pas de nom. Nous n'avons pas cherché à savoir... nous avions peur que quelqu'un veuille te reprendre, tu comprends. Nous t'aimions tant! Mais les mandats venaient toujours d'Avignon...

D'Avignon?... Qui a dit que le pire n'est pas toujours sûr? Il est obligé de s'asseoir. Mais Marguerite n'a pas fini.

– Dis-moi... Pour Robert, il faut que je sache... Est-ce qu'il l'a commis, ce crime?...

Marceau lève des yeux pleins de larmes vers elle. Il fait simplement oui de la tête et ajoute :

– ... mais c'est de ma faute.

Quel silence...

– Adieu, mon petit.

Marguerite est partie sans un regard pour Marceau qui reste effondré sur son fauteuil.

Depuis combien de temps est-il en deuil? De combien de pères et de mères est-il orphelin?

Au bout d'un long moment, il se lève, se dirige vers son bureau et commence à écrire.

Estelle,

Je t'écris du plus profond de la nuit. Cette nuit que j'ai lentement tissée autour de moi depuis ce château de Rochegude. Très jeune, j'ai cru avoir atteint les limites du chagrin. Mais le chagrin n'a pas de limites. Et moi je n'ai pas d'excuses... J'ai voulu détruire les Oliviers, j'ai voulu détruire ta famille.

Notre famille.

J'ai construit ma vengeance mais cette vengeance, c'est moi qu'elle a détruit. Cependant, au-delà de mon désastre, j'ai la certitude que c'est moi, par ma volonté de destruction, qui ai sauvé les Oliviers.

Je me trompe : nous les avons sauvés ensemble. Ne m'en veux pas si je te dis que, seule, tu n'aurais pas pu faire des Oliviers ce qu'ils vont devenir maintenant. C'est de notre lutte qu'ils vont renaître.

Le maléfice est levé, je l'emporte avec moi.

L'honneur sera rendu avec la prospérité et le vin.

Quand je pense à tout ce temps perdu à t'aimer de travers, à te haïr sans savoir que c'était mon propre sang que je haïssais... que de bonheur saccagé !

Je t'ai fait trop de mal pour que tu puisses me

pardonner. Mireille et Jules sont morts par ma faute. C'est pour ça que j'ai décidé de disparaître.

Je ne te demande pas de me pardonner, je te demande seulement de penser parfois à l'enfant que j'ai été. À l'émerveillement qui fut le nôtre au matin de la vie...

Aime les Oliviers. Pour moi aussi... pour notre père.

Estelle, ma sœur, un couple peut se défaire, on peut cesser d'être amants, mais on est frère et sœur pour l'éternité...

Il n'avait pas le temps de se relire.

Ils allaient venir le chercher.

Il ne voulait pas qu'ils le trouvent.

Il devait partir.

Non point pour se dérober à la Justice, mais pour aller au-devant d'elle.

Avant de quitter Rochegude il signa la lettre de son nom :

Marceau.

Le Rhône est dans toute sa splendeur. Fleuve-Roi, Fleuve-Dieu, témoin de la détresse humaine, il roule vers la mer, lourd de tout ce qu'il sait, lourd de toutes les âmes qui se sont perdues en lui.

Une étrange paix est descendue sur Marceau quand il l'a vu, de loin.

Il savait où il allait, il connaissait l'endroit. Son père l'y avait conduit un jour de son enfance, avec sa sœur... C'était un des rares promontoires qui plongent sur le fleuve. Il laissa sa voiture au bord de l'eau et monta le long de la falaise par le sentier abrupt. Des pierres roulaient sous ses pas, le ciel était pur, la terre sentait le thym et l'aspic sauvage.

Quelle belle fin pour une tragédie au soleil!

Arrivé au sommet, il embrassa son pays du regard. « Regardez, les enfants! Regardez comme il est beau! » Puis lentement il s'en alla vers le bord du précipice. Le son de petites clochettes joyeuses et des bêlements le firent s'arrêter et se retourner.

Un garçon d'une dizaine d'années menait ses chèvres à travers les herbes et les rochers. Un garçon qui ressemblait au Marceau d'autrefois. Au Marceau du temps de l'innocence.

L'homme et l'enfant se regardèrent.

401

L'enfant sourit et Marceau pria :

« Que jamais personne ne trahisse l'espérance de cet enfant... »

C'était la dernière chose importante, n'est-ce pas ?

Une chèvre s'était égarée, la coquine, derrière un buisson piquant de genévrier. Marceau regarda le petit courir à sa recherche, une branchette d'olivier à la main.

L'enfant revient avec sa chèvre, fier de montrer sa victoire.

Il cherche des yeux l'homme qu'il a vu tout à l'heure...

Mais il n'y a plus personne au sommet du promontoire.

ANTISTIA SAPPIA QUINTILLA

Le Ventoux regarde.

Montagne sainte, refuge des vents sauvages et des soldats de la Liberté, du haut de ses presque deux mille mètres d'altitude, le Ventoux regarde son beau jardin de Provence.

Il compte ses fruitiers, ses lavandes, ses vignes et ses forêts au feuillage d'argent. Il respire l'odeur de la nature. Il regarde les hommes. Et le cœur des hommes.

Et son regard s'arrête sur le Château des Oliviers.

Lis Óulivié de Sauveterre.

Parce que cette terre qui fut en danger est sauvée.

Et il regarde cette femme qui lutta, fragile contre les forces de l'argent, contre les pouvoirs du mal et de la destruction, cette femme qui a gagné et qui, étonnée, contemple son royaume ressuscité, avec une gratitude émerveillée.

Elle voit, là-bas, Raphaël et Luc sur le chantier du musée parmi les mosaïques et les bas-reliefs, où, bientôt, Antistia Sappia Quintilla recevra ses premiers visiteurs. Le sourire de la Belle Romaine est déjà célèbre. Estelle contemple les siens, groupés autour de la fontaine où le pique-nique de tradition va avoir lieu ce soir.

– Tu t'occupes de rien, Maman! Ce soir, on te reçoit! Tu n'as pas le droit d'aider! C'est toi l'invitée!

Elle a obéi et elle est allée marcher dans le bois d'oliviers. Elle a posé sa tête sur le tronc de l'ancêtre et, de nouveau, la force est venue en elle.

– On va replanter, confie-t-elle au vieil arbre. On va replanter la forêt et la vigne...

Une odeur barbare et violente, celle du méchoui, arrive, portée par le vent du soir.

Ali et Mohammed vont désormais travailler sur la propriété avec Blaïd. Et, quand Noël reviendra, on se retrouvera aussi nombreux qu'autrefois autour de la table, avant de poser le *cacho-fiò* dans la cheminée.

– Maman! Maman!... Estelle!... À table!

Ils l'attendent avec des mines de conspirateurs et, quand elle est devant eux, Jean-Edmond s'approche d'elle, l'air solennel, et lui tend une bouteille.

Une bouteille ornée de la tiare et des clefs de saint Pierre. Une vraie bouteille de Châteauneuf-du-Pape.

Le cru des Laborie retourne auprès de ses pairs, après trente-cinq ans d'exil.

Ils sont tous tellement émus que personne ne parle. Ils regardent l'étiquette.

– Il était temps que votre vin retrouve ses droits, Estelle, a dit Jean-Edmond. C'est maintenant chose faite.

Antoine s'est étonné :

– Tiens, tu ne dis plus « ma mère » ? Moi, dans une occasion comme celle-là, j'aurais dit « ma mère » !

Tout le monde a éclaté de rire, même Jean-Edmond. Et chacun est redevenu lui-même et s'est assis sur les marches de la fontaine ou dans l'herbe, à l'ombre des oliviers, tendant son verre, tendant son assiette, recevant des beignets d'aubergine, des morceaux brûlants de viande parfumée, du gros pain de ménage, dévorant, appréciant, riant... heureux.

– Ça va ? a demandé Raphaël en venant rejoindre Estelle.

Elle a dit que oui. Il n'est pas dupe, il sait ce que c'est que de vivre avec une blessure ouverte.

Il a désigné l'assiette à laquelle elle n'a pas touché.

– Tu ne manges pas...

– Non, mais je bois ! a-t-elle répliqué en levant son verre.

Puis elle a demandé le silence et tous savaient pourquoi. Et tous étaient déjà debout quand elle a dit :

– À la mémoire de Jules Campredon...

On n'entendait plus que les cigales déchaînées qui, elles aussi, semblaient vouloir rendre hommage au vieil homme.

Samuel s'assit le premier, bouleversé. Depuis la mort de Jules, il s'était tassé. Il semblait absent, indifférent à ce qui l'entourait, triste comme un bœuf laboureur qui a perdu son frère.

Sophie vint s'asseoir près de lui, prit ses mains dans les siennes, murmura quelques mots à son oreille. Et Samuel fut comme transfiguré.

– Tu es sûre ? demanda-t-il à la jeune femme.

Elle fit signe que oui, et Samuel annonça la nouvelle à la famille.

Sophie et Antoine attendaient un enfant.

Au milieu des cris de joie et des embrassades,

Estelle avait reçu le cadeau du ciel en plein cœur. Elle se souvenait de la nuit du souriceau, quand la jeune femme avait dormi avec elle. Cette nuit-là, dans son chagrin, elle avait su que, seul, Antoine pourrait sauver Sophie.

Et Sophie était sauvée.

La vie continuait, et c'était la plus fragile qui allait la donner.

— Tu sais ce que tu viens de faire? demanda Raphaël en prenant Estelle dans ses bras. Tu sais ce que tu viens de faire en apprenant la nouvelle? Tu as regardé la maison! Je t'ai vue lui annoncer l'enfant!

— Bien sûr! dit-elle.

— Mais, quand même, s'écria Amélie qui, après avoir sangloté de bonheur, était maintenant offusquée. Mais, quand même, vous ne pourriez pas vous marier un peu, tous tant que vous êtes? Rémy et Carla, Raphaël et Estelle, et vous autres, les jeunes, pire encore puisque vous allez avoir un petit! Rien que des faux ménages! Ça marque mal! Si ton pauvre père voyait ça! dit-elle en se tournant vers Estelle.

Ils ont encore ri. Même Estelle.

Son pauvre père... il en avait vu bien d'autres. Si tu savais ce que je sais, Amélie!

On croit toujours que ceux qui nous ont précédés ont été sages et exemplaires. Alors qu'ils ont été des hommes et des femmes comme nous, comme seront nos enfants...

Comme sera celui qui va venir.

Un être humain.

Rémy se lève, bouleversé à l'idée d'être bientôt grand-père.

— Je propose aux hommes de m'accompagner à la cave et de chercher avec moi la bouteille rare! Il doit bien rester, cachées sous la poussière des siècles, quelques années solennelles qui nous attendent!

Elle les a vus partir, Rémy, Raphaël, Jean-Edmond, Antoine et Luc, vers la maison. Elle est restée avec les femmes, les enfants, avec Nour et Meitchant-peù, avec Samuel. Les Arabes étaient allés préparer le thé à la menthe. Bientôt les grillons remplaceraient les cigales pour la symphonie de la nuit.

Samuel lui a pris la main.

— Tu sais, Estelle, je veux vivre! Je ne partirai pas avant l'arrivée du petit! Je veux le connaître! Jules aurait été si heureux!

Sa voix trembla, et elle serra très fort la main du vieil homme.

Lou segne-grand. Le patriarche. C'était lui, l'ancêtre. Lui, le gardien de la Mémoire. Lui, le juif provençal descendant du sire Mardochée, le roi des médecins.

— Te souviens-tu de ce que nous t'avons dit, Jules et moi, le jour où tu étais désespérée?

— Dieu n'envoie jamais la maladie sans envoyer la guérison...

— Eh bien, ta guérison, c'était Raphaël. Pour Sophie c'était Antoine, et pour les Oliviers... c'était toi!

— Samuel a raison, dit Philippine. Sans ton courage, tout ça...

Elle désigna le paysage et vint s'agenouiller aux pieds de sa mère.

— On ne sait toujours pas ce qu'il est devenu, le promoteur? demanda Carla.

— On ne saura jamais, dit Sophie. Et puis, à quoi bon? Qui a envie de savoir?

— Après tout le mal qu'il nous a fait, ajouta Amélie.

Un vent léger, un zéphyr délicieux vint les caresser...

Quelle paix!

407

Estelle se leva en disant :

– Je vais voir ce qu'ils font à la cave...

Mais ce n'était pas vrai.

Elle avait besoin d'être seule. Comme chaque fois qu'elle pensait à Marceau. À Jules. Ou à Mireille.

La nuit engloutissait peu à peu le château, mais Estelle pouvait prendre les yeux fermés le chemin qui menait aux dépendances où les découvertes de Raphaël attendaient le moment de retrouver l'atrium restauré.

Elle s'arrêta et leva les yeux vers le ciel. Elle entendit les enfants crier :

– Les étoiles filantes !

et remercia celle qui avait veillé sur les Oliviers.

Elle ressentait un bonheur douloureux, un bonheur de convalescente, étonnée d'être guérie.

Elle entend dans son cœur des phrases de la lettre de Marceau...

Personne ne saurait jamais qu'il était son frère. C'était son secret. Elle le garderait jalousement.

Pourtant... si elle devient très vieille, si elle vit longtemps, longtemps, quand elle se sentira près du passage, quand elle saura qu'elle va franchir la frontière entre le monde des vivants et le royaume des esprits, alors, peut-être prendra-t-elle la main de sa petite-fille... de son arrière-petite-fille ? Qui sait ? Une jeune femme à la chevelure de fée se penchera vers elle, tendrement, pour écouter sa voix fragile.

Et elle lui dira tout.

C'est un terrible secret qu'elle lui confiera. Lourd à porter.

Mais les femmes ne sont-elles pas faites pour porter ?

Elle ne lui cachera rien. Ni la faute, ni la trahison, ni les larmes, ni la vengeance. Ni la mort de Jules. Ni la mort de Mireille.

Mais elle lui racontera aussi la beauté de l'amour

de deux enfants innocents. Et, à la fin de son récit, elle pourra s'endormir et rejoindre, à travers le temps, le sourire d'Antistia Sappia Quintilla.

Apaisée de savoir qu'une fille de son sang pensera parfois à Marceau.

Sans haine.

— Estelle !
Des voix l'appellent.
La famille, rassemblée près de la fontaine dans un îlot de lumière, la cherche dans l'obscurité.

Elle regarde cette image précise et intemporelle des siens. On dirait qu'on vient de les peindre pour la galerie des portraits.

Ils sont là depuis toujours.
Et ils ont toujours fait de l'huile et du vin.
— Estelle !
Elle a couru vers eux.

LE MIDI, MODE D'EMPLOI

Galant leitour, disait Frédéric Mistral en s'adressant à ses lecteurs, galant leitour, il m'en coûte de vous quitter...

Ce royaume de l'Esprit Fantastique, du Rhône, des Cigales, de la Vigne et de l'Olivier, où je vous ai entraînés à la suite d'Estelle, ce royaume je ne veux pas que sa porte se referme devant vous.

Je veux que vous y circuliez à l'aise sous le saint Soleil.

Que vous y soyiez chez vous.

Même si vous êtes nés à Tourcoing, Mulhouse ou Morlaix. Même si vous êtes nés à Clydebank, Kyōto ou Wieliczka.

Le Midi est ouvert à tous.

L'été dernier des gardians de Camargue m'ont dit qu'ils avaient aimé entendre des Alsaciens parler en dialecte dans *Le Mari de l'Ambassadeur*.

« Parce que c'était la voix de la Grande France », a ajouté l'un d'eux.

Cette Grande France si chère à Mistral, elle existe partout où des racines s'enfoncent profondément dans la terre.

Elle est à qui veut l'aimer.

Parce que :

III

Hinter de Berge sin oj Lit *.

Vous voyez, moi, la fille du Rhône, des Cévennes et du Soleil, voilà que je parle en dialecte alsacien pour vous accueillir dans mon pays! Car, derrière chaque montagne, les gens vivent à leur façon et c'est magnifique à surprendre, et c'est magnifique de découvrir leur *biais de vie*, comme on dit dans la civilisation de la tuile romaine.

Ce *biais de vie*, j'ai pensé qu'un petit guide élémentaire vous aiderait à le partager.

Je vous citerai quelques auteurs, quelques titres, quelques expressions. Je vous parlerai de nos vestiges, de nos monuments... la liste ne sera pas exhaustive, cela gâcherait le plaisir de la découverte.

À l'intention des plus *gourmandas*, je joindrai le nom de quelques plats que faisait ma Mémé...

Ah! je ne parlerai pas du vin.

Pas question. Pas une goutte d'information sur le vin! À vous de trouver le chemin des caves et des châteaux somptueux ou modestes où l'on vous fera goûter la gloire de nos vignerons.

La Provence, nous allons la voir à la romaine, à l'antique, ne serait-ce que pour faire plaisir à Estelle; nous allons la voir aussi vaste que du temps où elle était la Provincia et où les voies dallées menaient des Alpes aux Pyrénées, de la mer Intérieure à la mer Libre, de Nîmes à la Gaule Chevelue.

Partout vous serez chez vous, que ce soit dans la Provence qui chante ou le Languedoc qui combat; vous serez entraînés dans des farandoles, des joutes, des jeux floraux, des félibrées, des cours d'amour, des cargolades, des mascarades, et vous verrez danser les *chivau-frus*!

Vous aurez une pensée pour tous ceux qui vécurent sur cette terre, mais aussi pour tous ceux qui naquirent de l'esprit des poètes. La bête du Vaccarès,

---

* « Derrière les montagnes il y a aussi des gens. »

IV

la Lavandière du Ventoux, la Cabro d'Or et sa cousine la chèvre de Monsieur Seguin, la Tarasque que Marthe enchaîna d'un ruban, Tistet Vedene, la Belle Maguelone, l'Arlésienne, Estérelle, Mirèio, Maurin des Maures, Jean de Florette et Manon des Sources...

La poésie pousse comme la vigne sur chaque rive du Fleuve-Roi. Royaume! Empire! Partout la République du Midi vous attend!

Et si vous avez la chance d'avoir un petit enfant comme compagnon de voyage, prenez-lui la main et menez-le jusqu'à l'Esprit Fantastique... ou plutôt non : laissez-le vous conduire, il saura trouver le chemin mieux que vous!

Quelques spécialités de la cuisine d'oc et d'ail qui vous vaudront beaucoup de considération si vous les demandez!

Les olives,
L'anchoyade et la tapenade,
Les allumettes à l'anchois et au roquefort.
Passons aux choses sérieuses :
La daube,
Le bœuf gardiane (*dau! dau! bèu jouvènt!*),
L'aïoli avec sa pommade comme chez Jules,
La soupe au pistou,
La ratatouille,
La bouillabaisse (borgne, de préférence),
L'aïgo boulhido (sauve la vie),
La carbonade,
La brandade, tiède comme à Nîmes,
Les artichauts barigoule,
La rocambole (civet de porcelet),
L'omelette aux truffes,
La matelote d'anguille,
Le papeton d'aubergines avec ses cocos blancs,
Le gâteau-grotillon au lard maigre,
Le crespeou,
Le tian d'épinards,

>   La marguerite d'anchois,
>   La salade de pois chiches ou pois pointus,
>   Les aubergines farcies, frites ou à la tomate,
>   Les limaçons à l'aïgo-sau,
>   La soupe d'épeautre.

Pour les fromages : pèbre d'ase, banon à la feuille, chèvres à l'huile d'olive, brousse des chevrettes du Rove aux cornes mythologiques, cachat à l'eau-de-vie dont l'odeur et le goût réveilleraient un mort!

Les desserts :
>   Les merveilles ou oreillettes poudrées de sucre,
>   Les crèmes frites et brûlées,
>   La tarte à la courge,
>   La pompe à l'huile,
>   La fougace à l'anis,
>   Les rubans de marron,
>   Les bordures de riz à l'ananas,
>   Les beignets d'acacia, quand vient le printemps
> Les fruits de la terre,
>   Ainsi que les douceurs :

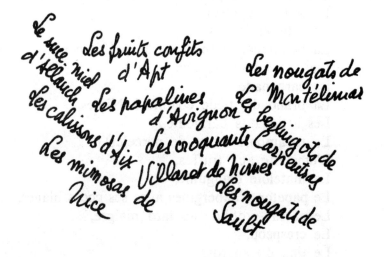

Le suc, miel d'Hérault, les fruits confits d'Apt, les nougats de Montélimar, les papalines d'Avignon, les berlingots de Carpentras, les calissons d'Aix, des croquants Villaret de Nîmes, les mimosas de Nice, des nougats de Sault

VIII

LES AUTEURS

Mistral, bien sûr!

Mais il ne faut pas oublier la poésie courtoise et saluer, comme il le fit, dame Clémence Isaure *par le sang héritière de ces rois troubadours, de ces troubadours rois.*

Le 21 mai 1854, jour de la Sainte-Estelle, fondation du Félibrige, au château de Font-Ségugne.

Les sept *Primadié* sont :
Frédéric Mistral,
Théodore Aubanel,
Joseph Roumanille,
Jean Brunet,
Alphonse Tavan,
Paul Giera,
Anselme Mathieu.

Mistral, il faut le lire tout entier! Commencez donc par *Mirèio, Nerte, le Poème du Rhône, Calendal, Les Isles d'or, Les Olivades...*

Mais il faut lire aussi les six autres *Primadié*!

Ainsi que le marquis de Baroncelli, Joseph d'Arbaud, Farfantello, Paul Arène, Jean Aicard, Alphonse Daudet, chapeau bas devant son moulin!, Félix Gras, Charloun-Rieu, Henri Bosco, Jean Giono, Marie Mauron...

IX

Pour Marcel Pagnol, c'est aussi simple que pour Frédéric Mistral : il faut le lire tout entier. De source en source, d'un vol de bartavelle, il vous mènera au sommet !

Mais n'oubliez pas ceux de l'autre rive ! À commencer par Florian et ses fables, Reboul, Bigot, Bonnet, Loubet, le merveilleux Marc Bernard...

Et André Chamson qui ne fut pas seulement un écrivain français, mais un poète provençal. Je te remercie, père, de m'avoir appris notre pays. Si tu ne m'avais pas élevée dans la vénération de la sainte Estelle, mes pensées n'auraient jamais trouvé le chemin du Château des Oliviers...

QUELQUES EXPRESSIONS
POUR LE BIAIS DE VIE

Tout d'une pièce comme un sabot,
Gourmand comme la poêle à frire,
Empaillé comme une chaise,
Bon marché comme un conseil,
Digne comme un mort,
Nous ne sommes pas figues du même panier...
Tout ça, bien sûr, vous pouvez le comprendre, mais
savez-vous ce que c'est que le tambour des escargots?
Le tonnerre.
Et la fleur des chemins?
Le carrefour.
Et l'huile des sarments?
Le vin!
Savez-vous que, quand un petit enfant vient au
monde, on lui porte du pain, du sel, un œuf, une allu-
mette? Pour qu'il soit:
Bon comme le pain,
Sage comme le sel,
Plein comme un œuf,
Droit comme une allumette.
Vous connaissez déjà *Meitchant-peù*, je vais
vous présenter *Troun d'escudelo, Coucou-Babaou, la
Roumèque, la Garamaudo*, des *pélucres*, des

jobastres, des *estancieurs*, des *filobres*! Et ce marque-mal de *Pétoun-Pété!*

Prenez les vieux chemins des transhumants et, si vous y rencontrez l'Homme au Sac, n'ayez pas peur, la Provence est terre de joie, elle vous gardera le cœur en fleur et le blanc du poireau.

Vous aurez les mêmes émotions que Pline, Strabon, César, Hannibal... les mêmes émotions que nos ancêtres les Gaulois... et que nos troubadours...

Vous pourrez lire l'histoire de France sur le grand livre ouvert des paysages et des cités.

Je n'ose pas vous dire d'aller voir la Maison Carrée à Nîmes, le Saint-Signal au front de la Tour Magne, le Mur et l'arc de triomphe à Orange, les arènes d'Arles, les Alyscamps, les Antiques, le pont du Gard, le pont d'Avignon, le palais des Papes, la Pietà et le fort Saint-André à Villeneuve-lez-Avignon... Je suppose que vous connaissez toutes ces merveilles, au moins de réputation.

Entre la beauté de la nature et la beauté des monuments, vous aurez du mal à choisir! Et puis, à force de marcher et de déguster sans modération le millefeuille des civilisations y compris la dernière feuille, la nôtre, il vous faudra vous reposer.

Dites-vous qu'il y aura toujours un bois d'oliviers pour vous accueillir dans sa paix. Là, vous vous assiérez sous l'arbre béni, et vous serez bien. Parce que vous ne serez pas assis à son ombre, mais à sa lumière.

Gramaci e longo-mai, galant leitour, Diéu vous garde!

XII

Cet ouvrage a été réalisé par la
SOCIÉTÉ NOUVELLE FIRMIN-DIDOT
Mesnil-sur-l'Estrée
pour le compte des Éditions Flammarion
en juin 1993

Imprimé en France
Dépôt légal : juin 1993
N° d'édition : 14578 - N° d'impression : 24359